ARTHUR W. UPFIELD

Le mystère de Barrakee

L'appel du bush

Traduction française de
Marie Ramsland &
Marie-Laure Vuaille-Barcan

ETT IMPRINT
Newcastle-Paris Link

Présente édition révisée publiée par ETT Imprint, Exile Bay, 2025

Traduction française © Marie Ramsland & Marie-Laure Vuaille-Barcan

Titre original :
The Barrakee Mystery

ETT IMPRINT
PO Box R1906
Royal Exchange NSW 1225
Australie

Une publication de *Newcastle-Paris Link*
En mémoire de Jean-Paul Delamotte

UNE ENQUÊTE DE L'INSPECTEUR BONAPARTE #1
Avec Bony, le premier inspecteur aborigène

Pourquoi Roi Henry, un Aborigène originaire d'Australie-Occidentale, a-t-il été tué en Nouvelle-Galles du Sud ? Quel conflit ancien a conduit à ce meurtre après dix-neuf longues années ? Qui était cette femme qui a assisté à l'assassinat et a choisi de se taire ?
Dans cette première aventure de l'inspecteur Bonaparte, celui-ci se rend dans le bush, le long de la rivière Darling, où il est confronté à ces dilemmes qu'il connaît si bien : les métissages et les loyautés partagées.

ISBN 978-1-923527-19-5 (ebk) 2026
ISBN 978-1-923527-20-1 (pbk) 2026

Notes sur la traduction

Dans le roman original, publié en 1929, certains termes très péjoratifs et offensants sont parfois employés pour désigner les populations autochtones d'Australie, à savoir les Aborigènes. Ces mots reflètent l'usage colonial de l'époque. En français, il n'existe pas d'équivalent direct. Le nom ou l'adjectif « aborigène » a généralement été utilisé. Par ailleurs, malgré ces atténuations, certaines remarques à connotation ouvertement raciste de la part de certains personnages rappellent le contexte historique où les premiers habitants de l'Australie étaient souvent déshumanisés.

Le terme « Black » est plus complexe, car il peut être utilisé par les Aborigènes eux-mêmes pour se désigner, mais il a également été employé de manière péjorative par les colons. D'autre part, en français, le mot « Noir » évoque généralement les personnes d'origine africaine. Nous avons parfois choisi d'y recourir lorsque l'auteur insistait sur la couleur, comme dans le titre du chapitre *When Black is White,* traduit par « Quand le Noir est Blanc ».

Nous avons conservé en anglais certains termes typiquement australiens qui n'ont pas de réel équivalent en français ou dont la connotation serait trompeuse.

- **Bush** : Ce terme, aujourd'hui plus connu des francophones, décrit un type de paysage australien spécifique. Par le passé, « brousse » était souvent employé en traduction, mais il est généralement associé aux paysages d'Afrique. De même, « bushman » a été traduit par « homme du bush » plutôt que « broussard ».
- **Billabong, swagman, sundowner, jackeroo** et **waddy** ont été maintenus en anglais, accompagnés d'une note de bas de page lors de leur première occurrence.
- Enfin, **squatter** a été conservé au lieu d'être traduit par « propriétaire terrien », afin de préserver l'idée d'une occupation du territoire par les colons. Le sens australien du terme et son usage par analogie sont attestés en français, notamment dans le *Trésor de la langue française informatisé* (TLFi) :

(i) *[En Australie] Éleveur de moutons qui pâturait des terrains jusque-là inoccupés moyennant le paiement d'une redevance au gouvernement.*

(ii) Occupant sans titre d'un logement, d'un local, d'un emplacement vacant.

Marie-Laure et Marie

CHAPITRE UN

Le *Sundowner* [1]

Les yeux fixés pensivement sur le courant lent et boueux de la rivière Darling, William Clair se prélassait dans la lumière du soleil couchant. Sa silhouette était décharnée, sa peau brûlée par le soleil, ses yeux bleus sans éclat, sa moustache tombante rappelait celle d'un mandarin chinois, d'un noir de jais malgré ses cinquante-huit ans.

C'était le début du mois de mars, et le niveau de la rivière était bas. Les oiseaux, perchés sur des chicots émergeant des eaux, prenaient leur boisson du soir ; les galahs, les cacatoès, les kookaburras mêlaient leurs cris, leurs bavardages et leurs rires fous aux croassements sinistres des corbeaux. Pas un souffle de vent ne venait agiter les feuilles réfléchissant la lumière des eucalyptus géants qui bordaient la rivière. D'or, les lueurs du soleil devinrent cramoisies.

Juste en dessous de Clair, trois petits bateaux étaient amarrés. Derrière lui se trouvait la résidence principale de la ferme de Barrakee, nichée au cœur d'une oasis paradisiaque de pelouses d'un vert frais bordées d'orangers. Un peu en aval de la rivière, au-dessus d'un profond trou dans un méandre, se trouvaient les quartiers des hommes, le potager, ainsi que la machine qui pompait l'eau nécessaire dans les deux grands réservoirs disposés sur une structure de neuf mètres de hauteur. Plus bas, l'immense hangar pour la tonte en tôle ondulée se dressait à côté des logements des tondeurs, maintenant déserts. A l'intérieur du hangar se trouvaient le baluchon et le sac de provisions de Clair.

A huit cents mètres en amont, la rivière prenait un virage serré sur la gauche de Clair, et au-dessus de l'angle de la rive opposée, une colonne de fumée d'eucalyptus bleu indiquait un campement. C'était un groupe d'Aborigènes, et cela intéressait beaucoup l'homme efflanqué.

Sous les eucalyptus, les ombres s'obscurcissaient. La splendeur du jour déclinant déployait sur la rivière une tapisserie cramoisie, parsemée d'anneaux d'argent chatoyants où de petites perches bondissaient pour attraper les mouches. Les teintes de cette étoffe se dissipèrent comme par enchantement, cédant la place à une surface d'acier scintillant. Un kookaburra interrompit son rire et s'endormit.

Clair attendit, immobile, que la dernière lueur du jour disparaisse du ciel. Puis, sans bruit, sans précipitation, il descendit la berge escarpée jusqu'aux bateaux amarrés, retira le pic de fer d'une des chaînes d'amarrage, enroula doucement la chaîne à l'avant, monta à bord et sortit les rames sans faire le moindre bruit. L'opération fut si silencieuse qu'un renard, buvant sur la rive opposée, ne leva pas la tête. Le *sundowner,* car Clair à cette époque transportait son baluchon sans intention de trouver du travail, s'assit face à la proue et propulsa le bateau vers l'avant en poussant sur les rames. Ces dernières ne firent aucun bruit en fendant l'eau ni en passant les écluses. L'homme et son embarcation glissèrent en amont, telle une ombre plus sombre se fondant dans l'obscurité sous les eucalyptus qui surplombaient les rives.

Au méandre de la rivière, 800 mètres plus haut, une douzaine de silhouettes mal vêtues se prélassaient autour d'un petit feu, non pour se réchauffer, mais pour profiter d'une lumière destinée à éloigner les esprits. Clair continua à avancer silencieusement sur deux cents mètres supplémentaires, traversa en diagonale et accosta. La loi de Nouvelle-Galles du Sud interdisait à tout homme blanc d'entrer dans un campement d'Aborigènes. Clair n'ignorait pas cela. Il n'ignorait pas non plus, étant instruit, que les lois sont faites pour les hommes, et non les hommes pour les lois.

Évitant les branches tombées et les ornières avec l'aisance d'un homme né dans le bush, il traversa l'obscurité jusqu'au campement, où il s'arrêta à une vingtaine de mètres du feu.

— Eh ! Ponce Pilate ! appela-t-il.

Des silhouettes allongées autour du feu se redressèrent, tendues, effrayées par la soudaineté de la voix dans la nuit.

— Je veux te parler, Ponce Pilate, s'écria Clair.

Un Aborigène trapu et grisonnant regardait avec méfiance dans la direction de Clair. Il donna un ordre à voix basse, et trois femmes se précipitèrent vers un abri fait de branches. Puis, prenant un air ndifférent, Ponce Pilate déclara :

— Si voulez parler, approchez du feu.

Lorsque Clair entra dans la lumière du feu, l'homme grisonnant et un jeune d'une vingtaine d'années le fixèrent avec des regards hostiles. Après un rapide coup d'œil évaluateur, Clair s'assit sur ses talons devant le feu et se mit à couper nonchalamment des copeaux d'un bout de tabac pour fumer. Les deux Aborigènes l'observaient et, comme il ne parlait pas, ils se rapprochèrent et s'accroupirent en face de l'invité qui défiait la loi.

— Vous voulez fumer ? demanda Clair d'un ton qui en imposait. Le vieil homme attrapa le morceau de tabac lancé, en arracha un bout avec les dents, et le tendit à son compagnon. Le jeune homme ne portait rien d'autre qu'un pantalon en moleskine, tandis que l'aîné n'avait qu'une chemise bleue.

— Vous n'avez qu'un seul costume pour deux, observa Clair sans sourire. Eh bien, je suppose que vous pouvez pas attraper de coup de soleil, alors quels sont les risques ? Vous êtes du coin, les gars ?

— On est v'nu d'Wilcannia la s'maine dernière, répondit le plus âgé d'une voix traînante comme s'il mâchonnait ses mots.

— Où vous avez campé, chef ?

— Un peu en amont de la rivière. Le vieux Mokie, il est en aval de la rivière ?

— Ouais, vieux Mokie, y s'est marié avec Sarah Wanting. Vous la connaissez, Sarah ?

— Je pense que oui. Sarah doit se faire vieille, répondit Clair, bien qu'il n'ait en réalité aucune idée de quelle Sarah il s'agissait, parmi toutes celles que connaissait Ponce Pilate. Les Aborigènes se mariaient et divorçaient avec une facilité quelque peu déconcertante pour l'esprit d'un blanc.

— Je viens de Dunlop, poursuivit-il. Ted Rogers y débourre des chevaux.

— Il est toujours là-bas ? fut la première question du jeune homme.

— Je pense, dit Clair rêveusement, que je l'ai déjà mentionné.

La conversation se déroula de manière décousue, ponctuée de moments de méditation enfumée et de mâchonnement de tabac. Clair posa alors la question qu'il avait répétée dans d'innombrables campements au cours de ses nombreuses années d'errance. Personne, pas même les Aborigènes bavards et méfiants, n'aurait deviné que sa visite avait pour seul but de poser cette question :

— J'ai connu un homme, un très bon cavalier, un type appelé Prince Henry. Non, pas Prince Henry, un autre nom – un grand gaillard, un vieil homme maintenant. Vous connaissez un certain Prince Henry ?

— Non, pas Prince Henry, corrigea Ponce Pilate, la gravité d'un grand chef s'étant installée sur ses traits d'ébène. Vous voulez pas dire Roi Henry ?

Pas un muscle du visage de Clair ne bougea. Pas un signe ne trahissait plus qu'un intérêt ordinaire.

— Peut-être que c'était Roi Henry, dit-il lentement. Il a travaillé une fois ici à Barrakee, je pense.

— C'est lui, chef, approuva le vieil homme. Roi Henry, le père de

Ned. Et c'est Ned, le fils de Roi Henry.

— Oh, dit Clair d'une voix traînante, jetant un coup d'œil de l'un à l'autre. Et comment s'appelle ta mère, Ned ?

— Sarah Wanting.

— Hum ! Sarah croit au changement.

— Oh, mais Sarah, elle doit quitter le vieux Mokie maintenant que Roi Henry est revenu, déclara Ponce Pilate, les yeux illuminés par la fierté de savoir cela.

— Ah ! s'exclama comme dans un soupir l'homme décharné. Alors ton père n'est pas loin, Ned ?

— Nan. Il vient du Nord du Queensland.

— Qu'est-ce qu'il faisait là-haut ? Je pensais que c'était un Aborigène de la rivière Darling.

— J'sais pas, intervint l'aîné, avant de se contredire innocemment. Lui, il s'est sauvé d'un Blanc qui voulait l'tuer. Le Blanc, lui, est mort maintenant.

— Oh ! Alors, la voie est enfin libre, hein ?

Et c'est alors que Clair posa la question décisive :

— Où est Roi Henry maintenant ?

— Lui, à Menindee. Roi Henry, lui, il est remonté la rivière avec Sarah. Y vont camper avec nous.

Les bouffées de fumée de tabac sortaient avec une régularité ininterrompue des lèvres de l'homme décharné. L'éclat de la satisfaction, du triomphe, était caché sous les paupières plissées. Après un moment de silence, il changea brusquement de sujet, et dix minutes plus tard, il se leva et quitta le campement.

De retour au bateau, il le détacha silencieusement et s'y installa. Sans une éclaboussure, il guida l'embarcation vers les ombres des arbres de l'autre rive et, se contentant de maintenir le cap, il se laissa porter doucement par le courant jusqu'au ponton de la ferme, en passant devant le campement.

Une demi-heure plus tard, il se trouvait devant le foyer à ciel ouvert à côté du hangar pour la tonte, à boire du thé noir comme de l'encre et à manger une tranche de gâteau au chocolat. Entre deux bouchées, il fredonnait un air – non pas un air d'homme blanc, mais le chant enivrant d'une tribu enragée par la guerre.

— Eh bien, eh bien, eh bien ! murmura-t-il. Mes années de pistage m'ont enfin permis de me rapprocher de la proie. William, mon garçon, demain matin dès la première heure, tu devras te rendre chez le prospère Mr Thornton, te prosterner devant lui et demander du travail.

CHAPITRE DEUX

Le péché de silence

Mrs Thornton était une petite femme dont l'apparente fragilité était quelque peu trompeuse. Elle était âgée de quarante-trois ans, et même si donner l'âge précis d'une dame ne se fait pas, cela s'impose ici pour illustrer que les difficultés, la lutte constante contre les obstacles et l'abnégation ne nuisent pas nécessairement à l'épanouissement et à la vigueur de la jeunesse. La vitalité, à la fois physique et mentale, rayonnait de ses traits simples mais délicatement modelés.

Le matin suivant la visite de William Clair au campement des Aborigènes, elle était assise en train de coudre sur la grande véranda de la maison principale de la ferme de Barrakee. Il faisait chaud, la Nature somnolait à l'ombre et le seul bruit provenait de la grosse machine à vapeur actionnant les pompes.

De temps en temps, Mrs Thornton jetait un coup d'œil entre les feuilles du volubilis qui ombrageait la véranda pour observer un grand homme en chemise bleue qui creusait la terre au-dessus des racines des orangers au-delà de la pelouse. Elle ne parvenait pas à distinguer de qui il s'agissait, et cette incertitude l'irritait.

Au son du lourd triangle de fer frappé par le cuisinier des ouvriers annonçant le déjeuner, l'homme disparut. Pendant un instant, la maîtresse de Barrakee laissa tomber sa couture sur ses genoux, et une expression de souvenir refoulé assombrit ses yeux marron.

Un instant plus tard, le gong de la maison retentit et la petite femme reprit sa tâche en soupirant. Il y eut alors un bruit de pas lourds sur le plancher de la véranda, et, à un angle de la maison, une femme aborigène extrêmement corpulente apparut, portant un plateau. Comme un tank en action, la servante avança vers Mrs Thornton, près de laquelle elle posa le plateau de thé sur une petite table.

Mrs Thornton regarda le visage rayonnant avec des yeux désapprobateurs. Sans la remercier d'un sourire, elle remarqua le chemisier en coton couleur flamme de la femme, environ six fois plus large à la taille qu'au cou, puis la jupe imprimée bleu foncé et enfin les pieds plats et nus. Au début, les pieds étaient impassibles, immobiles. Puis, sous le regard fixe et constant, les orteils commencèrent à se contracter, et enfin, sous le regard impitoyable et silencieux, un pied commença à frotter légèrement l'autre.

Lorsque Mrs Thornton leva de nouveau la tête, les yeux de la servante roulaient dans leurs orbites, tandis que le sourire radieux avait disparu.

— Martha, où sont tes chaussons ? demanda sévèrement sa maîtresse.

— Missy, j'sais pas, haleta Martha. Ces chaussons se sont allés dans le bush.

— Depuis vingt ans, Martha, j'essaie de caser tes pieds dans des chaussures, dit doucement Mrs Thornton, mais sur un ton particulièrement maussade. Je t'ai acheté des bottes, des chaussures et des chaussons. Je serai très en colère contre toi, Marthe, si tu ne trouves pas immédiatement tes chaussons et si tu ne les enfiles pas. Si elles sont perdues, va les chercher.

— Ben sûr, Missy. Moi les cherche jusqu'en enfer, assura-t-elle solennellement. Puis, se penchant sur sa maîtresse avec une rapidité surprenante pour sa corpulence, elle murmura d'un ton enthousiaste :

— Roi Henry ! Lui revient à Barrakee. Vous souvenez Roi Henry ?

Pendant bien trente secondes, des yeux noirs soutinrent sans ciller le regard marron qui les scrutait.

La femme blanche s'apprêtait à parler lorsque le bruit d'un portillon refermé annonça l'arrivée de son mari. La servante indigène se redressa et regagna en grognant sa cuisine.

Presque inconsciemment, la maîtresse de Barrakee entendit son mari réprimander gentiment Martha pour ses pieds nus, entendit les excuses marmonnées de la femme et, avec un effort de volonté, retrouva son calme. Elle était en train de servir le thé lorsque Mr Thornton s'assit à côté d'elle.

— Martha a encore perdu ses chaussons ? demanda-t-il avec un petit rire.

C'était un homme grand, âgé d'une cinquantaine d'années. Rasé de près, son visage tanné presque jusqu'au brun dénotait un homme de plein air habitué au soleil subtropical. Il avait des yeux clairs, observateurs, d'un gris foncé.

— N'est-ce pas Napoléon qui, après avoir rétabli l'ordre en France, a tout tenté pour en faire l'une des grandes puissances, sinon la plus grande ? demanda-t-elle, apparemment hors de propos.

— Je crois que c'était le cas, acquiesça le squatter[2] en acceptant du thé et du gâteau.

— N'était-ce pas son ambition, après avoir mis de l'ordre dans le chaos, de maintenir cet ordre par une paix européenne ?

— Oui, et alors ? répliqua Mr Thornton, ainsi rappelé au culte héroïque que sa femme vouait au grand soldat de France.

— Seulement, chaque fois qu'il imposait la paix sur le continent européen, pour permettre à sa machine gouvernementale de fonctionner sans encombre, celle-ci était constamment mise hors d'état de nuire par le cran d'une nouvelle coalition formée par l'Angleterre. L'Angleterre était son épouvantail. Les pieds nus de Martha sont mon épouvantail.

— Eh bien, eh bien, nous devons nous rappeler que Martha était autrefois une créature à moitié sauvage, insista Thornton avec indulgence. Cela ne te surprend jamais que Martha, qui est avec nous depuis vingt ans, n'ait jamais souhaité retourner dans sa tribu ?

— Oui, parfois.

— C'est la seule exception à la règle, déclara-t-il. Et c'est ainsi. Je suppose que tu comptes maintenant les heures ?

— Oui. Le train de Ralph arrive à Bourke à onze heures, n'est-ce pas ?

— Oui. Ils devraient être là vers trois heures.

— Je m'attends à ce qu'il ait énormément grandi, dit-elle, les yeux pleins de nostalgie.

— Il sera certainement devenu un homme. Dix-neuf ans hier. Même cinq mois font une grande différence pour un jeune de cet âge.

Pendant un moment, ils restèrent silencieux. Ayant fini son thé du matin, l'homme alluma une cigarette et la femme reprit pensivement sa couture. Son fils revenait de l'institut de formation et elle avait très envie de sentir ses bras forts autour d'elle. Accepter qu'il passe ses dernières vacances de Noël avec des amis en Nouvelle-Zélande avait été un sacrifice. Elle n'avait pas vu ce fils qu'elle aimait passionnément depuis cinq longs mois et était aussi tremblante qu'une femme debout sur une jetée regardant l'arrivée du bateau de son mari navigateur.

— Plus d'une fois il m'est venu à l'esprit, déclara son mari d'une voix traînante, que comme Ralph est presque majeur, il serait sage de lui dire la vérité sur sa naissance.

— Non, John ... Non !

Et avant même de commencer le combat, en voyant la détermination de fer se refléter sur le visage de sa femme, Thornton savait qu'il avait déjà perdu. Il avait su bien avant leur mariage que Mrs Thornton était une femme résolue, qui obtenait toujours ce qu'elle voulait. C'était ce trait de caractère dominateur qui l'avait attiré. Relativement pauvre à l'époque où le besoin d'une compagne s'était fait sentir pour la première fois, il avait, en homme avisé et conscient des épreuves et difficultés du bush australien, soigneusement évité de choisir une femme faible et dépendante, un ornement plus adapté à un salon citadin. Son choix s'expliquait par son bon sens ainsi que par son solde bancaire.

— Mais ce dont nous devons nous rappeler, Ann, c'est que Ralph pourrait découvrir un jour la vérité, plaida-t-il. Ne vaudrait-il pas mieux que nous lui disions gentiment, plutôt que de le laisser apprendre brutalement qu'il n'est pas ton fils, mais celui d'une femme qui était notre cuisinière ?

— Je n'en vois ni la raison ni la nécessité, répondit-elle, les yeux rivés sur son aiguille qui filait. Mary, sa mère, est morte. Le médecin qui l'a mis au monde est mort. Te souviens-tu à quel point j'étais malade quand Ralph est né, malade et presque folle de chagrin parce que mon bébé était mort ? Dans ses derniers instants, Mary me l'a donné. Elle m'a vue quand j'ai pris le bébé avec un cri de joie et l'ai couvert de baisers affamés. Et quand Mary est morte, elle souriait.

— Mais ...

— Non, non, John. Ne discute pas, plaida-t-elle Je l'ai fait mien, et il doit le rester pour toujours. S'il apprend que je ne suis pas sa vraie mère, une différence surgira, une barrière s'élèvera entre nous, malgré tous nos efforts pour la surmonter.

Le désir passionné de cette femme d'avoir un bébé, puis son amour sublime pour l'enfant d'une autre femme, avaient toujours été une source d'émerveillement pour John Thornton. Lui, tout comme sa femme, avait été profondément affecté par la mort de leur héritier après un seul jour de vie et, avec elle, il avait ouvert son cœur au fils adoptif. Mais c'était un homme qui détestait les secrets ou les subterfuges. Son esprit aurait été libéré du seul fardeau de sa vie si sa femme avait accepté que leur fils adoptif soit informé de sa véritable filiation.
Il continua à se battre.

— Ralph est trop bon garçon pour que cette révélation change quoi que ce soit, dit-il. Nous savons que Mary ne nous aurait jamais révélé le nom de celui qui l'a séduite, mais cet homme est probablement toujours vivant et connaît notre secret. Nous ne serons jamais à l'abri de lui. Il pourrait surgir n'importe quand et probablement essayerait de nous faire chanter. Si cela devait arriver, nous serions obligés de tout dire à Ralph, et il aurait alors tout à fait raison de nous reprocher notre silence.

— Le séducteur de Mary se serait manifesté depuis longtemps s'il avait voulu obtenir de l'argent par le chantage, rétorqua-t-elle.

— Mais la possibilité demeure. Encore une fois, un jour, Ralph se mariera. Cela pourrait être avec Kate ou avec la fille de Sir Walter Thorley. Imagine les récriminations qui pourraient en découler. Ne vois-tu pas qu'une franchise totale serait meilleure pour lui et pour nous ?

— Le passé est enfoui depuis vingt ans, John. Ralph est en sécurité. J'ai fait de lui mon bébé. Ne me demande pas de l'éloigner de moi.

L'homme poussa un soupir de défaite. En se levant, il dit :

— D'accord ! Fais comme tu l'entends. J'espère que ce sera pour le mieux.

— J'en suis sûre, John, murmura-t-elle. Puis, pour clore définitivement le sujet, elle changea de conversation. Qui travaille parmi les orangers ? Est-ce un nouvel ouvrier ?

Le squatter interrompit sa marche le long de la véranda pour répondre :

— Oui. Je l'ai engagé ce matin. Je pensais le connaître au début, mais il dit qu'il a vécu toute sa vie dans le Queensland. Il répond au nom de William Clair.

Mrs Thornton se pencha en arrière sur sa chaise, les yeux fermés comme si elle était soulagée d'une grande tension. Et sur sa bouche ferme s'esquissa l'ombre d'un sourire.

CHAPITRE TROIS

Le retour à la maison

La maison principale de la ferme de Barrakee, avec ses murs blancs et son toit rouge, était située dans une oasis d'orangers et de pelouses d'un vert éclatant, le tout ceinturé d'un épais rideau de bambous ondulants de trois mètres de haut. À l'extrémité des jardins, un *billabong*[3] asséché, large d'environ cinquante mètres, séparait la propriété de la rivière.

C'est à cet endroit de la rivière que les bateaux de la ferme étaient amarrés ; ils étaient utilisés principalement pour transporter les passagers d'une rive à l'autre et pour offrir aux habitants de la ferme des moments de détente sur l'eau.

Au sud de la maison principale, à proximité, se trouvaient les bureaux, les logements des ouvriers utilisés par le comptable et les *jackeroos*[4], ainsi que la réserve et les ateliers. En face des bureaux, séparés par une vaste esplanade, s'étendaient les courts de tennis et le terrain de croquet.

Le facteur essentiel qui faisait de la ferme Barrakee l'un des joyaux de la division occidentale de la Nouvelle-Galles du Sud était l'approvisionnement illimité en eau de la rivière. Mrs Thornton gérait la maison principale, tandis que son mari régnait sur la vaste exploitation, les trente à quarante employés et les cinquante à soixante mille moutons. Aucun des deux n'intervenait, ne serait-ce que par la moindre suggestion, dans le domaine de l'autre. Ensemble, ils avaient un but commun : laisser à Ralph Thornton un superbe héritage.

À trois heures et quart, l'un des jeunes employés, posté sur l'estrade qui soutenait les grands réservoirs, aperçut à l'aide de jumelles la puissante voiture de Barrakee. Il signala son approche en tirant un coup de fusil de chasse.

Thornton et sa femme se tenaient devant le portail du jardin, qui s'ouvrait sur l'esplanade devant les bureaux, prêts à accueillir leur fils. La voiture s'arrêta tout près en freinant sans bruit, et un beau jeune homme brun, vêtu d'un élégant tweed gris à la dernière mode, en surgit. Il fut suivi avec plus de retenue par une jeune femme vêtue de blanc.

— Mère ! s'écria Ralph Thornton en serrant dans ses bras la petite maîtresse de maison.

— Ralph ! Oh, Ralph, je suis heureuse que tu sois là, dit-elle en levant les yeux vers lui avec fierté et mélancolie.

Pendant un instant, il la tint dans ses bras, plus comme un amant que comme un fils et, à ce moment-là, elle comprit que s'il avait connu sa filiation maternelle, il ne l'aurait pas fait ainsi. Comme elle était heureuse d'avoir insisté fermement pour que cette information reste secrète !

— Tu dois être fatiguée, Katie, dit doucement le squatter à la jeune fille. La journée a été chaude.

— Vraiment, mon oncle ? répondit-elle d'une voix douce qui s'accordait à sa beauté fraîche. J'étais trop excitée de retrouver Ralph pour m'en apercevoir. Ne trouves-tu pas qu'il a grandi ?

— Je n'ai pas encore eu l'occasion de le remarquer, répliqua-t-il, les yeux pétillants.

— Regarde maintenant, Papa, ordonna le jeune homme, le visage rouge de bonheur, en tendant la main à son père adoptif. Je constate que toi et la Petite Dame paraissez plus jeunes que jamais. Quant à Kate, elle est à couper le souffle ! Puis, apercevant le comptable en arrière-plan, il s'écria en s'approchant de lui :

— Bonjour, Mortimore, comment allez-vous ?

— Je ne parais ni ne me sens plus jeune, Mr Ralph, répondit le comptable. Quand je vous ai vu pour la première fois, il y a dix ans, vous faisiez semblant de jouer du piano sur la machine à écrire du bureau. Et maintenant ! On dirait que c'était hier.

— Et c'est tout ce que c'est, d'ailleurs. Vous vous trompez : ça ne fait pas dix ans, dit le jeune homme avec un sourire heureux. Puis, revenant vers sa mère, il la prit par le bras droit, tandis que le squatter, à sa gauche, offrait le sien à Kate Flinders ; et ainsi alignée, la famille réunie rentra lentement à la maison.

De Brewarrina à Wentworth et d'Ivanhoe à Tibooburra, les deux femmes de Barrakee étaient célèbres. Du squatter à son gérant, du patrouilleur des clôtures[5] au *sundowner*, Mrs Thornton était connue sous le nom de « Petite Dame ». Sa bonté constante envers tous les voyageurs, du *swagman*[6] au Gouverneur-Général, était légendaire. Elle s'inspirait de l'exemple de Napoléon Bonaparte. Ses dons étaient accordés avec discrétion, et ses jugements, scrupuleusement justes, étaient toujours tempérés de miséricorde.

Katherine Flinders, sa nièce orpheline, avait à peu près l'âge de Ralph. Sa silhouette souple et gracieuse suscitait l'admiration de tous, et la voir à cheval était une scène que la mémoire ne pouvait effacer. Parler avec mépris de celles qu'on appelait les « Femmes de Barrakee » était le moyen le plus sûr de finir à l'hôpital le plus proche.

Un repas mêlant déjeuner léger et thé de l'après-midi avait été dressé sur la vaste véranda, où ils trouvèrent Martha occupée à y mettre la dernière main. Son large visage resplendissait — sans pour autant en être embelli — d'un sourire immense. Elle se tenait à côté de la table tandis que le petit groupe montait les marches de la véranda, son corps enveloppé dans une volumineuse robe de chambre bleue, ceinturée à la taille par une lanière de cuir empruntée à une bride. Ses pauvres pieds étaient dissimulés dans des bottes de cavalière marron soigneusement cirées, avec des élastiques sur les côtés. Elle était, ce jour-là, tout simplement splendide.

Le blanc de ses yeux ressortait. Le large sourire de bienvenue révélait de nombreuses lacunes dans ses dents jaunies. Ses cheveux grisonnants étaient clairsemés. Elle débordait d'excitation.

— Eh bien, Martha ! Toujours en vie ? salua gravement Ralph en lui tendant la main. Elle la prit de la gauche, la droite étant pressée contre sa poitrine généreuse.

— Oh, Mithter Ralph ! articula-t-elle avec peine. Pauvre Marthe mourra pas avant de vous revoir une fois de plus.

— Très bien, répondit-il avec un sourire amical. Je serais très ennuyé, ajouta-t-il, si tu mourais maintenant.

Le squatter et sa femme se contentèrent d'une tasse de thé, tandis que leurs « enfants » prirent un déjeuner tardif. Anticipant le moindre souhait du garçon, la Petite Dame se tenait à ses côtés, les yeux pétillants de bonheur, ses traits délicats légèrement rougis. Elle et son mari se réjouissaient d'écouter sa description des vacances passées en Nouvelle-Zélande et de son dernier trimestre à l'institut de formation.

En tant que produit d'une éducation supérieure, il était parfait. Son langage et ses manières étaient irréprochables. Il possédait pourtant une grâce innée dans ses mouvements qu'aucune école ni institut n'aurait pu lui conférer. De taille et de corpulence moyennes, il se tenait assis sur sa chaise avec l'aisance d'un homme né sur le dos d'un cheval. Son visage sombre, presque beau, était animé d'un esprit vif et ouvert ; l'enthousiasme fervent du mystique, plutôt que la franchise directe de l'homme pragmatique, se reflétait dans ses yeux.

Il était une révélation pour ses deux parents adoptifs. Six mois auparavant, il les avait quittés, encore adolescent, pour retourner à l'institut. Il leur était revenu en homme, pleinement adulte. La vantardise de la jeunesse avait cédé la place à une grave assurance, trop sérieuse peut-être pour quelqu'un encore dans ses années de jeunesse. Jamais il ne mentionna le football, le cricket ou l'aviron, ses précédentes passions. Bien que superficielle, sa connaissance de la politique, des arts et de la vie des grands de ce monde était vaste. Le cœur de la Petite Dame débordait de fierté et d'exultation : son mari était indubitablement surpris par l'évolution mentale et physique du jeune homme en l'espace de six mois.

— Eh bien, Papa, maintenant que j'ai fini mes études, que veux-tu que je fasse ? demanda-t-il soudainement.

— Eh bien, mon chéri, tu dois sûrement savoir ce que nous voulons que tu fasses ? intervint Mrs Thornton.

— Je pensais, fit remarquer doucement le squatter, que ton éducation et ton milieu indiquaient l'Église.

Les yeux de la Petite Dame s'écarquillèrent de surprise. Le visage du jeune homme s'assombrit. Kate seule perçut l'éclat malicieux dans les yeux de son oncle.

— Voudrais-tu devenir pasteur, Ralph ? demanda-t-elle en riant.

Sûrement, Papa, tu ne peux pas être sérieux ?

— Qu'aimerais-tu faire ? demanda-t-il gentiment. Le choix t'appartient. Quelle que soit la voie que tu choisisses dans la vie, le droit, l'Église, les forces armées, ou l'une des professions libérales, ta mère et moi l'accepterons.

Le jeune homme laissa échapper un soupir de soulagement.

— Je pensais que tu étais sérieux à propos de l'Église, dit-il lentement. Je préférerais – sans vouloir dénigrer l'Église – transporter mon baluchon toute ma vie le long de la rivière Darling plutôt que de devenir évêque. Je préférerais être patrouilleur des clôtures que général d'armée, ou conducteur de bœufs plutôt que haut fonctionnaire. S'il y a une chose que j'ai apprise au cours de ce dernier semestre, c'est que je ne peux pas être heureux loin de Barrakee. En ville, je me sens comme un oiseau en cage ou un vieux marin vivant ses derniers jours éloigné de la mer. Je veux rester ici avec vous trois. Je veux apprendre à être éleveur, à élever de meilleurs moutons et à produire une laine plus fine. J'espère que vous approuvez ?

— Oh, Ralph, mon cher, bien sûr que nous approuvons ! déclara Mrs Thornton en se penchant vers lui le visage brillant. J'aurais eu le cœur brisé si tu avais fait un autre choix.

CHAPITRE QUATRE

Dugdale va à la pêche

Frank Dugdale, âgé de tout juste vingt-huit ans, occupait le poste de sous-régisseur à la ferme de Barrakee. Dix ans plus tôt, il s'était retrouvé presque sans le sou et pratiquement sans amis. Il n'avait aucun souvenir de sa mère, et lorsque son père, au bord de la faillite, mit fin à ses jours, cette perte le laissa abasourdi et démuni.

Mr Dugdale père était le seul représentant de Dugdale & Co., Wool Brokers et General Station Agents, et son fils était sur le point d'entrer dans l'entreprise au moment du krach économique. Depuis leurs années d'école, son père et Thornton étaient amis. Déplorant que son ami ne lui ait pas demandé d'aide financière, le squatter avait offert au jeune Dugdale la possibilité de devenir un *jackeroo*.

L'offre fut acceptée avec enthousiasme. Dugdale vint à Barrakee et s'installa dans le logement des ouvriers avec le comptable. En dix ans, il fit ses preuves. Lorsque Ralph Thornton quitta l'institut de formation, Dugdale était déjà renommé pour ses compétences équestres, sa connaissance de la laine et sa gestion des moutons.

De taille et de corpulence moyennes, son teint était clair et ses yeux noisette. Ralph et Kate jouaient au tennis lorsque Dugdale passa, fumant sa pipe et tenant à la main une canne à pêche. Pendant un instant, il observa les silhouettes voler dans la lumière dorée du soleil couchant, et son pouls s'accéléra comme à chaque fois qu'il apercevait Kate Flinders.

— Bonjour, Dug ! Vous allez pêcher ? demanda la jeune fille, toute rouge, en rassemblant énergiquement les balles pour servir.

— Non, oh non ! dit-il d'une voix traînante, avec un sourire. Je vais faire du cerf-volant.

— Arrêtez, Dug ! Pas de sarcasme, s'il vous plaît, réprimanda-t-elle, à moitié moqueuse. Il s'arrêta, lui fit face, et lui tendit la canne à pêche pour inspection, en disant :

— Je ne saurais mentir, comme Shakespeare l'a fait remarquer à Étienne d'Angleterre. Voici le fil du cerf-volant.

— Tout à fait, observa-t-elle gentiment. Mais vous devriez cacher la cuillère. En plus, votre citation est complètement fausse. C'est Washington qui s'est vanté de n'avoir jamais raconté un seul mensonge.

— Et Étienne d'Angleterre a vécu quelques siècles avant Shakespeare, ajouta Ralph.

— Vraiment ? répondit Dugdale innocemment. J'ai bien peur que mon éducation ne s'effrite. Et en quelle année le déploré Étienne d'Angleterre est-il monté sur le trône ?

— En l'an mil cent.

— Avant ou après Jésus-Christ ?

— Après, bien sûr, espèce d'imbécile.

— Je suis donc contraint de m'émerveiller devant la faiblesse de vos arguments. J'ai pourtant clairement dit ...

— Au revoir, Dug, et bonne chance ! Service ! s'écria joyeusement Kate. Elle n'était pas tout à fait sûre de ses sentiments envers Frank Dugdale. Il avait le don de dire des choses agréables, originales et inattendues. Il était compétent, précis, sûr de lui, mais ...

Arrivé au bord de la rivière, il se dirigea vers les bateaux, et à ce moment précis le soleil disparut. Cela ne devait pas se produire avant encore une demi-heure. Il regarda donc vers l'ouest et aperçut un épais banc de nuages derrière lequel le soleil avait disparu. Sélectionnant le plus léger des bateaux, il se lança dans le courant, attacha la cuillère brillante à la ligne, puis, tirant lentement, la laissa couler par-dessus la poupe. Il fixa l'extrémité de la ligne au sommet d'un bâton à ressort attaché au côté du bateau. Ainsi, lorsque le poisson mordait, le ressort le retenait sans que la ligne ne se brise, remplaçant ainsi un deuxième pêcheur.

La ligne en place, Dugdale remonta lentement le cours d'eau tranquille, longeant une rive lorsque l'absence d'obstacles le permettait, ou les contournant lorsqu'il en rencontrait.

Bien que la soirée fût lumineuse, l'air était calme et humide. Le moindre cri d'oiseau, le plus petit clapotis d'un poisson, résonnaient avec une netteté accrue. Lorsqu'un kookaburra criait, son rire diabolique frappait le cœur et l'esprit du pêcheur comme un sombre présage.

Depuis plusieurs années, Dugdale aimait Kate Flinders. C'était une passion pure, un amour désintéressé qui ne cherchait pas la possession mais la réciprocité, l'apogée de l'amour qui s'efforce de maintenir l'objet adoré sur un piédestal sans jamais tenter de l'en faire descendre.

Dugdale considérait l'accomplissement de son amour comme un espoir vain. Il savait qu'il n'était qu'un pauvre anonyme, fils d'un homme ruiné qui s'était suicidé. Le sommet qu'il pouvait espérer atteindre dans l'industrie pastorale était celui de gérant de domaine. Un tel poste ne pourrait s'obtenir que grâce à des appuis bien plus qu'à ses compétences. Ce rêve n'avait rien de certain. Il était plus probable qu'il parviendrait à devenir régisseur ; mais il avait résolu qu'il ne pourrait jamais demander à Kate Flinders d'accepter pour époux un simple régisseur.

Bien que les Thornton l'aient toujours traité en égal, il se rendait compte que sa position, tant sociale que financière, ne pourrait jamais rivaliser avec la leur. Il existait cependant un moyen de réaliser ses rêves : gagner un prix à la grande loterie foncière de Nouvelle-Galles du Sud.

S'il avait la chance de remporter l'un des prix – ce qui supposait d'abord qu'il tire au sort un cheval bien classé —, il disposerait d'une excellente base pour bâtir, grâce à ses connaissances en matière de moutons et de laine, une fortune modeste en quelques années. Mais, comme pour le poste de gérant, rien n'était certain.

Dugdale atteignit le coude de la rivière où Ponce Pilate et les siens avaient établi leur campement. Son bateau survolait le gouffre creusé par d'innombrables crues, mais l'appât à la cuillère, traînant à plusieurs mètres derrière, frôlait le bord du trou lorsque le grand cabillaud mordit.

La canne à ressort se courba, jusqu'à toucher l'eau. Lâchant les rames, Dugdale se précipita sur la ligne, tendue comme un fil de fer. La barque se mit à reculer, tirée par le poisson, et Dugdale attendit, le souffle suspendu, le moment où l'animal tournerait, lui laissant une chance de reprendre du fil pour le fatiguer.

La barque avançait plus vite que lorsqu'il ramait. Raide d'excitation, sourd aux cris exaltés des Aborigènes sur la berge, Dugdale attendit. Trente secondes après avoir mordu à l'hameçon, le poisson fit volte-face et remonta le courant en passant sous le bateau.

Dugdale récupéra une douzaine de mètres de ligne avant que le poisson atteigne l'extrémité de sa laisse raccourcie, et s'engagea alors une lutte haletante. Le crépuscule tomba, épaississant les ombres sous les eucalyptus. La masse nuageuse, filant depuis l'ouest, atteignait le zénith. Il faisait presque nuit lorsque le poisson céda enfin, s'immobilisant dans une morne résignation. Lentement, Dugdale le ramena vers la barque, une masse inerte et sans vie, comme s'il avait ferré un sac de galets.

Qu'il s'agisse d'un poisson énorme, il n'en doutait pas, à en juger par son poids mort. Lentement, il l'amena le long du bord. La barque se mit inexplicablement à tanguer. Un instant, il aperçut le large dos vert, puis se mit à tâtonner du pied, à la recherche du bâton recourbé servant à le hisser.

— Laissez-moi faire, chef, dit une voix. Ramenez-le ici, à côté. Ouais, encore un peu.

N'osant pas détourner son regard du cabillaud immobile, prêt à reprendre la lutte à tout moment, Dugdale aperçut un bras puissant et noir entrer dans son champ de vision, tenant une courte perche recourbée comme une gaffe.

Le bras et le bâton bougèrent soudain avec une rapidité fulgurante. L'extrémité fine de la gaffe glissa dans les ouïes du poisson, un coup sec faillit renverser le bateau, et le gigantesque poisson – qui accusa finalement dix-huit kilos et quelque à la pesée – gisait là, miroitant d'un vert scintillant dans la pénombre.

Détournant son regard du poisson, Frank Dugdale leva les yeux vers son sauveur providentiel et découvrit le plus bel exemple d'un Aborigène qu'il ait jamais vu. L'homme était nu, à l'exception d'un short en toile kaki. La largeur de sa poitrine, l'étroitesse de ses hanches, ses jambes puissantes et ses bras désormais luisants d'eau, étaient magnifiques. Sa peau était noire d'ébène, et ses épais cheveux bouclés étaient blancs comme neige.

Il était vieux – Dugdale pensa qu'il avait près de soixante ans – mais les vices de la civilisation blanche ne l'avaient pas touché. Quand il parlait, son accent était australien. Dans sa voix, il n'y avait aucune influence tribale :

— C'est un sacré poisson, dit-il. Je me suis dit, à la façon dont il se battait, que c'était un costaud et que vous auriez besoin d'un coup de main pour le sortir.

— Merci pour votre aide. Je ne pense pas que j'y serais arrivé sans vous, reconnut le pêcheur. Si vous voulez envoyer quelqu'un à la ferme demain matin, je pourrai vous en donner une part.

— Super ! J'enverrai mon fils, Ned. Vous avez une idée de l'heure ? demanda-t-il.

— Ça doit être autour de huit heures et demie.

— Merci. Je file, j'ai un rendez-vous.

Et, sans faire la moindre éclaboussure, l'Aborigène plongea dans la rivière et disparut dans l'obscurité, maintenant si profonde que Dugdale ne put qu'imaginer qu'il nageait vers le côté de la rivière où se trouvait la ferme.

Alors que le reste de la tribu avait regagné son feu de camp, Dugdale démêla la ligne et l'enroula lentement autour d'un petit morceau de planche.

Le bateau se trouvait alors dans le léger contre-courant de la méandre, imperceptiblement emporté vers l'amont de la rivière. Dugdale passa quelques minutes à retirer la cuillère de la ligne, puis quelques minutes supplémentaires à couper pensivement des copeaux de tabac pour sa pipe. Une fois qu'elle fut allumée à sa satisfaction, il saisit les avirons, se propulsa lentement vers le courant principal et se laissa dériver jusqu'à la ferme.

Il se trouvait à une centaine de mètres du ponton lorsque la première goutte de pluie éclaboussa l'eau à proximité, accompagnée d'un léger gémissement qui se transforma brusquement en un bruit sourd, semblable à celui d'un petit garçon qui frappe une palissade avec une baguette.

C'était un son que Dugdale n'avait jamais entendu auparavant. Intrigué, mais nullement inquiet, il s'approcha du ponton sans se presser, descendit et amarra le bateau.

C'est au moment où il enfonçait le piquet de fer pour amarrer la barque qu'il fut stupéfait d'entendre au-dessus de lui des râles humains. Alarmé, il se redressa pour écouter davantage. Un bruit sourd retentit, puis le silence.

Il fut paralysé un instant, mais ce ne fut qu'un bref moment. Dans l'obscurité totale, il gravit la berge escarpée. Au sommet, le déluge s'abattit sur lui. Il tendit de nouveau l'oreille. Au loin, vers la clôture inférieure du jardin, une branche sèche craqua avec un bruit semblable à un coup de pistolet.

Dugdale demeura immobile, attentif. Un éclair vacilla au loin, et par son éclat, il distingua le remblai étroit sur lequel il se tenait, l'étang asséché qui le séparait du jardin, et la silhouette indistincte d'une femme en blanc devant le portail du jardin.

Le tonnerre grondait au loin. Lentement, il descendit vers le *billabong*, avançant à tâtons dans une obscurité totale. Un éclair déchira à nouveau le ciel, vacillant et éblouissant. Son regard, fixé sur le portail du jardin, n'y distingua aucune silhouette vêtue de blanc. Mais ce portail lui servait de repère dans les ténèbres.

Toujours lentement, il s'y dirigea. Il faisait si sombre qu'il faillit se heurter à un eucalyptus, ses mains seules le sauvant d'une collision violente. Après avoir contourné le tronc, il reprit sa route mais à peine était-il parti qu'un éclat de lumière bleuâtre l'aveugla presque, suivi instantanément d'un coup de tonnerre assourdissant.

Illuminé par ce flash, il découvrit juste à ses pieds la silhouette de l'Aborigène qui, peu de temps auparavant, l'avait aidé à remonter le gros poisson.

Le calme s'installa soudain dans le monde et dans son esprit. Sortant une boîte d'allumettes, il en alluma une et se pencha. Les yeux blancs, vides, fixes et vitreux sous la lueur de l'allumette, ainsi que la terrible blessure au sommet de la tête de l'homme, ne laissaient aucun doute quant à sa mort.

Pourtant, cette découverte horrifiante fut enregistrée dans l'esprit de Frank Dugdale avec moins d'acuité que la vision d'une silhouette en blanc, vaguement aperçue au portail du jardin, à moins de trente mètres de distance.

CHAPITRE CINQ

Une nuit pluvieuse

Du cours de la rivière à la limite occidentale de la ferme de Barrakee, il y avait environ cent-trente-trois kilomètres. Le domaine qui constituait cette exploitation avait une forme approximativement oblongue.

Pour des raisons administratives, il était divisé en deux parties inégales : la partie occidentale, plus vaste et plus étendue, était sous la direction de George Watts, le régisseur, qui résidait à la dépendance du lac Thurlow. L'extrémité de l'exploitation du côté de la rivière était, quant à elle, administrée par le sous-intendant, Frank Dugdale.

Cependant, même si Thornton dirigeait Frank Dugdale, il donnait rarement des instructions à George Watts, qui méritait – et bénéficiait – de la confiance absolue de son employeur. Chaque soir, à huit heures, le squatter se rendait à son bureau et téléphonait successivement à chacun des patrouilleurs des clôtures de sa propriété. Il recueillait leurs rapports et décrivait le travail du lendemain. Même les samedis et les veilles de fêtes, il appelait à la même heure, car ces hommes vivaient isolés dans leurs cabanes, et en l'absence de réponse à sa sonnerie, on pouvait supposer qu'un accident s'était produit et que l'homme gisait blessé, quelque part dans le bush. Depuis qu'il était squatter, il avait fallu dépêcher des équipes de recherche à trois reprises.

Lorsqu'il en avait fini avec ses patrouilleurs, il appelait habituellement le lac Thurlow pour discuter avec le régisseur de l'état du cheptel et de sujets connexes, ainsi que pour conseiller ou approuver toute question qui pouvait lui être soumise.

Il était de bonne humeur ce soir-là, car George Watts avait signalé une pluie continue lorsqu'il avait communiqué avec lui, au moment où Dugdale avait attrapé le cabillaud de dix-huit kilos. Après neuf mois de sécheresse, une bonne pluie à cette époque de l'année signifiait des pâturages verts pour les agneaux à venir et une abondance d'eau en surface, épargnant ainsi aux brebis lourdes de devoir parcourir des kilomètres pour boire aux puits et revenir se nourrir.

Alors qu'il parlait encore avec le régisseur, la pluie atteignit la rivière, s'abattant dans un grondement continu sur le toit en tôle ondulée du bureau. Après les appels, il se mit à écrire plusieurs lettres personnelles. Il était absorbé par cette activité lorsque la porte s'ouvrit, laissant entrer presque en bondissant le sous-régisseur, trempé jusqu'aux os.

— Bonne pluie, Dug, hein ? dit joyeusement Mr Thornton.

Il ne pouvait distinguer clairement le visage de Dugdale jusqu'à ce que ce dernier entre dans le cercle de lumière projeté par l'ampoule électrique au-dessus du bureau. Remarquant l'expression inhabituelle sur le visage de son subordonné, il ajouta :

— Qu'est-ce qui ne va pas ?

Dugdale raconta la pêche du poisson, avec l'aide de l'étrange homme noir, son retour au ponton, ce qu'il entendit ou crut entendre, et sa découverte de l'homme mort.

— Etes-vous sûr que cet homme est mort ? le pressa Thornton.

— Absolument.

— Allons l'examiner. Mieux vaut prendre un pardessus.

— Pas pour moi. Je ne peux pas être plus mouillé que je ne le suis déjà.

— Eh bien, je ne vais pas me mouiller pour tous les Aborigènes morts du Commonwealth, annonça Thornton. Attendez que je prenne un imperméable et une torche.

Il revint une minute plus tard, et ensemble, éclairés par le faisceau brillant de la torche, ils traversèrent le court de tennis et descendirent dans le *billabong*, jusqu'à l'endroit où gisait le cadavre.

Un premier coup d'œil suffit à confirmer la mort.

— La pluie qui vient de tomber va compliquer la tâche de la police, Dug, fit remarquer gravement Mr Thornton. La plupart des traces sont déjà effacées. Mais d'après celles qui restent, il est évident qu'il y a eu une lutte. Même ces indices disparaîtront d'ici demain.

— C'est une chose terrible, dit Dugdale, tandis qu'un profond soulagement envahissait son cœur à l'idée que la pluie était enfin arrivée.

— Oui. Mais nous ne pouvons rien faire pour lui. Allez au quartier des hommes et demandez à quelques-uns de venir porter le corps jusqu'à l'atelier du menuisier. Posez-le sur l'un des bancs et couvrez-le. Est-ce que vous pouvez vous repérer dans cette foutue obscurité ?

— Oui je le crois. Mais restez une minute avec votre lumière allumée jusqu'à ce que j'atteigne la pompe, d'accord ?

— Très bien.

Guidé par le faisceau de la torche du squatter, Dugdale finit par atteindre la pompe, où la marche devint plus aisée, puisqu'il se trouvait sur un sentier battu. Il cria qu'il était en sécurité, et Thornton, rassuré que son sous-intendant ne risquait plus de glisser sur la berge désormais dangereusement glissante de la rivière, retourna à son bureau.

De là, il téléphona à la police de Wilcannia.

— Bonsoir, sergent, dit-il lorsque l'officier supérieur répondit à son appel. Quelle belle pluie nous avons là.

— Quoi ! Il pleut par chez vous ? s'exclama le sergent d'une voix bourrue. Ici, il fait tout à fait beau, Mr Thornton.

— Je suis désolé de l'apprendre. J'espérais que ce serait une pluie générale. Ce doit être seulement un orage local. Quoi qu'il en soit, nous avons un meurtre.

— Pardon ? Un quoi ?

— Un m-e-u-r-t-r-e, épela Thornton lentement.

— Oh, ce n'est que ça ?

— Ça ne vous suffit pas ? Je ne plaisante pas.

— Vous ne plaisantez pas ? Ça s'est passé quand ? Ça s'est passé comment ? enchaîna l'officier, désormais sérieux.

Le squatter répondit à toutes les questions et rapporta qu'il avait ordonné le transport du corps dans l'atelier du menuisier.

— Je ne pense pas avoir autre chose à faire, n'est-ce pas ? s'enquit-il.

— Non, je ne pense pas, acquiesça le policier. Puis, il ajouta :

— Je vous rappellerai plus tard pour savoir s'il pleut encore chez vous. Si c'est le cas, je serai obligé de venir à cheval. Je suis tellement habitué à la voiture que je n'ai pas envie de faire quatre-vingt-dix-sept kilomètres à cheval. Au diable la pluie !

— Allons, allons ! le réprimanda Mr Thornton. N'oubliez pas que je suis juge de paix.

— Désolé, Mr Thornton, rit le sergent. Mais pourquoi diable cet Aborigène n'a-t-il pas pu se faire assassiner une nuit où il ne pleuvait pas ?

— Je ne saurais le dire. Demandez-lui quand vous viendrez ici demain. Et, en riant, le propriétaire de la ferme raccrocha pour appeler George Watts et transmettre la nouvelle aux friands d'informations.

Plus tard, Frank Dugdale entra.

— Nous avons déplacé le corps, rapporta-t-il.

— Bien ! Le squatter désigna une chaise vide. Il vaudrait mieux, dit-il, puisque vous êtes – ou serez – le témoin principal, que je consigne par écrit les événements qui ont conduit à votre découverte. Racontez lentement et essayez de ne rien omettre, Dug.

Frank Dugdale raconta à nouveau son histoire, décrivant les bruits significatifs qu'il avait entendus dans le bateau et en l'amarrant. Lorsqu'il eut terminé, Thornton s'appuya contre le dossier de sa chaise, choisit une cigarette et fit glisser la boîte de l'autre côté du bureau.

— Il semblerait, dit-il pensivement, que le meurtre ait eu lieu juste au moment où vous amarriez le bateau.

— Oui. Je crois que le bruit sourd horrible que j'ai entendu était celui du coup porté.

— Vous n'avez rien vu ?

Les deux hommes se regardaient droit dans les yeux. Dugdale répondit sans hésitation :

— Je n'ai rien vu, ni personne.

— Il est surprenant que le meurtrier ait pu s'enfuir à temps. Quel laps de temps pensez-vous qu'il s'est écoulé entre le bruit de ce coup et le moment où vous avez vu le cadavre dans l'éclair ?

Dugdale réfléchit un instant ou deux. Il se sentait ravi d'avoir raconté l'un des rares mensonges de sa vie. Son regard, cependant, restait fixé sur l'encrier en laiton.

— Difficile à estimer, dit-il lentement. Ça n'a pu durer qu'une minute, peut-être trois. En tout cas, pas plus de trois.

— Hum !

Le squatter ajouta quelques mots à ses notes.

— Le sergent de police voulait savoir pourquoi cet Aborigène n'avait pas pu se faire tuer par une belle nuit. Moi aussi, j'aimerais bien comprendre pourquoi il a choisi ma propriété, et tout près de ma maison, pour se faire tuer. Ça va causer pas mal de désagréments. C'est un de mes jours de malchance. Même la pluie est en train de s'arrêter.

CHAPITRE SIX

L'enquête

— Maintenant, Mr Thornton, après cet excellent déjeuner, nous allons interroger les hommes.

Le sergent de la police montée de Nouvelle-Galles du Sud, vêtu de culottes kaki et d'une tunique bleue, s'arrêta avec le squatter devant le bureau. A proximité, un groupe de sept hommes attendait, tandis que sur la véranda du logement des ouvriers se tenaient Dugdale, Ralph et un *jackeroo* nommé Edwin Black.

Le sergent fut conduit au bureau, où les deux hommes prirent place de l'autre côté de la large table. L'homme en uniforme bourra sa pipe, et, voyant qu'il n'avait pas l'intention de commencer immédiatement les interrogatoires, Thornton prit une cigarette en disant :

— Je pensais que vous voudriez d'abord examiner la scène du meurtre.

— J'aurais pu le faire si la pluie n'était pas tombée la nuit dernière et n'avait pas effacé les traces, répondit l'élégant fonctionnaire à la moustache grise. Dans l'état actuel des choses, nous allons commencer par remettre un peu d'ordre dans cette histoire, en commençant par vous.

—Par moi !

—Par vous.

— Mais qu'est-ce que je pourrais savoir ?

Le sergent sourit.

— Je ne sais pas encore. Je le saurai bientôt. À quelle heure est-ce que Dugdale vous a annoncé sa découverte ?

— À neuf heures moins dix-neuf minutes, répondit Thornton sans hésitation.

— Vous êtes sûr de l'heure ?

— Absolument.

— Dugdale se trouvait dans quel état ?

— Il était trempé jusqu'aux os et, je pense, un peu bouleversé.

— Oui, oui. Bien sûr. Mais est-ce qu'il était essoufflé ? Est-ce que ses vêtements étaient en désordre, déchirés ?

— Non, aux deux questions.

— Très bien. Maintenant, combien d'hommes employez-vous ici ?

— Il y en a sept actuellement qui travaillent sur la ferme ou qui parcourent les enclos à proximité.

— Est-ce la liste de leurs noms ?

— Oui. A cela s'ajoutent les hommes du logement des ouvriers et le nom de mon fils.

— Alors, je pense que nous verrons d'abord Dugdale.

— Appelez Dug, Mortimore, s'il vous plaît, dit le squatter à son comptable.

Lorsque le sous-régisseur parut, le sergent l'évalua d'un regard fixe, et lui indiqua de la main une chaise libre.

— On m'a dit que vous aviez trouvé hier soir le corps d'un Aborigène entre le jardin et la rivière, dit-il d'une manière des plus officielles. Vous avez fait cette découverte en revenant d'une sortie de pêche. Racontez-moi ce qui s'est passé à partir du moment où vous êtes monté dans le bateau pour aller pêcher. Prenez votre temps et n'oubliez rien.

Lorsque Dugdale fit une pause à la fin de son récit, le sergent lui demanda :

— Connaissiez-vous l'Aborigène ?

— Non, je ne l'avais jamais vu auparavant, répondit Dugdale à voix basse.

— Vous dites qu'en approchant du bord de la rivière, à votre retour, vous avez entendu un son étrange, une sorte de gémissement qui s'est terminé par une détonation sèche. Pourquoi ce son vous semblait-il étrange ?

— Parce que jamais auparavant je n'avais entendu un tel bruit, sauf peut-être lorsqu'il m'a rappelé le vrombissement des canards volant tout près au-dessus de ma tête.

— Ah ! Voilà qui est intéressant.

Pendant un instant, l'interrogateur regarda pensivement par la fenêtre. Puis : Après le bruit, alors que vous étiez sur la terre ferme et que vous amarriez le bateau, vous avez entendu quelqu'un haleter. Ce bruit d'halètement pouvait-il être causé par un homme essoufflé après s'être battu ?

— Je ne pense pas, répondit lentement le sous-régisseur. Cela ressemblait plutôt à celui d'un homme qui aurait plongé profondément dans l'eau et qui, après y être resté un certain temps, aurait rempli ses poumons d'air en atteignant la surface.

— Et vous n'avez vu personne ?

— Il faisait sombre.

— Je le sais. Mais la lueur d'un éclair a-t-il permis de voir quelqu'un ?

— Non.

— Sûr ? aboya soudain le sergent, car ses yeux pénétrants avaient remarqué une légère rougeur autour des pommettes de Dugdale.

— Absolument.

— Très bien. Cela suffira pour le moment. Envoyez Mr Ralph Thornton, s'il vous plaît.

Lorsque Ralph entra dans le bureau, le sergent écrivait sur un bout de papier. Poussant le papier vers le squatter, il fit signe gentiment à Ralph de s'asseoir. Sur le bout de papier que Thornton lut, il y avait la phrase : « L'éclair a révélé la présence de quelqu'un à Dugdale. »

— Comment avez-vous passé la soirée d'hier, Mr Ralph ? demanda-t-il au jeune homme d'un ton beaucoup plus aimable.

— J'ai joué à un jeu de cartes avec Black dans le logement des ouvriers après le dîner.

— À quelle heure avez-vous commencé à jouer ? Une idée ?

— Un peu après huit heures, je pense. Nous avons joué jusqu'à dix heures.

— Cela vous met hors de cause. Demandez à Mr Black d'entrer un instant, s'il vous plaît.

Edwin Black corrobora la déclaration de Ralph et à son tour envoya Johnston, le charpentier. Johnston ne fut pas invité à s'asseoir.

— Où étiez-vous, Johnston, entre sept heures et neuf heures hier soir ? demanda le sergent en reprenant son ton officiel.

— Dans le logement des hommes.

— À faire quoi ?

— Je lisais l'histoire gore d'un type qui a arseniqué ses trois femmes.

— Oh ! Vous voulez dire que vous lisiez un roman ?

— Quelque chose comme ça, répondit Johnston, un homme grand, anguleux et roux. Dans ma jeunesse, nous appelions ces bouquins des « polars sanguinolents ». Je me souviens ...

— Précisément. Qui était dans le logement des ouvriers avec vous au moment où vous lisiez ce roman ?

— Bob Smiles, Bert Simmonds et Jack O'Grady.

— Ça fait quatre. Où étaient les autres : Clair, McIntosh et Fred Blair ?

— Comment que j'pourrais le savoir ?

— Allons, allons ! Est-ce que ces trois-là ont été absents entre huit heures et demie et neuf heures ?

— Ecoutez, sergent ! Je répondrai à n'importe quelle question sur moi, murmura le charpentier avec un calme étudié.

— D'accord, Johnston, répliqua le sergent, imperturbable. Envoyez Bob Smiles.

Smiles, Simmonds et O'Grady corroborèrent brièvement les réponses de Johnston, et finalement William Clair entra. Il portait une barbe de six jours.

— Je ne vous connais pas, Clair. Vous venez d'où ? fut la première question posée à l'homme décharné.

— On peut pas dire que je vienne de quelque part, répondit Clair d'une voix rauque.

— Vous avez mal à la gorge ?

— Ouais, dit Clair calmement. Et j'aimerais bien que ce soit vous qui l'ayez à ma place.

— Pas moi. Quelle est votre adresse ?

— J'ai pas d'adresse. J'ai traîné ma besace toute ma vie. Le dernier endroit où j'ai bossé, c'était à la ferme Humpy-Humpy, près de Winton, dans le Queensland, en 1920.

— D'accord. Maintenant, comment avez-vous passé la soirée d'hier ?

— J'étais loin, en bas, à la rivière, presque tout le temps, à poser une demi-douzaine de pièges à chiens, répondit Clair.

— Vous avez dû vous faire mouiller.

— Si je l'avais pas été, j'aurais pas attrapé ce foutu rhume.

— Pas de chance. Quand avez-vous commencé à poser vos pièges ?

— Presque au coucher du soleil.

— Et vous êtes rentré ?

— Juste après qu'ils ont transporté le cadavre jusqu'ici, à la menuiserie.

— D'accord, Clair. Envoyez McIntosh.

Aux questions du sergent, McIntosh, un jeune de dix-huit ans, admit qu'il « courtisait » la femme de chambre et qu'ils s'étaient abrités pendant la pluie.

Blair, le dernier homme, entra alors.

C'était un petit homme sec, mesurant moins d'un mètre soixante-dix, un homme de plus de cinquante ans, mais avec la vivacité et la souplesse d'un jeune homme. Un teint brûlé par le soleil accentuait la grisaille de ses cheveux et de la barbichette qui saillait de son menton.

Il travaillait comme conducteur de bœufs. Pour les habitants de Wilcannia, il était connu comme le petit homme féroce qu'il fallait toute l'énergie combinée de la police pour mettre sous les verrous. Cela se produisait à chaque visite de Blair à Wilcannia, soit tous les trimestres.

Le sergent Knowles, quant à lui, était une perle parmi les policiers, car il possédait un sens de l'humour aiguisé. Il ne gardait jamais rancune à Blair pour les ecchymoses reçues en aidant ses subordonnés à l'enfermer. Il éprouvait même pour lui une profonde admiration, en raison de son courage et de ses qualités de combattant, qu'il soit ivre ou sobre. Avec un sérieux parfait, il déclara :

— Vous vous appelez Frederick Blair ?

Blair, sachant que cet interrogatoire n'avait rien à voir avec son employeur et souhaitant s'assurer que le sergent ne pense en aucune façon qu'il était nerveux, s'assit sur la chaise vide avec une insolence étudiée, croisa élégamment les jambes et plaça tout aussi élégamment ses pouces dans les emmanchures de sa veste couverte de graisse.

— Est-ce que je m'appelle Frederick Blair ? demanda-t-il, les yeux au plafond. Maintenant, je me le demande !

— Je vous le demande, dit doucement le sergent.

— Z'avez combien de diables avec vous ? s'enquit Blair, avec la même douceur.

— L'agent Dowling est dehors.

— Vous n'êtes que deux ? Je peux vous maîtriser d'une seule main. La barbichette de Blair se redressa vers son nez.

— Ecoutez-moi, sergent, la dernière fois que j'étais à Wilcannia, vous vouliez que cette foutue prison soit blanchie à la chaux, alors vous m'avez arrêté, moi et deux autres, pour conduite en état d'ivresse, et ça nous vaut quatorze jours de détention juste pour blanchir la prison sans que vous payiez les tarifs réglementaires. Ce que j'veux savoir, c'est quand vot' foutue prison aura à nouveau besoin d'être blanchie à la chaux ?

— Pas avant trois mois, Blair. Mais ce que je veux savoir, c'est où ...

— Rien à faire de ce que vous voulez savoir, s'exclama le petit homme en furie. Ce que moi je veux savoir, c'est si, la prochaine fois que je viens à Wilcannia et que la prison n'a pas besoin d'un coup de badigeon, vous allez me laisser tranquille pour boire un verre en paix.

— On verra ça la prochaine fois. Où étiez-vous hier soir ?

— Vous aimeriez bien le savoir, hein ?

— Oui, je veux savoir, répondit le policier, un peu impatient.

Blair se pencha soudain en avant, ses yeux bleus scintillants.

— En fait, sergent, j'ai rencontré le type aborigène hier soir et je lui ai demandé une allumette. Il m'a traité de mouchard de la police. Moi ! Moi, sergent, un mouchard de la police ! Alors j'ai couru jusqu'à la maison, j'ai attrapé l'escabeau des domestiques, je l'ai apporté jusqu'à l'Aborigène, je lui ai demandé de rester immobile à côté, j'ai grimpé jusqu'en haut pour me mettre à la hauteur de sa tête, puis je l'ai frappé avec un concombre que j'avais piqué dans le jardin.

Puis, se tournant vers le squatter, il ajouta :

— Vous comprenez, Mr Thornton, je suis un petit gars, je pouvais pas atteindre la tête de cet Aborigène sans l'escabeau. Mais je l'ai repris et remis à sa place, l'escabeau.

Les deux hommes furent obligés de rire. Blair, cependant, restait parfaitement sérieux.

— Mais enfin, Blair. Honnêtement, où étiez-vous vers vingt heures trente hier soir ? insista le sergent.

— Je vous l'ai dit, répondit Blair. J'ai assassiné cet Aborigène en lui donnant un coup de concombre pourri sur la tête. Je suis coupable. Arrêtez-moi, sergent, et on verra comment vous vous en sortez. À deux contre moi ! Même comme ça, je pourrais vous terrasser.

— Pas dans le bureau, Blair. Vous briseriez les meubles, murmura Thornton.

— Bon, Blair. Vous feriez mieux d'y aller, dit le policier résigné.

Blair se leva lentement, sa barbiche reprenant sa position habituelle en angle droit sous son menton. Lentement, il se dirigea vers la porte, comme à contrecœur. Sur le seuil, il se retourna, comme un homme porteur d'informations cachées. Le sergent eut soudain de l'espoir ; Blair revint alors lentement vers la table et, se penchant en avant, chuchota :

— Dites, sûr que vous voulez pas m'arrêter, sergent ?

— Bien sûr. Quand je le serai, je vous arrêterai.

— Nom de Dieu ! Vous, avec vos foutus agents à cheval pour vous donner un coup de main. Blair faillit pleurer de déception. Puis, d'un ton suppliant :

— Mais ayez un peu de cœur, sergent ! Me foutez pas en tôle la prochaine fois pour blanchir la prison. Moi, je vais à Wilcannia pour me soûler comme un respectable pochard, pas pour blanchir les prisons. C'est pas juste, ça.

Avec un signe de tête résigné, Blair les quitta.

— Qu'est-ce que vous pensez de Blair ? demanda le squatter en ricanant.

— Blair est un bagarreur, pas un meurtrier, répondit le sergent Knowles avec un sourire. Les deux, ça ne va pas ensemble, en dehors d'une baston d'ivrognes, et ce meurtre n'est pas le résultat d'une bagarre d'ivrognes. Combien de domestiques avez-vous ?

— Trois. Martha la cuisinière, Alice la femme de chambre et Mabel, qui s'occupe du linge.

— Hum !

Le sergent relut attentivement ses notes. Puis, levant les yeux, il ajouta :

— Je vais jeter un coup d'œil au cadavre. Ensuite, on ira voir l'endroit où le meurtre a eu lieu. Puis, j'interrogerai les Aborigènes dans ce campement en amont de la rivière. En ce qui concerne vos employés, je ne suis pas satisfait de Clair. J'enverrai le gendarme Dowling avec lui pour voir s'il a réellement posé des pièges la nuit dernière. Et aussi, Mr Thornton, Frank Dugdale a bien vu quelqu'un dans l'éclair.

CHAPITRE SEPT

L'unique indice

— Au diable la pluie ! râla le sergent Knowles, en regardant quatre piquets en bois disposés en croix pour marquer l'endroit où le corps avait été retrouvé. Il ajouta :

— Il n'y a plus aucune trace pour un traqueur aborigène, encore moins pour un homme blanc.

Le squatter murmura :

— Ce qui me semble significatif, c'est que l'Aborigène mesurait un mètre quatre-vingt-treize, et pourtant, comme vous le dites, le coup porté au sommet de sa tête a été porté vers le bas. Une telle situation exclut tout homme de taille moyenne, à moins qu'il n'adopte le plan de Blair et n'utilise un escabeau.

— Exactement, acquiesça distraitement le sergent. Il se tenait du côté de la rivière devant les quatre piquets en bois et faisait donc face à la clôture du jardin. Dugdale est-il amoureux de l'une des servantes ou de Miss Flinders, à votre connaissance ?

— Je ne sais pas. Je n'ai aucune preuve d'une relation amoureuse. Pourquoi cette question ?

— Juste comme ça, répondit le sergent, l'air absent. Allons au campement. Tiens ! Qui est-ce ?

Le long de la rive, une jeune Aborigène marchait en direction des deux hommes et de la maison. Les deux hommes la regardèrent approcher, le sergent remarquant sa démarche souple et les courbes délicates de son corps. Elle devait avoir une vingtaine d'années, mais sa silhouette était exceptionnellement gracieuse pour une jeune femme aborigène, dont la silhouette anguleuse et mal assurée laisse souvent place, avec une rapidité surprenante, à des formes beaucoup plus corpulentes à l'âge adulte.

Elle portait un chemisier en mousseline blanche, une jupe bleu marine soignée, des bas et des chaussures noires. Ses vêtements bon marché mais bien ajustés mettaient en valeur une grâce inconsciente de femme blanche. De près, elle les regarda sans crainte.

Selon les critères des blancs, les femmes aborigènes sont souvent jugées peu attrayantes. Cette jeune fille était cependant une exception rare. Son visage ovale et plat, son front haut et large, son nez peu épaté aux narines finement ciselées, et ses lèvres plus épaisses que celles des femmes blanches mais moins que celles des Aborigènes habituelles, lui conféraient une beauté remarquable.

— Bonjour, Nellie ! Tu montes à la maison ? demanda gentiment Thornton.

Elle sourit, et le sergent remarqua que son sourire était retenu et non franc comme à l'accoutumée.

— Oui, Mithter Thornton, dit-elle. Mithess Thornton m'a fait venir pour donner un coup de main à Mabel. Elle fait la lessive demain.

— Ah oui ! Demain, c'est lundi, n'est-ce pas ?

— Comment t'appelles-tu, jeune fille ? intervint le sergent Knowles.

— Moi, c'est Nellie Wanting.

Elle regardait la tunique bleue avec respect et l'homme avec une dignité naturelle.

— Qui est ta mère ?

— Sarah Wanting.

— Et ton père ?

— J'sais pas, répondit-elle avec une simplicité désarmante.

— Eh bien, eh bien ! On ne va pas te retenir plus longtemps.

Ils la regardèrent traverser le *billabong* et gravir la rive opposée jusqu'au portail du jardin.

— Une jolie jeune fille, dit pensivement le sergent. Je me demande avec qui elle est mariée ou avec qui elle vit. Pour eux, c'est du pareil au même.

— Je crois qu'elle est libre de tout attachement. En tout cas, c'est une gentille fille qui vient donner un coup de main aux domestiques deux ou trois fois par semaine. Que fait-on maintenant ?

— Je pense qu'on va aller jusqu'au campement.

Le policier remonta le cours d'eau à la rame et ne parla pas pendant le court trajet. C'était un homme qui, tout en étant un excellent officier et un administrateur efficace d'une ville du bush sous contrôle policier, n'aurait jamais été un bon détective. Les détectives sont nécessaires dans les centres urbains. Dans le bush australien, un bon policier doit combiner les qualités de soldat, d'éclaireur et d'administrateur.

Un meurtre simple, avec un meurtrier identifié et en fuite, il aurait su gérer. L'arrestation d'un criminel connu aurait relevé du pistage, même à travers tout le continent. Mais, alors que son enquête n'était pas encore terminée, la pluie avait effacé toutes les traces laissées avant neuf heures trente la veille au soir.

Au campement, ils furent accueillis par Ponce Pilate, occupé à une forme somnolente de pêche, c'est-à-dire, une pêche où l'on se soucie peu de savoir si le poisson mord ou non. Il amarra le bateau pour eux et, avec un profond sérieux, les escorta au sommet de la berge jusqu'au feu près des huttes.

— Qui est ici, Pilate ? Réveille les gens de ton groupe et dis-leur que je veux les voir, ordonna le sergent.

L'Aborigène grogna quelques mots inintelligibles et, comme des esprits invoqués par incantation, apparurent une Aborigène d'une corpulence énorme, une autre légèrement moins imposante, deux filles minces d'environ seize ans et cinq enfants plus jeunes. Le jeune homme, Ned, par terre sous un eucalyptus, se releva, bâilla et s'étira. Il portait toujours le pantalon en moleskine ; Ponce Pilate était toujours à peine couvert par sa simple chemise bleue.

— Où est ton pantalon ? demanda sévèrement le sergent Knowles.

— Eh bien, chef, vous voir Ned, il monte un cheval sauvage, et son pantalon, y s'est tout déchiré. Alors je prête lui mien. Bientôt, vieille Sarah réparer pantalon de Ned et je récupérer mien.

— C'est laquelle, Sarah ?

— Cette Sarah. Elle Sarah Wanting, répondit Ponce Pilate en s'asseyant en tailleur avec une dextérité extraordinaire et en montrant la plus massive des deux énormes femmes.

— Eh bien, Sarah, tu répares vite fait le pantalon de Ned, lui ordonna-t-il. On ne peut pas laisser Ponce Pilate se balader comme un ange.

Sarah ne dit rien. Ses yeux s'écarquillèrent et sortirent de leurs orbites.

— Alors, Pilate, qui est ton ami qui s'est fait assassiner hier soir ?

Le visage de l'Aborigène revêtit une gravité impressionnante.

— Il a pris un sacré coup, hein, chef ? dit-il.

— Comment est-ce que tu le sais ?

— J'suis allé le voir ce matin et j'l'ai vu. Pauvre vieux Roi Henry ! Un bon gars, Roi Henry.

— C'était son nom ? Il n'était pas un Aborigène de la rivière, n'est-ce pas ?

— Si, chef. Il était de la rivière y a longtemps. Il dressait des chevaux une fois pour Mr Thornton. Il ... Ses yeux s'écarquillèrent avec envie en regardant l'étui dont le squatter extrayait une cigarette. Lentement, il dit :

— De toute façon, chef, ça donne une fichue soif, cette histoire ... ou un besoin de fumer.

John Thornton sourit et lui lança une cigarette. Instantanément, l'Aborigène la moins grosse se trouva aux côtés de Pilate lorsqu'il l'attrapa. La coupant soigneusement en deux, il lui en donna une moitié, puis, ôtant le papier de l'autre moitié, il fourra le tabac dans sa bouche et commença à mâcher.

— Maintenant, Ponce Pilate, dit le sergent. Tu dis que Roi Henry dressait autrefois des chevaux à Barrakee. C'était quand ?

— Y a longtemps.

— Quand ? Combien d'années ?

— Sais pas. Il est parti quand Ned était un petit bébé.

Se tournant vers le jeune homme, Knowles dit :

— Quel âge as-tu, Ned ?

— Vingt ans depuis janvier dernier, répondit-il dans un excellent anglais.

— Pourquoi est-il parti et pourquoi est-il resté absent pendant des années ? demanda le sergent à l'Aborigène le plus âgé.

— Ah ! Vous voyez, chef, Roi Henry, c'était un homme sans peur, mais il avait peur d'un certain Blanc, expliqua Ponce. Ce type-là, il a dit à Roi Henry qu'il l'aurait bientôt, et alors Roi Henry, il est parti dans le bush.

— Et qui était cet homme blanc ?

— Sais pas.

— Sûr ?

— Ouais, chef.

— Et où était Roi Henry pendant tout ce temps ?

— Dans le nord du Queensland.

— Ah ! Et pourquoi est-il revenu ? pressa le sergent.

— Eh bien, vous voyez, chef, c'était exactement comme ça. Ponce Pilate saisit un petit bâton et dessina des silhouettes fantastiques sur la terre molle et humide.

— Vieux Roi Henry, y a marié Sarah Wanting. Cette vieille Sarah-là. Tellible grosse. La mère de Ned. Mais la mère de Nellie, j'y crois pas trop, moi. Elle est la mère d'un tas de gars et d'un tas de filles. Enfin, vous voyez, vieux Roi Henry, il a appris que le Blanc qui le traquait s'est fait choper, tuer, ou j'sais pas quoi, alors il est revenu, il a pris Sarah au vieux Mokie, et il l'a amenée ici, dans mon campement. Bien sûr, Sarah savait pas qu'il allait se faire buter comme ça.

— Mais pourquoi est-ce que l'homme blanc le traquait ?

— Sais pas.

Pendant une demi-heure, le sergent les interrogea en vain, lui et Sarah Wanting, sur ce point. Ils ne savaient pas et ne semblaient pas s'y intéresser. Ils ne savaient pas non plus et ne semblaient pas intéressés par la raison qui avait motivé la visite de Roi Henry à la ferme après la tombée de la nuit.

Il était évident que le mort avait exercé un certain pouvoir sur ces gens, et le sergent devina qu'il était une sorte de souverain pour eux, comme son nom l'impliquait.

Mais il n'obtint aucune information utile. Si ces gens savaient quoi que ce soit sur le crime, ils cachaient si bien leur secret que le sergent Knowles était convaincu qu'aucun d'entre eux n'était impliqué dans le meurtre proprement dit.

Reprenant les rames, avec le squatter assis face à lui à l'arrière, il grogna :

— Je suis dans le brouillard le plus complet. Voici un homme qui a quitté le coin il y a dix-huit ou dix-neuf ans parce que sa vie était menacée par un homme blanc. Pendant des années, il erre, poursuivi par les traqueurs blancs. Le Blanc est tué, et Roi Henry revient aussitôt et emmène sa femme loin du vieux Mokie. Il quitte le camp ici à la tombée de la nuit, aide Dugdale avec son poisson, plonge à nouveau par-dessus bord et nage en direction de la ferme, où il est tué.

— Pourquoi va-t-il à la ferme à la nuit tombée ? Et pourquoi est-il tué dès sa première apparition à la ferme depuis près de vingt ans ? L'homme qui le poursuivait est mort, ou a été tué, et il n'avait personne à craindre. Pourtant, quelqu'un, un homme blanc, l'a tué. Pourquoi ? L'a-t-il tué pour la même raison que cet autre Blanc qui le traquait depuis des années ?

— Je ne distingue qu'un seul indice, ou une coïncidence. Ponce Pilate a déclaré que Roi Henry était descendu du nord du Queensland, et William Clair a admis que son dernier emploi était près de Winton, dans le centre du Queensland. Quand avez-vous donné un emploi à Clair ?

— Vendredi dernier, répondit le squatter. Mais Clair a dit qu'il était parti installer des pièges à chiens.

— Il a pu le faire, ou il n'y est peut-être pas allé.

— Quoi qu'il en soit, le gendarme Dowling est allé vérifier.

— Je parie que Clair lui montrera bien les pièges. Le doigt accusateur pointe vers Clair, puis vers Dugdale, et revient ensuite à Clair.

— Je ne peux pas être d'accord avec vous à propos de Dugdale, répondit Thornton d'un ton catégorique. Je connais très bien Dug depuis dix ans. Ce qu'il dit avoir entendu, je suis sûr qu'il l'a entendu. Et comme il a dit qu'il n'avait vu personne, je suis certain aussi qu'il n'a vu personne.

— Peut-être, concéda Knowles. Je ne suis pas vraiment sûr qu'il ait menti lorsqu'il a nié avoir vu quelqu'un dans l'éclair. Pourtant, lorsque j'ai insisté sur ce point, il a rougi. Si c'est un menteur, c'est un sacré bon menteur.

— Le connaissant comme je le connais, je peux garantir qu'il n'est pas un menteur. Je ne l'ai encore jamais surpris en train de mentir.

— Eh bien, je ne sais pas. Le sergent soupira. Un meurtre pur et simple, ça ne me dérange pas, quand je connais le tueur. Mais ces Mystères de la rue Morgue me dépassent. Quoi qu'il en soit, Dowling et moi allons rentrer. Je dois envoyer mon rapport, puis essayer de résoudre l'énigme. Nous pourrions peut-être apprendre quelque chose sur Clair grâce à la police de Winton. Le temps joue toujours en notre faveur. Je resterai en contact avec vous, soir et matin, par téléphone. Oh, voici Dowling qui nous attend.

Le gendarme se tenait au bord de l'eau, au ponton.

— Est-ce que les pièges étaient là, Dowling ?

— Oui, sergent. Clair les a déposés à environ cinq kilomètres en aval de la rivière, dans un méandre.

— Hum ! Le sergent descendit du bateau et gravit la berge escarpée, suivi par les autres. Nous allons examiner la scène, déclara-t-il. Faites une ligne droite depuis cet arbre jusqu'au portail du jardin. Vous couvrirez le côté droit et je m'occuperai du gauche.

Le squatter, sortant encore une cigarette de son étui, regarda les deux hommes en uniforme examiner le sol mou et gris foncé depuis la haute berge ou la rampe naturelle séparant le *billabong* de la rivière. Il éprouvait une certaine irritabilité face à toute cette affaire. Qu'une telle chose se produise à propos du meurtre d'un simple Aborigène était ridicule.

Il entendit le sergent dire :

— Ne vous attendez pas à découvrir quoi que ce soit. Si le meurtrier s'est souvenu d'avoir laissé tomber quelque chose, il a eu tout le temps de le récupérer avant notre arrivée ce matin. Vous voyez de nouvelles traces de votre côté ?

— Plusieurs, répondit Dowling. Mais tout ça va des bateaux à la ferme, en passant par le court de tennis. Tiens ! Voici de petites empreintes de chaussures qui vont vers le portail du jardin.

— Elles auront été faites par Nellie Wanting, la jeune fille aborigène qui travaille à la ferme cet après-midi, déclara le sergent.

Thornton examinait distraitement, sur le tronc d'un eucalyptus près duquel il se tenait, une profonde incision de vingt-deux à vingt-cinq centimètres de longueur. La blessure de l'arbre était fraîche et saignait encore de la sève. Il remarqua deux bosses surélevées au centre de la fente, à égale distance des extrémités. Il n'y prêta plus attention. Il n'en parla même pas aux deux policiers.

S'il avait su que c'était le seul et unique indice sur le meurtrier de Roi Henry !

CHAPITRE HUIT

Une ronde d'inspection

La police repartit pour Wilcannia sans avoir obtenu le moindre indice concernant l'assassinat de Roi Henry. Sur les ordres du sergent, le corps fut inhumé dans le petit cimetière jouxtant la maison principale, où se trouvaient déjà cinq tombes.

Deux jours plus tard, une idée traversa l'esprit du sergent Knowles. Il appela la ferme et demanda au squatter :

— Cette fille, Nellie Wanting. Elle vit bien dans le campement des Aborigènes ?

— Oui.

— Alors, comment a-t-elle traversé la rivière l'après-midi où elle nous a rencontrés en chemin vers la maison ? Je n'ai aperçu aucun bateau au campement.

— Je crains de ne pouvoir vous renseigner, répondit le squatter. Je vais aller la voir et lui demander. Vous conviendrez qu'elle n'est pas venue à la nage dans la rivière comme son prétendu père.

— Non, elle n'est pas venue à la nage.

L'explication, lorsqu'elle fut donnée, se révéla assez simple. Comme on l'a dit, le niveau de la rivière était très bas et, à environ un kilomètre en amont du campement des Aborigènes, un affleurement rocheux formait le lit de la rivière au bord inférieur d'un trou profond. La plupart des rochers étaient désormais à découvert et offraient un passage facile et sûr, de pierre en pierre.

Malgré la communication quotidienne entre Thornton et le sergent de police de Wilcannia, aucun progrès ne fut réalisé pour élucider le mystère. La semaine s'écoula, et les activités de Barrakee suivirent leur cours habituel, avec ordre et régularité. Le squatter priait pour qu'il pleuve.

Blair, assisté de McIntosh, fut envoyé à l'arrière du domaine avec l'équipe des conducteurs de bœufs pour nettoyer à la pelle un réservoir asséché. Clair vaquait à ses occupations habituelles, toujours maigre et taciturne. La seule personne encore tourmentée par le meurtre était Frank Dugdale.

Lorsqu'il avait nié avoir vu qui que ce soit à la lueur de l'éclair, il aurait presque pu jurer que la silhouette vêtue de blanc qui se hâtait dans le jardin n'était autre que Kate Flinders. C'est pour cette raison qu'il avait gardé ce fait pour lui.

Tout en rejetant l'idée que Kate ait pu tuer l'Aborigène, il ne pouvait s'empêcher de conclure qu'elle était impliquée d'une manière ou d'une autre. Ce qui le troublait profondément, c'était le pourquoi et le comment de cette implication.

Puis, un soir, il aperçut Alice, la domestique, et Mabel, la blanchisseuse, quitter la maison pour aller se promener le long de la rivière. Un inexplicable soulagement l'envahit lorsqu'il constata que les deux jeunes femmes étaient vêtues de blanc. C'est alors qu'il se souvint avoir vu la jeune Aborigène Nellie Wanting habillée de blanc à plusieurs reprises. Mrs Thornton, elle aussi, arborait souvent une tenue blanche. Dès lors, la silhouette pressée aperçue au portail du jardin pouvait tout aussi bien être Kate Flinders que l'une des quatre autres femmes.

Cette prise de conscience apporta à Dugdale un soulagement immense. Sa conviction d'avoir vu Kate Flinders sous l'éclair s'évanouit, remplacée par la certitude qu'il ne l'avait pas vue. Il devint donc aussi indifférent que Thornton et les autres hommes, et le meurtre de cet Aborigène à demi-civilisé sombra rapidement dans l'oubli. Si Roi Henry avait été un homme blanc, une telle indifférence aurait été impensable.

Un matin, au début d'avril, alors que le soleil perdait peu à peu de sa chaleur estivale, Thornton ordonna à Dugdale de sortir la grosse voiture pour se rendre au lac Thurlow.

Le squatter n'avait jamais apprécié la conduite automobile et confiait généralement cette tâche au sous-régisseur. Ce matin-là, vers dix heures, Dugdale avait la voiture prête devant le double portail du jardin lorsque Ralph apparut, portant le dernier des trois paniers, suivi de près par le squatter et Kate. Le cœur de Dugdale fit un bond ; et il dut réprimer à la fois un gémissement et un cri de joie anticipée à l'idée de passer presque toute la journée en sa compagnie, une douce torture qu'il redoutait et espérait à la fois.

Thornton et sa nièce prirent place sur la banquette arrière, tandis que Ralph s'assit à côté du conducteur. Après que le comptable eut confirmé que tout le courrier de l'arrière-pays était dans le sac rangé dans le coffre, ils s'élancèrent à travers les plaines grises bordant la rivière.

Une fois sortis des enclos et passées les zones fluviales, ils parcoururent vingt kilomètres en ligne droite sur une piste dure et bien entretenue à travers une plaine de broussailles bleues. C'était le meilleur tronçon de route de toute la propriété, et la grosse voiture bondissait comme un chien de chasse libéré de sa laisse. Si la vitesse ne provoquait aucune réaction chez l'homme d'âge mûr, elle éveillait presque une exaltation chez la jeune femme.

Regardant entre les deux hommes à l'avant, elle suivait du regard l'aiguille du compteur atteindre soixante-quatre, soixante-douze, quatre-vingt-huit, puis cent kilomètres à l'heure. Ses yeux passèrent ensuite au volant, manié avec douceur par des mains petites mais puissantes, des mains de fer capables de maîtriser aussi bien un cheval fougueux qu'un cheval rétif.

— Oh la la ! C'était sensationnel ! s'exclama-t-elle lorsqu'ils s'arrêtèrent devant la première barrière. Ce n'est pas aussi rapide que la dernière fois, Dug, mais ce sera pour une prochaine fois !

— Et quel était notre meilleur temps ? demanda-t-il sans tourner la tête. Ralph ouvrit la barrière et ils passèrent lentement.

— Cent trois, la dernière fois, répondit-elle aussitôt.

— Ce n'est rien, commenta Thornton. Une fois, en février dernier, alors que nous étions en retard pour un rendez-vous important, Dug a atteint les cent-vingt-six kilomètres à l'heure !

— Vraiment ! Oh Dug, vous m'avez lésée de vingt-six kilomètres à l'heure.

Après que Ralph eut refermé la barrière, le sous-régisseur débloqua l'embrayage. Il dit doucement :

— L'arrière-pays est plutôt fier des Femmes de Barrakee. Si l'on apprenait que j'ai mis la vie de l'une d'elles en danger, je passerais un mauvais quart d'heure.

— Oh Dug, mais c'est sans danger, dit-elle en le réprimandant du regard.

— Parfaitement, acquiesça-t-il. À moins qu'une roue ne se détache, qu'un pneu éclate, ou que la direction tombe en panne ... ou que j'éternue.

— Eh bien, si vous me limitez à cent-trois kilomètres, je ne vous le pardonnerai jamais.

— Je ferai tout ce qui est raisonnable pour éviter cela, dit-il gravement. Mais je ne prendrai pas le risque de mettre votre vie en danger pour l'éviter.

À une trentaine de kilomètres de la propriété, ils s'arrêtèrent devant la cabane d'un patrouilleur de clôtures, près d'un immense barrage de terre. L'éleveur se trouvait dans l'un de ses enclos ; aussi laissèrent-ils son courrier sur la table, refermèrent la porte et reprirent leur route, s'arrêtant parfois pour ouvrir les rares barrières séparant les enclos de vingt à trente kilomètres carrés, et une fois pour observer un troupeau de trois mille moutons.

— Ils n'ont pas l'air mal, Dug, compte tenu de la sécheresse, conclut leur propriétaire.

— Non, ils semblent aller très bien pour le moment. Dommage que nous ne puissions pas avoir une bonne pluie pour nourrir les agneaux, dit le sous-régisseur.

— Ça pourrait encore arriver. Combien d'eau reste-t-il dans le réservoir du bassin ?

— Un peu plus de cinquante centimètres.

— Hum ! Rappelez-moi d'envoyer O'Grady là-bas lundi prochain pour remettre en état le forage et le moteur. Bien ! Continuons.

Ils arrivèrent à Cattle Tank juste au moment où l'éleveur rentrait chez lui. C'était un homme longiligne, aux jambes arquées, d'une quarantaine d'années. Lorsqu'ils s'arrêtèrent, il s'approcha de la voiture après avoir retiré son feutre en guise de salut à Kate Flinders, qui dit :

— Bonjour, David.

— Bonjour, Miss Flinders, répondit-il avec une maladresse manifeste.

— Comment vont les moutons, David ? demanda le squatter.

— Les agneaux récemment sevrés maigrissent un peu, mais les béliers châtrés dans l'enclos du haut tiennent le coup.

Ils échangèrent durant dix minutes sur l'état des moutons. Kate, qui accompagnait souvent son oncle lors de ces rondes d'inspection, demanda un jour au squatter pourquoi il restait si longtemps à discuter sur place alors que les rapports téléphoniques du soir lui avaient déjà tout appris. Voici ce qu'il lui répondit :

— Ma chère, si tu vivais la vie de ces hommes, tu n'aimerais pas voir ton chef passer sans s'arrêter. Tu apprécierais une courte conversation avec lui, ou avec tout autre être humain.

Lorsque Thornton décida de poursuivre leur route, Kate avait préparé un grand panier carré qu'elle tendit à David :

— Ma tante vous fait porter ceci, David, dit-elle. Laissez le panier sur la table ; nous le récupérerons à notre retour, si vous êtes absent.

David esquissa un sourire sincèrement reconnaissant. Il n'était pas étonnant que Mrs Thornton fût affectueusement surnommée partout « la Petite Dame ». Elle donnait toujours à son mari des paniers d'œufs et de fruits pour les employés, ajoutant du beurre en hiver.

— Nous avons oublié le panier d'Alec, mon oncle, dit-elle en s'éloignant. Rappelez-moi de le lui remettre au retour. David a-t-il reçu son courrier ?

— Je lui ai donné, Kate, répondit Ralph.

— Qu'est-ce que tu dis, Ralph ? Tu te réveilles enfin ? C'est la première fois que tu parles depuis le début.

— Les sages gardent toujours le silence, dit-il avec un sourire, en se retournant vers elle. En fait, je réfléchissais.

— Oh – à quoi, si ce n'est pas indiscret ?

— Ça l'est, mais je vais vous le dire, répondit-il. Fait étrange, je pensais à Nellie Wanting, et j'en suis arrivé à la conclusion stupéfiante qu'elle serait vraiment jolie si elle était blanche.

Kate Flinders éclata de rire, presque hystérique. Dugdale esquissa soudain un sourire. Thornton, quant à lui, était absorbé par l'observation du paysage, notamment l'état des pâturages pour les moutons.

— Je crois, Ralph, dit-elle, que tu es en train de tomber amoureux de la petite Nellie Wanting, la dame de couleur.

— Tu serais sans doute très étonnée si c'était le cas, répondit-il sèchement.

CHAPITRE NEUF

Les Washaways

A treize kilomètres à l'ouest de Cattle Tank, ils atteignirent les Washaways. Depuis des années, Thornton plaisantait en affirmant qu'il construirait un pont, voire une série de ponts, pour traverser ce dédale de ruisseaux s'enchevêtrant comme les brins d'une corde. Pourtant, ces ponts n'avaient jamais vu le jour.

Sur Barrakee, ces ruisseaux, séparés par des berges escarpées bordées d'eucalyptus, s'étendaient du nord au sud et, lors des crues, transportaient l'eau de la rivière Paroo à la rivière Darling, formant ainsi un débordement. La Paroo elle-même, lorsqu'elle charriait de l'eau, la déversait dans la Darling juste au-dessus de Wilcannia.

La route de Barrakee menant au lac Thurlow traversait cinq ruisseaux, formant à cet endroit les Washaways, sur une distance d'environ un kilomètre. C'est sur la rive ouest du dernier de ces cours d'eau que Thornton indiqua à Dugdale de s'arrêter à l'ombre d'un grand eucalyptus pour le déjeuner.

Kate Flinders appréciait particulièrement ces déjeuners en plein air. Pendant qu'elle disposait la nourriture sur le marchepied de la voiture, éloignant ainsi les myriades de fourmis, Dugdale ramassait du bois pour faire un feu et Ralph remplissait la bouilloire avec l'eau de l'un des deux sacs en toile suspendus sur le côté de la voiture.

Dugdale s'arrogeait toujours la tâche de faire bouillir l'eau. Pendant qu'il s'en occupait, Thornton annonça que la loterie foncière annuelle était ouverte depuis ce matin-là.

Pour répondre à la demande insatiable de terres dans l'ouest de la Nouvelle-Galles du Sud, le gouvernement « reprenait » chaque année une douzaine de petites parcelles provenant des grands baux pastoraux, et ces parcelles, communément appelées « blocs », étaient proposées au public. Pour chaque bloc, il y avait souvent jusqu'à une centaine de candidats. Une commission foncière composé de deux ou trois hommes bien rémunérés se rendait dans les villages du bush pour évaluer les qualifications des candidats. Comme aucune qualification particulière n'était exigée et que les qualifications des candidats retenus n'étaient jamais uniformes, les critères de sélection restaient une énigme pour les habitants du bush.

Ainsi, cette attribution annuelle de blocs était surnommée, avec humour, la « Grande Loterie foncière ». Pour Frank Dugdale, remporter un de ces blocs lui permettrait de demander Kate en mariage dans quelques années. Gagner à cette loterie serait infiniment plus rapide que d'attendre de longues années pour obtenir un poste de régisseur.

— Connaissez-vous l'un des blocs, Mr Thornton ? demanda-t-il sans détour.

— Oui, l'un d'eux est l'enclos de Daly's Yards.

Les yeux de Dugdale brillèrent.

Daly's Yards était un grand enclos sur la ferme Tindale, jouxtant la limite ouest de Barrakee. S'étendant sur presque dix-mille hectares, ce terrain, bien que modeste pour l'Australie, était réputé pour ses arbustes abondants et son barrage de surface à l'ouest, sans oublier un bon puits à l'est. Le loyer s'élèverait à environ trente livres par an, et la valeur de l'approvisionnement en eau, à payer aux propriétaires de Tindale, serait près de six cents livres. Posséder un tel bail signifiait atteindre l'indépendance en moins de dix ans.

— Il y aura beaucoup de personnes intéressées par ce bloc, murmura Dugdale.

— Est-ce que vous allez y participer, Dug ?

Le sous-régisseur jeta une poignée de thé dans l'eau bouillante et la laissa infuser pendant une demi-minute avant de retirer la bouilloire du feu.

— Oui, Ralph, répondit-il sombrement. Ce sera la cinquième fois que je participe à la loterie, et je pourrais gagner un bloc. Quels autres blocs sont disponibles, Mr Thornton ?

Le squatter mentionna quelques terrains dont il se souvenait d'après l'annonce parue dans le Journal officiel.

— Vous trouveriez sans doute la vie un peu solitaire, tout seul sur votre terrain, Dug, suggéra-t-il.

— Pour commencer, oui, acquiesça Dugdale en remuant le thé pour faire descendre les feuilles. Mais si j'obtenais Daly's Yards, il ne me faudrait pas longtemps pour faire construire une maison. Et avec une maison, je pourrais peut-être convaincre une femme de m'épouser.

— Cette possibilité existe, je l'admets, acquiesça sèchement le squatter.

— Si j'étais particulièrement gentille, demanderiez-vous ma main, Dug ?

Il leva les yeux vers le visage souriant de Kate. Il souriait aussi, mais son regard restait sérieux. Elle s'en souvint longtemps après.

— Si j'avais la chance de gagner un lot, je n'aurais pas celle de vous gagner vous, lui dit-il en riant. Il serait hautement improbable qu'on gagne deux prix pareils dans une vie.

— Mais n'est-il pas d'usage, lorsqu'on gagne un bloc, d'apprécier sa chance extraordinaire en montant un syndicat avec ses amis pour investir dans le trage au sort de la Melbourne Cup[7] de Tattersall ? demanda Ralph.

— C'est la coutume.

— Alors cela montre que l'on croit à une série de coups de chance, souligna le jeune homme. Tu ferais mieux de ne pas être particulièrement gentille, Katie, ou tu te retrouveras mariée.

— Si vous venez essayer d'enlever ma nièce, Dug, vous et moi allons engager un débat, déclara le squatter avec une gravité feinte. Une fois devenu éleveur, vous n'aurez plus de temps pour rien d'autre que payer les impôts.

— Je les paierai, c'est sûr !

— Je le sais bien. Les collecteurs d'impôts y veilleront. Mais vous serez occupé, je vous l'assure. L'Australie, avec une population inférieure à celle de Londres, ne peut pas maintenir son apparence européenne à l'échelle de soixante millions d'habitants sans nous taxer, nous, nos enfants et les enfants de nos enfants, jusqu'à l'os.

— Quelle barbe, la politique, interrompit Kate avec irrévérence. Tenez, servez-vous de ces sandwichs et parlons de Sir Walter Thorley.

— Ce scélérat ! s'écria le squatter.

— Ce propriétaire de la moitié de l'Australie toujours absent ! renchérit Dugdale.

L'évocation de ce nom eut un effet étonnant sur les deux hommes.

— Tu as jeté de l'huile sur le feu, Kate, dit Ralph en riant.

— Je pense que c'est un homme adorable, ajouta Kate avec audace en finissant son sandwich. Thornton faillit s'étouffer. Dugdale mordit sauvagement dans son sandwich. Leur aversion pour Sir Walter Thorley était partagée, mais leurs raisons différaient.

Dugdale, membre de la grande armée des sans-terres et avide d'en posséder une, ne détestait pas tant la personne que le groupe dirigé par Sir Walter. Ce groupe avait acheté ferme après ferme, possédant désormais des centaines d'hectares de terres louées au gouvernement. Il licenciait les employés, vendait les moutons, laissait les bâtiments et les clôtures tomber en ruine, et ne gardait qu'un homme blanc sous-payé et quelques Aborigènes pour gérer les propriétés, avec du bétail, qui tombaient successivement sous ce qu'on appelait la maladie du « blight8 ».

Thornton et ses associés squatters, dont la majorité choisissaient de résider ailleurs que sur leurs propriétés, en voulaient à ce Chevalier de pacotille d'ignorer cyniquement la clause de chacun de ses baux qui stipulait que le propriétaire devait faire tout son possible pour réduire la population de chiens sauvages. Ses fermes d'élevage étaient connues pour être parmi les meilleurs terrains de reproduction de l'ennemi mortel des éleveurs de moutons.

Kate Flinders ne pouvait être accusée d'être de nature effrontée. Cependant, elle considérait tous les hommes comme des garçons entêtés et prenait parfois plaisir à les provoquer. Un jour, elle avait confié à la Petite Dame :

— J'adore taquiner mon oncle et Dug. Quand mon oncle est contrarié, il ressemble à Mr Pickwick grondant Mr Snodgrass[9], et Dug serre les dents comme s'il voulait me mordre.

Mais une fois qu'elle les avait provoqués, elle faisait tout son possible pour les ramener rapidement à leur état normal.

— Eh bien, si vous n'aimez pas que je mentionne Sir Walter, je ne le ferai plus, dit-elle placidement. Parlons de la loterie foncière.

Ainsi, jusqu'à la fin du déjeuner, ils discutèrent des avantages des différents blocs et des chances qu'avaient leurs amis de les obtenir.

Après avoir quitté les Washaways, la route traversait un terrain herbeux vallonné, parsemé de casuarinas. À dix kilomètres à l'ouest du labyrinthe de ruisseaux, ils atteignirent une autre cabane appelée One Tree Hut, avec son puits. Là vivaient deux patrouilleurs des clôtures, et Kate remit à l'un d'eux un panier préparé par la Petite Dame.

Comme ces trois hommes étaient sous l'autorité du régisseur, Thornton ne prolongea pas la conversation. Le dernier tronçon du voyage, trente-deux kilomètres, fut parcouru tranquillement.

En approchant du lac Thurlow, la route s'élevait légèrement jusqu'à une ceinture de chênes, et au-delà, le lac d'un bleu éclatant ainsi que les bâtiments aux murs blancs et aux toits rouges de la ferme apparaissaient soudainement.

À midi, le lac Thurlow resplendissait comme un diamant bleu posé sur une immense étendue de velours vert foncé. D'une forme à peu près circulaire, avec un diamètre de trois kilomètres, l'eau bleue était bordée par un anneau d'eucalyptus verts et une ceinture extérieure de collines de sable rouge, le tout entouré par le bush omniprésent d'un vert sombre.

Émerger de la ceinture de chênes, c'était comme atteindre la mer après une longue et épuisante randonnée à travers le bush poussiéreux.

— Oh, pourquoi ne vivons-nous pas ici plutôt que près de la vieille rivière ? s'exclama la jeune fille alors qu'ils descendaient vers le groupe de bâtiments bien entretenus.

— C'est magnifique, Kate, n'est-ce pas ? répondit le squatter. Il est cependant dommage que le lac soit si rarement rempli. Tu te souviens du lac Thurlow quand il est sec et balayé par le vent, Kate ?

— Oui, c'est horrible. Voici Mrs Watts qui nous attend. Je ne l'ai encore jamais vue sans un petit enfant accroché à ses jupes.

Une grande femme d'une trentaine d'années, au visage agréable, ouvrit le portail menant au jardin miniature lorsqu'ils s'arrêtèrent devant. Mrs Watts était une femme du bush, l'une de ces femmes héroïques qui vivent joyeuses et sereines dans les régions semi-sauvages d'Australie. Les femmes de Barrakee étaient ses voisines les plus proches, à cent-vingt-sept kilomètres à l'est. Elle aimait son mari et adorait ses six enfants. Elle cuisinait pour eux, faisait l'école, et luttait sans cesse contre les éléments pour transformer son jardin en petit paradis.

— Entrez, entrez, s'exclama-t-elle d'une voix douce et mélodieuse. Le thé est prêt et les scones viennent tout juste de sortir du four. Kate, oh Kate, ma chère, que font donc les jeunes hommes pour que vous gardiez votre cœur intact ? Mais là – avec un coup d'œil acéré vers Dugdale – comme le dit George, les jeunes hommes d'aujourd'hui manquent de cran.

— Je ne suis pas si sûre de ça, répliqua Kate. Ralph n'a encore rien dit, mais quand il commencera, on ne pourra plus l'arrêter.

Les yeux bleus de Mrs Watts, écarquillés dans son grand visage, rayonnaient en direction du jeune homme. Ralph sourit doucement à sa manière et dit :

— Ce sera Desdémone et Othello, ou le Sheik et la belle fille blanche, l'obscurité associée à la clarté, l'opale noire contre un diamant blanc.

— Allons, allons, pas de Roméo et Juliette pour l'instant, intervint gaiement le squatter. Attendons d'avoir envoyé notre laine à Sydney et reçu l'avance sur le chèque à la banque. Je serai plus riche à ce moment-là que je ne le suis maintenant … jusqu'à ce que les percepteurs me retrouvent. Où est George, Mrs Watts ?

— Il est allé au *Five Mile*[10], Mr Thornton. Je l'attends d'une minute à l'autre, déclara-t-elle. Mais pourquoi restons-nous ici ? Entrez, entrez.

L'enfant accrochée à son ample jupe fut emportée par le mouvement alors que la mère les conduisait à l'intérieur de la maison, comme s'ils étaient des parents bien-aimés qu'elle n'avait pas vus depuis des années. Son bonheur était contagieux. Même la peine de cœur de Dugdale s'éclipsa, l'espace d'un instant.

CHAPITRE DIX

Le centième cas de Sonny

George Watts, revenu juste à temps pour prendre le thé en début d'après-midi, s'était ensuite joint au squatter et à Dugdale pour faire le tour des enclos, laissant à Ralph le soin agréable de tenir compagnie aux deux femmes. Celui-ci fit cela jusqu'à ce que la conversation dérive vers les bébés et les modes vestimentaires, des sujets qui ne relevaient pas de ses centres d'intérêt. Alors, il s'éclipsa vers les enclos à bétail, où il avait aperçu un groupe de chevaux.

À cette époque, un débourreur de chevaux était employé au lac Thurlow. Dans l'imaginaire populaire, le débourrage consistait à attraper l'animal avec une corde, façon cow-boy, à lui passer une selle sur le dos et à le chevaucher jusqu'à ce qu'on soit désarçonné ou couronné des lauriers de la victoire. En réalité, une telle méthode ne ferait pas que débourrer le cheval, mais le briserait également, le réduisant à un animal démoralisé, pitoyable et abattu.

Les meilleurs débourreurs de chevaux d'Australie étaient souvent parmi les pires cavaliers. Tel était le cas de Sonny. Personne ne connaissait son nom de famille ; il était même douteux qu'il le sache lui-même. S'il n'était pas un grand cavalier, il n'avait pas son pareil pour apprivoiser un poulain ou une jeune jument fougueuse, les habituer au mors, les entraîner à se laisser mener, à rester immobiles quand on lâchait les rênes, ou encore à s'approcher immédiatement d'un homme qui souhaitait les monter, à la simple levée d'un bras. Les chevaux féroces, les chevaux qui ruent, les chevaux qui détalent sont, dans quatre-vingt-dix-neuf cas sur cent, le résultat d'un mauvais débourrage. Mais cet après-midi-là, Sonny était désespéré par le centième cas : celui d'une bête née féroce et indomptable.

— Je ne peux ni le maîtriser ni le monter, se lamenta Sonny alors que Ralph, perché sur la barrière la plus haute du rond de longe, observait la scène.

Le cheval était un magnifique hongre de trois ans, d'un noir de jais. Sonny avait eu toutes les peines du monde à lui passer le mors et tentait en vain de lui donner sa première leçon. Les antérieurs du cheval, plantés dans le sol comme des pieux, refusaient obstinément de bouger d'un pouce. Le court morceau de corde attaché aux anneaux du mors était tendu. La tête de l'animal était projetée en avant et vers le bas sous la traction du dresseur, les oreilles aplaties, les yeux d'un bleu sombre, noyés dans une mer de blanc crayeux.

Sonny relâcha la tension de la corde en se rapprochant doucement du cheval, qui restait immobile. Il atteignit son flanc et donna un coup sur la croupe avec sa petite badine. Le hongre éloigna son arrière-train du dresseur, mais ses pattes avant restèrent droites comme des pieux, pivotant à peine. Les positions respectives du cheval et de l'homme demeuraient inchangées.

— J'aimerais pouvoir te monter, espèce de diable noir ! s'écria Sonny. Je te dompterai, je viendrai à bout de ta fichue résistance.

— Je sais un peu monter, Sonny, intervint Ralph d'un ton traînant et mélodieux. Laissez-moi essayer, vous voulez bien ?

— Eh bien, Mr Ralph, je n'ai jamais laissé quelqu'un monter mes chevaux avant de dire qu'ils étaient domptés, répondit Sonny, le petit homme aux bras puissants. Mais cette bête ne sera jamais, jamais d'aucune utilité pour personne. Ne le montez pas maintenant. Il vous tuerait.

— Pas lui. Enlevez-lui le mors et donnez-le-moi.

Ralph Thornton n'était pas un imbécile. Il avait appris à monter à cheval très jeune et, depuis, il n'avait jamais monté un cheval facile car il avait toujours préféré les montures fougueuses. C'était un excellent cavalier, car il possédait un équilibre instinctif. Il y a beaucoup, beaucoup de bons cavaliers, mais peu, très peu, ont un véritable sens de l'équilibre.

Sonny en était conscient. Même s'il était convaincu que Ralph manquait d'expérience avec les chevaux de rodéo, il savait qu'un tel cheval ne pouvait atteindre l'excellence qu'après avoir désarçonné de nombreux cavaliers. Sonny était persuadé qu'une fois Ralph en selle, le hongre serait déconcerté. Pourtant, il ne voulut prendre aucun risque.

Ses mains fines défirent rapidement la sangle de l'encolure, et ses doigts robustes mais d'une infinie douceur retirèrent le mors avec adresse. Aussitôt libre, le cheval fit volte-face et rua violemment avec ses deux sabots postérieurs. Mais Sonny s'était déjà réfugié sur la barrière supérieure, aux côtés de Ralph.

— J'aurais pas dû vous laisser faire, Mr Ralph, dit-il. Et je vais le faire qu'à la condition que vous arrangiez les choses avec le patron si je dois abattre ce maudit canasson noir.

— Pourquoi est-ce que vous devriez l'abattre ?

— Pourquoi ? Parce que, s'il vous désarçonne, ce qu'il fera peut-être, il vous tuera si je ne l'arrête pas avec une balle, répondit Sonny sèchement. N'essayez rien tant que je n'ai pas pris mon fusil.

Ralph attendit avec confiance. Il ne doutait pas de sa capacité à rester en selle une fois qu'il aurait passé ses jambes sur ce dos noir et luisant. Et pour le cheval, il savait que si Sonny échouait, Mr Thornton le ferait abattre, car le squatter ne tolérait aucun animal inutile sur ses terres.

Lorsque Sonny revint, il portait un fusil Winchester 32 et une selle. Il tendit la selle au jeune homme et examina la carabine avant de vérifier que toutes les parties de l'enclos étaient dégagées. Ralph, toujours perché sur la barrière de plus de trois mètres, ajusta les étrivières à sa taille.

— Ne tirez pas, à moins qu'il ne me mette à terre, dit-il au dresseur.

— Laissez-moi m'en occuper, répondit Sonny d'un ton bourru. Je vais me faire mettre à la porte pour vous avoir laissé monter. Je serai pendu si je le laisse vous tuer.

Souriant, le jeune homme se laissa tomber dans l'enclos, posant rapidement la selle contre l'intérieur de la clôture. Le cheval, qui se trouvait de l'autre côté, l'observait, les oreilles couchées, les yeux menaçants. Sans détourner les yeux de l'animal, Ralph ajusta la bride sur son avant-bras gauche afin de ne pas avoir à tâtonner au moment venu.

Rien n'échappait aux yeux bleus de Sonny, qui connaissait et regrettait douloureusement ses limites en tant que cavalier.

Ralph ne se pressait pas. Pendant une bonne minute, il fixa les yeux du cheval, qui sembla d'abord vouloir se précipiter sur lui, les dents blanches prêtes à mordre. Mais tandis que les secondes s'écoulaient, Sonny vit d'abord l'inquiétude, puis le premier soupçon de peur vaciller dans les orbites flamboyantes cerclées de blanc.

C'est alors que, lentement, les bras et la tête immobiles, les yeux fixant ceux du cheval d'un regard impitoyable, Ralph s'avança vers lui jusqu'à se tenir directement devant son museau luisant comme du satin.

— Mon Dieu, il l'hypnotise comme un Aborigène, grogna Sonny, le fusil appuyé contre son épaule comme dans un étau, l'œil droit rivé sur la lunette.

À présent, Ralph caressait doucement l'encolure de velours lisse ; sa main gauche, au poignet de laquelle pendait la bride, s'élevait avec la lente inexorabilité du destin jusqu'aux naseaux de l'animal, remontant de plus en plus haut sur sa tête, entre ses yeux écarquillés, caressant ses oreilles. Le mors semblait s'introduire de lui-même dans la gueule du cheval. Cinq secondes plus tard, la bride était fixée derrière les oreilles encore aplaties, et au bout de trois autres, la courroie d'encolure était bouclée. Le cheval ne bougeait pas, ne bronchait pas.

Le cheval avait catégoriquement refusé d'être conduit par Sonny.

Tenant les rênes, Ralph recula vers la selle jusqu'à se retrouver face au hongre obstiné. Une fois de plus, il fixa les yeux noirs de l'animal. Ce n'était pas de l'hypnose, comme le pensait Sonny, ni une force de volonté écrasante qui contraignait le cheval à suivre pas à pas Ralph qui reculait lentement. Dans les yeux fixes du jeune homme, l'animal percevait quelque chose qui le faisait frissonner, qui dilatait ses délicats naseaux jusqu'à en révéler le rouge, qui donnait à sa démarche hésitante l'apparence rigide d'un somnambule.

Le harnachement fut une opération de longue haleine, car Ralph ne pouvait alors plus tenir l'animal sous son regard. Mais l'impression de ses yeux persista suffisamment longtemps pour que la selle puisse enfin être glissée sur le dos du cheval, que la sangle soit serrée cruellement, que le surfaix suive, puis la croupière et la martingale. Pour la première fois de sa vie, le hongre se retrouvait sellé. Il était stupéfait, et avant que la surprise ne cède à une colère démoniaque, Ralph sauta légèrement sur son dos.

Sonny poussa un cri de surprise. Le cheval devint une statue. Pendant une minute entière, il ne respira presque pas. Les coups de talon de Ralph transformèrent l'animal en un volcan vivant.

Le hongre sembla s'écrouler. Puis, il hennit de rage. Rapide comme l'éclair, il se mit à tournoyer, ses pattes avant décrivant un arc de cercle d'une cinquantaine de centimètres au maximum. La silhouette parfaitement en équilibre collée à son dos ne bougea pas d'un poil de la selle.

Puis, ce fut une succession de révolutions autour de l'enclos circulaire. D'abord loin de la clôture, puis vers elle, à nouveau loin, à nouveau dans sa direction, toujours à faible distance des barrières.

La poussière s'élevait en nuage. Le hennissement de rage démoniaque retentit à nouveau, ce qui fit sortir cette fois les deux femmes de la maison. Maintenant, au centre de l'enclos, le cheval marqua une pause de deux secondes. De nouveau il sembla s'écrouler ; de nouveau il pivota sur ses pattes avant, se redressa dès que ses sabots postérieurs touchèrent le sol, puis retomba sur ses quatre membres, ses jambes raides comme des pieux.

Ralph fut secoué par cette chute non amortie. Ses genoux furent éraflés par la terrible et inflexible pression exercée sur les rabats de la selle, sans qu'il s'en rende compte. Entre les barrières, Kate et Mrs Watts suivaient chaque mouvement, les yeux écarquillés, le cœur battant. Kate se demanda même pourquoi Sonny tenait un fusil prêt à tirer.

Pour la troisième et dernière fois, le cheval poussa un hennissement strident. Puis il devint fou. Il se cabra et marcha sur ses pattes arrière.

Ralph, couché le long de son encolure, essaya de l'arrêter, mais il se cabra à nouveau en arrière pour écraser le démon, l'inébranlable démon sur son dos.

Mrs Watts poussa un cri. Le cœur de Kate s'arrêta. Sonny jura, car le cheval et l'homme étaient invisibles dans le nuage de poussière qui s'élevait. En son centre, des silhouettes en mouvement se distinguaient. Les observateurs ne virent pas que Ralph s'était dégagé d'un bond et qu'avant que le cheval ne se remette sur ses pattes, il était déjà de retour en selle.

Cheval et homme sortirent en trombe de la poussière. Sonny était décidé à tirer sur l'animal fou à la première occasion. Ruade ! Le cheval se comportait comme un vieux briscard.

Il essaya de tourner la tête pour mordre l'une des jambes de Ralph. Il fonça contre la clôture pour se rouler contre elle et faire tomber son cavalier. Échouant dans cette tentative, il entama un coup de cul si violent qu'il fit une culbute, pattes en avant. Ralph se jeta sur le côté hors de la selle, atterrissant léger comme une plume sur ses pieds, les rênes toujours dans les mains.

Le cheval était sur le dos. C'était l'occasion pour Sonny, mais il ne tira pas. Son amour des chevaux l'emporta sur son bon sens. De plus, Ralph était debout. Un frétillement, un soulèvement, et le hongre s'agenouilla comme un chameau. Une plume tomba sur son dos. Ralph était de nouveau en selle.

Le cheval, trempé de sueur, était recouvert de boue, chaque centimètre de son corps en étant enduit. Lorsqu'il se releva brusquement, le vent siffla dans ses narines dilatées comme de la vapeur qui s'échappe.

Puis il se tint immobile un moment. Pas vaincu. Ce n'était que la fin du premier round, qu'il avait perdu aux points.

Mais la force du cheval était supérieure à celle du jeune homme. Ralph ne pouvait pas se permettre de laisser à sa monture le temps de reprendre son souffle. Il arracha son feutre et frappa les oreilles du hongre.

Il semblait qu'au cours de ce premier round, le démon noir avait acquis des années d'expérience. S'ensuivit une succession de ruades et de pirouettes fulgurantes, chaque seconde en prolongeant une autre, bien au-delà d'une minute. Ces mouvements d'une intensité redoutable éreintèrent Ralph. Il commença à sentir les muscles de ses jambes lui faire défaut, peinant à répondre à sa volonté. Une douleur déchirante au flanc lui rendit la respiration très difficile. Il aurait pu pleurer, écrasé par l'angoisse d'une défaite imminente alors qu'il avait été si sûr d'avoir gagné la bataille.

Soudain, le cheval changea de tactique. Il se jeta au sol. Ralph ne sut jamais comment ses pieds s'étaient dégagés des étriers. Mais il se retrouva debout, à la tête du cheval, tandis que celui-ci se roulait frénétiquement sur le sable pour se libérer de la selle qui l'entravait. Le sable profond et meuble permit au harnais de ne pas être endommagé.

Sonny eut une deuxième occasion de mettre fin à la bataille, mais bien qu'il ait visé le poitrail du cheval à plusieurs reprises, son doigt refusa d'appuyer sur la gâchette. Mrs Watts s'agrippa à la barrière, le visage de marbre, la respiration saccadée. Quant à Kate, si elle avait pu, elle aurait crié son admiration sans bornes pour ce jeune homme intrépide.

Une fois de plus, le cheval se cabra pour se lever. Une fois de plus, Ralph bondit avec agilité jusqu'à la selle. Le cheval s'élança alors, propulsant son cavalier avec lui.

Puis ce fut une nouvelle série de pirouettes tourbillonnantes, de coups de reins puissants, de cabrés, les pattes avant griffant le ciel, de dos arqué, de pattes regroupées, puis en l'air, en l'air, comme suspendues entre ciel et terre, puis retombant avec une force terrible sur quatre jambes raides. Ruer, tourner, se cabrer ; se cabrer, tourner, ruer. Encore et encore, sans répit.

Cheval et cavalier étaient couverts d'une écume sanglante. La léthargie gagna celui qui était le plus faible. La pression des genoux sur les flancs se fit de moins en moins forte. Chaque os du corps de Ralph semblait réduit en poussière.

Virevolter, virevolter, virevolter. Tourner et tourner encore. Se cabrer sur les pattes avant, se cabrer sur les pattes arrière, les pattes avant fouettant l'air épaissi de poussière. Se cabrer, tourner, ruer encore. À travers le nuage de poussière, la bête enragée et l'homme frêle s'élançaient, tourbillonnaient, ruaient avec une frénésie qui donnait la nausée.

Mrs Watts n'en vit pas la fin. Elle s'affaissa contre les barrières, évanouie. Kate s'accrocha à la grande clôture comme si ses membres avaient perdu toute force. Rien d'autre ne bougeait que ses yeux. Sonny, quant à lui, était abasourdi.

Homme et cheval étaient enveloppés dans un nuage de poussière, invisibles. Kate eut l'impression qu'un drame terrible s'était produit. Le monde cessa d'exister. Le mouvement s'arrêta. Tout – le temps, son cœur – s'arrêta. Lentement, la poussière fut balayée par un souffle de vent léger. Comme l'image qui se révèle sur une plaque photographique, elle distingua peu à peu la silhouette immobile et couverte de boue d'un cheval étendu, raidi par la mort, comme si sa volonté avait été brisée. Et

Ralph Thornton, debout à côté, le regardait avec pitié, les rênes encore en main.

Elle le vit lever lentement la tête. Elle vit son beau visage défiguré par la poussière, et dans la poussière sur ses joues, elle distingua les sillons laissés par de grosses larmes qui tombaient lentement. De loin, elle l'entendit murmurer plaintivement :

– Katie, Katie ! Oh Katie, je l'ai tué !

Elle le vit fermer les yeux et s'effondrer comme abattu sur le corps du grand cheval.

CHAPITRE ONZE

Le pauvre vieux Bony

Le lendemain après-midi, Dugdale ramena Kate Flinders et son oncle à Barrakee. Ralph, lui, était resté derrière, ayant conquis le cœur de l'intendant et de sa femme, et occupant la place d'un dieu aux yeux du jeune Sonny, qui l'adorait.

Après s'être remis de son épuisement, il s'était retrouvé dans les bras du débourreur de chevaux, qui, alarmé, l'avait porté jusqu'à la maison, suivi par les deux femmes, Mrs Watts, ranimée par Kate, ayant retrouvé ses esprits. Mais le lendemain matin, bien qu'il fût indemne, le jeune homme peinait à marcher.

Il portait un pantalon du régisseur – le sien ayant été réduit en lambeaux – mais l'intérieur de ses jambes était à vif, rougi par les frottements de la selle, rendant chaque pas extrêmement douloureux. Kate et le squatter s'accordèrent à dire qu'il valait mieux que Mrs Thornton ne le voie pas dans cet état, ni même qu'elle apprenne sa chevauchée exténuante, car depuis quelque temps, la Petite Dame se plaignait de son cœur fragile.

— Je crois, Kate, que nous avons bien fait de laisser Ralph derrière nous pour un jour ou deux, fit remarquer le squatter après un silence inhabituellement long. Nous devrons dire à ta tante que Watts a besoin d'aide supplémentaire. À quoi penses-tu ?

— À Ralph.

Le squatter attendit, mais Kate ne poursuivit pas. Il en vint à se demander si sa nièce avait découvert qu'elle aimait Ralph. Il l'espérait sincèrement, car l'union de leur fils adoptif et de Kate avait toujours été le rêve partagé de lui et de sa femme. La jeune fille, arrivée chez eux après la mort de sa mère dix ans plus tôt – son père étant décédé un mois auparavant – occupait une place dans son cœur semblable à celle de Ralph dans le cœur de sa femme. Après un moment, elle dit :

— Qu'as-tu dit à Sonny, mon oncle ?

— Pas mal de choses, répondit-il d'un ton sombre. Mais après tout, il n'avait pas grand-chose à se reprocher. Il savait que Ralph savait monter à cheval et, comme nous tous qui connaissons les chevaux, il n'avait pas imaginé que le hongre se battrait ainsi, et certainement pas que la bête deviendrait folle. Non, il n'avait pas grand-chose à se reprocher, et il a eu le bon sens de préparer son fusil pour s'en servir si le cheval avait désarçonné Ralph et s'était jeté sur lui.

Il hésita un instant.

— Bon sang ! J'aurais donné mille livres pour voir cette chevauchée.

— Je n'aurais jamais cru qu'un cheval puisse se cabrer ainsi, dit-elle, les yeux brillants. Et je n'aurais jamais cru qu'un homme pourrait le monter. Ralph était tout simplement merveilleux.

— Il a beaucoup de cran, Kate. Il a beaucoup changé au cours de sa dernière année d'études. Il est plus calme, et j'ai l'impression qu'il réfléchit beaucoup.

— S'inquiète-t-il de quelque chose ? demanda-t-elle.

— Non, il ne s'inquiète pas. Il réfléchit ... il réfléchit à un problème. Je peux me tromper. L'aimes-tu, Kate ?

— Bien sûr que je l'aime, répondit-elle rapidement.

Mr Thornton soupira. Il savait que sa réponse, donnée sans hésitation, n'indiquait qu'une seule chose. Elle poursuivit :

— Pourquoi est-ce que tu me demandes ça, mon oncle ?

— Je me le demandais, répondit-il. J'aimerais le savoir à temps afin de pouvoir organiser le mariage.

La voiture roulait sur le dernier tronçon de la route à vive allure, mais Kate était insensible à cette vitesse. Elle rougit doucement en croisant le regard direct de son oncle.

— Je ne l'aime pas de cette façon, mon oncle, dit-elle. Ou du moins, je ne le crois pas. Elle ajouta d'un ton de reproche : Tu n'aurais vraiment pas dû me faire avouer cela.

Il vit son embarras, prit sa main la plus proche dans les siennes et la pressa. Sa voix n'était qu'un murmure lorsqu'il dit :

— Peut-être pas, Katie. Mais ne garde jamais aucun secret de ton vieil oncle. Un jour, tu aimeras. Un jour, Ralph tombera amoureux. Ta tante et moi serions heureux que vous tombiez amoureux l'un de l'autre ... Mais peu importe, ma chère. Quel que soit l'homme qu'il te faut – et l'homme que tu choisiras sera l'homme qu'il te faut – sois assurée, Katie, que toi et lui avez en moi un ami et un confident des amoureux. Je veux seulement que tu sois pleinement heureuse.

En contemplant ce beau visage, il s'étonna, comme toujours, de la pureté qui y était inscrite. À ce moment-là, les yeux de la jeune femme étaient humides et ses lèvres entrouvertes légèrement. Elle s'apprêta à parler, mais s'abstint. Ses paupières s'abaissèrent, dissimulant les étendues de liquide bleu. Elle posa son autre main sur celles de son oncle et les serra d'une pression ferme et pleine d'affection.

Lorsqu'ils arrivèrent à la ferme, le crépuscule tombait. Après avoir expliqué l'absence de Ralph, ils virent un éclair de déception sur le visage de la Petite Dame.

— Eh bien, ne le laisse pas longtemps là-bas, John, dit-elle en passant son bras sous le sien. Tu sais, il monte toujours les chevaux les plus récalcitrants et parfois, j'ai peur.

— Tu n'as pas à avoir peur. Ralph peut monter n'importe quoi, répondit son mari avec conviction.

Après le dîner, il laissa sa femme plongée dans la lecture dans le grand salon, tandis que Kate jouait doucement des airs au piano, et se dirigea vers son bureau pour examiner le courrier reçu ce jour-là et appeler ses patrouilleurs. Pendant une heure, il se prélassa dans le fauteuil pivotant derrière son bureau et songeait à rejoindre les dames lorsque quelqu'un frappa à la porte.

— Entrez ! répondit-il, en tendant la main vers une cigarette.

Un homme entra et referma doucement la porte. Il s'avança d'un pas décidé jusqu'au bureau, pénétrant dans le halo de lumière de l'ampoule basse, révélant ainsi le visage d'un inconnu.

— Mr Thornton ? demanda-t-il d'un ton légèrement traînant.

— Oui. Que puis-je faire pour vous ?

Le squatter vit devant lui un homme dont il estima l'âge entre trente-cinq et quarante ans. Ses traits étaient ceux d'un Blanc ; son teint, cependant, était d'un noir cuivré, loin du noir de jais de l'Aborigène de pure souche. Il était vêtu comme un homme du bush.

— J'ai une lettre pour vous, Mr Thornton, qui expliquera ma présence.

Le propriétaire de la ferme nota l'accent et la grammaire qui témoignaient d'une fréquentation assidue des Blancs depuis son plus jeune âge. Il prit une longue enveloppe bleue, qui contenait une feuille de papier à en-tête intitulée « Préfecture de Police Wilcannia » et se lisait comme suit :

Cher Mr Thornton,

L'affaire du récent meurtre commis près de votre maison présente un problème des plus complexes. Les meurtres d'Aborigènes, ou ceux commis par eux, sont généralement difficiles à élucider, car comme vous le savez, l'esprit de l'Aborigène déconcerte l'intelligence du Blanc.

Le porteur de cette lettre se prénomme Napoléon Bonaparte, mais il serait peut-être préférable qu'il adopte un pseudonyme. Quoi qu'il en soit, son sens de l'observation et de la déduction mérite notre admiration, comme en témoignent les nombreux succès remportés dans la résolution de mystères liés aux Aborigènes. En bref, il est le meilleur détective du bush du Commonwealth.

Le QG ont autorisé son détachement depuis le Queensland, et j'ai reçu pour instruction de solliciter votre concours, qui s'avère indispensable. Il suggère lui-même que vous lui donniez du travail sur la propriété, comme la peinture de vos deux bateaux, qui, je l'ai remarqué, auraient bien besoin d'un rafraîchissement. Bien qu'il soit beaucoup plus haut placé que moi dans la police, il préférera dîner et vivre avec vos employés.

La lettre était signée par le sergent Knowles et portait la mention « Strictement confidentiel ». Thornton leva les yeux et regarda son visiteur avec intérêt.

— Asseyez-vous, Mr Bonaparte, dit-il en indiquant la chaise située de l'autre côté de son bureau.

L'homme sourit, dévoilant des dents étincelantes. Ses yeux bleus – la seule autre indication du sang blanc en lui – scintillaient lorsqu'il répondit :

— Mon nom, Mr Thornton, est Bony, sans titre. Tout le monde m'appelle Bony, depuis mon chef jusqu'à ma femme et mes enfants à Brisbane.

— Alors, moi aussi je vous appellerai Bony, acquiesça de bonne grâce le propriétaire de la ferme.

— Comment avez-vous hérité d'un nom aussi surprenant ?

— Je peux vous assurer que ce n'était nullement mon intention d'insulter le célèbre Empereur, expliqua l'inconnu.

Il accepta gracieusement une cigarette et, l'allumant, poursuivit :

— J'ai été découvert à l'âge de deux semaines, avec ma mère morte sous un arbre à santal, dans l'extrême nord du Queensland, et j'ai été emmené à la mission la plus proche. C'est là, un peu plus tard, que l'on a ressenti le besoin de me donner un nom, et alors que divers noms traversaient l'esprit de la respectable matrone, elle m'a vu en train d'essayer de manger un exemplaire de *La Vie de Napoléon Bonaparte* d'Abbott. J'en ai conclu depuis que cette matrone avait un certain sens de l'humour.

— Le sergent Knowles dit ici que vous avez acquis une certaine renommée dans la résolution des crimes. Je ne pense pas avoir jamais entendu parler de vous.

— Je suis heureux de l'entendre, Mr Thornton. Bony souffla une série d'anneaux de fumée parfaitement formés. Puis, exprimant avec un calme déconcertant une vanité étonnante, il ajouta :

Si tout le monde avait entendu parler de moi, il n'y aurait plus de meurtres. Mon métier disparaîtrait et je serais un homme très malheureux.

— Le sergent dit que vous voulez que je vous donne du travail ici.

— Oui. J'ai pensé que je pourrais apaiser les soupçons en repeignant vos bateaux. Cette occupation me donnera l'occasion d'examiner la scène du meurtre. Je vivrai avec les hommes. Clair est toujours là ?

— Oui, mais je pense l'envoyer à l'arrière de la propriété. Avez-vous besoin de lui ?

— Pas tout de suite. Est-ce que les Aborigènes, la tribu de Ponce Pilate, campent toujours en amont de la rivière ?

— Oui, ils y sont toujours.

— Bien ! Je pourrais avoir besoin d'eux. Traitez-les avec toute la bienveillance possible, Mr Thornton, car comme je l'ai dit, je pourrais avoir besoin d'eux. S'ils décidaient soudain de partir marcher dans le bush, je pourrais vous demander de leur fournir des rations pour les retenir.

— Oui, d'accord. Avez-vous des idées sur le meurtre ?

— Beaucoup. Mais il est certain que ce crime est la conclusion d'une querelle de plusieurs années. Connaissiez-vous Roi Henry ? A-t-il déjà travaillé ici, comme l'a déclaré Ponce Pilate ?

— Bien qu'à l'époque je ne me souvienne pas de lui, j'ai découvert en consultant mes carnets de travail qu'il a été employé ici il y a une vingtaine d'années, pendant une période de dix semaines.

— Ah ! Et Clair ?

— Clair n'a jamais travaillé ici.

Ils se regardèrent pendant un moment. Puis :

— Le passé de Clair est un mystère, dit Bony pensivement. Cependant, je ne le soupçonne pas plus que les autres. Savez-vous si Clair sait lancer un boomerang ?

— Pour autant que je sache, il ne sait pas. Pourquoi ?

Bony ignora la question.

— Avez-vous déjà vu un membre de la tribu de Ponce Pilate lancer un boomerang ? demanda-t-il.

— Non. Pourquoi ces questions ?

— Si vous répondez par l'affirmative à ma prochaine question, je vous le dirai. Le sergent Knowles m'a informé qu'il y a plusieurs eucalyptus à l'endroit où Roi Henry a été retrouvé mort. Au moment du meurtre ou depuis, n'auriez-vous pas observé, par hasard, une marque sur le tronc de l'un d'entre eux, qui aurait été faite par un coup de fer tranchant ?

Instantanément, Mr Thornton fut ramené au lendemain du crime. Il revit les deux policiers quadrillant le terrain à la recherche d'indices et le tronc de l'eucalyptus géant portant exactement la marque décrite par Bony.

— Oui, dit-il, et il donna les détails.

— Parfait ! annonça Bony avec satisfaction. Nous savons à présent que si Roi Henry n'a pas été effectivement tué par un boomerang, on en a tout de même lancé un dans sa direction. Comment le savons-nous ? Dans sa déclaration, Frank Dugdale a mentionné avoir entendu un bruit semblable au vrombissement des ailes de canards, suivi d'un claquement sec, comme si on frappait une palissade avec un bâton. C'était le vol d'un boomerang et son impact contre un arbre. Vous voyez comme les autorités de Nouvelle-Galles du Sud ont eu raison d'emprunter au Queensland le pauvre vieux Bony.

CHAPITRE DOUZE

Bony à propos des boomerangs

— Ah ! Bony et le squatter se tenaient devant le grand eucalyptus marqué par l'étrange blessure. Cette plaie nette et fraîche était maintenant déformée par des exsudations de sève, d'une couleur ambre clair et d'une clarté cristalline. Après une inspection minutieuse à une distance de deux mètres, le métis posa la caisse en bois qu'il avait apportée contre l'arbre et, montant dessus, entreprit de retirer les cristaux de sève avec un canif.

C'était le lendemain matin de son arrivée à Barrakee. Bony s'était joint aux hommes dès neuf heures, alors qu'ils se rassemblaient devant le bureau pour recevoir leurs ordres. Prenant soin de se faire entendre, il avait demandé du travail au squatter.

Thornton, après avoir feint une brève réflexion, avait déclaré que le nouvel arrivant pouvait immédiatement commencer à repeindre les deux bateaux.

L'un des bateaux avait été hissé sur la berge et reposait renversé sur des tréteaux bas. Une lampe à souder pour enlever la vieille peinture et plusieurs grattoirs triangulaires étaient bien en vue.

Personne ne reconnut Bony ni ne soupçonna sa profession, à l'exception d'un seul homme. Dès qu'il l'aperçut, les yeux de Clair se plissèrent. Car si le métis ne se souvenait pas d'avoir déjà vu cet homme décharné, Clair, lui, se souvenait parfaitement des pisteurs aborigènes qui, un jour, avaient quitté Longreach avec la police pour traquer un fou. Et lorsqu'il aperçut Bony près de l'eucalyptus depuis l'arrière de la machine à pomper, il devina immédiatement que le nouveau venu était là pour enquêter. Il se demanda ce que Bony pouvait bien faire à l'écorce de cet arbre.

Thornton avait compris que, pour que Bony réussisse, il fallait que tous les employés de la ferme, y compris les femmes, ignorent complètement sa profession. Le squatter avait donné sa parole de garder le silence à ce sujet.

Au bout de dix minutes, l'étrange détective descendit de la caisse en bois et referma son canif.

— L'examen et l'étude des boomerangs, Mr Thornton, sont d'un intérêt captivant, fit-il remarquer.

— Ça doit l'être, en effet, approuva l'autre tout en reconnaissant intérieurement que l'observation de ce métis, éduqué et raffiné, un enfant trouvé à l'ombre d'un arbre à santal dans le nord du Queensland, était également d'un intérêt fascinant.

— Ayant toujours été passionné par les armes mortelles, ma connaissance du boomerang est inégalée, déclara Bony avec une vanité inconsciente mais magistrale. Il existe trois sortes de boomerangs, poursuivit-il. Le *Wongium*, qui revient en vol vers le lanceur, le *Kirras*, qui ne revient pas, et le très lourd *Murrawirrie*. Les Aborigènes de la Yarra, aujourd'hui malheureusement éliminés par vous, gentils Blancs, n'utilisaient que les deux premiers – le *Wongium* pour tuer les oiseaux et le *Kirras* comme arme de guerre.

— Les Aborigènes du Centre utilisent les deux derniers – le *Kirras* pour lancer et le *Murrawirrie* comme épée. Vous voyez donc que le *Kirras* est ou était généralement utilisé dans toute l'Australie ; mais il existe une grande différence dans la façon dont ils sont sculptés. Les Aborigènes de l'Est aplanissaient toujours un côté ; ceux du Centre n'aplanissaient jamais aucun côté et gardaient l'arme arrondie.

— Eh bien, c'est un *Kirras* qui a causé cette marque. Le boomerang était rond, ce qui indique qu'il provenait d'Australie centrale. Il a été lancé à une distance d'environ trente mètres. S'il avait frappé la tête de Roi Henry de plein fouet, il l'aurait réduite en pulpe ; s'il l'avait atteint à une distance de 150 mètres, il l'aurait tué en lui ouvrant le crâne. D'après la description de la blessure de Roi Henry, je suis enclin à penser que ce n'est pas le boomerang en vol qui l'a tué.

— Eh bien ! Le squatter était stupéfait, et cela se voyait.

— Continuons, reprit Bony. L'arme qui a laissé cette marque provient, comme je l'ai démontré, du centre de l'Australie. D'une extrémité à l'autre, elle mesurait environ 85 centimètres et pesait probablement un kilo. Sans avoir vu l'arme, je peux aller plus loin. Je peux vous indiquer précisément la région exacte du centre de l'Australie d'où elle provient, ainsi que le nom de la tribu qui l'a fabriquée. Ce n'est pas un boomerang à la courbure prononcée. Sur le bord extérieur, à égale distance du centre, se trouvent deux profondes incisions taillées en diagonale ; ces marques – qui apparaissent en négatif sur l'arbre – ont été gravées en hommage à un ancien chef qui, en étreignant deux guerriers ennemis dans un même mouvement, les a écrasés à mort.

Pendant quelques instants, Mr Thornton regarda Bony avec une admiration non dissimulée.

— Qu'est-ce que cette marque vous apprend d'autre ? demanda-t-il.

— Que le lanceur du boomerang n'était pas habile à s'en servir, répondit promptement Bony. Une main exercée n'aurait jamais manqué son coup à trente mètres, même dans l'obscurité. Mais assez parlé de boomerang pour l'instant. Avez-vous la liste des noms que je vous ai demandée ?

— Oui, la voici.

Bony jeta un coup d'œil sur les noms inscrits sur une feuille de papier, avec la profession de chaque personne également indiquée.

— Tous ces gens sont-ils encore à la ferme ? demanda-t-il.

— Tous sauf Blair et McIntosh, qui sont partis dans la propriété nettoyer un barrage, et mon fils, qui est maintenant au lac Thurlow.

L'expression du métis était impénétrable, ses yeux bleus voilés de mystère. D'une poche de sa salopette, il sortit un porte-mine en argent et, s'agenouillant à côté de la caisse en bois, l'utilisa comme bureau. Il ajouta un nom à la liste en disant :

— John Thornton.

— Je ne suis tout de même pas suspect ? demanda sèchement le propriétaire de la ferme.

Bony leva les yeux.

— Je cherche une raie pastenague, dit-il. J'examine tous les poissons qui entrent dans mon filet pour m'assurer qu'il n'y a pas de raie pastenague. Il y a bien une Mrs Thornton, n'est-ce pas ?

Le squatter éclata de rire.

— C'est exact, admit-il.

Le nom de Mrs Thornton fut noté, puis un autre fut ajouté.

— Et une Miss Kate Flinders, je crois, murmura Bony.

Se redressant, il dit :

— J'ai ici le nom de toutes les personnes qui se trouvaient au domaine de Barrakee la nuit où Roi Henry a été assassiné. J'ai également une liste des Aborigènes qui sont le long de la rivière. Notre ami le sergent a établi avec certitude qu'il n'y avait aucun voyageur sur les deux rives de la rivière sur une distance de vingt kilomètres en amont et en aval cette nuit-là. Par conséquent, l'un des noms figurant sur ma liste est celui du meurtrier de Roi Henry.

.... L'affaire est d'une simplicité exceptionnelle, poursuivit Bony avec une assurance étonnante. Je dois trouver le tueur parmi seulement vingt-quatre personnes. Mes confrères de la ville doivent trouver un coupable parmi des centaines de milliers ; c'est pourquoi ils échouent souvent, et moi jamais. En adoptant mes méthodes de détection originales et exclusives, je procéderai à l'examen de chaque nom et prouverai l'innocence de chaque personne par un raisonnement inductif. Avec ce processus d'élimination, il ne restera finalement qu'un seul nom : celui de l'assassin de Roi Henry.

— Vous me rendez nerveux, mon ami, dit Thornton. Je ne serai pas tranquille tant que vous ne m'aurez pas dit que vous avez effacé mon nom.

— Alors je vous le dirai quand ce sera fait.

— Merci ! Voici ma femme, curieuse de savoir ce que nous complotons ici.

Mrs Thornton et sa nièce traversaient le *billabong*. Bony les observa d'un œil vif. Pour lui, elles étaient des poissons dans son filet, et l'une ou l'autre pouvait bien être une raie pastenague. Lorsqu'elle s'approcha, la Petite Dame le regarda avec gentillesse, Kate avec intérêt. Le squatter sourit et dit :

— Je fais repeindre les bateaux, ma chère. J'ai bien peur que ce ne soit un peu tard.

— Tu as raison, John. Ils en ont bien besoin. Kate et moi nous promenions dans le jardin, et votre longue conversation a éveillé notre curiosité.

— Ma chère, tu ne devrais pas être curieuse, la réprimanda son mari.

Se tournant vers le métis, il ajouta :

— C'est un nouvel ouvrier au nom exceptionnel de Napoléon Bonaparte.

— Napoléon Bonaparte ! répéta Mrs Thornton.

— Madame, je regrette de ne pas être l'illustre Corse, dit galamment Bony. Je regrette que son nom ait été pris à tort par ceux qui me l'ont donné. Hélas, nul ne peut être responsable de ses parents : cependant, j'étais assurément responsable de mon prénom, même si je n'avais que six mois.

Bony lui raconta son baptême, conséquence de la mutilation du livre célèbre d'Abbott[11] sur Napoléon.

— J'espère que vous avez lu cette histoire, dit la Petite Dame en observant le visage sombre, les yeux bleus et les traits acérés du nouvel ouvrier.

— Si j'avais lu la Bible aussi souvent que j'ai lu cette histoire, madame, je serais aujourd'hui docteur en théologie.

Deux petites rides verticales apparurent entre les yeux de Mrs Thornton. Devant elle se tenait un homme en salopette, un métis australien, avec les manières et l'accent d'un universitaire. Bony était pour elle une nouveauté absolue.

— Dans ce cas, dit-elle, vous éprouverez toujours une vive compassion pour l'Aigle de France, enchaîné au Rocher Funeste.

— Madame, répondit-il, ce fut une tragédie indicible. Mes ancêtres du côté maternel ne connaissaient pas le Christ, mais ils étaient de meilleurs chrétiens que les geôliers de l'Empereur.

Pendant un moment, la femme du squatter et le métis se regardèrent fixement. Puis Bony s'inclina avec une grâce instinctive, attendit que les dames, escortées par le squatter, s'éloignent, et enfin s'assit sur la barque renversée et alluma une cigarette.

Pendant plusieurs minutes, il resta plongé dans ses pensées, fumant d'un air songeur. Soudain, il sortit un petit carnet, l'ouvrit à la page marquée de la date du jour et y écrivit : « Mrs Thornton, capable d'une forte émotion. »

CHAPITRE TREIZE

L'ambition de Mrs Thornton

Une semaine s'écoula à Barrakee dans une tranquillité habituelle. La rivière avait presque cessé de couler, et les longs bras peu profonds, reliant les trous d'eau à chaque méandre marqué, étaient à sec, à l'exception d'un mince filet d'eau sinueux.

Les journées étaient éclatantes et délicieusement fraîches après la chaleur accablante de l'été, tandis que les nuits, claires et vivifiantes, étaient illuminées par les lampes scintillantes du ciel, si grandes et brillantes qu'elles semblaient suspendues aux plus hautes branches des eucalyptus.

Bony trouva naturellement sa place parmi les hommes, et devint rapidement leur favori. Si, au début, son langage soigné et légèrement précieux suscita quelques commentaires, cette particularité s'effaça vite avec le temps. Son répertoire d'histoires était inépuisable, et son extraordinaire talent à produire des notes envoûtantes avec une simple feuille d'eucalyptus devint une source constante de plaisir.

Quelques jours après l'arrivée de Bony, le sergent Knowles vint prendre le thé un après-midi, en revenant de la petite commune de Louth. Occupant une position bien plus élevée sur l'échelle sociale des habitants du bush que ses homologues de la police britannique, le sergent jouissait toujours d'un accueil chaleureux de la part des dames de Barrakee.

Cette différence de statut n'a rien de mystérieux. La police montée australienne recrute parmi les hommes du bush. Bien qu'elle n'attire pas les gentlemen aventuriers comme d'autres corps similaires dans les autres dominions, elle séduit des hommes robustes, issus d'une communauté où, à 99%, on ne trouve que des « gentlemen » naturels.

Un fermier passe souvent toute sa vie sur sa petite exploitation ; le citadin, toute la sienne dans un seul quartier. Au-delà de la ferme et du faubourg, le monde est une légende. Cependant, pour la majorité des hommes du bush, les habitudes de nomadisme des Aborigènes qu'ils ont déplacés semblent avoir imprégné leur âme. Même les Aborigènes à moitié civilisés doivent céder à cet appel du bush lorsqu'il se fait entendre ; c'est ce même appel qui pousse brusquement l'homme du bush à abandonner son travail, à se rendre dans le pub le plus proche pour dépenser son salaire, avant de repartir dans le bush, jusqu'à ce qu'il se fixe à nouveau, pour un temps, dans un nouvel emploi.

Ces déplacements dans le bush couvrent souvent des centaines de kilomètres et, au fil des années, familiarisent l'homme avec tous les États australiens. Son esprit s'élargit au contact des voyages et des nouvelles rencontres. Sa philosophie est celle du bonheur simple. Sa culture est vaste, et la diversité de ses lectures est remarquable.

Voilà la matière première à partir de laquelle se forme un policier de l'intérieur du pays. Le tribunal correctionnel et la classe sociale façonnent la façon de parler de la nouvelle recrue, tandis que le maître d'équitation lui enseigne la transition de la posture confortable sur le cheval à la rigueur militaire. La police parachève cette éducation, si bien commencée par ces longs séjours dans le bush.

Après le thé, Thornton et le sergent se tenaient près de la voiture de ce dernier. Bien que le sergent fût en civil, sa posture droite et son regard vif ne laissaient aucun doute sur son identité de policier-soldat.

Le sergent, un sourire aux lèvres, demanda :

— Que pensez-vous de Bony ?

— Je pense que c'est l'homme le plus extraordinaire que j'aie jamais rencontré, répondit Thornton. Il en sait autant sur l'empereur Napoléon que sur les boomerangs, et il sait même jouer d'une feuille d'eucalyptus.

Lesergentéclataderire.

— Un jour, il m'a demandé qui, selon moi, était le plus grand homme ayant jamais vécu. J'ai répondu Jésus-Christ, et il m'a dit solennellement : « Jésus est le Fils de Dieu, mais le premier empereur Napoléon était le Dieu de la nation française. »

Thornton,pensif,acquiesça.

— Je le crois volontiers. Le matin de son arrivée, il me donnait un véritable cours sur les boomerangs et comme ma femme nous avait rejoints, je le lui ai présenté, sans doute uniquement à cause de son nom. Elle est, elle aussi, une grande admiratrice du Petit Caporal. Oui, Bony est vraiment une personne étonnante.

Le sergent continua :

J'ai reçu une lettre il y a deux jours de mon beau-frère, inspecteur à Charleville dans le Queensland. Il m'a dit qu'il avait entendu dire que Bony était envoyé ici pour cette affaire et m'a donné une biographie plutôt intéressante à son sujet.

Pendant de nombreuses années, il a été un pisteur aborigène dans l'ouest reculé de cet État, mais avant cela, il avait obtenu une maîtrise àl 'Université de Brisbane. Vous vous souvenez de l'affaire de l'enlèvement de la fille du gouverneur alors que la délégation vice-royale était en tournée dans le nord-ouest du Queensland ?

— Oui, je m'en souviens.

— C'est Bony qui a récupéré l'enfant des mains du gang de hors-la-loi et c'est lui qui a conduit la police à travers presque tout le Territoire du Nord jusqu'en Australie-Occidentale à la poursuite de la bande, qu'ils ont finalement capturée. Ils lui ont proposé d'intégrer les forces de police, mais Bony leur a répondu qu'il n'était pas policier, mais détective. Selon lui, il y a une grande différence entre les deux. Le gouverneur l'a reçu pour en discuter, et Bony a répondu que ses talents et son éducation justifiaient au moins le grade de sergent-détective. Ils le lui ont accordé.

Aujourd'hui, il occupe le rang d'inspecteur-détective et, comme je vous l'ai mentionné dans ma lettre, il est le meilleur détective du bush du Commonwealth. Il est marié à une métisse et a trois enfants. Sa famille et lui vivent sur un terrain de quatre hectares, couvert d'un épais maquis de mélaleuca, non loin de Brisbane. Une fois par an, toute la famille prépare son baluchon et accompagne Bony dans sa promenade annuelle dans le bush.

Le sergent alluma sa pipe, prit place sur le siège du conducteur, puis ajouta :

— Oui, Bony jouit d'une grande estime dans le Queensland. Mon beau-frère m'a confié qu'il n'avait jamais échoué dans une enquête.

— Il doit être un homme exceptionnel, répliqua Thornton.

— D'après ce qu'on dit, oui. Bony est un expert de l'art de vivre dans le bush et de la psychologie aborigène, deux domaines dans lesquels un Blanc ne pourra jamais rivaliser. Eh bien, au revoir ! Vous aurez peut-être Bony avec vous quelque temps, mais il finira sûrement par réussir.

Le sergent s'éloigna sur le chemin en pente, tandis que Thornton retourna tranquillement à son bureau. Là, il téléphona au lac Thurlow et demanda Ralph.

— Comment ça va, Ralph ? demanda-t-il lorsque le jeune homme répondit.

— Je me porte comme un charme maintenant, père.

— Je suis content de l'entendre. Dug est-il arrivé ? Je l'ai envoyé ce matin avec un chargement de provisions dans le camion.

— Non, il n'est pas encore là. À quelle heure est-il parti ?

— Vers neuf heures. Il est maintenant trois heures, il ne devrait plus tarder. Écoute, Ralph, la voix du squatter baissa d'un ton, tu peux marcher normalement maintenant ?

— Oui, tout à fait, murmura le jeune homme.

— Eh bien, tu ferais mieux de revenir demain avec Dug. Ta mère commence à s'inquiéter pour toi. Et surtout, pas un mot à propos de cette chevauchée insensée.

— D'accord, Père, je m'en souviendrai.

— Bien, mon garçon ! À bientôt !

Thornton raccrocha et se mit à signer les chèques préparés par le comptable. Ensuite, il mit son feutre et se rendit au hangar de tonte, plus pour passer le temps que pour une raison précise.

Le lendemain matin, de bonne heure, Black, le *jackeroo,* le conduisit, lui et Kate, à Wilcannia. Là, son tour venu, il siégea sur le banc des magistrats et rendit jugement dans quelques affaires d'ivresse sur la voie publique et une infraction à l'une des innombrables lois sur la circulation automobile.

En conséquence, la Petite Dame était assise seule cet après-midi-là sur la vaste véranda, attendant avec impatience de servir le thé à Ralph. Elle avait entendu l'arrivée du gros camion de deux tonnes, puis la voix de son fils bien-aimé se dirigeant vers les toilettes. Alors, avec une attente impatiente sur son visage bienveillant, et emportant partout avec elle le parfum des fleurs du jardin, elle prit l'une de ses résolutions soudaines.

Mais soudain, la lumière s'éteignit, deux mains puissantes couvrant ses yeux. Un visage se posa sur ses cheveux grisonnants, et des profondeurs, une voix grave et rauque demanda :

— Devinez, madame, qui je suis.

— Ralph ! répondit-elle instantanément.

Le visage du jeune homme apparut par-dessus son épaule gauche, ses yeux pétillants, un léger sourire révélant ses dents blanches. Elle se retourna rapidement, elle posa ses mains sur la tête du jeune homme, et ils s'embrassèrent.

— Ma chère mère, murmura-t-il en la prenant dans ses bras. Puis, il s'assit sur une chaise près d'elle, et ajouta en scrutant son visage :

— Tu n'as pas l'air aussi en forme que je le souhaiterais, ma Petite Dame. Il faut que j'en parle à père et que je lui demande de t'emmener à Sydney pour des vacances, avant le marquage des agneaux.

— C'est ton imagination, mon cher. Je me sens très bien, lui assura-t-elle.

— De toute façon, de bonnes vacances avec la brise de mer sur le visage feront revenir le rose sur tes joues.

— C'est ridicule ! Je suis trop vieille pour avoir du rose sur les joues.

Leur conversation fut interrompue par l'arrivée de Martha avec le service à thé. En voyant ses grands pieds nus, Mrs Thornton poussa un soupir audible. C'est Martha qui prit la parole la première, précipitamment, comme si elle avait préparé une excellente défense.

— Missy, c'est ce Bony qu'a pris mes bottes. J'lui ai donné une tasse de thé, et maintenant il est parti.

— Pars à sa poursuite, Martha, plaisanta Ralph. Prends un *waddy*[12] et assomme-le !

— Moi, pense à lui faire tomber sa satanée tête ! répliqua Martha avec férocité, partant en trombe – pour retrouver ses plus belles bottes marron à élastique sur les côtés sur une chaise de la cuisine. Comment aurait-elle pu savoir que Bony en avait besoin pour une raison particulière ?

— Ce Bony a l'air d'être un sacré personnage, Mère, fit remarquer Ralph en buvant son thé.

— Il l'est, répondit-elle. Kate et moi avons vu ton père lui parler près des bateaux qu'il fait repeindre, et comme des femmes curieuses, nous voulions savoir de quoi ils parlaient si longtemps ...

Elle raconta à Ralph l'explication de Bony sur son nom, et conclut en disant doucement :

— Bony et moi avons découvert que nous avions une affinité.

— Oh ! De quelle manière ?

— Nous partageons tous deux une admiration pour l'empereur Napoléon. D'ailleurs, notre première rencontre s'est presque terminée de façon théâtrale.

— Explique-moi, s'il te plaît.

Elle lui raconta, et l'intérêt de Ralph pour Bony s'éveilla.

— Il faut que je fasse sa connaissance. Bien que j'aie lu l'histoire d'Abbott, je ne peux pas dire que l'empereur était le demi-dieu que les historiens voudraient nous faire croire. Mais c'était un grand homme, car il jouait toujours franc jeu, même quand ses adversaires ne le faisaient pas.

— C'est là qu'il a commis sa plus grande erreur, dit-elle rapidement. Quoi qu'il en soit, Ralph, laissons de côté l'Empereur pour un moment et parlons d'autre chose, de nous, par exemple.

— Le sujet sera tout aussi intéressant. Comment allons-nous commencer ?

— J'ai beaucoup pensé à toi depuis ton retour de l'institut, Ralph, dit-elle en fixant ses yeux dans les siens. Je suis si heureuse de voir combien tu apprends vite à assumer tes responsabilités. Parfois, je pense que je ne serai plus longtemps avec vous, et quand mon heure viendra, j'aimerais savoir que ta position dans le monde est assurée, et que tu es bien établi.

Il voulut parler, mais elle reprit précipitamment :

— Non, non, mon cher. Ne t'inquiète pas. Je ne vais pas mourir de sitôt. Ton père et moi avons décidé d'aller à la mer dès que la tonte sera terminée, et je reviendrai comme une femme nouvelle. Nous parlerons de toi et des projets que j'ai faits pour toi. Cela ne te dérange pas que je fasse des projets pour toi, n'est-ce pas ? Toutes les mères le font.

— Bien sûr que non, répondit-il gentiment, bien que l'inquiétude pour la santé de sa mère se lise dans ses yeux, choqué par cette première allusion à la mortalité dans sa jeune vie.

— Tu sais, mon cher, que lorsque ton père et moi ne serons plus, tu hériteras de Barrakee et de toute la fortune de ton père, après qu'une somme suffisante aura été déduite pour assurer une rente à Kate. Mais quand tu deviendras le maître de Barrakee, tu auras besoin d'une bonne épouse. Une bonne épouse est précieuse pour un homme du bush. Ralph, ne me dis rien si tu ne le veux pas, mais as-tu déjà pensé à Kate ?

— Comme épouse ? demanda Ralph, un peu surpris.

— Oui, comme épouse. L'aimes-tu, Ralph ?

— Oui, je l'aime. J'aime beaucoup Kate, dit-il chaleureusement. C'est la plus jolie fille du monde, et la plus douce ; mais je n'ai jamais pensé à elle comme à une petite amie. Honnêtement, il m'a toujours semblé que nous étions frère et sœur.

— Peut-être, mais vous n'êtes que cousins, murmura doucement Mrs Thornton. S'avançant vers lui, elle prit ses deux mains dans les siennes.

— N'oublie jamais, Ralph, que je ne pense qu'à ton bonheur. Si je n'étais pas aussi sûre de Kate, je n'aurais jamais abordé ce sujet. Quoi que tu fasses, ne te marie que par amour. Tu as tout ton temps, mais Kate est une belle jeune femme, et les hommes cherchent à lui plaire, la courtisent et il se pourrait qu'un jour, l'un d'eux tombe amoureux d'elle. Je ne voudrais pas que tu réalises trop tard que tu l'aimes. Réfléchis-y, veux-tu ?

— Certainement. Il rit doucement.

Je suppose qu'il ne serait pas difficile d'aimer Kate suffisamment pour vouloir l'épouser. En fait, je n'y avais jamais pensé, mais maintenant que tu m'y fais penser, on ne sait jamais ce qui peut arriver.

Pendant plusieurs instants, elle plongea son regard dans ses beaux yeux sombres, scrutatrice, pleine d'espoir, une grande affection brillant dans les siens. Lentement et doucement, elle murmura :

— Si tu tombais amoureux de Kate, Ralph, et que vous vous mariiez un jour, pas nécessairement proche, je serais tellement heureuse. Tu sais, je vous aime tous les deux, et j'ai peur qu'un autre homme ne la gagne, elle qui devrait être tienne.

À nouveau, ils se regardèrent profondément, longuement. Leurs yeux finirent par se baisser, laissant place à un long silence. Ce silence fut finalement brisé par Ralph, qui repoussa sa chaise et se pencha au-dessus d'elle en disant :

— Donne-moi une semaine, ma Petite Dame. Je vais sonder mon cœur et te dirai alors ce que j'y trouve.

CHAPITRE QUATORZE

L'imagination de Bony

Bony était allongé, le dos contre l'un des tréteaux soutenant le premier bateau à repeindre. Toute la vieille peinture avait été brûlée et grattée, laissant le bateau, quille en l'air, ressembler à une vieille poule dépouillée de toutes ses plumes. Il était assis au soleil, fumant une cigarette, le regard absent, fixé sur la bordure des eucalyptus de l'autre côté de la rivière.

À côté de lui reposait une plaque d'argile dure comme du ciment, d'un gris foncé, d'environ trente centimètres carrés. Ce matin-là, il l'avait soigneusement découpée dans la terre dure près du portail du jardin.

Aux yeux d'un observateur ordinaire, cette dalle d'argile sèche n'avait rien de particulier. À première vue, elle ne portait aucune marque. Ce n'est qu'après un long moment d'examen que l'on pouvait, peut-être, deviner une série de courbes opposées, à peine visibles et irrégulières.

Mais les yeux de Bony n'étaient pas ordinaires. Sur cette surface plane, il distinguait nettement l'empreinte de la botte gauche d'un homme.

Sur toute l'immensité du territoire australien encore vierge de la charrue, le sol est un livre ouvert pour qui sait le lire. L'histoire de la nature sauvage y est inscrite. Les reptiles et les animaux ne peuvent vivre sans laisser leurs traces. Même les oiseaux doivent parfois se poser et signer leur passage par leurs empreintes.

Le lecteur de ce livre ouvert ne devient compétent qu'à force de pratique, et son expertise finale dépend de la qualité de sa vue. L'observation assidue est le premier élément essentiel ; la connaissance de la nature sauvage que possèdent les Indigènes, constitue le deuxième ; et le pouvoir de raisonnement, le troisième. Si le premier et le troisième font d'un homme blanc un pisteur compétent, le second, associé à une certaine direction, fait d'un Aborigène un expert en la matière. Or, par sa mère aborigène et son père blanc, Bony possédait ces trois qualités, auxquelles s'ajoutait une acuité visuelle exceptionnelle, ce qui faisait de lui le roi des pisteurs.

Ses yeux perçants décelaient sur ce morceau d'argile ce que seuls un microscope et un appareil photo auraient pu révéler à un homme blanc. Un caprice de la Nature avait préservé cette empreinte de la pluie qui était tombée après sa formation, car c'était la seule trace qui restait.

La profondeur des courbes indiquait que l'empreinte avait été faite après trois ou quatre gouttes de pluie qui avaient légèrement humidifié la surface du sol. La pluie qui avait suivi, bien que totalisant sept millimètres selon le pluviomètre de la ferme, n'avait pas duré assez longtemps pour transformer la terre en boue liquide capable de combler les creux de l'empreinte. Si cette unique trace avait été préservée, c'était parce que l'argile sur laquelle elle avait été imprimée était parfaitement plane. Ainsi, aucune inclinaison n'avait permis à la boue de s'y écouler, contrairement aux surfaces légèrement inclinées où la gravité avait effacé toute empreinte.

L'acuité visuelle et le raisonnement de Bony lui permirent d'établir que la personne portant une botte de pointure 43 qui avait laissé cette empreinte, se trouvait à cet endroit deux à quatre minutes après le bruit sourd qui, de toute évidence, avait causé la mort de Roi Henry et que Dugdale avait entendu. En laissant au tueur une demi-minute pour s'assurer de son acte, il lui fallait deux minutes et trois secondes pour s'éloigner rapidement du cadavre, traverser le *billabong* et atteindre l'endroit où il avait laissé cette unique empreinte. Bony avait parcouru cette distance et en avait chronométré la durée.

Celui qui portait des bottes de pointure 43 se trouvait donc à proximité immédiate du lieu du meurtre au moment précis où l'acte avait été commis. S'il n'avait pas porté le coup fatal, il se trouvait à moins de soixante-dix mètres du lieu de l'impact.

C'était là un indice précieux pour élucider le crime. Bony était profondément heureux. Pendant toute une semaine, dès qu'il en avait l'occasion, il recherchait cette piste. Sachant qu'une botte de pointure 43 est généralement portée par une personne de soixante-douze kilos et plus, il lui suffit d'un rapide processus d'élimination pour voir se dessiner trois suspects : Clair, John Thornton et Martha, la cuisinière aborigène.

Dans les vingt-quatre heures suivant son arrivée, Bony avait relevé la pointure des bottes de toutes les personnes figurant sur sa liste, à l'exception de Martha. Il savait que John Thornton chaussait du 42, tandis que Clair faisait du 43. Cet après-midi-là, il avait aussi découvert que les bottes d'équitation à élastiques de Martha étaient également du 43.

Clair ou Martha avait laissé cette empreinte. Clair ou Martha se trouvait à moins de soixante-dix mètres de Roi Henry au moment de sa mort.

Bony s'était lié d'amitié avec la cuisinière noire et avait saisi l'occasion d'emprunter ses bottes pour en faire une empreinte sur un morceau d'argile préparé à cet effet. Le laboratoire de Police Scientifique révélerait ce que même les yeux perçants de Bony ne pouvaient voir. À l'aide d'une caméra et d'un microscope, la trace originale et le moulage seraient examinés pour découvrir s'il y avait des marques identiques ou non. Si tel était le cas, la preuve serait faite qu'une seule et même botte avait laissé ces empreintes. Sinon, il faudrait soumettre les chaussures de Clair au même examen, et sous un prétexte quelconque, il faudrait faire revenir Clair de son poste de pompage, puisqu'il n'était pas souhaitable que Bony se rende au Bassin.

Concernant Clair, le métis avait envoyé une lettre à un ami vivant dans la zone que parcourait cette tribu d'Aborigènes dont l'ancien chef, un lutteur hors pair, avait jadis étouffé deux hommes en même temps dans une étreinte mortelle.

Pour Bony, cette affaire représentait une source d'exaltation intellectuelle. Comme la pluie avait effacé les lettres et les mots gravés sur le sol, Bony bénissait les éléments. Il ne s'agissait plus d'une enquête banale où il suffisait d'être un bon pisteur. Pour résoudre cette affaire, il fallait un raisonnement inductif de haut niveau, et cette activité mentale était infiniment préférable aux efforts physiques qu'exigeait le fait d'être sans cesse en mouvement. De plus, il était merveilleusement reposant de rester assis là, au soleil, à se laisser aller à la réflexion. Et même, il n'était pas nécessaire de réfléchir si l'envie lui manquait. Il y avait le lendemain et les jours suivants pour cela. Oui, au diable la réflexion ! Bony s'endormit donc.

Combien de temps dormit-il ? Il ne l'aurait jamais dit, bien qu'il sût exactement, à la position du soleil, l'instant où il s'était assoupi et celui où il s'était réveillé. Il fut tiré de son sommeil par une toux masculine, mais son réveil se limita à l'ouverture silencieuse de ses yeux. Devant lui, assis sur un bidon d'huile, se trouvait le souriant Ralph Thornton.

— Bien dormi ? demanda-t-il.

— Je réfléchissais à un problème, mentit Bony. C'est là ma malédiction : je ne parviens jamais à dormir en plein jour.

Ralph rit de ce double mensonge prononcé avec désinvolture.

La deuxième question de Ralph fut :

— Vous vous appelez Napoléon Bonaparte ?

— Ce sont mes prénoms de baptême. Mais, ajouta-t-il solennellement, je me fais appeler Bony.

— Eh bien, Bony, connaissez-vous une certaine Martha ?

— J'ai cet honneur.

— Alors cela vous intéressera de savoir que Martha vous cherche avec un *waddy* à la main, dit le jeune homme en souriant. Elle prétend que vous lui avez volé ses bottes de pointure 43.

— L'esprit humain est toujours sujet aux illusions, murmura Bony.

Puis, voyant que Ralph regardait curieusement son indice, il ajouta d'un ton désinvolte :

— Ce morceau d'argile contient mon problème.

— Ah ! Et quel est ce problème ?

— Un problème complexe, car il faut de l'imagination pour l'étudier et trouver une solution, expliqua le métis en ramassant le morceau d'argile et en le tenant négligemment, sachant qu'il était peu probable que le jeune homme remarque l'empreinte de botte. Dans ce simple fragment de matière, poursuivit-il, nous tenons un univers. Imaginons un instant que nous le réduisions en miettes et que nous en isolions une parcelle …

Ici, nous nous appuyons sur des faits, car en examinant notre fragment, nous découvrons qu'il est composé d'atomes. En séparant l'un de ces atomes, nous voyons devant nous un système solaire : le soleil, la lune, et les planètes.

— Voici donc des faits établis, la réalité, la vérité. Voici maintenant l'imagination sublime de Bony. L'esprit humain ordinaire est limité. Il s'accroche aux faits, aux mesures, aux échelles. Mon esprit s'élève au-dessus de ces éléments. À la base de l'échelle – l'échelle humaine faite par l'esprit humain – nous avons l'atome, un système solaire miniature, toujours proche d'innombrables autres systèmes solaires. Au sommet de l'échelle, nous avons notre vaste système solaire lointain et notre univers incommensurable. Mais peut-être n'êtes-vous pas intéressé ?

— Je le suis. Continuez, je vous en prie.

— Alors écoutez attentivement, ordonna Bony, tel Platon s'adressant à ses élèves. Vous pouvez vous moquer de l'imagination, mais c'est elle qui gouverne le monde, l'univers. Je vous ai montré le bas et le haut de notre échelle – notre échelle humaine moyenne. Je vais maintenant vous montrer que l'esprit de Bony ne reconnaît aucune échelle, aucune limite. Mon imagination invente un super-super-microscope, et à l'aide de super-instruments, s'empare d'une des planètes de l'atome et découvre un monde composé d'atomes encore plus petits – des atomes d'un monde à l'intérieur d'un atome qui fait partie de notre monde.

Mon imagination sublime invente aussi un télescope qui va au-delà de notre univers, et je vois que nos systèmes solaires ne sont que des atomes voisins, l'ensemble formant, disons, un bâton de bois sur un monde plus grand. Je vois également un homme qui marche vers ce bâton inerte, et le temps qu'il met à faire un pas correspond à un million de nos années, nos petites années qui filent. L'homme pose son baluchon. Il a soif. Il veut faire bouillir de l'eau. Cherchant du bois pour alimenter son feu, il ramasse une brindille qui contient notre monde, notre système solaire, notre univers. Avec d'autres morceaux de bois, il allume un feu. Le temps pour lui est l'éternité pour nous. Le temps pour nous est l'éternité pour les atomes de ce morceau d'argile. Un demi-million de nos années s'écoulent pendant qu'il gratte une allumette sur sa boîte. Le feu s'empare du bois, de notre univers, et bientôt, nous disparaissons, réduits à un gaz flottant.

La Bible dit : « Au commencement. » Nous pensons qu'il s'agit du commencement de notre monde. Mais même l'imagination de Bony ne saurait concevoir le Commencement ni la Fin.

Le jeune homme écoutait le métis avec un vif intérêt. Bony remarqua l'intelligence de son visage et sourit ; et lorsqu'il souriait, on oubliait sa couleur pour ne voir qu'un visage calme et digne, illuminé par des yeux bleu foncé dont le regard, parfois lointain, évoquait celui d'un visionnaire. Son orgueil était simple, presque inconscient. Son esprit s'élevait bien au-dessus de la moyenne humaine, et il était assez honnête pour en tirer une fierté.

— Où avez-vous appris tout cela ? demanda Ralph.

— Dans les livres, chez les hommes, les animaux, dans les morceaux de bois, d'argile, dans le soleil, la lune et les étoiles, lui répondit Bony. Mon imagination, comme je l'ai dit, est sans limites, mais mes connaissances sont très limitées. Cependant, si je vis encore trente ans, peut-être ces limites s'élargiront-elles un peu.

— Ma mère m'a dit que vous étiez passionné par Napoléon, dit Ralph.

— Votre mère, monsieur, est une femme de bien. Elle reconnaît la grandeur là où elle se trouve. Il est donc naturel qu'elle l'ait trouvée l'Empereur. « Honore ton père afin que tes jours soient longs, mais honore ta mère afin que ton âme vive à jamais ! » Moi, je n'honore ni mon père ni ma mère.

— Pourquoi donc ?

— Parce qu'ils ne m'ont pas honoré. Ma mère était aborigène, mon père blanc. Ils étaient inférieurs aux animaux. Un renard ne s'accouple pas avec un dingo, ni un chat avec un lapin. Ils ont désobéi à la loi de la nature. En moi, vous ne voyez ni Noir ni Blanc, vous voyez un être hybride.

— Oh, je crois que vous êtes trop dur avec vous-même, objecta Ralph.

— Pas du tout, répondit Bony. Je suis ce que je suis. Je n'en ai pas honte, car ce n'est pas ma faute. Mais j'ai parfois l'impression que le Noir et le Blanc en moi sont en guerre et qu'ils ne se réconcilieront jamais.

Ils se regardèrent en silence un moment. Puis Ralph dit avec la franchise qu'on lui connaissait :

— Je crois que je peux imaginer ce que vous ressentez, Bony. Mais même si vous portez les stigmates de la faute de vos parents, ils vous ont au moins légué un esprit exceptionnel, et je pense qu'un grand esprit est le plus beau cadeau qu'un homme puisse recevoir.

Bony sourit de nouveau. Puis, avec légèreté, il ajouta :

— Une bonne dose de matière grise, c'est un atout, n'est-ce pas ?

CHAPITRE QUINZE

À la poursuite d'un « tueur »

Ralph Thornton était tombé sous le charme d'un détective métis. Le jeune héritier de Barrakee, calme et réfléchi, se sentait étrangement attiré par cet homme qui liait les mondes noir et blanc, avec ses envolées imaginatives, sa philosophie pittoresque et sa vanité colossale.

Le quartier général de Bony avait écrit pour signaler que l'empreinte qu'il avait relevée de la botte de Martha ne correspondait pas, dans certains détails importants, à celle laissée sur la plaque d'argile qu'il avait extraite du sol près du portail du jardin. Un plan simple mais efficace fut alors mis à exécution, avec la coopération de John Thornton, pour obtenir les empreintes des bottes de Clair.

Un matin, un prétexte fut trouvé pour éloigner Clair du Bassin. Ralph fut chargé d'aller le chercher avec la fourgonnette et de conduire cet homme décharné à un autre endroit de la propriété pour qu'il aide à réparer un moulin à vent. Une heure après que les deux hommes eurent quitté le Bassin, le squatter et Bony arrivèrent sur place, et ce dernier prit des moulages en plâtre de plusieurs traces de pas laissées par Clair.

Le mois d'avril resta sec, radieux et chaud, culminant dans une vague de chaleur inhabituelle. À dix heures du matin, lors du dernier jour, le soleil, bien que s'élevant de plus en plus vers le nord, déployait encore toute sa puissance.

Ce matin très chaud du dernier jour d'avril, Ralph et Kate Flinders chevauchaient dans ce qu'on appelait l'Enclos Nord. Le jeune homme avait pour consigne de parcourir les quelque cinquante kilomètres de clôture qui le délimitait, afin de faire sortir tous les moutons qui « s'y accrochaient » – une expression de berger signifiant que les moutons s'attardent près de la clôture au lieu de se diriger vers le grand réservoir d'eau situé au centre de l'enclos.

Kate ayant décidé de l'accompagner, pour son plus grand plaisir, Ralph prit soin de ranger son déjeuner léger dans la sacoche et de fixer une gourde d'un litre d'eau à sa selle. Jeunes et insouciants, ils montaient des chevaux fougueux, qui préféraient une course au galop à une alternance de pas et de trot.

Ils galopaient côte à côte sur une vaste plaine quand le jeune homme s'arrêta brusquement et recula d'une dizaine de mètres, scrutant la terre avec attention. Lorsque Kate se retourna, Ralph était déjà descendu de cheval et marchait en cercles étroits, l'air sérieux, tel un Écossais à la recherche d'une pièce de monnaie perdue. La jeune fille mit aussi pied à terre et rejoignit son compagnon dans la quête de traces.

– Il n'y a rien ici, Ralph, dit-elle immédiatement. Qu'est-ce que tu as cru voir ?

– Je n'ai pas « cru » voir quelque chose, Katie, lui répondit-il, tout en tournant toujours en rond, les rênes de son cheval enroulées autour de son bras. Non, je n'ai pas « cru ». Ici, très clairement, nous avons les traces de trois brebis et de deux agneaux. Tu les vois ?

– Je vois des traces de moutons, répondit-elle.

– Oui, et elles longent notre chemin le long de la clôture. Ces moutons ne marchaient pas. En fait, Katie, ils étaient poursuivis par un dingo.

– Un dingo ! Tu en es sûr ?

– Absolument. Ici et là, on voit ses traces. Suivons-les un moment. Elles sont assez fraîches.

L'imitant, elle remonta à cheval, le suivant de près, observant avec un curieux sentiment de fierté possessive la manière dont il conduisait son cheval infailliblement sur les traces. Parfois, elle distinguait une empreinte de mouton sur le sol dur de la plaine, mais jamais celle du chien.

De l'autre côté de la plaine, ils arrivèrent à une ligne de basses collines sablonneuses, où elle vit distinctement les traces de trois moutons et de deux agneaux, ainsi que celles du chien qui les poursuivait. Toutefois, sa connaissance des empreintes ne lui permettait pas de déterminer dans quelle direction se déplaçaient les moutons, combien ils étaient, ni s'ils marchaient ou couraient.

Une fois les collines de sable franchies, les traces sur le sol dur redevinrent invisibles pour elle, mais Ralph continuait d'ouvrir la voie, tournant d'abord à gauche, puis à droite, près de la clôture à cinq fils barbelés. Ralph poussait son cheval sans quitter des yeux le sol à deux ou trois kilomètres au-delà de la tête de son animal, traversant une zone boisée, une autre plaine, puis une autre ligne de collines sablonneuses basses. Au sommet des collines de sable, il cria :

– Allez, Kate !

Voyant le cheval de Ralph s'élancer au galop, sa propre monture s'empressa de le suivre. Le vent sifflait à ses oreilles, et l'allure devenait difficile. Au-delà de la silhouette de son compagnon, à quarante centimètres de distance, elle aperçut la masse blanche d'un mouton mort, et à côté, la forme rouge fauve d'un chien sauvage. Le chien, les voyant approcher, les fixa dans leur course pendant six secondes, puis, se retournant, il devint une traînée rouge fuyant vers le nord, parallèle à la clôture.

Les chevaux étaient impatients de galoper. Voyant le chien qui s'échappait mener la course, ils ressentaient l'excitation de la poursuite tout autant que leurs cavaliers. Le chien n'avait d'autre salut que de franchir la clôture, mais il ne s'en rendait pas compte. D'abord, il augmenta la distance qui le séparait de ses poursuivants par un formidable élan de vitesse, mais l'endurance supérieure des chevaux eut bientôt raison de cet effort, et pendant environ trois kilomètres, le chien et les chevaux conservèrent leurs positions respectives. Cependant, la vitesse des uns et de l'autre commença à diminuer rapidement.

Dès que le chien montra des signes de fatigue, Ralph ralentit doucement son cheval, tout en restant près de la clôture pour l'éloigner de cette voie de salut. Une fois la clôture franchie, le chien aurait gagné la course, car la barrière aurait découragé les cavaliers, qui n'étaient pas assez téméraires pour y lancer des montures non entraînées.

Lentement, mais inévitablement, ils se rapprochèrent du tueur de moutons, qui les conduisit à travers plaines et collines sablonneuses, serpentant entre les bandes et les bouquets serrés de mulgas. Tout à coup, le chien tourna à gauche, longeant une étroite marge d'argile sèche entre la plaine et la colline de sable.

Lorsque le chien bifurqua, Kate fit de même, mais Ralph prit un virage plus ample, rendant ainsi leurs positions parallèles, à environ quatre cents mètres derrière le chien, qui se fatiguait rapidement.

Parfois, l'animal se retournait vers eux, les oreilles couchées, la langue pendante et dégoulinante d'écume. Tous les cent mètres, sa vitesse diminuait, et Ralph ramenait doucement sa monture au petit galop. Il avait tout son temps : le chien était encore loin de la clôture, et les deux cavaliers, chacun à bonne distance, pouvaient l'empêcher de franchir cette barrière s'il s'y dirigeait. Rien ne pouvait désormais sauver le chien d'une vengeance imminente.

D'une longue foulée, le chien passa à un trot pénible. La chair tendre entre les coussinets de ses pattes était pleine d'épines qui le torturaient, et, avec un gémissement pitoyable, il tenta de s'asseoir un instant pour les extraire avec ses crocs.

Mais Ralph était sur lui, et dans un nouvel élan, le chien sauvage redoubla d'efforts pour creuser l'écart. Maintenant son cheval au petit galop, tous ses gestes imités de près par la jeune fille, le jeune homme accéléra. Lorsqu'il vit que le chien était presque à bout, il déboucla la lanière de son étrier droit, la retira de la selle, rassembla la boucle et l'extrémité, puis fit tournoyer l'étrier comme une fronde dans un mouvement circulaire, le fer formant un anneau de lumière polie.

Le chien sauvage était désormais complètement épuisé. Le cœur de Kate se serra de pitié devant son état, tandis que les yeux de Ralph brûlaient de haine, son esprit envahi par l'image du mouton déchiqueté et mort.

Il s'ensuivit une série d'esquives brusques, le chien permettant au cavalier de rester constamment sur ses talons. Pendant une demi-heure, le chien et le cheval tournoyèrent, revenant sur leurs pas, décrivant des cercles et des angles. Jamais le chien ne put se défaire de cette Némésis qui le poursuivait inexorablement. À chaque instant, ses mouvements se faisaient plus lents.

Enfin, le chien s'arrêta brusquement et, pivotant sur lui-même, se jeta sur les pattes avant du cheval de Ralph. L'étrier tournoyait toujours en un cercle étincelant. Le chien, le voyant, en resta fasciné. Kate ferma les yeux, mais ceux du chien restèrent fixés sur l'acier en rotation.

Lorsque la jeune femme rouvrit les yeux, le chien était mort et Ralph descendait de cheval. Son visage était rouge d'excitation, et la tête de son cheval, baissée, laissait voir des flancs soulevés par la fatigue de la course. Kate se laissa glisser à terre, aux côtés de son compagnon.

— C'était une grosse brute, n'est-ce pas ? dit-elle.

— Oui, approuva-t-il. C'était le « Tueur ».

— Tu en es sûr ?

— Certain.

Les ravages du chien étaient devenus graves. Depuis plusieurs années, il tuait mouton après mouton, et tous les efforts des chasseurs de chiens pour le piéger avaient été vains. Le Conseil de Protection des éleveurs payait deux livres pour chaque scalp de chien, et pour renforcer la motivation, John Thornton avait promis une récompense de trente livres pour la capture de celui-ci en particulier. On estimait qu'au cours de ses six années de carnage sur le domaine de Barrakee, le « Tueur » avait massacré près d'un demi-millier de moutons.

À plusieurs reprises, des éleveurs l'avaient vu à l'œuvre, et les descriptions cumulées ne laissaient aucun doute quant à l'identité de l'animal mort. Ralph sortit son canif et incisa la bête du nez à la queue, en prenant une fine bande de peau le long de son dos. Il roula le scalp en boule et l'attacha à sa selle.

— Nous ne sommes pas à plus d'un kilomètre et demi du réservoir, Katie, dit-il. Je propose que nous y allions directement pour faire bouillir de l'eau. Les chevaux ont besoin de repos.

— Très bien. S'ils ont autant besoin de repos que moi d'une tasse de thé, ils doivent en avoir bien besoin. Et à en juger par l'apparence de ces pauvres bêtes, c'est le cas.

Lorsque les cavaliers atteignirent le réservoir, les chevaux avaient repris leur souffle. Après avoir desserré les sangles, ils laissèrent les animaux s'abreuver avant d'attacher les rênes à la clôture du réservoir. Ensuite, ils se lavèrent les mains, firent bouillir leurs gamelles d'eau, et préparèrent le thé. À l'ombre de la salle des machines, ils prirent leur déjeuner.

Le jeune homme et la jeune femme restèrent étrangement silencieux pendant le repas. Kate attendait avec impatience l'expression de joie sur le visage bienveillant et buriné de son oncle, lorsqu'il verrait le scalp et entendrait le récit de la chasse. Mais Ralph pensait à la conversation que la Petite Dame avait eue avec lui au sujet de la jeune fille assise à ses côtés.

Il avait beaucoup réfléchi à Kate sous cet angle nouveau. Il ne doutait pas qu'il aimait Kate. Il l'avait toujours aimée. Il l'aimerait toujours. Mais il l'avait aimée, et l'aimait encore, comme une sœur. Il ne savait pas vraiment ce qu'était l'amour entre un homme et une femme, cet amour censé être le moteur essentiel du mariage. Comme il n'avait jamais été amoureux, il n'était pas anormal qu'il confonde l'amour fraternel avec l'amour passionnel.

Le résultat de ces profondes réflexions le convainquit qu'il serait heureux avec Kate, si elle pouvait trouver le bonheur en étant mariée avec lui. Tout doute quant à la nature de son amour pour elle fut finalement dissipé par la louable décision de plaire en tous points à sa mère adoptive.

Il était un jeune homme de moins de vingt ans, et son pouvoir d'aimer était grand. L'amour, la vénération presque, que la Petite Dame lui portait était tout à fait réciproque. Le lien qui les unissait, sans passion, était en effet une chose merveilleuse et magnifique. Il aimait Kate Flinders de la même façon, mais à un degré moindre.

— Dis-moi, Katie, est-ce que tu m'aimes ? dit-il soudain.

— Bien sûr, répondit-elle, comme si ce fait n'avait rien d'extraordinaire. Puis, le regardant, elle remarqua que son visage sombre avait profondément rougi.

— Oui, je sais que tu m'aimes de cette façon, Katie, dit-il lentement. Mais ...

Il s'arrêta brusquement, observant le rouge qui montait à la surface de son visage. À cet instant, il se rendit compte que jamais auparavant il n'avait réalisé à quel point Kate Flinders était belle, et pour la première fois, il ressentit un désir impérieux de l'avoir à lui.

— Mais, ma chère, je veux savoir si tu m'aimes – si tu pourrais m'aimer suffisamment pour m'épouser, dit-il. Tu vois, nous nous sommes toujours très bien entendus, n'est-ce pas ? Et il m'est venu à l'esprit qu'il serait vraiment terrible qu'un autre homme vienne te ravir à ma vie, pour ainsi dire. Je t'aime, ma chère Katie, et je suis certain que nous serions heureux. D'ailleurs, cela plairait beaucoup à ceux qui sont à la maison.

Il avait pris l'une de ses mains en parlant, et les yeux de la jeune fille s'étaient détournés de son regard franc. Sa dernière phrase la ramena à l'époque où elle chevauchait avec son oncle, et l'ambition maladroitement exprimée de cet homme au grand cœur, qui avait été si bon pour elle, lui revint à l'esprit, comme cela lui était arrivé à plusieurs reprises. John Thornton avait planté la graine dans son esprit, tout comme sa femme avait planté une graine similaire dans l'esprit de Ralph ; et tous deux étant libres de tout attachement, les graines de la suggestion avaient pris racine.

— Qu'as-tu à dire, Kate ? demanda Ralph à voix basse.

Soudain, elle le regarda. Il était très beau, très doux, courageux et intelligent, bien sous tous rapports. Elle l'admirait intensément.

— Si tu le souhaites, Ralph, je t'épouserai, dit-elle.

— Epatant, Katie, ma chérie ! dit-il en esquissant soudain un sourire. Je crois que c'est le moment où je t'embrasse.

— Oui, je crois bien, mon cher Ralph, acquiesça-t-elle.

CHAPITRE SEIZE

Trois lettres – et une quatrième

Ralph Thornton garda ses deux nouvelles jusqu'à la fin du dîner, alors que la famille s'était réunie dans la grande pièce principale de la maison, servant à la fois de salle à manger et de salon. Kate jouait doucement au piano une ancienne chanson d'amour italienne, envoyée par une amie de Sydney. Bien qu'heureuse d'avoir accepté d'épouser Ralph, elle demeurait perplexe. Elle avait le sentiment qu'elle n'était pas aussi heureuse qu'elle aurait dû l'être ; que si son bonheur était réconfortant, il n'avait rien de cette exaltation ardente que les romanciers dépeignent avec tant de ferveur.

John Thornton, lisait la *Gazette Pastorale,* tandis que sa femme cousait. Ralph, posant un livre sur Alexandre le Grand, prit la parole :

— Père, Kate et moi avons vécu deux aventures cet après-midi, déclara-t-il. En l'entendant, la jeune femme joua encore plus doucement.

— Oh, et que s'est-il passé ? demanda John.

— Nous avons surpris un chien sauvage en train de dévorer un mouton qu'il avait tué dans l'enclos nord, raconta Ralph.

Il décrivit alors la chasse de manière saisissante, concluant :

— Je pense que lorsque tu verras son scalp, tu seras heureux de partager avec Kate et moi le chèque de trente livres. C'était bien le « Tueur ».

— Le « Tueur » ! répéta John Thornton.

— Oui. Robe fauve tirant sur le rouge, pattes presque noires. Oreilles dressées et queue rouge enroulée.

— C'est bien lui, acquiesça John. Eh bien, je suis ravi que tu l'aies eu, Ralph. Demain, je vous ferai un chèque de quinze livres chacun, et ce sera avec grand plaisir. Comment comptes-tu dépenser ta part ?

— Si tu es d'accord, j'aimerais acheter une bague de fiançailles.

— Une bague de fiançailles, répéta le squatter, une seconde fois surpris.

Mrs Thornton cessa de coudre, et Kate arrêta de jouer. Elle quitta le piano et rejoignit le cercle familial, prenant place entre Ralph et son père. La mère regarda son fils avec une lueur d'inquiétude dans les yeux, tandis que John fronçait légèrement les sourcils.

— Es-tu fiancé, mon cher ? demanda Mrs Thornton.

— Pas encore, mère. Nous avons convenu d'attendre votre bénédiction, répondit calmement Ralph.

— Et qui est cette jeune femme, Ralph ? s'enquit-elle, intriguée.

— Mais, mère, c'est bien sûr Kate ! s'exclama-t-il.

Le visage crispé de Mrs Thornton s'adoucit aussitôt, laissant place à un sourire tandis que son mari émit un léger rire. Kate rompit le silence :

— J'espère que vous êtes tous les deux heureux.

— Heureux ? Oh, Kate ! J'ai rêvé de ton mariage avec Ralph depuis tant d'années, confia sa mère.

— Eh bien, mère, ton rêve est sur le point de se réaliser, répondit-elle avec douceur.

Ralph se leva et, se plaçant derrière Kate, laissa ses mains caresser tendrement ses cheveux. Il ajouta :

— Katie et moi avons décidé que nous nous aimions, et que notre mariage ne ferait que renforcer les liens familiaux. Nous étions certains que père et toi en seriez ravis.

— Nous le sommes, mon garçon. En effet, nous le sommes, confirma John Thornton. Katie et toi avez rendu ta mère et moi fiers et heureux. Mais ne précipitez rien ; vous êtes encore très jeunes tous les deux. Disons, cinq ans au moins pour les fiançailles ?

— Ne sois pas si sévère, John, implora sa femme. Deux ans seront largement suffisants.

— Comme tu voudras, ma chère. Alors, souhaitez-vous vous fiancer officiellement ? demanda-t-il.

— Nous voulons surtout vous faire plaisir, à toi, mon oncle, et à toi, ma tante, murmura Kate.

Le squatter s'apprêtait à ajouter quelque chose, mais Mrs Thornton prit les devants avec autorité :

— Naturellement, John. Ils se disent amoureux et prêts à se marier dans un futur proche. Ce que j'aimerais, c'est organiser une fête de fiançailles. Pourquoi pas samedi prochain, le jour où la Commission des Terrains siège à Wilcannia ? Mr et Mrs Watts, Mr et Mrs Hemmings, ainsi que les Stirling seront présents. Nous pourrions envoyer des invitations sous le thème d'une « fête surprise » et, à la fin de la soirée, toi, John, tu pourrais annoncer les fiançailles, tandis que Ralph passerait la bague au doigt de Kate. Demain, il te faudra envoyer un télégramme à Sydney. Ne trouvez-vous pas que c'est un bon plan ?

— Et qui, ma chère Ann, payera cette fête ? rétorqua-t-il, le visage sévère mais les yeux pétillants.

— Toi, bien sûr, mon cher ! Les factures arriveront vers la fin du mois de juin, et tu pourras les payer en même temps que tes impôts. Est-ce que cette fête vous convient, jeunes gens ?

— Oh oui, tante ! répondit Kate avec enthousiasme.

Ralph ajouta avec un sourire :

— Plutôt deux fois qu'une ! confirma Ralph.

La date de la fête fut donc fixée, et quelques jours plus tard, l'élite de la région de la Haute Darling reçut des invitations soigneusement rédigées qu'ils acceptèrent tous avec empressement. Certains allèrent même jusqu'à s'enquérir de la nature de la « surprise ».

La veille du samedi, jour de la Grande Loterie foncière à Wilcannia, était l'un des deux jours de courrier hebdomadaire. Ralph reçut d'un bijoutier de Sydney une bague en diamants, dont la valeur dépassait largement sa part du chèque pour le scalp du dingo. S'il était ravi et même un peu exalté par la réception de la bague, un autre se montrait tout aussi satisfait de son courrier : Bony.

Le volume de son courrier était limité à trois lettres. La première qu'il ouvrit était de sa femme, Laura, qui lui donnait des nouvelles de leurs trois enfants et témoignait de son indéfectible dévouement, lettre écrite d'une main ferme et ronde, avec une grammaire tout à fait correcte.

La seconde, dans une simple enveloppe à rabats en provenance de Sydney, était rédigée dans une prose officielle et concise :

Inspecteur Bonaparte,

Les moulages en plâtre reçus récemment, numérotés de 1 à 4, ont été examinés. Il a été établi avec certitude que l'empreinte n° 3 est identique à celle de l'original que vous avez mentionnée, prélevée du sol de Barrakee. Si vous décidez de procéder à une arrestation, communiquez d'abord avec l'Officier de police principal à Wilcannia, qui a l'ordre d'exécuter vos instructions.

Bony lut la lettre signée du Chef de la Police de Sydney, avec un sourire tranquille.

— Si je décide de procéder à une arrestation, murmura-t-il en direction d'un kookaburra curieux, perché sur une branche au-dessus du deuxième bateau qu'il peignait. Vous semblez penser, Monsieur le Commissaire, que je suis un simple policier, alors que je suis un enquêteur criminel. Et maintenant, pour la lettre de M. Edward Sawyer.

De l'enveloppe ordinaire, Bony tira ce qui suit, rédigé sur du papier ligné bon marché :

Altunga Creek,
Via Camooweal,
Queensland

Mon cher vieux Bony,

Je pensais qu'on t'avait mis sous terre y a des années. Pas plus tard que l'autre jour, Tommy Ching-Lung et moi, on reparlait du petit boulot de pistage que t'avais fait ici en 1920. Et là, voilà que tu réapparais et que tu m'écris !

Dis-moi, mon vieux Bony, quand est-ce que tu comptes repasser par ici ? Tous les gamins à qui tu parlais des étoiles et de tous ces trucs sont maintenant bien grands, et crois-moi, ils pensent bien plus au bétail, aux crocos et au fric qu'aux étoiles et aux trucs que t'avais en tête.

À propos du gars que tu cherches ... Tu m'as demandé si je me souvenais d'un grand type tout maigre, cadavérique, nommé William Clair. J'ai bien capté le « grand » et « tout maigre », mais le mot « cadavérique » m'a retourné le cerveau. Je suis allé chez Blake et, le lendemain, j'ai filé à Moreno pour essayer de mettre la main sur un dico, mais on dirait qu'ici, les dicos, c'est pas trop notre truc.

Enfin bref, y'a deux explorateurs en bagnole qui se sont arrêtés ici hier soir, trop flippés pour dormir dehors à cause des crocos, et l'un d'eux m'a expliqué ton mot savant.

Grâce à ça, j'ai pu remettre la main sur ce fameux Will Clair, mais j'crois bien que tu t'es gouré sur son nom. En 1910, un grand type maigre et cadavérique, avec des moustaches de morse, a débarqué près du ruisseau avec son baluchon. J'm'en souviens bien, parce que les gars qui voyagent avec leur barda sur le dos, y'en a pas beaucoup par ici. Ce type-là s'appelait Bill Sinclair, et il a passé neuf mois à vivre comme un Aborigène avec la bande de Wombra, du côté de Smokey Lagoon.

Je rentre juste de chez Wombra. Il a toujours l'air aussi jeune, même s'il est un peu embêté parce que la police aime pas trop comment il corrige sa deuxième épouse à coups de gourdin. Bref, Le vieux Wombra se souvient bien de Sinclair. Il m'a dit que Sinclair était devenu son bras droit parce qu'un jour, il l'a trouvé coincé en haut d'un arbre, avec un sale buffle en train de monter la garde en bas.

Apparemment, Sinclair était à la recherche d'un certain Roi Henry, un Aborigène de Nouvelle-Galles du Sud qui se la jouait Grand Maître Suprême d'une espèce de franc-maçonnerie noire. Wombra m'a pas trop détaillé ce côté-là de l'histoire, mais en recollant les morceaux, j'pense que ça explique pourquoi ce fameux Roi Henry pouvait se balader peinard parmi les Aborigènes du Queensland. Normalement, un étranger, il se prend une lance avant d'avoir eu le temps de dire ouf.

Mais revenons à Sinclair, mon vieux Bony. Ce type-là est devenu pote avec Wombra et il a appris un paquet de tours de Noirs. J'ai demandé à Wombra s'il savait balancer un boomerang, et le vieux brigand m'a raconté que, quand Sinclair est parti, il lançait un kirra de guerre aussi bien qu'eux. En fait, il a même gagné une sorte de tournoi la veille de son départ, et Wombra lui a donné son meilleur boomerang comme espèce de prix.

Et voilà pour l'histoire. À ma connaissance, W. Sinclair n'a jamais remis les pieds ici. Qu'est-ce qu'il a fait ? Il a pété les plombs ou il a buté un politicien qui gaspillait l'argent public ? Si c'est la deuxième option, laisse-le courir, Bony. Il mérite une médaille.

Allez, à plus, mon vieux ! Passe par ici la prochaine fois que tu pars en vadrouille. La femme et les gosses seront contents de te voir. J'ai une femme et sept gamins, et je me tape deux déclarations d'impôts chaque année. Salut !

Bien à toi jusqu'à ce que les crocos aient des ailes,
Edward Sawyer

Bony relut avec attention cette lettre exubérante venue des confins du nord-ouest du Queensland, un sourire sincère éclairant son visage. Puis, avec soin, il la replia et la remit dans son enveloppe modeste.

L'auteur de cette lettre faisait partie des nombreux amis que Bony avait su se faire grâce à sa personnalité attachante. Dans ces contrées reculées, le métis avait consacré de nombreuses heures à enseigner aux enfants de colons blancs, des enfants qui, sans lui, en raison de l'éloignement d'une école, auraient grandi sans apprendre à lire ni à écrire.

Les parents de ces enfants lui en étaient infiniment reconnaissants, et les enfants eux-mêmes encore plus. De nombreux hommes blancs, disséminés dans le nord de l'Australie, auraient volontiers offert à Bony et à sa famille gîte et couvert pour le reste de leur vie.

Son esprit revint progressivement à William Clair. L'empreinte de botte n°3 de Clair, et l'histoire de Clair, ou de Sinclair, et de son séjour dans la tribu de Wombra formaient un ensemble de preuves suffisant pour justifier l'arrestation de l'homme décharné.

Il n'avait, bien sûr, aucune preuve directe que Clair avait tué l'Aborigène à Barrakee. Il ne doutait pas que Clair avait bel et bien assassiné Roi Henry, mais le mobile de cet acte demeurait une énigme. Tant que Bony n'aurait pas percé à jour la raison de cette traque implacable et patiente de Roi Henry, qui s'était étalée sur près de deux décennies avant d'atteindre son dénouement tragique, il avait l'impression que son travail à Barrakee resterait inachevé.

Ce soir-là, il rédigea une lettre qu'il confia à Thornton pour l'expédition, et que Frank Dugdale fit partir dès le lendemain. Cette lettre déclenchait la mise en marche de la justice contre Clair, qui, ignorant tout de ce qui se tramait, menait alors une existence recluse au Bassin.

CHAPITRE DIX-SEPT

La Grande Loterie foncière

Le lendemain matin, le petit-déjeuner à Barrakee fut pris très tôt, car la Commission foncière, qui siégeait à dix heures et demie à Wilcannia, à cent vingt kilomètres en aval du fleuve, n'avait pas de temps à perdre. Un groupe enthousiaste se rassembla devant le portail à deux battants du jardin, où trois voitures attendaient.

Dugdale conduisait la voiture de Barrakee et emmenait avec lui Kate et Ralph, qui faisaient le voyage jusqu'à Wilcannia pour l'excursion et quelques achats, ainsi qu'Edwin Black, qui, comme lui, était candidat à l'attribution d'une parcelle de terre. Mr Watts, au volant de sa propre voiture, avait pour compagnons deux patrouilleurs de clôtures et Blair, le conducteur de bœufs, tous trois également demandeurs d'une concession. La troisième voiture appartenait à Mr Hemming, gérant d'exploitation, accompagné d'un de ses *jackeroos* et de deux patrouilleurs.

Mrs Watts et sa famille étaient venues à la ferme et resteraient sur place pour la journée, aidant aux préparatifs de la fête surprise. Tout le monde parlait en même temps, tous étaient excités comme dans un hippodrome. Rien n'aurait pu discréditer plus rapidement un gouvernement de la Nouvelle-Galles du Sud que s'il avait décidé d'abolir la loterie foncière des gens.

Frank Dugdale venait de jeter un dernier regard à la jauge d'huile et au radiateur lorsque John Thornton l'attira à l'écart.

— Je vous souhaite bonne chance, Dug, dit-il sincèrement. Voici une lettre adressée à la Commission dans laquelle je déclare que si votre demande est acceptée, je suis prêt à fournir le bétail pour votre parcelle à des conditions des plus avantageuses. Ne dites à la commission que l'essentiel, rien de superflu.

Dugdale prit la lettre avec reconnaissance et, regardant son employeur droit dans les yeux, le remercia avec sa sincérité habituelle. Le squatter se tourna ensuite vers Blair.

Vêtu d'un costume noir qui lui moulait le corps comme une seconde peau, mais sans lui offrir la liberté de mouvement d'un véritable collant, Blair portait un chapeau de velours noir, incliné d'un air bravache sur ses tempes grisonnantes et à ses pieds, de nouvelles bottes d'équitation marron à élastiques. Sa barbe soigneusement taillée s'avançait de son menton à angle droit, comme un défi.

— Écoutez-moi bien, Blair, dit Thornton en attirant le petit conducteur de bœufs à l'écart. N'oubliez pas qu'il est essentiel que la citerne de Tilly soit nettoyée avant l'arrivée des pluies. Si vous vous soûlez, ne créez pas de troubles, et ne vous faites pas enfermer, car je compte sur vous pour finir ce travail.

— Si Knowles et ses clowns veulent que leur fichue taule blanchie à la chaux, ils me tireront dessus, bourré ou pas, que je sorte de l'église ou du bistrot, dit Blair avec assurance. Je pourrais bien m'en prendre juste un petit. Mais je vais à Wilcannia pour jouer avec cette satanée Commission, pas pour picoler avec un tenancier de bar.

— Je suis heureux de l'entendre. Je vous souhaite bonne chance, Blair. Cela fait maintenant plus de quinze ans que vous travaillez pour moi. Dites-le à la Commission, et dites aussi que s'ils vous accordent un terrain, je vous achèterai une maison. N'oubliez pas : un seul verre.

Le petit homme, dont les pieds courts étaient réglés sur quatre heures moins vingt, regarda le squatter avec des yeux soudain brillants.

— J'ai pas dit que j'en prendrais qu'un, fit-il remarquer lentement. J'ai dit que j'en aurais peut-être juste un – ce qui veut dire plus d'un, ou aucun. Merci quand même pour la maison.

Un concert d' « au revoir » et de « bonne chance » s'éleva dans l'air tranquille du matin alors que les trois voitures quittaient la propriété. Dugdale, installé dans la voiture de tête, se tourna vers Ralph, assis à l'arrière avec Black, et lui demanda l'heure exacte.

— Huit heures et demie, Dug, mon vieux. Nous avons largement le temps, non ?

— Pour nous, oui. Mais Watts devra pousser un peu sa petite voiture, et Hemming devra maintenir un bon rythme. Surveillez bien derrière, d'accord ? Nous ne devons pas les distancer.

— Pourquoi donc, Dug ? demanda Kate. Ils devraient pouvoir suivre, non ?

— En principe, oui, répondit calmement le sous-régisseur, s'efforçant de garder un ton posé. Mais nous n'avons pas de temps à perdre, et comme l'enjeu est crucial pour la plupart d'entre nous, si l'une des voitures tombait en panne, nous devrions répartir les passagers entre les deux autres. Il est hors de question qu'un groupe manque la Commission.

— Vous avez raison, Dug. Ce serait trop dommage.

Ils avaient roulé environ une heure lorsqu'un des pneus éclata. Les voitures suivantes s'arrêtèrent à leur suite, et plusieurs personnes s'affairèrent à démonter le pneu pour le remplacer par la roue de secours. L'opération fut bouclée en moins de deux minutes. Plus tard, Mr Hemming rencontra un autre problème de pneu, qui prit davantage de temps à résoudre, car il avait crevé son pneu de rechange la veille et avait négligé de le réparer.

Un nouveau contretemps survint à une trentaine de kilomètres de Wilcannia, dans une petite ferme où le propriétaire et sa femme refusèrent de les laisser repartir sans avoir servi à chacun une tasse de thé et une part de gâteau. Ce n'est qu'à onze heures moins le quart qu'ils freinèrent enfin devant le palais de justice de la ville que l'on appelait autrefois la « Reine de l'Ouest ».

Dans l'enceinte spacieuse du palais de justice, on distinguait des dizaines de voitures couvertes de poussière, ainsi que de nombreux camions, motocyclettes, carrioles, calèches et cabriolets.

À l'instar des autres candidats arrivés au palais, le groupe de Barrakee se fraya un chemin parmi un attroupement d'hommes rassemblés près de l'entrée, à côté d'un tableau où figurait une liste dactylographiée de noms, classés par ordre alphabétique.

Cette liste comptait quatre-vingts candidats, qui devaient être entendus par la Commission en ce troisième jour consécutif de sessions à Wilcannia. Depuis plusieurs semaines, ces mêmes messieurs parcouraient les villages, évaluant des centaines de postulants, et encore des semaines de déplacements les attendaient pour en examiner des centaines d'autres. Quatorze parcelles de terrain étaient mises à la disposition du public, et l'on comptait probablement entre 1800 et 2000 postulants espérant en obtenir une.

Le régisseur de Barrakee se retira du groupe d'hommes, ainsi que quelques autres membres dont les noms ne devaient être appelés que l'après-midi. À peine étaient-ils arrivés que le nom d'Edwin Black fut annoncé.

Dugdale lui adressa un signe de tête encourageant, tandis qu'un un passant lança un « Bonne chance ! », lorsque le jeune *jackeroo* pénétra dans la salle où siégeait la Commission. Il ne resta pas plus de dix minutes dans la salle, et ressortit avec un visage qui trahissait qu'il n'avait aucun espoir. Ce fut alors au tour de Blair.

Avant de franchir le seuil, le petit homme réajusta son chapeau noir et redressa le menton, comme pour soulager la gêne que lui causait le col de sa chemise qu'il portait rarement.

— Bravo, vieux Fred ! s'écria quelqu'un, suscitant un rire général teinté d'une légère impatience.

— N'oublie pas de leur dicter la loi, Fred ! lança une autre voix.

À l'entrée de la salle se tenait le sergent Knowles. Blair s'arrêta net devant lui, l'éclat combatif s'éteignant soudain dans son regard.

— Dites, vous n'allez pas essayer de m'arrêter avant que j'aie eu mon mot à dire, hein sergent ? demanda-t-il, sincèrement surpris.

— Non, Blair. Je n'ai nullement l'intention de faire ça, répondit calmement le policier.

Rassuré, Blair réajusta son couvre-chef et libéra sa pomme d'Adam du carcan de son col. D'un pas résolu, la barbiche légèrement relevée à angle droit, il entra dans l'enceinte de la Commission d'un pas assuré.

Devant lui, trois hommes étaient assis de part et d'autre d'une table jonchée de documents officiels. Il fut invité à prendre place sur le siège vacant. Une fois installé, il croisa négligemment une jambe sur l'autre, son chapeau repoussé bas sur la nuque.

— Frederick Blair ? demanda l'homme assis en face de lui.

— C'est bien moi, répondit Blair.

Le président de la Commission leva les yeux d'un papier et esquissa un sourire. Lui et ses collègues connaissaient bien Frederick Blair. Il poussa une bible usée sur la table et prit des mains du secrétaire le formulaire de candidature de Blair. Après avoir fait prêter le serment d'usage, il déclara :

— Vous avez postulé pour les parcelles 3-10 et 3-20, Mr Blair. Que savez-vous de ces terrains ?

— J'en connais plus sur eux que sur le revers de ma main.

— Hum ! Combien d'argent avez-vous, Mr Blair ?

— J'ai sept cent dix-neuf livres, dix-sept shillings et dix pence à la Bank of United Australia, répondit Blair, à la surprise générale.

— Vraiment ? Vous pourriez presque acheter une petite propriété avec ça, Mr Blair.

— Vous savez très bien que je ne pourrais même pas acheter une petite propriété pour sept cents livres, pas plus que pour sept mille, s'emporta Blair. Ce n'est pas moi qui vais vous apprendre que dans ce district, une terre de moins de vingt mille acres ne vaut rien, et que le prix moyen à l'acre tourne autour de douze shillings. Comment voulez-vous que j'achète vingt mille acres avec sept cents livres, hein ?

— Cela pourrait ...

— Vous savez parfaitement que ce n'est pas possible, coupa Blair d'un ton furibond. Vous balancez à peine quatorze malheureux lots alors que près de deux mille types se battent pour avoir un bout de terre, pendant que ce foutu Sir Walter Thorley possède la moitié de l'Australie – des terres qui n'appartiennent à personne d'autre qu'au gouvernement, c'est-à-dire au peuple.

Deux mille types, vous m'entendez ? La plupart mariés avec des familles, et les autres qui espèrent se marier et fonder un foyer, pendant que vous laissez Thorley s'accaparer des hectares de terres publiques, employer deux-trois Aborigènes, élever des dingos, et ne foutre les pieds sur son foutu domaine qu'une fois tous les deux ans !

— Nous ne sommes pas ici pour discuter de ... commença le président.

— Bien sûr que non ! rétorqua Blair. On ne doit surtout pas blasphémer en critiquant le nom du grand Sir Walter Thorley ! Mais quand la guerre éclate, on doit se battre pour ses terres et ses poches bien remplies, hein ? Faut pas broncher, faut fermer sa gueule, faut remercier ce pire employeur de tout l'état et éleveur de tueurs de moutons, faut le bénir de nous permettre de vivre, tout simplement.

On m'a volé ce qui me revenait de droit, à moi et à des centaines d'autres ! J'ai le droit d'avoir une femme, d'avoir des enfants avec elle, de construire un foyer et de le garder. Mais comment voulez-vous que je demande à une femme de m'épouser si je ne peux même pas lui offrir un toit ? Comment je suis censé avoir une maison si vous refusez de me donner un lopin de terre ? Et comment voulez-vous qu'on ouvre ces foutues terres comme il faudrait, quand Thorley et tous ces foutus squatters absents ont déjà tout raflé ? À quoi ça sert, franchement, qu'un seul type possède vingt millions d'acres, alors que ce même terrain pourrait faire vivre mille familles ? C'est ça que je veux comprendre !

Blair enchaîna, parlant de plus en plus vite :

Regardez-moi. J'ai cinquante-deux ans. J'ai grandi au bord de la Darling. Il y a vingt-et-un ans, je suis tombé amoureux d'une femme, à Pooncaira. Et depuis vingt-et-un ans, elle m'attend, en espérant que je puisse enfin lui offrir un foyer. Mais vous savez quoi ? Elle et moi, on crèvera avant d'avoir une maison à nous. Oui, on nous a floués, nous et des centaines d'autres. Voilà, messieurs, c'est tout ce que j'ai à dire.

Les yeux étrangement humides, Blair se leva d'un bond à la fin de sa tirade, prononcée d'une voix forte. Il avait dit ce qu'il avait à dire, et se sentait comme un homme dans le box des accusés reconnu innocent.

— Un instant, Mr Blair, intervint le président, d'une voix lasse. Comme j'ai tenté de le dire, nous ne pouvons pas débattre des grands détenteurs de baux dans le cadre de cette procédure. Nous devons nous en tenir strictement à la question de l'attribution des terres, et non nous lancer dans des débats politiques. Votre demande sera examinée comme toutes les autres, et vous serez informé de la décision de la Commission. Vous disiez à l'instant que beaucoup d'hommes mariés et pères de famille cherchent désespérément un terrain. Comme eux, vous auriez pu vous marier si vous l'aviez voulu.

— Oui, j'aurais pu, répondit Blair du tac au tac. Mais ces hommes, ils peuvent vivre avec leurs familles à une seule condition : trouver du travail en ville. Moi, je suis un homme du bush, et en ville, il n'y a pas de boulot pour moi. Il haussa les épaules. Mais bon, vous avez raison, hein, monsieur ? Les femmes et les gosses d'abord ... une fois que Thorley a été servi. Allez, bonne journée.

Tête haute, barbiche dressée à l'horizontale de son nez, Blair sortit de la salle. S'il vit le sergent ou la foule qui attendait, il ne leur adressa aucun regard. Il fendit la foule, traversa la rue d'un pas raide, entra dans un bar, se planta devant le comptoir et commanda un double whisky.

L'entretien de Dugdale avec la Commission fut bien moins théâtral. Il répondit calmement et pertinemment aux questions du président. La lettre de Thornton, proposant de financer le bétail pour toute parcelle que Dugdale obtiendrait, faisait également l'éloge du caractère et des compétences du jeune homme.

— Je veux cette parcelle, messieurs, non seulement pour prospérer avec la laine, mais aussi pour me marier et avoir enfin ma propre maison, conclut Dugdale.

Le président esquissa un sourire forcé. Il avait déjà entendu ce plaidoyer des dizaines de fois. Il se demandait en privé pourquoi un homme désireux de se marier et de fonder un foyer s'obstinait comme un idiot à rester dans le bush australien.

Lorsque Dugdale quitta la salle, il n'avait aucune idée de l'effet que sa demande avait eu sur les membres de la Commission. Il ressentait une certaine angoisse : tout cela semblait être un pari, un jeu sur les espoirs et les rêves des hommes. Quatorze parcelles pour deux mille candidats. Les chances de réussite étaient d'environ cent cinquante contre une.

Les trois voitures quittèrent Wilcannia vers cinq heures. Les passagers parlaient peu, la tension du pari pesant sur eux. Ils connaîtraient chacun plusieurs semaines de fébrilité jusqu' à ce que la poste leur livre le verdict de la Grande Loterie foncière.

Dans la deuxième voiture, Frederick Blair, morose et silencieux, était assis, parfaitement sobre.

CHAPITRE DIX-HUIT

La fête surprise

Toutes les pièces de la maison principale de Barrakee étaient magnifiquement illuminées. Les larges vérandas s'ornaient de lanternes chinoises, tandis que des centaines de lumières colorées habillaient les orangers bordant les pelouses.

Thornton lui-même était le maître de cérémonie. Vêtu d'un smoking parfaitement taillé, sa chemise blanche illuminant son visage affable, marqué par les intempéries de la vie au grand air, il annonça la première danse à neuf heures précises depuis le centre de la salle à manger/salon, dégagée pour l'occasion. L'orchestre se trouvait dans un coin : l'une des demoiselles Hemming et Miss Stirling acceptèrent de jouer du piano à tour de rôle, soutenues par Frederick Blair à l'accordéon et Bony, qui s'était muni d'une abondante provision de feuilles d'eucalyptus. Les tintements cristallins du piano, les notes profondes et vibrantes de l'accordéon, et la plainte aigüe des feuilles d'eucalyptus s'unirent pour donner naissance à la magnifique mélodie du *Beau Danube Bleu*.

À Barrakee, les cavalcades frénétiques que les derviches modernes appelaient danse, sur fond de vacarme assourdissant, n'étaient guère du goût de la maison.

La grande salle était bondée de danseurs, mais les vérandas, avec leurs planchers spacieux, accueillaient aussi de nombreux couples préférant éviter la foule. Sur les pelouses, éclairées de guirlandes féeriques, les orangeraies se fondaient dans l'obscurité tranquille de la rivière voisine, enveloppée par la douceur de cette nuit de mi-mai.

Kate avait accordé sa première danse à Frank Dugdale. Le cœur battant et le souffle court, il la tenait légèrement, et murmura, avec un frisson perceptible dans la voix :

— M'accorderiez-vous aussi la dernière danse ?

Cette question la tira de sa douce rêverie. Elle songeait à l'élégance de Frank dans ce costume qui lui seyait à merveille. Aucun autre homme ce soir ne rivalisait avec lui, et il dansait divinement. À ces mots chuchotés, elle ouvrit les yeux, à demi clos, pour croiser son regard ardent. Durant une fraction de seconde, il se dévoila à elle, avant que le voile de la bienséance ne retombe, masquant à nouveau son expression.

— Qu'en est-il de la dernière danse, Kate ? répéta-t-il.

— Je suis désolée, Dug, mais je l'ai déjà promise, répondit-elle à voix basse, ses joues se colorant légèrement.

— Je suis navré aussi, répondit-il, visiblement déçu. Mais, sur un ton plus léger, il ajouta :

Qui est l'heureux élu ?

Elle perçut dans sa voix un soupçon de regret, et elle-même fut surprise de ressentir une légère déception. En un éclair, elle réalisa qu'elle avait oublié Ralph durant ces quelques instants.

— Je ne vais pas vous le dire, répondit-elle en riant. La surprise aura lieu juste avant la dernière danse, mais je vous promets une danse avant la surprise. Et Dug, vous devriez vous considérer chanceux d'obtenir une seconde danse de ma part. Tous les garçons vont m'en vouloir d'en accorder deux à la même personne ce soir.

— S'il y a des plaintes, renvoyez-les-moi, plaisanta-t-il. Ce soir, je ne danserai avec personne d'autre que vous.

Pour le reste de la danse, il s'abandonna silencieusement à l'extase de sa proximité et à leur union spirituelle faite de musique et de mouvement. Mais lorsque les dernières notes retentirent, poignantes et persistantes, il revint brusquement à la réalité, comme un homme arraché à un rêve doux par l'irruption d'un bourreau.

Après la quatrième danse, Thornton confia la charge de maître de cérémonie au révérend Thatcher. Celui-ci était le vicaire d'une paroisse de la taille de la Grande-Bretagne. Aussi compétent pour réparer des moteurs, chasser et dépecer les kangourous, veiller à l'entretien et au financement de l'orgue de son église, que pour prononcer des sermons à tout moment et en tout lieu, Mr Thatcher était un maître de cérémonie né.

Libéré de ses obligations, John Thornton alla retrouver Mr Hemming dans une petite salle où Nellie Wanting faisait office de barmaid.

Mr Hemming était le gérant d'une vaste ferme appartenant à Sir Walter Thorley, située à plusieurs centaines de kilomètres au nord de Barrakee. En superficie, cette station était plus grande que Barrakee, mais le salaire de son gérant était inférieur à celui de Mr Watts, le régisseur de Barrakee. Moyennement grand, d'âge moyen et d'une condition modeste, son compte en banque était presque toujours à découvert, mais son moral, lui, demeurait toujours au beau fixe. Marié à une femme dévouée et père d'une famille nombreuse, il aurait pu jouir d'une vie bien plus plaisante, si son employeur titré s'abstenait de venir inspecter ses terres tous les deux ans.

— Comment s'est passée votre entrevue avec la Commission aujourd'hui, Hem ? demanda le propriétaire de Barrakee en savourant une coupe de champagne.

— Comme d'habitude, je suppose, répondit Hemming. Le président m'a dit que je devrais me considérer chanceux d'être gérant et d'avoir une bonne ferme pour ma famille. Il n'a peut-être pas tort. Je ne me plains pas de ma situation, mais j'en ai assez des incessantes directives de Sir Walter, toujours à vouloir réduire les coûts ici et économiser là.

— C'est sa façon de faire des affaires, Hem.

— Oui, mais écoutez, John, vous savez aussi bien que moi qu'on prélève vingt-sept shillings chaque semaine sur le salaire de chaque homme pour la nourriture. Et si, en moyenne, une station peut nourrir un homme correctement avec quatorze shillings, ce qui revient à lui en voler treize, alors quand on le fait vivre avec seulement quatre shillings et qu'on lui pique les vingt-trois restants, c'est un peu fort, vous ne trouvez pas ?

— Je suis entièrement d'accord, mon cher. C'est un peu fort. Un autre verre de champagne ?

— Volontiers, merci. Je prendrai aussi une de ces cigarettes. Vous en voulez une ?

Le squatter accepta une cigarette de la boîte que lui tendait Hemming et observa en silence Nellie, qui remplissait leurs verres. La musique s'élevait doucement dans l'air, et les échos des voix joyeuses venant des pelouses leur parvenaient par les fenêtres et les portes ouvertes. Un instant plus tard, les deux hommes sortirent et trouvèrent un siège où ils s'installèrent pour fumer.

— À propos de la ferme de Three Corner, Hem.

— Oui, qu'y a-t-il ?

— Combien d'argent pourriez-vous y investir ?

— Combien ? s'exclama Mr Hemming. À peine deux livres et dix pence.

Un silence s'installa entre eux pendant quelques minutes.

— Le prix d'achat du bail, Hem, tournera probablement autour de cinquante mille livres. Vous êtes encore jeune, et vous pourriez en tirer un bon revenu. Si vous voulez l'acheter, je peux avancer l'argent, et nous trouverons ensemble un arrangement pour le remboursement. D'ici dix ou douze ans, vous n'aurez plus rien à me devoir.

Mr Hemming resta assis comme foudroyé. Il demeura silencieux si longtemps que le squatter finit par lui demander :

— L'idée ne vous plaît pas, Hem ?

L'autre retrouva enfin sa voix et s'exclama dans un souffle :

— Dites-moi, John, vous rendez-vous compte de ce que vous m'offrez ? dit-il, la voix brisée par l'émotion. Vous m'offrez un foyer et l'indépendance. Vous m'offrez la liberté, l'affranchissement de l'esclavage imposé par Thorley, et vous osez me demander si l'idée me plaît ! Êtes-vous certain de ce que vous dites ?

— Évidemment. Pourquoi pas ? Nous sommes amis depuis longtemps.

— Dans ce cas, John, vous allez devoir m'excuser. Je dois absolument retrouver ma femme pour lui annoncer la nouvelle. Ce sera le plus grand bonheur de ma vie ; le second, ce sera de dire à Thorley d'aller au diable.

Mr Hemming quitta précipitamment la véranda, laissant John Thornton rire doucement. Il avait beaucoup d'affection pour Hem et le considérait comme un homme profondément honnête.

— Ah, te voilà ! Pourquoi es-tu assis ici tout seul ?

Thornton leva les yeux et aperçut son épouse. Désignant le siège laissé vacant par Mr Hemming, il répondit :

— Je discutais avec Hem à propos de la ferme de Three Corner, dit-il en souriant encore.

— Vraiment ? Et comment a-t-il réagi ?

— Il s'est précipité pour en informer sa femme.

— Je suis aussi contente qu'elle le sera, John, mais il est déjà dix heures et demie, mon cher. Ne crois-tu pas qu'il est temps de passer à table ?

— Oui, tout est prêt ?

— Tout est en ordre. Lorsque la danse se terminera, pourras-tu les prévenir ?

— D'accord, j'y vais. Tu passes une bonne soirée, ma chérie ? demanda-t-il avec tendresse.

— Très agréable, répondit-elle. Je crois que Ralph est au comble du bonheur, et Kate est à ses côtés. Allez, pars maintenant, la musique s'achève.

Thornton se leva, et après avoir tendrement pincé l'oreille de sa femme, se dirigea vers la salle à manger, franchissant l'une des grandes portes-fenêtres.

— Mes chers amis, contribuables et travailleurs des gouvernements australiens, ma femme et moi pensons qu'il est grand temps de passer à table, déclara-t-il d'un ton jovial. Ne mettons pas nos forces à l'épreuve en jeûnant trop longtemps, car il en faut pour payer les percepteurs. Je vous invite donc à vous joindre à nous et à suivre les musiciens en cortège.

Des acclamations, des applaudissements et des rires saluèrent ce discours improvisé. Blair et Bony se levèrent pour mener la procession des couples. En entonnant « *For Australia will be There!* », ils quittèrent la salle, traversèrent la véranda, et firent deux fois le tour des pelouses avant de pénétrer sous le grand chapiteau installé au bout de celles-ci.

Une abondance de mets, à même de satisfaire tous les goûts, s'étalait sur une longue table à l'une des extrémités de la tente. Chaque homme se chargeait de servir sa cavalière.

Remarquant que Mrs Thornton était seule, Bony s'adressa à elle :

— Madame, m'accorderiez-vous l'honneur de vous servir ? demanda-t-il en s'inclinant avec élégance. Elle oublia aussitôt la couleur de sa peau et la condition à laquelle il était censé appartenir. Sa révérence et son langage rendaient toute distinction superflue. Acceptant la chaise qu'il lui présentait, elle répondit :

— Merci, Bony. Je prendrais volontiers un verre de sherry et un sandwich. Et, ajouta-t-elle lorsqu'il s'éloigna, servez-vous également et venez vous asseoir près de moi.

— Ce sera un plaisir, madame, dit Bony. Une fois installé à ses côtés, il observa :

— Je pense que la fête est un franc succès.

— Je le crois aussi, répondit-elle. Tout le monde semble ravi.

Leur conversation se déroulait sur un pied d'égalité, sans la moindre condescendance de la part de Mrs Thornton, ni la moindre présomption de la sienne. Ce genre d'échange ne pouvait se produire nulle part ailleurs que dans le bush. Même Blair, le seul autre invité étranger à la société de la ferme, s'intégrait parfaitement à la situation, conversant librement avec son employeur.

Mrs Thornton fit une profonde impression sur l'inspecteur métis. En elle, il reconnut à la fois douceur et fermeté, une grande ouverture d'esprit, une générosité d'âme immense, dépourvue de toute inclination à la haine. Il lut aussi, dans la fermeté de sa bouche et de son menton, une volonté puissante pour qui l'opposition était moins un obstacle qu'un aiguillon.

Après le dîner, lui et son collègue musicien ramenèrent les danseurs à la maison. Avec une énergie inépuisable, Bony joua de ses feuilles d'eucalyptus jusqu'à ce que, à une heure du matin, Mr Thornton annonça qu'il ne restait plus qu'une seule danse au programme.

— Avant cette dernière danse, j'ai une annonce à vous faire, dit-il.

Il se tenait sur une petite estrade d'un pied de haut, près du piano, avec Ralph, Kate et sa femme à ses côtés. C'est la surprise que je vous avais promise, poursuivit-il, et la raison de cette fête. Êtes-vous prêts ?

Un chœur unanime de « Oui ! » répondit à son appel. Il souriait, visiblement comblé, et déclara simplement :

— J'ai l'honneur de vous annoncer les fiançailles de mon fils Ralph et de ma nièce Kate Flinders.

Un silence envahit la pièce. Kate se sentit doucement attirée par le bras puissant du squatter, qui la rapprocha de lui avant de la placer légèrement en avant. Ralph, de l'autre côté, s'avança également vers elle. En fixant son visage sombre, elle distingua dans ses yeux une flamme éclatante qui embrasait les siens. Il tendit les mains vers elle et elle lui offrit les siennes. Elle vit l'éclat des diamants, le scintillement de l'or, et sentit l'anneau glisser à son annulaire.

Puis quelqu'un - elle crut reconnaître la voix d'Edwin Black - entonna, d'un timbre clair de ténor, « *For They are Jolly Good Fellows!* »[13]

Toute l'assemblée reprit le refrain avec enthousiasme, exprimant avec ferveur l'amitié et l'affection d'une communauté unie. Les yeux brillants d'émotion, presque humides, Kate les parcourut du regard, de ceux qui étaient devant à ceux qui se tenaient derrière, et au-delà encore.

Mais soudain, son regard vacilla pour se fixer, comme happé, sur le visage livide de Frank Dugdale.

Il se trouvait tout au fond de la salle, appuyé contre le mur, comme s'il cherchait un appui. Le temps sembla suspendu, et, avec un émerveillement croissant, elle scruta chacun de ses traits. Enfin, elle plongea dans ses yeux gris flamboyants et y lut l'horreur, l'agonie et la souffrance.

Son cœur s'arrêta. Les gens, la salle, la vie même devinrent immobiles. Son esprit ne put enregistrer qu'une seule chose : ce visage blême et tourmenté, là-bas, contre le mur.

Puis, soudain, un arc-en-ciel lumineux teinta l'air, la chanson devint plus douce, irréelle, lointaine.

Et une lumière éclatante pénétra l'âme de Kate Flinders, l'éclairant sur elle-même, lui révélant enfin ce qu'était l'amour. Elle savait désormais qu'elle aimait Frank Dugdale, et qu'elle l'avait toujours aimé.

L'orchestre recommença à jouer. La petite foule se dispersa en couples, et les danseurs reprirent place sur la piste. Kate, comme fascinée, posa son regard sur Ralph. Elle l'entendit murmurer :

— Viens, ma chérie ! C'est notre danse.

Presque machinalement, elle dansa avec son fiancé.

Mais Frank Dugdale quitta la salle et livra bataille contre mille démons jusqu'à l'aube.

CHAPITRE DIX-NEUF

Du sang et des plumes

Le lundi suivant, à dix heures du matin, le sergent Knowles et un gendarme arrivèrent à Barrakee en voiture. Mrs Thornton entendit le véhicule s'immobiliser devant le bureau et demanda à Kate de voir qui étaient les visiteurs. Une minute plus tard, elle les accueillait sur la véranda.

— Tiens, mais c'est Mr Knowles ! dit-elle en guise de bienvenue. Entrez donc prendre le thé du matin. Kate, file prévenir Martha. Et pourquoi êtes-vous si loin de votre poste de service ?

Tout en parlant avec enjouement, elle désigna des chaises à ses visiteurs avant de s'asseoir elle-même, les invitant ainsi à en faire de même.

— Le gendarme Smith et moi sommes venus pour une petite affaire, expliqua vivement le sergent, à la fois distingué et athlétique. Mais les affaires peuvent bien attendre après le thé du matin, Mrs Thornton.

— Bien entendu, répondit la Petite Dame. Si les producteurs de thé faisaient grève, je ne sais vraiment pas ce que nous ferions.

Martha fit son entrée, portant un plateau, resplendissante dans sa jupe de popeline blanche, son chemisier vert émeraude et ses bottes d'équitation marron.

— Bonjour, Martha, lança Knowles sans l'ombre d'un sourire sur son visage rouge brique.

— Bonjour, sergent, répondit simplement l'Aborigène, mais son regard fuyait, et elle semblait mal à l'aise. Kate les rejoignit peu après et dit :

— J'espère, sergent Knowles, que votre prison n'a pas besoin d'un coup de badigeon. Je suis sûre que mon oncle n'aimerait pas perdre Blair avant qu'il n'ait fini son travail.

Le gendarme pouffa, suivi par le sergent qui éclata franchement de rire.

— Alors vous êtes au courant de la plainte de Blair ? dit-il. Mais non, nous ne sommes pas là pour arrêter Blair, pas cette fois-ci.

— Vous semblez pourtant insinuer que vous êtes ici pour arrêter quelqu'un, lança Mrs Thornton sur un ton badin.

— Où est Mr Thornton ? répliqua le sergent.

— Grand Dieu ! Vous n'allez tout de même pas l'arrêter, si ?

— Oh, non ! Mais j'aimerais le voir d'ici peu.

— Dans ce cas, , vous le trouverez avec Mr Mortimore et le charpentier dans le hangar de tonte, répondit la maîtresse de Barrakee, avant d'ajouter d'une voix cajoleuse : Mais enfin, qui êtes-vous venu arrêter ? Dites-nous tout, nous sommes toujours friands de nouvelles et de petits potins.

Les yeux bleu acier du sergent pétillèrent de malice. Il remarqua que les deux femmes brûlaient de curiosité. Kate, pensa-t-il, était pâle et ses yeux trahissaient un manque de sommeil.

— Vous ne devinez pas ? dit-il avec une pointe de taquinerie.

— Non, répondit fermement Mrs Thornton.

— Martha ? hasarda Kate en riant nerveusement.

— Pas du tout, Miss Flinders, répondit le gendarme. Eh bien, autant vous le dire maintenant plutôt que dans quelques jours : nous sommes venus arrêter William Clair pour le meurtre de Roi Henry.

Les femmes restèrent silencieuses un instant. Kate fronça les sourcils. Le souffle de Mrs Thornton se coupa brusquement et son regard se voila.

— Vous voulez dire, dit-elle, que vous vous préoccupez toujours du meurtre de cet Aborigène ?

— Ce n'est pas moi qui m'en inquiète, Mrs Thornton, répondit le sergent, satisfait de l'effet de sa révélation. C'est la loi qui s'en préoccupe. La loi ne cesse de poursuivre un crime impuni. La mémoire officielle est infinie. À présent, nous devons aller voir Mr Thornton. Nous aurons besoin de sa coopération.

— Vous allez donc vous rendre au Bassin ?

— Oui.

— Mais vous resterez déjeuner avant de partir, n'est-ce pas ?

— Merci, nous le ferons.

— Très bien. Je m'en occupe tout de suite. Vous connaissez le chemin du hangar ?

— Oh oui ! Merci pour la tasse de thé.

Les femmes de Barrakee observèrent les deux hommes en uniforme franchir le portail à deux battants du jardin et monter dans leur voiture pour parcourir le demi-kilomètre qui séparait la maison du grand hangar.

— Qu'en penses-tu, Kate ? demanda Mrs Thornton.

— Il est difficile de croire que Clair en soit responsable. Mais je suppose qu'il serait tout aussi difficile de croire que quelqu'un d'autre l'ait fait, répondit Kate.

Pendant une trentaine de secondes, la Petite Dame contempla la pelouse d'un air pensif. Puis, se tournant à nouveau vers Kate, elle dit :

— Si tu veux bien prévenir Martha que les visiteurs restent pour le déjeuner, je vais aller à la réserve chercher quelques boîtes de langues de bœuf. Martha manque de viande, je crois.

Au hangar de tonte, le squatter préparait des aménagements en vue de la prochaine saison, et les policiers le trouvèrent en train d'exposer à Mortimore les quantités de bois et de fer nécessaires.

— Bonjour, sergent ! dit-il. Encore des ennuis ?

— Pour quelqu'un, oui. Et un peu pour vous aussi.

— Oh !

— D'après les informations reçues, dit le sergent avec un regard significatif, nous avons un mandat d'arrêt contre Clair, qui se trouve actuellement, je crois, à un endroit appelé le Bassin.

— Oui, il est au Bassin. Qu'a-t-il fait ? demanda Thornton.

— Nous avons suffisamment de preuves pour l'inculper du meurtre de Roi Henry.

— Ah bon?

Le sergent échangea un regard avec Mortimore, puis, après avoir pris des notes dans son carnet, il fit signe au squatter de le suivre à l'extérieur. Arrivés au bord de la rivière, il demanda :

— À quelle heure pensez-vous que Clair sera rentré ?

— Il est à la cabane toute la journée, répondit Thornton. Clair ne patrouille pas aux limites de la propriété ; il s'occupe des pompes.

— Oh ! Cela simplifie les choses. Il n'a donc pas de cheval sur place ?

— Non.

— Comment se rend-on au Bassin ?

— Vous connaissez la route du lac Thurlow ?

— Oui.

— À dix kilomètres du réservoir Old Hut, vous arriverez à une barrière, expliqua le propriétaire de la ferme. Passez-la et prenez immédiatement une piste secondaire sur la droite. De cette barrière au Bassin, il y a vingt kilomètres.

— Parfait, répondit le sergent. Mrs Thornton nous a aimablement invités à déjeuner, et nous avons accepté. Nous partirons juste après. Bony vous a-t-il confié quelque chose ?

— Seulement que ses soupçons se portaient à parts égales sur Clair, Martha et moi.

Le policier eut un petit rire.

— Bony est un farceur, dit-il. Il a découvert une empreinte de pas devant le portail du jardin du bas, miraculeusement épargnée par la pluie. Il a déterminé qu'une botte de pointure 43 l'avait laissée, peu après le début de la pluie cette nuit-là. Il a été établi que c'est Clair qui a laissé cette empreinte. Mais le principal fondement de notre accusation repose sur des éléments que Bony a reçus d'un de ses amis du nord-ouest du Queensland. Le jour du procès, nous aurons de nombreuses déclarations sous serment et des témoins en abondance.

— Mais pourquoi Clair aurait-il tué l'Aborigène ?

— Nous l'ignorons, admit le sergent. Bony est contrarié sur ce point. Il pense que l'arrestation de Clair ne conclut pas l'affaire de manière satisfaisante.

— Hum ! Si Clair est reconnu coupable, l'affaire sera bien terminée, affirma John Thornton. Je dois envoyer un homme pour le remplacer.

— Qu'il vienne avec nous. Il y a de la place.

— Non. Je l'emmènerai moi-même. Nous pourrons voyager ensemble.

— Très bien. Emmenez Bony aussi. Ce sera plus discret s'il vous accompagne. Personne ne soupçonnera son identité, et il pourrait récolter des informations utiles.

— Très bien, je lui en parlerai, acquiesça le squatter pensivement. Vous, allez à la maison embêter les femmes. Je veux finir ce travail.

Après un déjeuner pris de bonne heure, le sergent et son collègue partirent dix minutes avant le squatter, qui conduisait sa propre voiture, accompagné du remplaçant de Clair et de Bony. Dugdale et Ralph rentraient justement à cheval, et ce dernier salua son père adoptif.

Les vingt derniers kilomètres du trajet sur la route secondaire furent parcourus au ralenti, car la piste peu empruntée était cahoteuse et recouverte de sable soufflé par le vent. La voiture de police atteignit le Bassin à deux heures cinq.

Le Bassin était situé sur un vaste plateau circulaire, entouré d'une chaîne de collines sablonneuses. La cabane, vieille mais résistante aux intempéries, était construite à quelques mètres du puits creusé dans une nappe souterraine, où un petit moteur à essence pompait l'eau vers trois grands réservoirs. Deux rangées d'abreuvoirs s'étendaient au-delà des réservoirs, fournissant de l'eau aux moutons dans des enclos séparés par une clôture.

La voiture de police s'arrêta devant la cabane. Le sergent et son compagnon en descendirent, et le premier frappa à la porte. N'obtenant aucune réponse, il échangea un regard avec le gendarme et, après avoir tous deux dégainé leurs gros revolvers, il baissa le loquet de la porte et la poussa vers l'intérieur.

— William Clair ! appela-t-il.

Pas de réponse.

Les deux hommes pénétrèrent alors à l'intérieur. Clair pouvait très bien être armé et désespéré, mais ils ne s'inquiétaient guère pour leur propre sécurité. Son silence, en revanche, avait quelque chose d'inquiétant.

La cabane était vide.

Il n'y avait nulle part où se cacher. À l'une des extrémités, un lit de camp en fer sur lequel deux couvertures avaient été jetées à la hâte. Sur la table, des morceaux d'une carcasse de mouton et des grains de sucre mêlés à des feuilles de thé. La cheminée ouverte montrait qu'un feu avait été allumé ce jour-là, car de la fumée s'élevait encore des braises presque consumées.

— Dehors, Smith, ordonna Knowles. Cherchez des traces. Restez vigilant. Il se cache peut-être dans la vieille remise là-bas. Allez-y.

Mais Clair avait disparu.

Thornton arriva avec Bony et le remplaçant au moment où le sergent concluait que Clair ne se cachait nulle part près de la cabane. Il était contrarié, mais pas découragé. Car il y avait Bony, le roi des pisteurs d'Australie. Conscient de la présence du nouveau responsable des pompes, le sergent Knowles déclara, après avoir expliqué la situation :

— Comment vous appelez-vous ?

— Je m'appelle Bony, répondit innocemment le métis.

— Vous savez suivre des pistes ? — Un peu, admit Bony.

— Très bien. Mettez-vous sur les traces de cet homme, Clair. Il est recherché pour avoir tué un Aborigène nommé Roi Henry, donc ça devrait vous intéresser.

— D'accord. Je vais d'abord examiner l'intérieur. Restez tous dehors, s'il vous plaît. Et ne bougez pas.

Depuis le seuil, Bony examina l'intérieur. Il remarqua les couvertures en désordre, les provisions entassées sur la table, le mince filet de fumée s'élevant du feu mourant. Il nota aussi l'absence de la gourde en toile habituelle et de la petite bouilloire à thé. Près du lit, il aperçut un amas de plumes.

Entrant alors dans la cabane, il retira les couvertures du lit. Sous celles-ci, il trouva et examina ce qui avait manifestement été un oreiller. Une des extrémités avait été déchirée, et plusieurs plumes duveteuses adhéraient encore adhéraient encore à l'intérieur de la toile. Du lit, il se dirigea vers la table, observant le thé et le sucre éparpillés. La viande avait manifestement été découpée à la hâte, et la chair était flasque, indiquant que le mouton avait été tué le jour même.

Bony soupira, sourit et appela les autres à l'intérieur.

— Clair connaît une ou deux astuces qui vont rendre sa capture difficile, dit-il. Je cherche un récipient ou un seau qui a récemment contenu du sang. Nous n'avons pas de temps à perdre. Regardez autour de la cabane, dehors.

C'est le nouveau responsable des pompes qui trouva, derrière la cabane, la bassine à laver dans laquelle se trouvaient des traces de sang et de nombreuses plumes blanches collées. Lorsque Bony la vit, il hocha lentement la tête, puis, désignant le téléphone, il dit :

— Quelqu'un l'a averti, sergent, que vous veniez l'arrêter. Clair a alors emporté cette bassine jusqu'à l'enclos d'abattage, où se trouvait un mouton destiné au ravitaillement des employés, l'a tué et a recueilli son sang dans la bassine. Il a ramené la bassine et la carcasse ici. Il a ensuite découpé suffisamment de viande pour son voyage, rempli ses sacs de ration de thé, de sucre et de farine, et placé le tout dans un sac en jute, avec la viande cuite et le pain qu'il avait sous la main.

— Ensuite, il a roulé une couverture pour en faire un baluchon. Enfin, il a retiré ses bottes et ses chaussettes, s'est baigné les pieds dans le sang avant de les plonger dans sa taie d'oreiller remplie de plumes de pélican. Il a laissé le sang se figer et durcir, faisant ainsi adhérer fermement les plumes, et a répété le processus jusqu'à ce que ses pieds soient bien enveloppés.

— Un vieux truc d'Aborigène ! s'exclama Thornton.

— Précisément ! Clair savait que lorsqu'un Aborigène veut éviter d'être suivi par un ennemi, il recouvre ses pieds de plumes, expliqua calmement Bony. Les pieds ainsi couverts ne laissent aucune trace, ne déplacent aucune pierre, ne cassent aucune brindille et n'abîment pas l'herbe là où il y en a.

— Nom d'un chien ! grogna le sergent. Qui diable a bien pu téléphoner à Clair pour lui dire que nous arrivions ?

— Quelqu'un l'a forcément prévenu, insista Bony. Clair ne s'est pas précipité en vous voyant arriver avec votre voiture sur les collines de sable là-bas. Ses préparatifs ont pris deux heures. Il est à pied. Si vous étiez venus à cheval, vous auriez pu le croiser.

— Vous voulez dire que vous ne pouvez plus suivre sa piste ?

— Exactement. Clair a adopté la seule méthode capable de dérouter même les meilleurs pisteurs. Si vous contournez cette ceinture de collines sablonneuses en cette après-midi paisible, vous pourriez peut-être apercevoir une empreinte très légère sur le sable meuble. Mais Clair en a conscience et ferait en sorte de ne pas rendre sa direction aussi évidente. Lorsqu'il se retrouvera à nouveau sur un sol relativement dur, il se mettra à tourner en rond tout en avançant dans la direction qu'il souhaite prendre.

CHAPITRE VINGT

Un grain de sucre

Le sergent Knowles s'assit à la table avec l'air d'un homme accablé par l'exaspération. Il sortit sa montre et la déposa devant lui.

— Il est exactement quinze heures trente-neuf, dit-il d'un ton sec, où se mêlaient colère et amertume. Nous sommes arrivés ici peu après quatorze heures. Notre homme a disparu. D'après les préparatifs de sa fuite, Bony, à quelle heure pensez-vous qu'il est parti ?

— Vers midi, répondit aussitôt le métis. Puis, voyant les sourcils du policier se hausser d'un air interrogateur, il ajouta : Il reste dans l'assiette des traces de sang qui ne sont pas encore sèches. Quant aux asticots sur la viande laissée à l'air libre, ils ont environ trois heures.

Le policier en uniforme esquissa un sourire, reconnaissant les dons supérieurs de son interlocuteur.

— En supposant qu'il n'ait pas perdu de temps après avoir été prévenu, combien de temps pensez-vous qu'il lui a fallu pour préparer sa fuite ?

— À en juger par la façon dont il a écorché le mouton, Clair ne s'est pas attardé en préparatifs. Toutefois, il ne pouvait pas accélérer le séchage du sang lorsqu'il a fixé les plumes sous ses pieds. Je dirais qu'il lui a bien fallu deux heures.

— Disons dix heures alors, conclut le sergent Knowles après un instant de réflexion.

Les autres, debout autour de la table, le regardaient attentivement. Puis il reprit :

— Vers dix heures ce matin, vous, Mr Thornton, Mortimore, le gendarme et moi-même, nous étions tous au hangar de tonte. Jusqu'à ce moment-là, seules deux personnes savaient que nous étions à la recherche de Clair – votre femme et votre nièce. Et d'après Bony, Clair a été averti précisément à cette heure-là.

Le visage buriné du squatter se teinta de rouge, une lueur dure s'alluma dans ses yeux.

— Vous accusez ma femme ou ma nièce ? demanda-t-il d'une voix étonnamment douce.

— Je n'accuse personne, Mr Thornton. Je ne fais que résumer les faits. Toutefois, il faut prendre en compte ceci : la conversation entre elles et moi s'est déroulée sur la véranda de la maison, et aurait pu être entendue par quelqu'un, que ce s oit dans les chambres adjacentes ou dissimulé parmi les vignes à l'autre bout. Il faudra interroger les domestiques. Qu'en pensez-vous, Bony ?

L'inspecteur esquissa un léger sourire.

— Rien ne prouve de manière certaine que Clair a été prévenu par téléphone, dit-il.

— Alors, comment aurait-il été averti ? Avez-vous relevé la trace d'un visiteur récent, à pied ou à cheval ?

— Non, sergent, répondit doucement Bony. Mais il existe des moyens plus subtils pour transmettre un avertissement, comme des signaux de fumée. Toutefois, je pencherais plutôt pour l'utilisation du téléphone, bien que, comme vous le savez, nous n'en ayons aucune preuve. Si vous me permettez une suggestion, il est évident que le pays est extrêmement sec, et que les seules sources d'eau sont les puits, les réservoirs et les forages. Votre homme devra forcément s'arrêter pour s'approvisionner en eau. Comme il y a peu de points d'eau, pourquoi ne pas les faire surveiller ?

— Et la rivière ?

— Il y a trop de passage de chaque côté pour que Clair s'y risque, répondit Bony. Il cherchera l'endroit le plus sûr du monde : le Territoire du Nord. Pendant que je fais un tour des environs – il y a toujours une chance que Clair ait laissé tomber quelque chose qui indiquerait sa direction – je suis certain que Mr Thornton acceptera de vous dresser un plan indiquant tous les points d'eau. Se retournant dans l'embrasure de la porte, il ajouta :

— Si Clair a laissé tomber ne serait-ce qu'un seul cheveu, je le trouverai. Ne m'attendez pas ici.

Bony s'arrêta près de la grande voiture pour prendre l'une des gourdes, avant de se mettre en route pour sa reconnaissance. Observant les collines de sable balayées par le vent, il se dirigea vers le sud jusqu'à atteindre la longue ligne de crêtes et de petites collines, qu'il suivit ensuite. Tout en marchant, il lisait les traces et réfléchissait, mais ses pensées ne se limitaient pas à ce qu'il observait.

Lorsqu'il eut terminé son premier cercle, il s'assit au sommet d'une crête, satisfait d'avoir, jusqu'à présent, correctement suivi la logique de Clair. À l'ouest du réservoir, il avait effectivement repéré des traces laissées par ce dernier : de légères empreintes, éparses, semblables à celles qu'un groupe de mille-pattes aurait pu dessiner en dansant sur des parcelles de sable clairsemées. Seul un sol de sable extrêmement fin, et en l'absence totale de vent, aurait pu garder des traces aussi légères de pieds enveloppés de plumes.

Bony entama alors un deuxième cercle autour du réservoir, cette fois en s'éloignant d'environ un kilomètre des collines de sable. Il marchait d'un pas rapide, la tête inclinée en avant, scrutant le sol en permanence, fixant un point situé à quelques mètres devant lui.

Un second cercle, à trois kilomètres du réservoir, ne donna aucun résultat. Le pisteur poursuivait sans relâche sa marche, s'arrêtant de temps à autre pour rouler et allumer une cigarette ou boire une gorgée d'eau dans sa gourde en toile. Et tandis que ses pas se succédaient sur le terrain, ses yeux attentifs ne laissaient échapper aucun indice du passage des moutons, des lapins, des kangourous, des chats sauvages, des émeus, des oiseaux ou des insectes, mais son esprit, lui, était absorbé par une seule question : comment Clair avait-il été averti si mystérieusement ?

Qui était l'allié de Clair ?

Bony poussa un profond soupir, un soupir de satisfaction. Si l'allié en question était l'un des domestiques, disons Martha, l'affaire trouverait sans doute son explication dans une admiration ou un amour secret. Mais si l'informateur se révélait être Mrs Thornton, ou Kate Flinders, cela signifierait que les Thornton étaient mêlés à ce meurtre sordide, ou, à tout le moins, qu'ils en savaient bien plus qu'ils ne le laissaient paraître sur ce qui se tramait en coulisses.

Quel était le mobile de Clair ? Pourquoi avait-il traqué Roi Henry pendant près de vingt ans ? Bony était désormais convaincu que cet homme décharné était bien le même homme blanc que Ponce Pilate avait prétendu mort. La querelle ou vendetta avait commencé à Barrakee et s'y était achevée. Mais quelle en était l'origine ? Quelle en était la nature profonde ?

En ce qui concernait l'assassinat lui-même, Bony s'en désintéressait presque complètement à présent. Il avait déjà désigné le coupable à la police, considérant ainsi que son travail était pratiquement achevé. Car il faut se rappeler que l'inspecteur-détective métis avait une conception bien particulière de son métier, fort différente de celle d'un inspecteur, d'un sergent ou d'un simple gendarme. Là où l'intérêt de Bony s'était véritablement enflammé, c'était sur l'énigmatique mobile du crime, ainsi que sur cette traque implacable, longue de près de vingt ans, meurtrière et obstinée.

Jusqu'à ce jour, toute l'affaire semblait s'être jouée en dehors de Barrakee, le meurtre qui y avait été commis n'étant peut-être qu'une coïncidence. Pourtant, l'avertissement donné à Clair prouvait qu'une personne, à Barrakee même, détenait une connaissance intime des faits, au-delà de ce qui avait été révélé. Il était également probable que cette personne connaissait le mobile du crime. Et si elle connaissait ce mobile, même sans avoir eu vent du meurtre avant qu'il ne soit commis, il était fort probable qu'elle se trouvait à Barrakee vingt ans plus tôt.

Bony sortit une liste qu'il avait établie, où figurait notamment une raie pastenague. Saisissant un crayon, il plaça un point devant tous les noms, sauf trois. Il ferma les yeux quelques instants, réfléchissant profondément. Puis, soudain, il marqua d'un point le nom de Mrs Thornton. Cinq secondes plus tard, son crayon traça une marque devant celui de son mari, ne laissant plus qu'un seul nom sans annotation.

— Martha, dit-il à haute voix. Martha était à Barrakee il y a vingt ans. Martha était sans doute dans la salle à manger lorsqu'elle a entendu le sergent expliquer aux dames de Barrakee la raison de sa visite. Martha est Aborigène, tout comme l'était Roi Henry. Il y avait sans aucun doute plus de noir que de blanc dans cette affaire. Le doigt accusateur tremble, hésitant, mais il semble inévitablement se tourner vers Martha.

Rangeant sa liste et son crayon, Bony se leva et entama un troisième cercle. Le soleil déclinait à l'horizon, et l'air se rafraîchissait rapidement. Il remarqua que les fourmis étaient plus nombreuses et plus actives à mesure que la surface du sol se refroidissait.

Une demi-heure plus tard, alors que le disque solaire effleurait les broussailles de mulgas, Bony s'arrêta brusquement, son regard fixé sur un point précis du sol. Laissant tomber sa gourde, il ramassa une petite brindille et commença à taquiner une fourmi rouge. Celle-ci transportait une particule blanche et lutta un moment pour ne pas la lâcher. Lorsqu'elle finit par abandonner son infime fardeau, Bony le souleva délicatement avec la pointe de son canif et le déposa dans la paume de sa main ouverte.

Il l'examina attentivement avec son ongle. La particule était dure, facettée, et reflétait la lumière sur l'une de ses faces. C'était un grain de sucre blanc. Clair avait laissé échapper, de l'un de ses sacs de provisions, un indice fatal.

CHAPITRE VINGT-ET-UN

Un campement de charretiers un dimanche

Henry McIntosh était né et avait grandi à Port Adélaïde. Son père commandait un remorqueur et consommait de grandes quantités de bière ; quant à sa mère, son poison favori était le cognac. Et comme le pauvre Henry était condamné à cette position inconfortable que l'on appelle « être entre deux chaises », il s'en alla vivre dans le bush à quatorze ans. Quatre ans plus tard, il souffrait encore de la confusion chronique causée par les coups constants d'ustensiles de cuisine et de poings durs comme du fer. Pourtant, partir dans le bush fut son salut.

Ce dimanche-là, il était occupé à faire bouillir une salopette, en y ajoutant une bonne dose de soude caustique afin de réduire l'effort nécessaire pour la nettoyer. Frederick Blair, vêtu d'un maillot de corps impeccable et d'un pantalon de moleskine blanche, lisait dans un hebdomadaire les détails particulièrement scandaleux d'un célèbre cas de divorce dans la haute société de l'époque. C'est alors qu'apparut, à cheval, le sergent Knowles, accompagné de Bony.

— Bonjour, Blair, salua courtoisement le policier.

— Si ce fichu détective n'avait pas surpris le type et la demoiselle en train de batifoler sous le mûrier, le mari ... Hank, t'es pas attentif. Qu'est-ce qui va pas chez toi, Hank ?

Blair regarda par-dessus ses lunettes avec sérénité. Il était parfaitement conscient de la présence des visiteurs. De Henry, il déplaça lentement son regard par-dessus son épaule et fixa durement les yeux du policier à cheval. Il posa soigneusement le journal sur le sol et y déposa tout aussi soigneusement ses lunettes.

— Bonjour, dit-il froidement.

— Bonjour, répéta Knowles.

— Hank, prends la bête du sergent et attache-la à cet arbre, là-bas. Ensuite, attrape un de ces sacs et mets-le sous son museau, ordonna Blair avec grandiloquence, avant d'ajouter, comme en passant : Et, Hank, si le sergent et moi venions à nous disputer, tu n'interviens pas.

Henry afficha un sourire béat et s'occupa du cheval du sergent. Comme on le lui avait demandé, il l'attacha par la bride à un arbre. Bony attacha sa monture à un autre arbre. Puis, d'un pas traînant, Henry se dirigea ensuite vers l'endroit où une vingtaine de grands sacs en toile de jute grossièrement fabriqués étaient entassés, remplis de son et de paille en prévision du repas des animaux. Il en prit deux situés en bordure de la pile. Blair, lui, désigna la théière fumante du bout de sa pipe.

— Prenez donc une tasse de thé, Sergent, et un morceau de gâteau, proposa-t-il d'un ton acerbe. Vous aurez besoin de toutes vos forces. Bonjour, Bony. Depuis quand vous êtes devenu l'assistant d'un flic ?

— Depuis hier, Fred, répondit Bony avec aisance. Bill Clair a échappé à son arrestation hier, et on m'a demandé de le pister.

— Ah ! Et qu'est-ce qu'il a encore fait, Bill ? Le sucre est dans la boîte, Sergent. Prenez-en beaucoup, ça fait grossir. Vous aussi, Bony. Qu'a fait Clair ?

— J'ai un mandat d'arrêt contre lui pour meurtre, Fred, dit Knowles. Où est le gâteau dont vous parliez ?

Le sergent était aussi à l'aise dans un camp de charretiers que dans une ferme. Muni d'une tasse de thé noir et d'une tranche de gâteau sans œufs, il s'installa face à Blair et laissa son regard parcourir le camp.

— Hank, reprit Blair, après le divorce, voilà qu'on passe au meurtre – des sujets tout indiqués pour un dimanche matin. Au fait, qui avez-vous dit que Clair avait descendu, Sergent ?

— Je ne pense pas avoir mentionné le nom de la victime.

— Jour après jour, Mister Knowles, vous devenez de plus en plus malin, commenta Blair avec un calme étudié. Mais enfin …

Il prit ses lunettes et un journal, plaça les premières sur son nez et le second sur ses genoux. Ignorant ses invités, il reprit :

— Tu te souviens, Hank, nous étions en train de lire la scène sous le mûrier quand on nous a grossièrement interrompus. Il apparaît que le mari …

C'en était trop pour Bony. Le métis s'étouffa de rire, tandis que Knowles s'esclaffa. Henry pouffa et joignit l'hilarité générale lorsque la situation devint claire dans son esprit lent. Le bout de la barbiche de Blair se redressa par petites secousses. Voyant le signe avant-coureur de l'orage, le sergent intervint :

— Désolé, Blair, dit-il avec un regard malicieux. Mais laissons le mari et revenons à Clair. Je le recherche pour le meurtre de Roi Henry, et Bony ici présent dit qu'il pense que Clair est passé par ici. Avez-vous ...

— Vous voulez dire, Sergent, que vous pourchassez un Blanc parce qu'il a flanqué un Aborigène six pieds sous terre ? demanda Blair.

— C'est bien ça.

— Eh bien, je m'étonne plus de payer sept shillings de taxes sur chaque livre de tabac que j'achète, s'exclama Blair. Sérieusement, quand je pense que je suis obligé de vous filer du fric, à vous, un sergent en uniforme, juste pour courir après un type parce qu'il a buté un Aborigène sans intérêt ni valeur. T'en penses quoi, Hank ?

Henry semblait ne rien comprendre. Blair se tourna vers Bony et demanda :

— Et qu'est-ce qui vous fait « penser » que Clair est passé par ici ? Si vous êtes un pisteur, vous devriez savoir s'il est passé par ici ou non, pas juste le « penser » !

— Clair est loin d'être un imbécile, expliqua Bony. Il a utilisé la méthode du sang et des plumes pour brouiller les pistes.

— Du sang et des plumes ! On dirait un mauvais roman de Buffalo Bill, murmura Blair.

— Exactement, acquiesça calmement Bony. C'est la seule méthode que les Aborigènes utilisent avec succès pour échapper à leurs ennemis. Pourtant, je savais que je finirais par trouver des traces de Clair, et c'est ce que j'ai fait : j'ai découvert quelques grains de sucre qu'il avait laissés tomber, à seulement dix kilomètres d'ici, précisément entre cet endroit et le Bassin, où il travaillait.

— Eh bien ! Si c'est pas du gaspillage ! répondit Blair. On dirait qu'il sème du sucre partout, alors que ça coûte si cher.

— Je suppose que Clair a passé la nuit ici, Fred ?

— Oh, oui.

— Ah ! Et par où est-il parti ? demanda Knowles brusquement.

— À ma connaissance, il n'est pas encore parti.

Le regard du sergent se durcit. Bony esquissa un sourire. Il savait lire les gens bien mieux que son inférieur hiérarchique dans la police.

— Où est-il alors ? poursuivit le sergent.

— Je pense qu'il dort encore dans ma tente, répondit Blair avec un calme désarmant.

Sur-le-champ, Knowles bondit sur ses pieds, suivi par le petit conducteur de bœufs. Un large sourire se dessina sur le visage d'Henry, plein d'anticipation. Bony sourit à nouveau, mais ses yeux restaient vigilants. Il était certain que Blair avait menti en affirmant que Clair avait passé là la nuit précédente. Knowles se dirigea vers la tente sous un eucalyptus. Blair, résolument, s'interposa entre le policier et la tente. Avec une lenteur étudiée, il retroussa les manches de son gilet jusqu'aux aisselles. Une lueur de joie pure éclairaït son regard, tandis que sa barbiche effleurait presque son nez.

— Cette tente est ma propriété, ma maison, déclara-t-il. À moins d'avoir un mandat de perquisition, vous n'y entrez pas.

— Ne soyez pas ridicule, Blair. Écartez-vous.

Le petit homme recula jusqu'à l'entrée de la tente, suivi de près par le policier.

— Allez, sergent ! supplia Blair. Ça fait des années que vous cherchez la baston. Juste nous deux, là, maintenant. À la loyale.

Cela aurait pu être un « à la loyale » si Bony n'avait pas ri. Un éclat de déception passa dans les yeux flamboyants de Blair. Le sergent, comprenant que le petit homme mentait simplement pour provoquer un combat, pour lui la véritable essence de la vie, se recula en souriant.

— Je suppose qu'il va falloir vous montrer un mandat, Blair, dit-il en sortant une liasse de documents de sa poche. Il en sélectionna un qu'il montra à Blair, qui, visiblement contrit, s'écarta, souleva le rabat de la tente et s'inclina d'un geste moqueur.

À l'intérieur, il y avait un lit de camp, ainsi qu'un amas de couvertures et de vêtements sur le sol, manifestement l'endroit où Henry dormait. Bien sûr, Clair n'y était pas.

Knowles parcourut le camp du regard. Ni le chariot à plateau ni le petit tas de jougs et d'outils pour creuser des fossés n'offraient de cachettes. Remarquant plusieurs sacs de paille et de fourrage pour chevaux, il demanda :

—Vous nourrissez les bœufs ?

— On dirait bien, répliqua Blair d'un ton boudeur. Y a pas de pâturages ici, et ces bêtes doivent travailler dur.

Bony arpentait le camp, les yeux fixés au sol. Pendant que Knowles tentait en vain d'interroger Blair, il fit un large détour avant d'apercevoir, en contrebas, le réservoir de terre — ou le petit barrage — partiellement nettoyé. C'est en revenant vers le camp qu'il aperçut et ramassa une petite plume blanche maculée d'une trace de sang séché.
Il reconnut immédiatement une plume de pélican.

D'un pas nonchalant, le métis revint vers Knowles, déconcerté.

— Si Clair est passé par là, il est déjà loin, déclara-t-il. Le lac Thurlow est le prochain point à l'ouest, je suppose ?

— Oui, répondit Knowles. Puis, se tournant vers Blair, il ajouta, agacé :

— Arrêtez de jouer la montre. Je veux la vérité maintenant. Clair a-t-il campé ici cette nuit ?

— Je vous l'ai dit cent fois, oui, répondit le petit homme volcanique, un large sourire aux lèvres.

Le sergent émit un bruit qui ressemblait à un reniflement exaspéré. D'un pas décidé, il se dirigea vers son cheval, suivi d'un Bony toujours souriant. Tous deux enfourchèrent leurs montures, tous deux firent un signe d'adieu à Blair, désormais assis, ses lunettes sur le nez et le journal sur les genoux.

— Comme je disais, Hank, le mari et ce détective sont tombés sur la femme pécheresse et - Oh, bonne journée Sergent, bonne journée Bony ! - sur son amant sous le mûrier. Reste où tu es, Hank, attends qu'ils soient partis. Ils s'en vont au lac Thurlow pour essayer de mettre la main sur ce pauvre vieux Bill Clair. Maintenant, grimpe dans l'arbre, Hank, et observe-les de là-haut, sans être vu.

Henry grimpa dans l'arbre que Blair lui avait désigné. Blair lut à voix basse pendant cinq minutes, puis demanda :

— Est-ce qu'ils sont déjà passé derrière la colline, Hank ?

— Ils arrivent juste au sommet, Fred, annonça le guetteur. Maintenant, ils ont disparu.

—Parfait ! Reste là et garde un œil sur eux. Ils pourraient faire demi-tour et revenir.

Blair se dirigea alors vers les sacs de provisions. Il en déplaça plusieurs jusqu'à atteindre ceux du centre, qu'il écarta également.

— C'est bon, Bill, mon vieux ! La voie est libre, dit-il.

D'un trou étroit et profond, William Clair émergea, tel Vénus sortant des flots. Il était engourdi par les crampes. Il déclara :

— Je te jure, Fred, que plus jamais je cognerai un foutu Aborigène.

CHAPITRE VINGT-DEUX

Le Bassin

Lorsque le squatter fit remarquer à Kate Flinders qu'il pensait que Ralph réfléchissait à un problème, il était plus proche de la vérité qu'il ne le croyait. Le jeune homme n'était pas certain de la nature exacte de ce problème et n'avait même pas conscience qu'il y songeait. Lorsqu'il avait confié à ses parents adoptifs qu'il préférait devenir un simple employé de ferme plutôt que d'aspirer aux plus hauts rangs de l'Église ou de l'État, il exprimait un attrait mystérieux pour le bush, un sentiment partagé par ceux qui y sont nés et même par certains nés ailleurs.

Quel marin, contraint de rester à terre par l'âge, ne ressent pas la nostalgie de la mer, de son parfum et de ses humeurs ? De la même manière, l'odeur, les changements d'humeur et l'aspect à la fois immuable et toujours changeant du bush du centre et des régions périphériques de l'Australie centrale étaient devenus nécessaires, essentiels pour Ralph Thornton durant son dernier semestre d'études. Inconsciemment, au fil des longues années de son enfance, le bush s'était insinué dans son sang, l'appelant avec une insistance croissante ces dernières années, qui marquaient son passage à l'âge adulte.

Après avoir pris le thé en compagnie de la Petite Dame et discuté de l'arrestation imminente de Clair, Ralph se procura un maillot de bain et une serviette et alla à la rivière jusqu'à un trou profond aux eaux cristallines. En cette fin d'après-midi, l'air était lui aussi d'une limpidité cristalline et chaud malgré la fin de l'automne. Il ressentait une joie inexplicable d'être là, à marcher sous les grands eucalyptus qui bordaient la chère vieille Darling, désormais à sec. Le lit de la rivière était asséché sur les étendues qui séparaient les trous d'eau nichés dans les méandres, et dans celui près de la ferme, Ralph aperçut Frank Dugdale en train de pêcher. Il fut soulagé que Dugdale ne manifeste pas l'envie de l'accompagner.

Le bassin de baignade de Ralph se trouvait à 800 mètres en amont du campement aborigène. C'était un trou dans le lit de la rivière, de trois mètres et demi de profondeur et large d'environ six mètres. Ralph, en maillot de bain, se tint au bord, regardant avec fascination le fond de sable blanc apparaissant par grandes taches entre les branches immergées, noueuses et serpentines.

Une large étendue de sol clair s'étendait juste en dessous de lui, et, tandis qu'il observait, il aperçut la silhouette gracieuse d'une superbe perche du Murray glisser lentement à travers cette zone. C'était un gros poisson, et l'épaisseur de l'eau, amplifiant sa taille, le faisait paraître plus grand qu'il ne l'était. Ralph s'assit au bord du bassin pour l'observer.

Le jeune homme avait aperçu le poisson à chacune de ses visites. Il connaissait exactement l'endroit où celui-ci se retirait lorsque l'eau était troublée, que ce soit par son propre corps, un bâton ou une pierre. Le poisson trouvait refuge parmi de lourds chicots situés sur une paroi rocheuse du bassin. L'entrée de ce refuge était bien visible, et Ralph pensait pouvoir la bloquer en retirant un chicot court, coincé en travers d'un autre, et en empilant plusieurs autres morceaux de bois.

Si l'entrée du repaire pouvait être fermée, Ralph envisageait d'emporter avec lui la courte épée d'un Aborigène pour affronter le poisson. Celui-ci était en effet aussi rapide que l'éclair dans ses mouvements, aussi sauvage que le plus féroce des dingos. Jusqu'à présent, les moments les plus palpitants de la vie du jeune homme avaient été ceux passés à dompter des animaux sauvages.

Lorsque Ralph bougea à nouveau, le poisson se trouvait juste en dessous de lui. Il se redressa avec cette lenteur furtive qui lui avait servi lors de la capture et de la mise en selle du cheval récalcitrant. Ce mouvement, presque hypnotique pour les créatures sauvages, était un art que peu d'hommes blancs civilisés avaient su conserver, et que l'on pouvait observer à la perfection chez les Indiens d'Amérique du Nord.

S'éloignant du bord du bassin, Ralph escalada la rive abrupte jusqu'à un eucalyptus qui se penchait au-dessus de l'eau. Là, debout sur une branche à près de dix mètres au-dessus du bassin, le jeune homme aventureux ajusta lentement sa position jusqu'à se retrouver juste au-dessus de l'amas de chicots formant le repaire du poisson.

Il attendit là, jaugeant la profondeur, s'assurant que la branche lui offrirait l'impulsion nécessaire lorsqu'il plongerait. Souple, élancée et gracieuse, sa silhouette sombre se détachait sur le feuillage vert, telle une statue d'Adonis dressée contre un rideau de lianes grimpantes.

Dans l'eau en contrebas, le poisson inspectait une coquille de moule qui, d'un mouvement brusque, se referma et s'agrippa avec une force surprenante à une large dalle de roche. Une écrevisse miniature, un *yabby* ou *gilgie*, s'aventura hors de son trou, et resta immobile, semblant défier le poisson de fondre sur lui. Un petit banc de poissons nageait nonchalamment au-dessus de la plus vaste étendue de sable, osant s'approcher de la perche du Murray, tapie dans l'ombre. Puis, soudain, le grand poisson surgit parmi eux.

Ralph ne vit qu'un tourbillon d'étincelles argentées virevoltant autour du tueur vert et scintillant. C'est alors que son corps plongea en piqué vers le bassin et disparut sous la surface avec à peine une éclaboussure. Lui et la perche du Murray atteignirent presque simultanément la cachette du poisson, mais ce dernier arriva une seconde trop tard.

Le jeune homme vit le poisson battre en retraite, comme à contrecourant, avec une rapidité fulgurante. En levant les yeux, il aperçut la surface agitée du trou d'eau, où se reflétaient en un miroitement vert et argenté les arbres et le ciel au-dessus de lui. Il se cramponna à une branche noyée pour se maintenir au fond quelques instants, réfléchissant au meilleur moyen de bloquer l'issue du poisson. C'était la pièce transversale qu'il fallait retirer. Il lui donna une traction et sentit sous ses doigts le dépôt gluant formé par de fines algues après un long séjour sous l'eau.

D'un geste rapide, il se pencha, empoigna une poignée de sable et s'en frotta les mains pour mieux agripper le bois. Puis, prenant appui du pied contre une autre branche submergée, il tira de toutes ses forces.

Le bois céda. Les branches supérieures vinrent s'appuyer sur celles du bas. L'entrée était scellée, le poisson pris au piège. Ralph fléchit les genoux, prêt à jaillir vers la surface. Il tendit soudain les jambes pour donner l'impulsion, mais ne parvint pas à s'élever. Son pied droit était coincé entre la branche inférieure et celle juste au-dessus.

Il tira légèrement, mais son pied demeura prisonnier. Même un effort plus intense ne le libéra pas. Une vague de terreur l'envahit, une peur que même les pires cauchemars n'avaient jamais suscité en lui. Réaliser qu'il était piégé, condamné à mourir, le sidéra comme un coup porté à la tête. Puis, soudain, cet état de stupeur fit place à un calme absolu, un calme où son esprit se mit à fonctionner plus vite que jamais. Bizarrement, son esprit semblait déjà se détacher de son corps, tel une entité séparée et indépendante.

— C'est la fin, s'écria cette entité désespérée. Mon Dieu ! c'est la fin. Dug est à des kilomètres, il ne pourra pas m'aider. Oh, Mère, comme tu seras affligée ! Bientôt, ils viendront me chercher, Père, Dug, et quelques hommes. Ils regarderont vers le bas et verront mon corps blême, inerte, et sans vie, ma bouche grande ouverte, mes yeux fixes. Oh, je ne peux plus tenir, je dois ouvrir la bouche, il le faut. Si seulement j'avais une chance !

C'est alors qu'une terreur plus grande encore que la précédente s'empara de lui, la terreur ultime de la dissolution, instinctive en chacun de nous. Les pensées de Ralph devinrent chaotiques, et ses membres se débattirent dans une lutte désespérée. Il entendit les bulles d'air s'échapper de sa bouche, et perçut le gargouillis angoissant de cet appel à l'aide contenu dans ces bulles. Sa vision s'obscurcit, puis revint presque aussitôt. La douleur de ses mâchoires serrées devint une agonie insoutenable, tandis que le combat entre son esprit et son corps atteignait son terme.

Et quand l'inévitable se produisit - lorsque, au paroxysme de l'horreur, la bouche de Ralph s'ouvrit toute grande - ce fut pour aspirer dans ses poumons brûlants une bouffée d'air pur et vivifiant.

Ainsi, c'était cela, la mort ? La douleur avait disparu, tout comme le bourdonnement dans ses oreilles. La mort, finalement, n'était pas si effrayante. Elle offrait même un repos exquis. Quelque chose de doux et d'accueillant soutenait sa nuque et ses épaules. Et comme il était étrange que, dans ce monde obscur et paisible, un corbeau pousse un croa croa plaintif ! Puis les yeux du jeune homme s'ouvrirent, et il croisa un autre regard - de grands yeux noirs empreints de nostalgie, voilés de larmes retenues. Quand sa vision se clarifia, il reconnut le beau visage de Nellie Wanting, la jeune Aborigène.

— Restez tranquille, Misther Ralph, murmura-t-elle doucement. Vos forces reviennent, nous sortirons bientôt.

Elle se tenait sur une étroite corniche rocheuse, l'eau lui arrivant à la poitrine. Elle maintenait Ralph tout contre elle, sa tête appuyée sur son épaule, son cou entouré de son bras. De sa main libre, elle s'agrippait au rebord du trou d'eau pour garder son équilibre.

Lorsque le jeune homme comprit qu'il était en vie - qu'il respirait, que l'air affluait dans ses poumons - un rire de pur bonheur lui échappa. Une nouvelle énergie parcourut son corps, cette force insouciante de la jeunesse. Pourtant, sa voix trembla légèrement.

— Laisse-moi, Nellie. Je vais bien maintenant, dit-il.

Elle desserra son étreinte, mais sans le relâcher complètement, et elle eut raison. Car Ralph dut fournir un véritable effort pour se hisser sur la berge asséchée, où la réaction le priva de ses forces et où il fut violemment pris de nausées.

Le malaise s'atténua rapidement, et, relevant la tête, il adressa un sourire forcé à la jeune fille, assise à ses côtés, les vêtements trempés et l'air inquiet. Puis, pris de vertiges, il s'allongea et ferma les yeux. Nellie s'approcha de lui et, prenant la serviette, le recouvrit avec.

— Restez couché, murmura-t-elle. Sa voix était douce et caressante, presque chuchotée. Elle se déplaça pour s'asseoir plus près de lui, se soutenant d'un bras pour se pencher un peu plus sur lui.

— Comment tu m'as sorti de là ? murmura-t-il.

— Moi, je vous ai vu couler, expliqua-t-elle. Moi aussi, moi allée là-bas. Ces arbres noyés, c'est comme pièges à dingos. Et quand vous pas revenu, moi courir, courir beaucoup. Moi regarder en bas et moi voir ... voir vous pris au piège. Elle frissonna, non de froid, mais au souvenir saisissant de ce moment. Vous débattu, poursuivit-elle simplement. Mais ça, pas bon. Alors moi descendue pour vous libérer. Oh, Misther Ralph ! Moi tellement peur. Moi cru ... moi cru que vous mort.

Ralph la regarda de nouveau, sans chercher à se relever, bien qu'il se sentît déjà mieux. Un étonnement grandissant, presque de la stupeur, l'envahit alors qu'il réalisait soudain à quel point elle était belle, comme les contours de son corps étaient beaux, révélés par son chemisier humide et bon marché. Avec une curiosité croissante, il remarqua la profondeur de ses yeux, grands ouverts sous l'effet du souvenir de sa frayeur. Oui, il comprit que cette terreur qu'il avait vue en elle était née de son propre péril. Il observa d'abord avec perplexité, puis avec une clarté de plus en plus vive, que ses yeux étaient embués de larmes – des larmes de soulagement – et il eut la sensation que cette vie, après la noyade, lui paraissait désormais étrangement différente. Lentement, il leva la main et effleura sa joue, où brillait une unique larme.

Et elle, voyant l'éclat grandissant illuminer son visage, se pencha brusquement et l'embrassa sur la bouche.

Ce baiser ! Un feu électrique parcourut son corps, envahit son esprit en une fulgurance ardente. L'expérience récente fut effacée, la mémoire s'éteignit ; c'était le tout premier instant de vraie vie. Lorsqu'elle se recula rapidement, une peur et une timidité momentanées imprimées sur son visage, Ralph se redressa, s'assit de sorte que leurs visages soient proches, presque face à face.

— Nellie, qu'est-ce qui vient de se passer ? murmura-t-il.

Un long instant, elle le fixa sans répondre. Puis, d'une voix si douce, si ténue qu'elle semblait le souffle du vent dans les feuillages, elle murmura :

— Oh, Misther Ralph, vous savez donc pas ?

Mais il le savait ! Son instinct le lui disait. Il n'était nul besoin qu'elle lui avoue qu'elle l'aimait, ni qu'il admette qu'il l'aimait – qu'il l'avait toujours aimée.

Il prit son visage entre ses mains et, lentement, très lentement, l'attira à lui jusqu'à ce que leurs lèvres se rejoignent, et qu'il lui rende, avec toute la fougue d'une passion d'homme enfin éveillée, ce baiser.

Tout le reste s'effaça, ne subsistait que la gloire incomparable de cet instant, une gloire qui, aussi longtemps qu'il vivrait, ne cesserait de briller en lui. Il oublia tout : lui-même, qui il était et ce qu'il représentait. Il oublia la Petite Dame, si fière et contente de lui, il oublia la belle chérie de la Darling qu'il était censé épouser.

Et, sur la rive au-dessus d'eux, le visage blême de colère, une main qu'il mordait férocement entre ses dents, l'autre crispée sur une ligne de pêche, se tenait Frank Dugdale.

CHAPITRE VINGT-TROIS

Bony est surpris

Convaincue que son héros était complètement rétabli, comme en témoignait l'ardeur de son baiser, Nellie redevint un pur produit de l'hérédité et de l'instinct. Avec une rapidité étonnante, elle s'élança et s'enfuit le long du lit asséché de la rivière, en direction du campement, les yeux écarquillés et les lèvres entrouvertes, emplie de la crainte de ce qu'elle avait fait, de ce qui lui avait été fait ; emplie d'un espoir mêlé de terreur que le jeune homme se lance à sa poursuite, comme les hommes de sa tribu poursuivaient leurs femmes depuis des générations.

Ralph, cependant, ne la suivit pas. Toujours assis, il regarda ses pieds agiles et sa silhouette gracieuse s'éloigner, jusqu'à ce qu'elle disparaisse derrière le premier léger méandre ; puis, le sang encore bouillonnant et le cœur battant à tout rompre, il attrapa sa serviette, gravit précipitamment la berge et s'habilla à la hâte. Il était en train de lacer ses chaussures lorsque Dugdale le rejoignit. Dès que Ralph leva les yeux vers le visage du sous-régisseur, il comprit que Dugdale savait, qu'il avait vu ce qui s'était passé au bord du bassin. La première chose qui chassa momentanément Nellie de son esprit fut le souvenir de sa récente proximité avec la mort ; et cela fit bientôt place à la conscience de sa position dans le monde. Le rouge monta à ses joues. Comme un lourd fardeau qui s'abattait soudain sur ses épaules, Il ressentit de la culpabilité, du mépris de soi et de la honte.

— Salut, Dug ! dit-il sans lever les yeux.

Dugdale soupira, mais ne répondit rien. Enfin, Ralph termina de lacer ses chaussures, ramassa sa serviette et se leva. Des larmes d'humiliation embuaient ses yeux :

— Je suppose que vous avez vu, demanda-t-il avec une légère provocation.

— Heureusement, Ralph, je l'ai vu.

— Pourquoi heureusement ?

— Parce que, tôt ou tard, quelqu'un vous aurait vu. Il vaut mieux que ce soit moi que … Kate.

— Mais bon sang, Dug ! Quel mal y a-t-il à ce qu'un gars embrasse une fille ?

— Peu de mal, peut-être, si c'était un homme ordinaire – moi, par exemple. Mais pour Mr Ralph Thornton, promis à la chérie de la Darling, embrasser une Aborigène, c'est très grave.

Dugdale marqua une pause, puis reprit avec insistance :

— Une Aborigène, Ralph.

Le ton mordant de ce « Une Aborigène, Ralph » irrita le jeune homme et fit jaillir une lueur glaciale dans ses yeux. Pourtant, alors même que son regard restait accroché à celui de son aîné, la réalité de la situation, le fait que Nellie Wanting était une Aborigène, raviva ce sentiment de honte. Dugdale se retrouva face au dos bien droit du jeune homme, dont la tête était baissée.

Pour Dugdale, la douleur poignante suscitée par les fiançailles de celle qu'il vénérait avec le fils de son employeur avait été adoucie par l'idée que Ralph était un jeune homme exemplaire, digne de recevoir un tel honneur, et qu'il le mériterait. La dernière chose à laquelle Dugdale s'attendait était que le jeune Thornton oublie sa couleur de peau. Pour lui, ce baiser signifiait bien plus qu'un simple flirt. Ce qui le terrifiait, c'était que les lèvres de Ralph, qui avaient touché celles de Nellie Wanting, seraient probablement pressées contre celles de Kate Flinders, la fille la plus belle et la plus pure d'Australie, avant la fin de la journée.

Pauvre Dugdale ! Il n'avait jamais vu dans les yeux d'une femme, qu'elle soit blanche ou noire, ce que Ralph avait vu dans ceux de Nellie cet après-midi-là.

Et pauvre Ralph aussi ! Plein de la fougue de la jeunesse, encore enflammé par la gloire de son premier baiser amoureux, il ignorait les forces irrésistibles qui le poussaient, qui continueraient de le pousser sur une voie inévitable. Sachant qu'il avait fait quelque chose de mal, qu'il avait trahi sa future épouse, il fut néanmoins surpris de constater qu'il ne ressentait aucun regret. Il y avait un tremblement dans la voix de Dugdale lorsqu'il parla :

— Ralph, mon vieux, oublions tout ça, dit-il. Vous avez devant vous un avenir radieux et un grand bonheur. Ne vivez que pour ces deux choses. Par Dieu ! Ne valent-elles pas la peine d'être vécues ?

Le jeune homme se retourna, le visage encore rouge.

— Qu'est-ce que tout cela a à voir avec vous ? demanda-t-il.

— Je pense à votre père, à la Petite Dame, et à Kate, répondit Dugdale en le regardant droit dans les yeux. Trois personnes, Ralph, dont je ne pourrai jamais assez rembourser la gentillesse et la générosité. Vous comprenez bien la douleur qu'elles éprouveraient si elles apprenaient cette histoire. Ne voyez-vous pas que le plus terrible dans cette affaire, c'est que Nellie Wanting est Aborigène ?

Dugdale dut parler avec une simplicité presque brutale pour que Ralph saisisse l'ampleur de la situation. Les yeux du jeune homme se baissèrent. Il inclina la tête, et Dugdale, rongé par un amour déçu et sans espoir, lutta héroïquement, en homme de devoir qu'il était, pour ramener son rival victorieux sur le chemin de la droiture.

— Si Nellie avait été blanche, poursuivit-il, je vous aurais conseillé de vous confesser à Kate et de lui demander pardon. Le prix du bonheur se paie en confession et en pardon. Mais avouer cela ne garantirait aucun bonheur. Comment le pourrait-il ? Il vaut mieux, comme je vous l'ai dit à l'instant, oublier cette misérable affaire. Vous n'êtes pas d'accord ?

Ralph acquiesça. Il se sentait totalement abattu, totalement désemparé.

— Vous avez raison, Dug, répondit-il avec un soupçon de mélancolie. J'ai ... je me suis comporté comme une bête, et je ne peux plus épouser Kate maintenant.

Dugdale eut un rire léger. Il passa un bras sous celui de Ralph et l'entraîna doucement sur le chemin du retour.

— Ne dites pas de bêtises, mon vieux, répondit-il. Vous n'êtes pas le premier pauvre diable à être tenté par une femme, souvenez-vous. Et souvenez-vous aussi que vous ne pouvez pas insulter Kate en la quittant. Le pays tout entier vous lyncherait, c'est certain. Sans parler de Mr et Mrs Thornton. Dans une heure ou deux, tout vous paraîtra plus clair. Vous serez plus joyeux et vous cesserez de vous voir comme un misérable et vous vous considérerez plutôt comme un imbécile égaré. Écoutez ! La cloche du dîner vient de sonner. Faisons la course jusqu'à la maison. Prêt ?

Allégé par cette perspective, Ralph laissa échapper un rire étranglé et accepta. Ils parcoururent les huit cents mètres qui les séparaient de la maison en un temps record. Puis, après s'être changé, lorsque le gong du dîner retentit, le beau visage de Nellie Wanting s'était estompé, et ses baisers n'avaient plus le même effet sur lui.

Cependant, plus tard, Ralph se retira tôt dans sa chambre, prétextant la fatigue, tandis que Dugdale se dirigea vers le bassin au fond du jardin et passa des heures à pêcher dans la bienveillante obscurité.

Ainsi, personne ne parla de l'aventure de plongée de Ralph jusqu'à ce que Bony en apprenne l'existence par la vieille Sarah Wanting, une semaine plus tard.

La tentative d'arrestation de Clair n'avait pas fait grand bruit.

Elle avait complètement échoué. L'homme décharné s'était volatilisé. Cependant, la police, renforcée par plusieurs gendarmes, restait confiante quant au succès final, malgré la sympathie que la majorité des hommes du bush témoignait envers Clair. Si Clair avait tué un Blanc, les choses auraient été bien différentes.

Bony percevait cette sympathie, mais il restait relativement indifférent au sort de Clair. Il consacrait désormais toute son attention à découvrir qui avait averti Clair de l'arrivée de la police. Le mystère de la mort de Roi Henry n'était plus un mystère, mais le mystère du meurtre, lui, restait à résoudre.

Le métis possédait une patience infinie. C'était là la clé de son succès. Il flirtait ouvertement avec la sceptique Martha, apportait de la nourriture à Ponce Pilate et passait des heures dans le campement des Aborigènes. Un soir, alors qu'il quittait le campement tard dans la nuit pour rentrer au domaine à pas feutrés, il fut soudain arrêté par des chuchotements.

Bony ne bougea pas. Il aperçut alors une ombre plus dense dans l'obscurité générale qui régnait sous les eucalyptus. C'est de cette ombre que provenaient les chuchotements et, parfois, le bruit de baisers passionnés.

Bony semblait aussi intéressé par ces rencontres amoureuses qu'il l'était par l'atome ou Napoléon Bonaparte. Il s'assit par terre, à l'endroit même où il se trouvait, et attendit pendant une demi-heure, jusqu'à ce que les amoureux se séparent. Il était encore assis là lorsque Nellie Wanting passa près de lui en regagnant le camp des Aborigènes. Une fois qu'elle fut partie, il se leva sans bruit et suivit l'homme.

Il le suivit à travers le *billabong* jusqu'à l'extrémité inférieure du court de tennis, le long du terrain, et jusqu'à l'espace dégagé entre celui-ci et les bureaux. Une lumière brillait dans le salon des *jackeroos*, et lorsque la porte s'ouvrit pour laisser entrer le nouvel arrivant, elle révéla Ralph Thornton.

Bony fut stupéfait. Il aurait été moins surpris si l'amant s'était avéré être Mr Thornton lui-même. Cette nuit-là, l'inspecteur passa des heures à méditer sur l'importance de cette rencontre amoureuse.

CHAPITRE VINGT-QUATRE

L'indice du cimetière

Durant la dernière semaine de mai, une pluie abondante s'abattit sur l'ensemble des États de l'est. Plusieurs régions du sud du Queensland enregistrèrent plus de vingt centimètres de précipitations, tandis qu'à Barrakee, le total atteignit douze centimètres et demi sur la semaine.

Tous étaient ravis, car l'abondance de l'herbe et des pâturages était désormais assurée pour le bétail, et le travail continu garanti pour tout le personnel. Le plus heureux de toute la Nouvelle-Galles du Sud était probablement Mr Hemming, désormais débarrassé du grand Thorley et maître de la ferme des Three Corners. Mr Thornton avait payé quarante-cinq mille livres pour la propriété et, avec un peu de chance, le petit éleveur de moutons aurait remboursé sa dette en dix ans.

Le geste d'offrir à Mr Hemming une vie aussi merveilleuse était typique du squatter de Barrakee. Il était généreux à l'excès ; mais le contrepoids à cet excès était la Petite Dame, à qui Mr Thornton faisait toujours appel en dernier ressort dans ce genre de décisions. Elle représentait la cour suprême, et sa décision, toujours finale, reposait sur son intuition féminine du caractère de la personne à aider ou à soutenir. La joie des deux personnalités de Barrakee à propos de cette pluie n'était pas moindre que celle de Mr Hemming et de son épouse.

Cette pluie était tombée juste à temps pour profiter aux brebis et à leurs agneaux. La saison s'annonçait excellente. Blair avait terminé de nettoyer le réservoir de Tilly avec trois jours d'avance, et avait été rappelé à la ferme pour charrier du bois en prévision de l'hiver et de la prochaine tonte. Il continuait à considérer la vie comme une affaire de la plus haute importance, et le secret du lieu où se trouvait Clair restait soigneusement préservé par lui et son associé.

Bony, lui aussi, était préoccupé par la gravité de la vie, car il avait découvert un indice des plus importants, qui, pourtant, ne faisait qu'épaissir le mystère qu'il était si déterminé à résoudre.

Par un après-midi de début juin, il s'était aventuré sur la plaine sablonneuse à l'arrière du domaine et s'était retrouvé au cimetière. Sa visite n'avait pas été préméditée. En réalité, Bony se souciait peu de la direction que prenaient ses pas, car son esprit était accaparé par les rencontres amoureuses secrètes entre Ralph Thornton et Nellie Wanting.

Parmi ses nombreuses qualités, Bony était un gentleman ; c'est-à-dire qu'il pratiquait les vertus des gentlemen, comme les avait illustrées le grand Napoléon. Avant tout, Bony était profondément moral. Les mœurs dissolues des Aborigènes civilisés, et de la majorité des Blancs d'ailleurs, n'avaient aucune faveur aux yeux de cet homme qui tentait de modeler sa vie sur celle de son héros.

Ralph l'intéressait parce qu'il représentait un mystère, et pour Bony, ce mystère résidait dans ce que le jeune homme trouvait chez Nellie Wanting qu'il ne trouvait pas chez Kate Flinders. Considérant la Chérie de la Darling comme la plus belle femme qu'il lui avait été donné de contempler, il était convaincu que Ralph avait été véritablement favorisé par les dieux. Et pourtant, voici ce jeune homme, entouré d'amour parental, fiancé à un ange sur terre, qui rencontrait en secret une fille noire, risquant ainsi tout ce qui faisait le prix de la vie.

Là où le métis hésitait, c'était sur le fait de savoir s'il pouvait se permettre d'informer Ralph que son aventure avait été découverte et de lui conseiller d'y mettre fin. Ralph était fier. Il était le fils d'un squatter. Bony, lui, n'était qu'un métis, et en apparence un simple ouvrier de la ferme. Une alternative serait d'informer Mr Thornton des faits. Une autre option encore serait de déplacer Ponce Pilate et son peuple bien en amont de la rivière. Cela pouvait être facilement organisé par le sergent Knowles, mais en même temps, cela supprimerait une source d'information que Bony espérait encore exploiter pour résoudre le plus grand mystère.

Absorbé par ses pensées, il ne remarqua même pas qu'il avait pénétré dans l'enceinte grillagée du cimetière, ni qu'il s'était assis sur l'une des tombes. C'est alors qu'il était encore plongé dans ses réflexions sur ce mystère secondaire qu'il vit se dessiner sous ses yeux l'inscription gravée sur une simple pierre tombale en granit. Les réflexions de Bony furent soudainement détournées de l'aventure de Ralph par le nom profondément gravé dans la pierre. Les yeux écarquillés, il lut :

Mary Sinclair. Décédée le 28 février 1908.

Sinclair ! Où avait-il entendu ce nom ? Non, il ne l'avait pas entendu, mais lu. Cela avait été écrit par son vieil ami dans le nord du Queensland, parmi d'autres détails concernant cet étrange homme blanc qui avait été nommé sous-chef d'une tribu dirigée par un certain Wombra. Son ami avait mentionné Clair Sinclair.

Et voilà, devant lui, Mary Sinclair, une Mary Sinclair morte il y avait plus de dix-neuf ans. Et c'était justement dix-neuf ou vingt ans auparavant que Clair ou Sinclair avait commencé à traquer Roi Henry. Le triangle encore, l'éternel triangle. Mary était-elle la sœur de William ? Était-ce à cause de Mary que William avait tué Roi Henry ? Les dates coïncidaient étrangement.

Bony se leva et se mit à arpenter le cimetière, son esprit allant et venant à travers de petites lueurs qui s'éclairaient au milieu de l'obscurité environnante, les mains jointes devant lui, les yeux presque fermés. Il avait espéré que la solution du mystère viendrait du campement des Aborigènes, ce qui pourrait encore arriver, mais il se produisait toujours quelque chose qui ramenait son attention vers le domaine de Barrakee.

Le bruit des sabots d'un cheval fit s'arrêter Bony dans sa marche et, levant les yeux, il aperçut Mr Thornton, monté sur une jument noire, qui se dirigeait vers lui depuis la route. Après la disparition de Clair, le squatter s'était demandé pourquoi l'inspecteur avait choisi de rester, puisque l'affaire semblait résolue. Lorsqu'il avait demandé franchement à Bony la raison de sa présence, celui-ci avait répondu tout aussi franchement que, selon lui, l'affaire n'était pas encore terminée, car le mobile du meurtre restait inconnu. Comme cela importait peu au squatter, et considérant aussi que Bony effectuait un bon travail à la propriété sans être payé, Mr Thornton n'avait pas insisté. Arrivé au cimetière, il sourit avec son habituelle amabilité en disant :

— Bonsoir, Bony ! Vous cherchez l'inspiration parmi les tombes ?

Bony lui rendit son sourire tout en commençant à rouler une cigarette.

— L'inspiration vient à moi ; je ne la cherche jamais, répondit-il. Celui qui est béni par Dame Fortune est celui qui ne court pas après elle. N'est-ce pas merveilleux de voir comment, en si peu de temps, l'herbe commence déjà à pousser ? Dans une semaine ou deux, le sol en sera entièrement recouvert.

— C'est en effet merveilleux, il n'y a pas de doute là-dessus, acquiesça Thornton en s'asseyant au pied de la tombe de Mary Sinclair et sortant son étui à cigarettes. Cela aurait été mieux cependant si la pluie était venue un mois plus tôt, car l'herbe aurait alors été mieux préparée à résister aux gelées que nous aurons sûrement à la fin du mois.

— Eh bien, soyons heureux que la pluie soit venue, murmura Bony. Il est peut-être préférable que nous ne puissions pas ordonner à la Nature d'agir comme et quand nous le souhaitons. Imaginez un instant, si les grands personnages de l'Histoire avaient possédé ce pouvoir ! Philippe d'Espagne aurait accompagné son armada et ordonné à la mer de rester calme, tandis que l'Empereur n'aurait pas été vaincu par le froid après l'incendie de Moscou. Parlant des morts, accepteriez-vous de me dire qui sont les défunts qui nous entourent ? Edward Crowley – qui était-il ?

Ils jetèrent tous deux un coup d'œil au monument coûteux situé à la gauche de Bony.

— C'était le fils unique de Jim Crowley, l'homme qui a fondé cette exploitation il y a cent ans. Edward avait soixante ans à sa mort. Le squatter désigna une tombe surmontée d'une croix en bois rouge. Harold Young repose là. Il fut mon premier régisseur et s'est noyé en tentant imprudemment de faire traverser à son cheval les Washaways.

— Ah ! Quelle tristesse. Votre propre fils a failli perdre la vie, il n'y a pas si longtemps, dans la Darling.

— Vous parlez de Ralph ? demanda Thornton, surpris.

— Oui, je parle de lui, répondit Bony. Il a plongé dans un trou profond à environ deux kilomètres en amont de la rivière, avec l'idée insensée de bloquer un repaire de poissons avec des branches submergées. Il semble qu'en déplaçant l'une de ces branches, il en ait fait tomber d'autres qui lui ont coincé un pied, l'empêchant de remonter.

— Oh, c'est la première fois que j'en entends parler. Continuez.

L'amour inné de Bony pour les histoires dramatiques était pleinement éveillé. Il poursuivit :

— Comme je l'ai dit, le pied de votre fils était coincé par les branches qu'il avait déplacées à six mètres sous l'eau. Il n'a pas pu se libérer et il aurait assurément péri noyé si quelqu'un n'avait pas plongé après lui pour le dégager, juste au moment où il livrait son dernier combat. En fait, votre fils était déjà si proche de la mort que, même si son dernier effort l'avait libéré sans aide extérieure, il est peu probable qu'il aurait survécu si elle ne l'avait pas ramené à la surface.

— Grand Dieu ! Elle ? Qui est cette « elle » ?

— Une femme de mon peuple – Nellie Wanting.

— Pas possible ! dit Mr Thornton, regardant Bony avec une admiration qui se dévoilait peu à peu. Eh bien, elle a eu du cran, cette fille. Je me doutais bien que le gamin avait quelque chose en tête. Il n'a sans doute rien dit pour éviter de nous inquiéter, surtout sa mère. Mais je dois au moins remercier Nellie Wanting personnellement. Bon sang ! Si le garçon s'était noyé, cela aurait tué ma femme. Comment avez-vous appris tout cela, Bony ?

— J'ai obtenu les détails par la mère de la jeune fille, répondit l'inspecteur. Cependant, je pense qu'il serait préférable de ne pas en parler. Voyez-vous, puisque votre fils lui-même n'en a parlé à personne, il serait peut-être préférable de respecter son choix de garder le silence. Peut-être ai-je été indiscret ?

— Pas le moins du monde, assura Thornton avec chaleur. Mais il faut que je trouve un moyen, avec précaution, de lui dire d'être plus prudent et de ne pas prendre tant de risques. Quoi qu'il en soit, je veux récompenser le courage de cette fille. Demain, je vous donnerai un billet de cinq livres à lui remettre.

— Cela, je crois, serait apprécié, répondit Bony. Cependant, revenons à nos morts, toujours présents parmi nous. Qui était cette Mary Sinclair ici ?

Mr Thornton jeta un regard brusque à la pierre tombale désignée. Il hésita une seconde. Bony le remarqua, mais lorsque le squatter détourna rapidement son regard vers l'inspecteur, celui-ci observait déjà une autre tombe.

— Mary Sinclair était notre cuisinière, elle est morte d'une péritonite, dit Mr Thornton, regrettant aussitôt d'avoir mentionné la cause de sa mort.

Bony ne sembla guère intéressé. Il demanda qui reposait dans la quatrième tombe et apprit qu'il s'agissait d'un patrouilleur des clôtures qui avait été tué en tombant de son cheval.

— Est-il vrai que nous devons nous attendre à une crue ? demanda le métis, changeant habilement de sujet.

— C'est ce que disent les rapports, répondit Thornton. La majeure partie du sud du Queensland est sous l'eau, et tous les affluents de la Darling débordent. Cela ne me surprendrait pas si nous connaissions une crue record, mais j'espère que cela n'arrivera pas avant la fin de la tonte. Cela fait des années que j'ai l'intention de construire un pont aux Washaways, mais j'ai toujours remis ça à plus tard. Mais partons d'ici. Je commence à avoir froid.

— Ah, oui ! Le soleil s'est couché. Allez-y. Je n'oublierai pas de venir chercher le cadeau pour Nellie demain matin.

Ils se séparèrent avec un hochement de tête amical, mais une fois Thornton parti, le visage de Bony s'assombrit.

— Alors, c'était la cuisinière, hein ? murmura-t-il.

CHAPITRE VINGT-CINQ

Quand le Noir est Blanc

Si Mr Thornton n'avait perçu que vaguement les changements progressifs chez son fils, Kate Flinders, elle, en avait une conscience aiguë. Plusieurs signes marquaient cette transformation, qui semblait avoir commencé le soir de la fête surprise.

Tout d'abord, Kate s'était demandé si ce changement ne venait pas d'elle-même, car après avoir compris son amour pour Frank Dugdale, elle savait qu'elle voyait désormais son fiancé sous un tout autre jour. Elle confrontait avec courage la situation délicate dans laquelle elle se trouvait. Elle n'avait aucun doute dans son esprit : elle aimait Dugdale et il l'aimait en retour. Si on lui avait offert sa liberté, elle aurait ressenti à la fois du soulagement et de la joie. Mais cette liberté ne lui avait pas été proposée, et sachant qu'elle ne pouvait pas s'y attendre, elle décida au moins d'essayer de chasser Dugdale de ses pensées et de rester fidèle à Ralph. La raison profonde de cette résolution était que son mariage avec Ralph était désiré par les deux êtres qu'elle aimait tant.

Car Kate était avant tout loyale. Une fois sa parole donnée, elle la tiendrait, et s'efforcerait d'étouffer tout sentiment pour Dugdale, qui dépasserait le cadre de leur ancienne amitié insouciante. Mais cette tâche était terriblement amère, si amère que sa joie de vivre s'en trouvait ternie, tandis que, pour compliquer les choses, Ralph semblait absorbé, ses attentions affectueuses devenant peu à peu plus distantes.

Le lendemain du jour où Bony avait découvert l'indice dans le cimetière, le temps était magnifique, et pendant plusieurs heures, Kate s'occupa de ses poules et de sa couvée de poussins précoces. C'est alors qu'elle nourrissait ces derniers, au fond du jardin, que Bony, passant par-là, s'arrêta pour lui parler.

— Vous devriez être fière, Miss Flinders, d'avoir autant de poussins si tôt dans l'année, dit-il en retirant son vieux chapeau et se tenant devant elle, tête nue.

Kate sourit. Parmi tous ceux qui travaillaient pour son oncle, l'Aborigène métis était le plus fascinant. En vérité, il n'était pas seulement intriguant. Plusieurs hommes, exceptionnellement cultivés et raffinés, avaient travaillé sur la propriété à différentes époques, des hommes dont la présence en tant qu'employés de ferme était déconcertante ; mais jusqu'à l'arrivée de Bony, elle n'avait jamais rencontré un homme aussi respectueux de la gent féminine, et aussi sincèrement admiratif de son apparence, simplement pour le plaisir de la beauté. Il y avait dans sa manière de parler une aisance, une décontraction, comme si, tout en reconnaissant la différence de leur statut social, la sagesse due à l'expérience lui permettait de s'adresser à elle à tout moment.

— Je suis fière de mes poussins, Bony, dit-elle en souriant.

— Ce sont, si je ne m'abuse, des Buff Orpingtons, Miss Flinders.

— Vous avez vu juste, en effet.

— Ah ! Excellente volaille pour la table, certes, mais moins performante pour la ponte que, disons, les Wyandottes noires, murmura Bony.

Kate le dévisagea, puis éclata de rire.

— Y a-t-il un sujet que vous ne maîtrisez pas ? demanda-t-elle.

— Bien trop de sujets, je le crains, avoua Bony. Je suis en train de lire le traité de Hepplewaite sur la paralysie générale des aliénés, un domaine dans lequel je suis cruellement ignorant.

— Savez-vous, Bony, que chaque fois que vous me parlez, j'ai l'impression que mon éducation a été gravement négligée ? dit-elle en riant de nouveau. Mais pourquoi, diable, vous intéressez-vous à la folie, parmi tant d'autres choses ?

— Parce que je m'intéresse à tout, et surtout à l'esprit humain. Lorsqu'un individu commet un acte, il y a toujours une cause en amont et un effet en aval. Par exemple, lorsqu'un homme, qui s'est toujours habillé de couleurs sobres, se met soudain à porter des chaussettes et des cravates aux couleurs vives, on peut supposer qu'il a pris conscience qu'il n'est plus si jeune. L'acte qui s'ensuit trahit son désir de conserver sa jeunesse, ou du moins de faire croire aux autres qu'il est encore jeune et ... euh ... audacieux. Mais l'effet qui en découle, c'est que les autres hommes le jugent – comment dire ? Non pas vulgaire, mais ... exubérant, oui, exubérant. Voilà l'effet : l'exubérance.

Kate ne put réprimer un léger sursaut. La menace d'un afflux soudain de sang à son visage la fit détourner la tête, et ajouter un peu plus de nourriture dans la mangeoire des poussins. Quelle étrange coïncidence que Bony ait mentionné cela, alors que le goût récent de Ralph pour les couleurs vives faisait partie des changements qu'elle avait remarqués chez lui ! Ou bien Bony l'avait-

-il également perçu ?

— Il n'y a pas de cause sans effet, poursuivit Bony. Un de mes amis est mort de la maladie que j'étudie actuellement. Cela semblait inexplicable, car il jouissait d'une excellente santé et venait de parents robustes. Pourtant, lorsqu'il a été admis dans un établissement spécialisé pour ce type de malades, on a découvert qu'il s'adonnait à l'opium depuis de nombreuses années. Les médecins ont conclu que l'opium en était la cause. Sans aucun doute, c'était la cause de sa mort, mais il devait bien y avoir une cause antérieure à cette dépendance. Et cette cause, la véritable cause de la mort de mon ami, était la déception amoureuse.

— Alors, j'espère que si un jour je devais être déçue en amour, je ne serai pas aussi insensée, dit Kate, toujours concentrée sur ses poussins.

— Quant à moi, j'ai envisagé quelque chose de bien plus radical lorsque j'ai été déçu, répondit Bony dans un soupir.

— Vous ! Kate se retourna, mais Bony s'éloignait déjà. Il sourit légèrement.

— Même moi, Bony, dit-il doucement. Bonne journée, Miss Flinders !

Le détective était satisfait de leur échange, qui avait, comme toute chose, sa cause et devait avoir ses conséquences. Il avait appris que Kate avait remarqué l'attrait croissant de Ralph pour les couleurs vives, mais il avait aussi perçu que Kate souffrait d'une déception amoureuse. Bien qu'elle lui ait tourné le dos, il avait noté que le sang, qui avait envahi son visage lorsqu'il avait abordé le sujet de l'amour déçu, s'était étendu jusqu'à son cou. Mais Bony pensait que c'était à cause de Ralph. Il ne pouvait savoir que c'était en réalité à cause de Dugdale.

En quittant le jardin par la porte de bois tressé, le métis traversa le *billabong* et remonta nonchalamment la berge, dans l'intention de rendre visite au campement aborigène. Lorsqu'il fut presque arrivé, il aperçut Nellie Wanting traversant le lit asséché pour rejoindre la ferme. Bony ralentit le pas et l'attendit à l'ombre d'un eucalyptus.

— Bonjour, Nellie ! lança-t-il en guise de salut lorsqu'ils se rencontrèrent.

— Bonjour, Bony ! répondit-elle de sa voix douce et traînante.

— Tu tombes bien, Nellie, car je souhaitais te parler d'une affaire très privée.

Bony s'assit sur un tronc d'arbre abattu et fit signe à la jeune femme de s'asseoir à ses côtés. Puis, brusquement :

— Est-ce un jeu pour toi, Nellie, ou aimes-tu vraiment Mr Ralph Thornton ?

La jeune femme, qui venait de s'asseoir, se releva d'un bond. Elle fixa Bony comme s'il venait de la gifler.

— Pourquoi vous dites ça ? demanda-t-elle, le blanc de ses yeux éclatant, les lèvres entrouvertes d'un rouge vif, attendant sa réponse. Puis, devant son silence, elle murmura,

Vous avez vu quoi, vous avez trouvé quoi, hein ?

— J'en ai vu assez pour être désolé pour toi, Nellie, répondit finalement Bony. Tu aurais mieux fait de tomber amoureuse de ce vieux Bony, qui a une femme et trois enfants. Tu n'imagines tout de même pas que Ralph Thornton va t'épouser, n'est-ce pas ?

— Mais il m'aime, dit-elle simplement.

— Vraiment ? Es-tu certaine que ce n'est pas simplement parce que tu veux y croire ? Ralph Thornton ne pourra jamais t'épouser, Nellie.

Soudain, elle s'effondra à ses pieds, en larmes. Le grand cœur de Bony se serra de pitié. Il vit ses épaules trembler, sa tête baissée. Il observa avec une infinie compassion son chemisier de coton bon marché, sa jupe de serge bleu marine impeccable mais modeste, ses bas couleur chair, et ses chaussures à talons hauts soigneusement cirées. Avec un sarong fait d'herbes, pensa-t-il, elle aurait été une reine. Mais en portant les vêtements d'une jeune fille blanche, se parant pour plaire aux yeux de son amant, elle n'était qu'un simulacre de féminité, une tragédie vivante. Se penchant vers elle, il posa une main compatissante sur ses courtes boucles noires.

— Vous croyez qu'il joue avec moi parce que je suis une Aborigène, sanglota-t-elle. Mais il m'aime. Il me l'a dit, encore et encore. Je l'aime, oh là là, qu'est-ce que je l'aime ! Il s'est noyé et moi, je l'ai sorti de l'eau. Je l'ai sauvé, alors maintenant il est à moi, c'est sûr. Moi, je l'aimais déjà bien avant de le sortir du trou, mais lui, il m'a aimée à ce moment-là et pour toujours après. Il va m'épouser et on partira très loin ensemble, Ralphie et moi. Il veut que je l'appelle Ralphie. Et même s'il veut pas m'épouser, c'est pas grave. Moi, je pars avec lui, je vais dans le bush avec lui, et je l'aiderai - le bush, c'est tout pour moi. Moi, je veux partir, lui aussi. Il me veut et moi, je le veux aussi.

Elle leva vers lui des yeux baignés de larmes.

— Oh, Bony - cher vieux Bony - vous voyez pas que mon Ralphie est tout à moi, et moi tout à lui ? supplia-t-elle.

— Que pense ta mère de tout ça ? demanda Bony.

— Vieille Sarah, elle sait rien. Vous lui dites pas, Bony.

— Que crois-tu qu'elle dirait si elle l'apprenait ? insista le métis.

Nellie resta silencieuse un instant, puis répondit :

— Elle dirait rien.

— C'est possible. Mais que crois-tu que Mrs Thornton dira quand elle saura que son fils est parti dans le bush avec toi, Nellie, toi, une Aborigène ?

— Ça fait quoi, ce qu'elle dira ? répondit Nellie avec naïveté.

— Cela compte beaucoup, ma fille, beaucoup. Ils ne tarderont pas à récupérer ton amant. Et toi, tu seras chassée, tenue à l'écart – comme un dingo. Tu ne comprends pas ?

— Ils nous trouveront jamais quand on sera dans le bush. On sera si malins. On aura beaucoup de provisions, et on marchera, marchera toute la journée, loin, très loin.

Bony soupira. Il devenait évident que les choses prenaient un tour sérieux, et que le jeune Thornton avait bel et bien l'intention de devenir un paria irrévocable. Car un paria, il le deviendrait sûrement s'il emmenait la jeune fille dans le bush. Si cela s'était produit dans le nord du Queensland ou dans le Territoire du Nord, l'opinion publique aurait fermé les yeux avec un clin d'œil entendu ; mais ici, en Nouvelle-Galles du Sud, le bastion de la squattocratie au sang bleu, un tel acte entraînerait une damnation sociale totale.

Bony joua alors sa meilleure carte, son atout principal :

— Mais viendra le jour, Nellie, où, là-bas, dans le bush, il commencera à penser à son père, à sa mère, et à la maison qu'il a quittée. Il te regardera. Et tu verras dans ses yeux la nostalgie de tout ce qu'il a perdu.

— Je le laisserai pas penser à ça, répondit-elle farouchement. Je l'aimerai tellement qu'il aura même pas le temps d'y penser.

— Tu ne pourras pas l'empêcher de penser pendant que vous dormirez, murmura Bony doucement. Et tu sauras, ma fille, que c'est à cause de toi qu'il se trouve là, à vivre comme nous, les Aborigènes. Tu sauras que c'est toi qui l'auras tiré vers le bas, lui qui est maintenant si fier, si blanc, si haut placé.

Nellie ne répondit rien. Les paroles de Bony lui avaient ouvert un nouveau point de vue, suscitant en elle un flot de pensées qui la laissaient silencieuse. Mais il poursuivit :

— Tu ne le sais pas, Nellie, mais tu es une fille exceptionnelle. Je t'ai observée. Malgré la dégradation des mœurs de ton peuple, conséquence de la disparition des anciennes coutumes tribales, balayées par la civilisation maudite de l'homme blanc, tu es une fille foncièrement bonne, un retour, pour ainsi dire, à tes ancêtres d'il y a cinq cents ans.

Réfléchis un instant. Imagine que tu laisses Ralph t'emmener dans le bush. Ce sera merveilleux, bercé par l'amour ... pour un temps – et ce ne sera qu'un temps, quoi que tu en penses. L'amour finira par s'éteindre un jour, et alors il se réveillera pour mesurer à quel point il est tombé à cause de toi. Maintenant, imagine que tu te dises : « J'aime Ralphie tellement que je ne le laisserai pas sombrer à cause de moi. Je le laisserai devenir ce qu'il est destiné à être. » Tu le verras grandir, tu le verras devenir le maître de Barrakee, tu le verras resplendir, et tu pourras alors te dire : « Ralphie, tu es devenu grand parce que je t'aimais assez pour ne pas te laisser chuter, pour ne pas te laisser devenir un paria, un sauvage, un dingo. » Ne serait-ce pas là une véritable noblesse ? Ce serait bien plus noble, Nellie, n'est-ce pas ?

Pendant qu'il parlait, Nellie le fixait de ses yeux de plus en plus brillants. Mais quand il eut fini, la voix de la jeune fille se brisa dans un sanglot, et soudain, des larmes jaillirent de ses yeux et coulèrent sans retenue sur ses joues veloutées. Puis, aussi brusquement que les larmes étaient apparues, elle l'attrapa par les genoux et y enfouit son visage. Ils restèrent ainsi longtemps, la jeune fille pleurant avec passion, tandis que Bony lui caressait doucement les cheveux.

– Bony, oh, Bony ! Vous avez raison, cria-t-elle. J'm'en vais maintenant, là tout de suite. J'descends à la ferme des Three Corners, chez Mrs Hemming, qu'a besoin de moi. Ralphie ! Oh, mon Ralphie ! Qu'est-ce que j'vais faire ?

CHAPITRE VINGT-SIX

Coincé dans une fente

Le courrier en provenance de Bourke arrivait à Barrakee à midi, les mardis et vendredis. C'est justement le jour où Nellie résolut de s'éloigner de Ralph que Dugdale reçut l'avis officiel qu'il avait remporté l'un des lots de la loterie foncière : le bloc de Daly's Yard.

L'heureux gagnant et le jeune Thornton avaient passé la majeure partie de la journée à cheval et, de retour, ils se rendirent chez Mortimore pour récupérer leur courrier. Les yeux de Dugdale s'illuminèrent à la lecture du contenu de la longue enveloppe officielle.

— On m'a attribué Daly's Yard, Mr Thornton, annonça-t-il au squatter qui écrivait dans son coin du bureau.

— Vraiment, Dug ? Eh bien, félicitations ! répondit Thornton, sincèrement heureux pour lui. J'imagine que vous allez vouloir nous quitter maintenant.

Dugdale devint soudain grave. Il tenait enfin une bonne raison de quitter Barrakee et d'échapper à cette vie douce-amère qu'il y menait. Mais ce qui, autrefois, lui semblait souhaitable menaçait à présent de devenir une épreuve.

— Oui, je suppose, Mr Thornton, acquiesça-t-il. Mais il n'y a évidemment pas d'urgence. Disons après le marquage des agneaux.

— Parfait, Dugdale ! Nous commencerons le marquage lundi prochain. Cela devrait nous prendre une quinzaine de jours, peut-être un peu plus, comme d'habitude. Allez donc voir vos terres et ensuite revenez me voir. Pour toute aide financière dont vous pourriez avoir besoin, vous savez que vous n'avez qu'à demander. Si vous travaillez pour vous comme vous avez travaillé pour moi, vous réussirez. Honnêtement, je suis désolé de vous voir partir.

— C'est très aimable à vous de dire cela et de proposer votre aide, répondit chaleureusement Dugdale à son ami et employeur.

En quelques heures, tout l'arrière-pays connaissait les noms des gagnants et les lots remportés. Peu avant que le gong du dîner des hommes ne retentisse, Dugdale reçut un appel de Fred Blair.

— Je suis venu vous féliciter, dit Blair. Je suis vraiment content que vous ayez décroché un bloc, mais, comme d'hab, super déçu que le conseil m'en ait encore pas filé un. Ma copine, qui attend depuis des années, va encore pleurer comme une madeleine. C'est toujours la même histoire.

— Je suis désolé que vous n'ayez pas eu de chance, Fred, dit Dugdale avec compassion.

— Pas autant que moi, Mr Dugdale, répliqua Blair sombrement. Mais ça sert à rien de se plaindre. Ce que vous devez faire maintenant, c'est créer une association avec quelques gars pour tenter votre chance chez Tattersall. La Golden Plate se court le 2 août, vous serez juste dans les temps. Les billets coûtent une livre, trois shillings et six pence ; premier prix, vingt mille livres, deuxième, dix mille, troisième, cinq mille. Alors, qu'en dites-vous ?

— Oui, ça me va, Fred.

— Parfait ! reprit Blair. Vous avez la baraka en ce moment, alors pendant que ça dure, mettez votre nom en premier. Surtout, votre nom doit être en haut de la liste, hein. Ajoutez-moi aussi, ainsi que Hank McIntosh, d'accord ?

— Je m'en occupe.

— Et vous le faites ce soir avant minuit, insista Blair sérieusement. Demain, votre chance pourrait tourner.

Dugdale éclata de rire.

— Et comment allons-nous appeler cette association ? demanda-t-il.

— L'association de Daly's Yard, bien sûr.

— Très bien, nous allons le faire, Fred, approuva Dugdale.

— Parfait ! Si on remporte pas le cheval gagnant, alors je m'appelle pas Blair.

Ainsi, l'association de Daly's Yard fut formée, avec Dugdale, Mr Thornton, Ralph, Blair et McIntosh, et cinq billets furent achetés pour la loterie de la Golden Plate.

La chance de Dugdale fut le sujet de discussion lors du dîner de ce soir-là.

— Je suis tellement heureuse qu'il ait remporté Daly's Yard, fit remarquer Mrs Thornton à tous, ses seuls convives étant son mari, sa nièce et son fils. Mais je serai désolée de le voir partir. J'aime beaucoup Dugdale, et j'aimais aussi beaucoup son pauvre père.

— Son père aurait été fier de lui s'il avait ... s'il avait vécu, dit le squatter en s'adossant à sa chaise, soudain pensif. Cela a dû être terrible pour son fils, de devoir affronter la manière dont son père est mort. Mais il a prouvé sa valeur. Il s'en sortira, j'en suis certain.

— Il va se sentir bien seul là-bas, intervint Ralph. Il se rendra compte qu'il devra se trouver une femme.

Tout en parlant, il était plutôt affalé qu'assis sur sa chaise, d'une manière peu élégante. Vêtu d'un smoking noir, avec une chemise et une cravate impeccables, mais autour de sa taille, il portait une ceinture de smoking d'un bleu éclatant, et de sa manchette pendait un mouchoir en soie de la même couleur.

Ni Mrs Thornton ni son mari ne semblaient remarquer l'incongruité de sa tenue ou sa façon désinvolte de se tenir à table. Toutefois, l'effet ne passa pas inaperçu pour Kate Flinders. À ses yeux, le jeune homme avait manifestement changé au cours des quelques mois écoulés depuis la fin de ses études. Il semblait perdre rapidement le vernis que lui avait donné son éducation dans un établissement de prestige, et Kate observait cette lente dégradation avec un sentiment profond de regret, mêlé d'inquiétude quant aux causes sous-jacentes.

L'imminence du départ de Dugdale vers son domaine pesait également sur son esprit. Il était devenu, pour ainsi dire, une partie intégrante de Barrakee ; et depuis qu'elle avait pris conscience de son amour pour lui, il était réconfortant pour elle de savoir qu'il était à proximité. Mais à présent qu'il s'apprêtait à partir – et à sortir probablement de sa vie – la perte qu'elle ressentait en était écrasante. Et voilà que Ralph, avec cynisme, déclarait que Dugdale serait bientôt contraint de chercher une épouse.

— Vous avez raison, mon cher, acquiesça Mrs Thornton en adressant un sourire affectueux au jeune homme. Mais je pense qu'il lui sera difficile de trouver une bonne épouse. De nos jours, les jeunes filles ne restent plus dans le bush. Elles préfèrent vivre en ville, à se promener dans des tenues que je considère indécentes. Je ne sais plus où va le monde.

— Tu entends ça, Kate ? lança le jeune homme en riant. Il va falloir que tu rallonges ta robe.

Perdue dans ses rêveries, Kate revint à elle avec un rire enjoué lorsqu'il l'interpella directement.

— La rallonger ? s'exclama-t-elle avec une gaieté feinte. Pourquoi donc ? Quand je retournerai à Sydney, je devrai plutôt la raccourcir si je ne veux pas être la risée des autres !

Ralph se tourna alors vers la Petite Dame :

— Tu vois, mère, dit-il. Même dans notre propre famille, nous avons des pécheurs.

— Certains sont nés il y a bien longtemps, ajouta le squatter, les yeux malicieux.

— Je sais bien, rétorqua Mrs Thornton. L'année dernière, quand nous étions à Melbourne, j'ai vu une femme de quarante ans habillée comme une jeune fille de quatorze.

— Je ne parlais pas de l'âge des pécheurs, ma chère Ann, reprit-il. Je faisais référence à l'époque où, jeune homme – avant de te rencontrer – je suis allé à un music-hall à Sydney. Et là, j'ai été choqué de voir une danseuse porter une robe bien plus longue que celles que les femmes d'aujourd'hui considèrent comme acceptables. Chaque nouvelle mode nous choque au début, jusqu'à ce que le choc suivant nous fasse oublier le précédent, qui paraît alors démodé.

Mrs Thornton soupira :

— Oui, John. C'est peut-être cela. Nous devenons démodés, toi et moi.

Une fois le dîner terminé, ils jouèrent aux cartes. Lorsque Mrs Thornton annonça qu'elle allait se retirer, Kate se leva pour l'accompagner. Ralph embrassa tendrement la Petite Dame, puis embrassa Kate avec la même chaleur, tout en lui murmurant :

— Bonne nuit, Kate. Je suis désolé d'être un si piètre amoureux.

Les yeux de la jeune fille s'écarquillèrent de surprise, et elle aurait répliqué si Ralph n'avait déjà pris place dans un fauteuil, où se trouvait un roman qu'il était en train de lire. Se lassait-il de leurs fiançailles ? Envisageait-il de demander à rompre ? Puis, le souvenir du visage pâle et du regard intense de Dugdale, ce soir-là, lors de la fête, traversa son esprit et la laissa haletante.

Une heure plus tard, tandis qu'elle dormait, Ralph était dans sa chambre, occupé à trier ses affaires. Il choisit d'abord un vieux costume et une paire de bottes d'équitation qu'il déposa sur une chaise. Ensuite, il ajouta des sous-vêtements de rechange.

Sur le sol, il étendit un drap de lit, sur lequel il déposa deux couvertures. Par-dessus, il posa ses sous-vêtements, son nécessaire de rasage, une brosse et un peigne, un vieux chapeau et quelques cols souples. Il rabattit les longs côtés du drap, puis roula le tout en un cylindre qu'il attacha. Il avait ainsi confectionné un baluchon d'homme du bush. Du fond d'un des tiroirs de la commode, il sortit un sac à sucre en toile de jute, contenant de plus petits sacs en calicot remplis de farine, de thé et de sucre. Il ajouta un autre sac contenant de la viande cuite et du pain à ceux déjà présents dans le sac en toile, puis il attacha lâchement le col de ce sac à l'une des sangles du baluchon à l'aide d'une serviette.

Ses préparatifs achevés, il enfila son vieux costume et chaussa ses bottes d'équitation. Il était prêt pour sa Grande Aventure. Le sac en bandoulière sur le dos, équilibré par le sac en toile suspendu à l'avant, il saisit une vieille bouilloire et ouvrit silencieusement la porte. Deux minutes plus tard, il traversait le jardin en direction du portail du fond.

Au-delà du portail, il s'arrêta. Il semblait livrer une bataille maintes fois menée sans jamais aboutir. Il se tenait là, à la frontière de deux mondes. Derrière le portail se trouvaient sa maison, son héritage, la femme qu'il aimait comme une mère, cet homme grand et généreux qu'il admirait comme un père, et la jeune fille pure et gracieuse qui devait devenir son épouse. Devant lui, de l'autre côté du *billabong,* un peu plus en amont de la rivière, l'attendait la déesse de l'amour, cette belle jeune fille noire aux bras si doux et enlaçants, dont les baisers étaient si passionnés, empreints de l'essence même de la joie parfaite de l'amour.

Car, s'il en était arrivé à cette décision, c'était après une longue lutte intérieure. Il était pleinement conscient des conséquences de l'acte qu'il s'apprêtait à commettre, mais l'attrait du bush, cet appel de son sang, cette pulsion irrésistible qui envahissait chaque fibre de son être, avaient fini par l'emporter. Son esprit était en proie au tumulte. Une part de lui s'attachait désespérément à l'idée du foyer et de l'amour, tandis que l'autre réclamait cette liberté merveilleuse, sans entraves, qui faisait paraître celle de Barrakee aussi artificielle que celle accordée aux animaux les plus choyés d'un zoo.

L'hésitation disparut soudainement. Il courut presque jusqu'au bord de la rivière et remonta le cours d'eau à sec jusqu'à l'eucalyptus rouge tombé à terre, là où il rencontrait toujours Nellie.

Mais personne ne l'attendait. Cependant, coincé dans une branche fendue, disposé de sorte qu'il ne puisse le manquer, il aperçut un délicat mouchoir de soie, qu'il reconnut comme l'un des cadeaux offerts à Nellie Wanting. Le mouchoir était enroulé autour d'un morceau de papier plié. Pris d'un pressentiment, il craqua une allumette pour déchiffrer l'écriture à peine lisible :

Je ne peux pas venir. Ce ne serait pas bon pour toi. Je suis noire, tu es blanc. Adieu, mon Ralphie – mon Ralphie.

L'esprit du jeune homme se figea un moment ; le message de Bony, rédigé avec l'assentiment de Nellie Wanting, l'avait frappé comme un coup de massue.

CHAPITRE VINGT-SEPT

Un feu de camp éteint

Dès la mi-juin, le marquage des agneaux battait son plein. Tous les hommes de la ferme travaillaient à plein régime, et des renforts avaient été engagés pour l'occasion. Watts, le régisseur, était responsable du camp, avec Ralph comme second. Pendant la période de marquage, le camp était déplacé vers quatre points stratégiques du domaine, où les troupeaux étaient conduits par les cavaliers sous la direction de Frank Dugdale. Mr Thornton, quant à lui, entreprenait une mission itinérante, souvent accompagné de sa nièce.

La division occidentale de la Nouvelle-Galles du Sud était devenue un véritable paradis. Le gel du cœur de l'hiver n'était pas encore venu faucher les herbes en pleine croissance, et le paysage entier s'étendait sous un éclatant manteau d'émeraude, tandis que les trous d'eau pleins et les étendues argileuses scintillaient comme de gigantesques diamants sous un soleil encore doux. C'était le genre de temps qui réjouit autant les hommes que les bêtes d'être en vie.

Le marquage, que George Watts réalisait personnellement, était sans doute l'une des tâches les plus exigeantes. Il possédait les mains d'un chirurgien et une concentration mentale qui lui permettaient de maintenir un rythme de travail extraordinairement rapide. Pendant une heure d'affilée, Watts arpentait la file des attrapeurs d'agneaux, suivi de Ralph muni des pinces à marquer et du pinceau à goudron. À la fin de chaque heure, le jeune homme était autorisé à manier le couteau sous la direction calme du maître, qui, tout en le surveillant, roulait et fumait une fine cigarette.

Pourtant, malgré l'intérêt du travail et l'expérience essentielle qu'il en retirait, l'esprit du jeune Ralph Thornton était ailleurs. Watts, trop absorbé par son travail, ne remarqua pas ses préoccupations à ce moment-là, mais plus tard, les événements rappelèrent ces soirées passées autour du feu de camp, où Ralph, assis en silence, fixait longuement les braises rougeoyantes.

Deux forces opposées se disputaient l'âme de Ralph Thornton, telles des influences presque personnifiées à la manière de Dr Jekyll et de Mr Hyde. Chacune, soutenue par des désirs distincts, s'opposait farouchement à l'autre, et Ralph avait parfois l'impression que cette lutte intérieure finirait par le rendre fou. Il se tenait comme sur une crête élevée : d'un côté, l'attrait irrésistible du bush, incarné par Nellie Wanting, qui tentait de l'entraîner vers le bas ; de l'autre, la force civilisatrice de Barrakee et les conventions représentées par Mrs Thornton.

Les deux femmes concernées ignoraient tout de ce conflit. Aucune ne soupçonnait l'influence de l'autre : l'une, convaincue de sa domination affective, l'autre, résignée à la perte de la sienne. Mr Thornton comprenait vaguement et sans y prêter grande attention que le jeune homme réfléchissait à un problème personnel, tandis que Kate Flinders le percevait également et pensait, en outre, que ce problème était la raison fondamentale du changement progressif de ses habitudes.

Mais c'était Bony, le détective métis, non pas simple étudiant, mais véritable maître dans l'art de comprendre la nature humaine, qui discernait avec une netteté saisissante la lutte incessante qui occupait chaque instant de Ralph. Bien qu'il fût témoin de cette bataille et qu'il en connût les protagonistes, il lui échappait encore la raison profonde. Pour lui, Ralph était devenu un sujet d'étude fascinant, au point qu'il en oubliait presque son véritable objectif à Barrakee.

Une bataille moins ardente se jouait dans le cœur de Kate Flinders, mais Bony n'en avait aucune idée. Pour la jeune femme, il était terriblement douloureux d'être fiancée à un homme tout en en aimant un autre de tout son être. Son sens aigu de la loyauté en était profondément blessé, car elle avait beau s'efforcer de chasser Dugdale de son esprit, la personnalité du sous-régisseur s'imposait sans cesse, lui donnant l'impression d'être une traîtresse chaque fois que Ralph l'embrassait, ce qui, par bonheur, devenait de plus en plus rare. Quant aux baisers, Bony se demandait parfois si Ralph, en embrassant sa fiancée, ne trouvait pas un certain réconfort en imaginant qu'il s'agissait des lèvres de Nellie. En vérité, Kate s'était demandé à deux reprises, en recevant ces baisers, si ceux de Dugdale auraient été plus passionnés.

Elle n'avait pu réprimer cette pensée qui, surgissant de façon involontaire, l'avait horrifiée. Elle en ressentait à la fois de la tristesse et de la honte. Mais comment aurait-elle pu demander à Ralph de la libérer de cet engagement ? Comment aurait-elle pu décevoir les Thornton, qui, tel un père et une mère, l'avaient toujours entourée de leur protection et de leur amour ?

Ces pensées l'assaillaient chaque fois qu'elle se trouvait en compagnie du squatter, qui conduisait lui-même la grande voiture de la ferme, mais à une allure plus modérée que Dugdale. Ces tourments grandissants la plongeaient dans un silence que son oncle finissait souvent par briser par des plaisanteries ou des questions taquines.

Souvent, ils croisaient de vastes troupeaux de moutons, que l'on emmenait ou que l'on ramenait de la zone d'agnelage. Le squatter savait bien entendu avec précision où se trouvaient ces troupeaux, mais leur apparition surprenait invariablement Kate. Dès qu'elle apercevait la masse mouvante, accompagnée de son cavalier et de ses chiens haletants, ses yeux cherchaient avec une impatience mal dissimulée la silhouette élégante de Dugdale, tantôt juché sur un hongre gris, tantôt sur une jument bai pleine d'entrain aux pieds blancs.

Et lorsqu'ils le rencontraient, son cœur s'emballait et ses yeux s'illuminaient, jusqu'à ce que le souvenir de Ralph ne s'impose à elle. Alors, le soleil semblait perdre tout son éclat, et la gloire soudaine du monde s'évanouir dans une morne grisaille.

C'est ainsi qu'ils tombèrent sur lui, occupé avec l'aide de trois cavaliers à déplacer un troupeau de dix mille moutons vers le camp de marquage. Lorsque la voiture ralentit, Dugdale s'élança à cheval jusqu'à eux. Descendant de sa monture, il ôta son large feutre devant Kate.

— Bonjour, Kate. Bonjour, Mr Thornton, dit-il d'un ton posé. Il jeta un regard furtif à la jeune femme, un autre à son oncle, qui était attentif à la progression lente du troupeau, puis il revint poser un regard plus long, plus profond, sur Kate.

— Bon sang ! Comme elle est belle, aujourd'hui et pour l'éternité, pensa-t-il.

Et elle, lorsque ses yeux, en danger d'en révéler trop, se détournèrent :
— Toujours aussi calme, aussi beau, et si compétent. Comment puis-je – oh, comment puis-je ne pas l'aimer ?

— Comment vont-ils, Dug ? demanda le squatter en parlant des moutons.

— Bien, répondit le sous-régisseur. Mr Watts en a encore mille dans les enclos, donc je ne presse pas ceux-là.

— C'est bien, Dug. À votre avis, comment se portent les agneaux ?

— Je dirais à environ quatre-vingts pour cent, peut-être même un peu plus.

— Hum ! Cette pluie est arrivée juste à temps. Mr Thornton observa un moment le troupeau, puis tourna un regard distrait vers les cavaliers qui avançaient lentement, aucun d'eux n'ayant de fouet à la main, car il n'autorisait jamais qu'on fasse claquer un fouet autour des moutons. Le squatter désapprouvait toute méthode brusque ou pressante envers les bêtes, et c'était précisément ce genre de détails, entre autres, qui avaient fait de lui un éleveur de moutons si prospère.

— À qui appartient ce chien bringé qui travaille à proximité ? demanda-t-il ensuite.

— À Sam Smith.

— C'est un chiot ?

— Non, il a deux ans. C'est l'un des chiots d'Elsie.

— Ah ! Elsie était une célèbre chienne kelpie qui appartenait au régisseur. On dirait qu'il ne fera jamais un bon chien. Gardez un œil sur lui, Dug. Je viens de le voir mordre à l'instant. Dites à Sam de le faire travailler plus loin du troupeau ou ... qu'il s'en débarrasse.

— D'accord. Sam, je pense, sait qu'il n'est pas très bon, mais son autre chien a une blessure à la patte, alors il lui donne un peu de répit.

— Eh bien, on va y aller. Au revoir, Dug.

— Au revoir ! Au revoir, Kate !

— Au revoir[14], Dug.

Alors que la voiture reprenait son chemin, Kate n'osa pas lever les yeux pour le regarder, mais elle ne put s'empêcher de tourner la tête pour le voir sauter en selle et repartir au galop, revenant vers les moutons avec une aisance naturelle.

Une demi-heure plus tard, ils atteignirent un ruisseau sinueux, jalonné de bassins d'eau.

— Que dirais-tu d'une tasse de thé, Kate ?

— J'en serais ravie, mon oncle, si nous avons le temps de faire bouillir de l'eau, répondit-elle avec un sourire affectueux, sachant bien que s'il avait été seul, il n'y aurait jamais pensé.

Tandis qu'il ramassait quelques branches pour allumer un feu et y placer la bouilloire, elle défit la courroie qui maintenait la petite « boîte à provisions » à l'un des marchepieds, et en sortit des gobelets en fer-blanc, une bouteille de lait, du thé, du sucre et des sandwiches. Il traversa le ruisseau, prit la boîte à thé et revint avec près de la bouilloire. Là, en attendant que l'eau bouille, il resta à observer paresseusement le paysage, boisé et charmant. Elle le vit froncer les sourcils, hésiter, puis s'éloigner d'une quarantaine de mètres pour examiner le sol autour d'un grand eucalyptus qui poussait en biais à quarante-cinq degrés.

Tournant autour de l'arbre, il semblait chercher des traces, et, intriguée par son comportement, elle l'interpella :

— Que cherches-tu, mon oncle ?

— Je lis une histoire, répondit-il. Viens la lire toi aussi.

Elle se leva et le rejoignit. Au pied de l'arbre, elle aperçut les restes d'un feu éteint depuis peu. Un peu plus loin, trois os rongés par les oiseaux.

— L'histoire dit que quelqu'un a campé ici, dit-elle avec légèreté.

Il acquiesça avant de répondre d'un ton réprobateur :

— Tu ne l'as lu qu'à moitié. Quand cette personne a-t-elle campé ici ?

— Vraiment, je n'en ai aucune idée.

— Il y a trois nuits, il a plu un peu, lui rappela-t-il. Regarde ! Voici les marques laissées par les gouttes de pluie sur le sol nu. Et là, une empreinte de pas sur le sol sablonneux, sans aucune trace de pluie. Le feu est trop vieux pour s'être éteint ce matin, donc il date d'avant-hier soir. Celui qui l'a allumé était un homme grand … en tout cas, il porte des bottes plus grandes que les miennes. Regarde !

Il posa son pied dans l'une des empreintes les plus visibles pour lui montrer la différence, puis, levant les yeux vers la jeune femme intéressée, il ajouta :

— À moins qu'un des ouvriers temporaires n'ait de grands pieds, il n'y a personne ici qui porte des bottes plus grandes que les miennes, à part Martha. À ma connaissance, aucun des ouvriers temporaires n'est venu dans cette partie de la propriété, et Martha n'a pas quitté la ferme. Bien sûr, le feu peut avoir été allumé par un vagabond du bush, mais j'en doute fortement, car nous sommes loin de toute piste. Je suis convaincu, Kate, que la personne qui a campé ici n'est autre que William Clair, celui qui a disparu.

— Mon oncle ! Kate fut plus troublée par la mention du nom que par le raisonnement.

— C'est un fait, lança Thornton en versant une petite poignée de thé dans la bouilloire, qu'il laissa frémir quelques instants avant de la retirer du feu. Pauvre diable, cela doit être terrible d'être traqué comme une bête sauvage.

— Terrible, acquiesça doucement la jeune fille.

— Je suppose que … Son oncle la regarda avec une lueur malicieuse dans les yeux. Je suppose que tu voudrais le livrer à la police s'il apparaissait ici maintenant.

— Non ! Non, je ne le voudrais pas, et je ne le ferais pas, même si je le pouvais, dit-elle lentement. L'Aborigène a peut-être provoqué Clair, peut-être même qu'il l'a attaqué. En tout cas, Clair est blanc, et Roi Henry était Aborigène. Il doit être puni, certes, mais pas pendu.

— Je crois que je suis d'accord avec toi, dit-il. Mais, comme ta tante le dit souvent, je suis un homme de l'ancien temps. Nous, les anciens, et ceux qui nous ont précédés, considérons – et considéraient – la vie des Aborigènes comme ayant peu de valeur. Eux, de leur côté, voyaient nos vies et notre bétail avec autant de mépris.

Kate frissonna.

— Je déteste les Aborigènes, dit-elle. Chaque fois que je les regarde, j'ai des frissons, surtout quand je vois le blanc de leurs yeux. Si l'un d'eux venait vers moi ou me poursuivait, je crois que j'en mourrais de peur.

— Eh bien, je me trompe peut-être, et en tant que juge de paix, je ne devrais pas le dire, mais je serai désolé quand ils attraperont Clair.

— Ils ne l'auront peut-être pas, dit-elle doucement.

— Oh, ils l'auront, répondit-il pensivement. Ils ont recruté plus d'une douzaine de gendarmes dans la région pour le retrouver. C'est probablement la pluie qui l'a sauvé jusqu'à présent, en remplissant plus de trous d'eau que les gendarmes ne pouvaient surveiller. Oui, ils finiront par l'attraper, mais quand ils l'auront fait, je ne crois pas que nous saurons jamais pourquoi Clair a tué Roi Henry.

CHAPITRE VINGT-HUIT

Joe le Grappilleur

Durant la dernière semaine du marquage des agneaux, un homme, dont le nom de naissance était George Joseph Sparks, arriva à Barrakee en longeant la rivière. Sans doute, quarante ans plus tôt, avait-il fait la fierté de ses parents au début de sa carrière, mais cette fierté ne s'était pas transmise plus tard aux policiers qui avaient affaire à lui, ni aux citoyens qui pâtissaient de son trouble mental, appelé « vol à la tire » lorsque la personne qui en souffre appartient aux masses, et « kleptomanie » lorsqu'il s'agissait des plus fortunés. Dans cet univers clandestin auquel appartenait Sparks, il était connu, sinon respecté, sous le nom de « Joe le Grappilleur ».

C'était un petit homme, à la tête aussi menue que ses mains, manifestement créées pour fouiller délicatement dans les poches des autres. Des mains sales, non pas à cause d'un labeur quelconque, mais d'une profonde aversion pour le travail, même celui de les laver. Jamais, de toute sa vie, il n'avait regardé un être humain directement dans les yeux, ni travaillé ou rendu service à quiconque de manière désintéressée. Pourtant, à sa manière, Joe le Grappilleur était un homme d'envergure, que l'on pouvait comparer à Napoléon lui-même, en ce qu'il ne laissait jamais passer une occasion. En ce qui le concernait, une occasion de voler.

Il était exactement cinq heures lorsqu'il arriva au hangar de tonte de Barrakee, l'esprit tourmenté, les nerfs à vif, et l'humeur assombrie par deux rencontres imprévues avec des policiers, apparus soudainement depuis son départ de la ville de Wilcannia. Ces maudits gendarmes voulaient tout savoir de lui : d'où il venait, où il allait … comme si lui-même se souciait de se rappeler d'où il venait ou de prévoir où il irait ! La seule chose qui le préoccupait, c'était l'état désespérément vide de ses sacs de provisions.

Au hangar de tonte, il fit bouillir son quart et prépara un thé bien corsé en le laissant infuser cinq longues minutes. Il le refroidit ensuite rapidement par un autre procédé tout aussi simple : il souleva le quart au-dessus de sa tête et en versa le contenu dans une vieille boîte de confiture, nettoyée par les fourmis, qu'il tenait au niveau de ses genoux. Puis, il transvasa la boisson dans le quart et répéta l'opération autant de fois que nécessaire. Si ses petits yeux de furet n'avaient pas trahi une telle concentration, la scène aurait été comique. Il ajouta du sucre, prélevé dans un sac en calicot qui, tout comme ses mains, aurait eu grand besoin de beaucoup de savon et d'eau. Vagabond venu de nulle part, allant vers nulle part, avec encore des années devant lui, il s'assit sur son balluchon et but délicatement. Il aurait aussi mangé si le cuisinier de la ferme, en aval de la rivière, lui avait donné quelque chose à se mettre sous la dent.

À cinq heures et demie, le gong annonçant le dîner des ouvriers retentit et, après avoir laissé s'écouler un laps de temps convenable, Joe le Grapilleur se leva nonchalamment et se dirigea d'un pas traînant vers la cuisine des hommes. Il frappa timidement à la porte arrière. De l'endroit où il se tenait, il ne pouvait pas voir le cuisinier occupé à son fourneau, mais il avait une vue dégagée sur toute la table du réfectoire, où étaient assis un Chinois, sans doute le jardinier, et deux employés de la ferme. Le Grappilleur supposa que le reste des ouvriers se trouvait au camp de marquage des agneaux. Puis, avec une soudaineté surprenante, il se retrouva nez à nez avec Harry l'arc-en-ciel, le cuisinier, surnommé ainsi pour son goût pour les desserts aux couleurs vives. Il avait aussi parfois recours à un langage haut en couleur.

— Qu'est-ce que tu veux ? grogna Arc-en-ciel avec cette expression féroce qu'il réservait tout particulièrement aux vagabonds.

— Vous pourriez pas m'donner un p'tit bout à manger, Chef ? geignit le Grappilleur.

— Toi, espèce de fichu rat blanc de Wooloomooloo ! rugit Arc-en-ciel. C'est toi qui m'as fauché ma montre à White Gate, en août dernier.

— Non, c'est pas moi, Chef. J'étais pas là — parole d'honneur.

— Non, bien sûr que non ! Tu me prends pour un aveugle ?

— Non, vous semblez aller bien.

— Et pour un menteur, peut-être ? insista Arc-en-ciel avec une grimace.

Le Grappilleur hésita une fraction de seconde. Arc-en-ciel rugit de plus belle :

— Hein ? Je te demande si tu me prends pour un menteur ?

— Non, Chef, répondit précipitamment le petit homme avec ferveur.

— Alors va chercher ta bouffe chez le type à qui t'as vendu ma montre ! ordonna Arc-en-ciel, une pointe de triomphe dans la voix.

— Donnez-lui donc un truc à manger, Harry, intervint Bony, assis à table, visiblement amusé.

Joe le Grapilleur lui jeta un regard où perçait à peine un soupçon de gratitude.

Arc-en-ciel leva les bras au ciel et jura comme un charretier.

— Non ! lança-t-il d'une voix tonitruante, se penchant vers le petit homme sur le seuil, et ajoutant, comme pour renforcer sa décision : Va-t'en, sale rat ! Va-t'en, espèce de vermine ! Je t'apprendrai à voler ma montre, celle que j'ai payée six shillings en 1912. Va à la grande maison, le cuisinier là-bas te connaît pas.

Joe le Grappilleur disparut. Pendant une minute, le silence régna. Les hommes pensaient qu'Arc-en-ciel avait été trop dur ; car, quelle que soit la rancune personnelle, la loi non écrite du bush impose de toujours offrir de la nourriture à celui qui se présente en *sundowner.* Puis, lentement, un sourire en coin se dessina sur le visage d'Arc-en-ciel, qui finit par laisser échapper un gloussement. Il dit :

— Il sait pas que Martha travaille encore dans la cuisine de la grande maison. Martha attend Joe le Grappilleur depuis des années, parce qu'il lui a volé une fois une poêle en aluminium.

Affamé et accablé par la désapprobation du monde envers son talent singulier, Joe le Grappilleur longea la clôture du jardin du Chinois. Avant même d'en atteindre l'extrémité, il décida de ne pas emprunter le chemin principal pour se rendre à la cuisine de la propriété – celui qui passait devant les bureaux et les quartiers des *jackeroos* – mais plutôt de prendre l'autre chemin, contournant la partie basse du jardin. Il était tellement concentré sur le vide douloureux dans son estomac et sur l'élaboration d'un discours d'introduction pour son entretien avec le cuisinier de la propriété, qu'il ne remarqua pas que Bony le suivait, toujours intéressé et amusé.

Dans tous les grands crimes découverts, le criminel commet une erreur fatale qui entraîne sa chute. Ce soir-là, l'erreur du Grappilleur fut de ne pas regarder derrière lui pour vérifier la présence d'éventuels ennemis. Comme l'aurait dit Bony, la motivation du Grappilleur était la faim, mais l'effet de ses actes fut si stupéfiant que son talent de voleur en devint presque insignifiant.

Alors qu'il longeait la clôture de fil de fer et de bambou des jardins de la maison principale, le petit homme entendit le gong annonçant le dîner. Aucun bruit d'activité humaine ne parvenait de l'autre côté de la clôture, ce que le Grappilleur attribua à la présence de la plupart des ouvriers au camp de marquage des agneaux. Après une pause de deux minutes, durant laquelle il entendit une porte anti-mouches se refermer brusquement, il reprit sa marche jusqu'à un petit portillon donnant sur un chemin cimenté. Ce chemin longeait la maison, tournait au coin, et menait directement à la cuisine. Il ouvrit le portillon, passa, et suivit le chemin jusqu'à atteindre enfin la maison.

Toutes les portes des pièces de ce côté étaient grandes ouvertes. Il passa devant une chambre manifestement occupée par un homme, comme en témoignaient des vêtements masculins et des brosses à cheveux pour homme posées sur la coiffeuse. Ce fut dans la troisième pièce qu'il aperçut, sur une coiffeuse bien garnie, un billet de dix shillings épinglé au bord du miroir.

Aussitôt, le petit homme fut saisi par une nouvelle crise de sa maladie chronique : la kleptomanie. Des tremblements électriques parcoururent ses bras, piquant vivement le bout de chacun de ses doigts. Les autres objets dans la pièce s'effacèrent comme par enchantement, se réduisant à un flou indistinct, tandis que le billet, lui, semblait soudain remplir tout l'espace. D'un coup d'œil furtif autour de lui, il se retrouva dans le boudoir de Mrs Thornton.

Joe le Grappilleur ne put résister à l'appel magnétique du billet. Ses doigts longs et fins planèrent un instant au-dessus de la précieuse coupure, puis, l'instant suivant, elle était soigneusement glissée dans sa poche intérieure. Et puis, comme soulagé d'une douleur, comme si la crise de kleptomanie s'était apaisée, Joe le Grappilleur laissa échapper un soupir, un soupir voluptueux, de béatitude. Mais, presque aussitôt après ce soupir — presque avant même qu'il ne s'achève — une autre terrible crise survint.

L'or et l'argent scintillaient dans son esprit comme des projecteurs éblouissants. Là, sur la coiffeuse, se trouvaient des brosses à cheveux à dos d'argent, un miroir à main argenté, et une boîte à épingles et à broches plaquée or dont la couleur et la vue firent briller les yeux du Grappilleur et lui donnèrent à nouveau des fourmillements dans les doigts. Joe le Grappilleur devint une véritable pile électrique.

Les accessoires en argent et en or furent prestement glissés dans son sac en toile de jute. Les articles se succédèrent à la vitesse de l'éclair. Ses mains fébriles explorèrent les tiroirs du bureau, y plongeant et réapparaissant sans cesse pour déposer leur butin dans son sac. Un splendide coffret en acajou marqueté ne fut pas épargné, vidé de son contenu jusqu'à ce que le sac soit rempli à ras bord, et la crise se dissipa enfin.

Le Grappilleur jeta alors un regard attentif à travers l'embrasure de la porte. Ne voyant personne, il se faufila à l'extérieur, suivant le chemin cimenté jusqu'au portillon, sans se presser, l'air nonchalant, car il était, avant tout, un maître dans l'art de feindre l'innocence et l'absence de duplicité. Oubliée sa faim, remplacée par une faim plus féroce, celle de savourer ses trésors nouvellement acquis. Oubliées les insultes des cuisiniers, la curiosité grossière des policiers, la haine et l'envie que le monde sur lequel il s'acharnait éprouvait à son égard. Car dans son sac, il détenait de l'or et de l'argent, tout aussi précieux que de l'argent comptant, des objets de beauté que la magie d'un receleur transformerait en une longue suite de boissons ambrées surmontées d'une mousse légère et de mets délicieux tels que du fromage, du bacon, et du poisson en conserve.

Une fois franchi le portail du jardin, Joe le Grappilleur accéléra le pas. Comme le hangar de tonte était trop éloigné et qu'il mettrait trop de temps à l'atteindre, il longea les eucalyptus bordant la rivière jusqu'à repérer un petit coin isolé, dissimulé dans un bosquet de mélaleuca. Une fois dans ce refuge, avec les eucalyptus baignés de soleil au-delà des buissons ombragés, Joe le Grappilleur sortit de son sac les trésors qu'il avait dérobés, arborant une expression semblable à celle d'un enfant plongeant la main dans une pochette surprise.

Les derniers rayons du jour vinrent illuminer le dos argenté du miroir à main. Joe le regarda avec tendresse — c'est-à-dire l'arrière de l'objet et son manche ciselé. Son reflet ne l'intéressait guère. La petite boîte dorée fit briller ses yeux comme des étoiles à travers un léger brouillard. Quant aux brosses à cheveux, elles firent naître sur ses lèvres un sourire avide.

Un à un, il déposa ces objets à ses côtés. Il sortit ensuite une paire de ciseaux bon marché enrubannée de soie, puis une étroite ceinture de cuir, suivie d'un pot de crème en porcelaine à l'odeur sucrée. Une longue boîte plaquée or contenant deux bagues précieuses et un assortiment de bricoles apparemment indispensables à l'existence d'une dame lui fit retenir son souffle. Mais sa respiration redevint normale lorsqu'il sortit de son sac une petite photographie encadrée de Ralph Thornton à cheval. Il la jeta avec mépris.

Pendant un court instant, sa main fouilla dans le sac à la recherche de menus objets, ignorant délibérément une forme plus volumineuse qui tendait le tissu à un endroit particulier. Un vulgaire dé à coudre en acier rejoignit la pile, suivi d'un stylo plume coûteux et d'un carnet de notes. Enfin, sa main sortit un morceau de bois poli, anguleux et arrondi. Joe le Grappilleur fronça les sourcils, perplexe et irrité. Il se demandait pourquoi diable il s'était donné la peine de voler le boomerang d'un simple Aborigène.

C'est alors que la voix du destin s'éleva à ses oreilles. Une voix douce et faible, mais qui semblait emplir le ciel, vibrer parmi les arbres et les buissons et pénétrer chaque fibre de son être, évoquant une punition inévitable. Cette voix était pire, bien pire, que la sensation de mains se posant sur ses épaules.

— C'est une belle petite collection que vous avez là, le Grappilleur, fit remarquer la voix traînante et douce. En regardant nerveusement autour de lui, Joe le Grappilleur aperçut Bony examiner le contenu du sac avec une grande surprise.

— Ce sont pas vos affaires ! grogna le Grappilleur d'une voix geignarde.

— Vous vous trompez, répliqua doucement Bony, reprenant son calme et observant Joe avec l'intérêt qu'un botaniste porterait à un insecte inconnu. J'ai bien peur, le Grappilleur, que, comme on dit en Australie, « vos œufs soient cuits ». Pouvez-vous me dire précisément dans quelle pièce vous avez trouvé ces objets ?

— Quelles sont mes chances ? demanda le petit homme, un peu d'espoir dans la voix. On fait moitié-moitié, peut-être ?

— Essayez de vous souvenir dans quelle pièce c'était, insista Bony.

— Quelle pièce ? Où vous voulez en venir ?

— Je veux simplement savoir dans quelle pièce vous avez volé ces choses.

À cet instant, le Grappilleur croisa le regard de l'inspecteur, et ce qu'il y vit fit naître en lui ce gémissement familier qu'il émettait chaque fois qu'il se retrouvait confronté à – pour lui – un ennemi.

— C'était dans la troisième chambre au détour du couloir, répondit-il d'une voix faible.

— Ah ! fit Bony, pensif. Puis, il s'assit et plongea dans une réflexion si longue que Joe commença à se sentir mal à l'aise.

— Et si on partageait moitié-moitié ?

Bony le regarda attentivement, puis, fouillant dans la poche de son pantalon, en sortit un petit insigne métallique, la preuve de son appartenance à la police. Le visage de Joe le Grappilleur pâlit instantanément.

— Que diriez-vous de trois ans de travaux forcés pour ça ? demanda calmement Bony. Ou préférez-vous courir aussi vite que possible jusqu'au hangar, y rester juste le temps de ramasser votre balluchon, puis courir encore jusqu'à être bien loin de la propriété de Barrakee ?

— Je … je … bredouilla le voleur. Vous … vous le pensez vraiment ?

Sur un signe affirmatif de Bony, le Grappilleur se leva d'un bond et entama probablement le sprint le plus décisif de sa vie. Malgré l'épuisement et l'humiliation de cette course folle, il lui restait tout de même une petite consolation : le billet de dix shillings.

Pendant cinq minutes encore, Bony resta assis, méditant sur la manière étrange dont le destin lui avait offert cet indice. À égale distance du centre et des extrémités du boomerang se trouvaient les marques de la tribu Wombra, les mêmes qui avaient été retrouvées sur l'entaille de l'eucalyptus près duquel Roi Henry avait été tué. Parmi toutes les énigmes entourant ce meurtre mystérieux, une question persistait : que faisait Mrs Thornton avec ce boomerang dans son boudoir ?

Bony se leva et fourra la pile d'objets dans le sac en toile de jute. En revenant vers le portillon, il décida de vider le sac dans la pièce d'où les objets avaient été pris et de se retirer discrètement. Personne ne le vit pénétrer dans le jardin de la propriété et il était certain d'avoir atteint son but, jusqu'à ce qu'il croise Mrs Thornton qui sortait de sa chambre, le visage empreint d'anxiété et de stupéfaction. En apercevant Bony, elle s'exclama :

— Quelqu'un est entré ici et a volé toutes mes affaires de toilette !

— Ah, mais heureusement, madame, j'ai pu intercepter le voleur, dit-il avec emphase. Pendant que je récupérais le butin, il a toutefois réussi à s'échapper. Vous voyez, il examinait le contenu de son sac lorsque je l'ai surpris. Après avoir remis les objets dans le sac, je vous les ai rapportés sur le champ.

Juste à côté de la porte se trouvait une petite table d'appoint, sur laquelle Bony déposa les articles volés. À la vue du boomerang, Mrs Thornton pâlit ; et, lorsque Bony s'inclina pour prendre congé, ce fut à peine si elle réussit à balbutier :

— Merci, Bony ! Merci !

CHAPITRE VINGT-NEUF

Le départ de Dugdale

Lorsque l'attelage de bœufs était requis pour transporter du bois à la ferme, Blair avait pour habitude de positionner son chariot contre une clôture située à l'arrière des ateliers. Atteler et dételer les bœufs s'avérait bien plus aisé lorsqu'on pouvait les maintenir contre une barrière. Après le petit-déjeuner, Henry avait pour mission de se rendre dans l'un des enclos pour rassembler les animaux, tandis que Blair, durant son absence, s'occupait de préparer le déjeuner et de vérifier tout défaut éventuel dans l'équipement.

Une fois le déjeuner emballé dans un sac en toile de jute, le charretier au caractère bien trempé passait devant les quartiers des *jackeroos* lorsqu'il fut abordé par Frank Dugdale, une lueur étrange dans le regard et un télégramme à la main.

— Lisez ça, Fred, dit-il, avec une excitation inhabituelle.

Blair prit quelques secondes pour ajuster ses lunettes, puis, à haute voix, lut avec soin :

— L'association de Daly's Yard a tiré au sort mon cheval Eucla dans le Golden Plate. Combien misez-vous sur la victoire ?

Le message était signé par le propriétaire d'Eucla, un célèbre éleveur de chevaux australien. Blair relut encore une fois le télégramme, puis, aussi méthodiquement qu'il avait lu, il rangea ses lunettes dans sa poche intérieure. Un instant, il fixa le jeune homme.

— Ne dit-on pas qu'un homme assez chanceux pour décrocher une parcelle dans notre loterie foncière est tout aussi chanceux pour tirer au sort un bon cheval ? La preuve qu'Eucla est le meilleur cheval inscrit dans cette course, c'est que j'ai envoyé hier cinq livres pour parier sur lui. Le propriétaire doit se mettre d'accord avec nous, sinon il risque de le retirer de la course, et nous ne récupérerons qu'une maigre somme. Les enjeux sont considérables, Mr Dugdale. Que dit le patron ?

— Il propose de parier avec le propriétaire deux mille livres qu'Eucla ne gagnera pas, quinze cents qu'il n'aura pas la deuxième place, et mille qu'il ne terminera pas troisième.

— Ça devrait convenir, acquiesça Blair.

— Très bien, je vais lui envoyer un télégramme en ce sens. D'ailleurs, vous savez que je quitte Barrakee aujourd'hui. Je serais parti il y a des semaines si Mr Thornton ne m'avait pas demandé de rester jusqu'à la fin du mois de juillet.

Blair leva les yeux vers Dugdale, et l'expression habituellement sévère de son visage se détendit pour une fois, trahissant une douceur inhabituelle.

— Aujourd'hui, hein ? dit-il. Eh bien, je vous souhaite de continuer à avoir de la chance. Vous êtes le régisseur, et moi simple charretier, mais il n'y a jamais eu de désaccord entre nous. Bonne chance à vous ! Et ils se séparèrent sur une poignée de main, sans jamais se demander quand ni comment ils se reverraient.

Dugdale devait partir cet après-midi-là, au volant du camion qu'il avait acheté, avec l'intention de rejoindre son terrain en passant par le lac Thurlow. La matinée fut consacrée à empaqueter ses affaires, qui s'étaient accumulées au fil des ans, et il était aux alentours de onze heures lorsqu'il acheva sa tâche. Mr Thornton l'emmena alors au bureau.

— Asseyez-vous, Dug, j'aimerais vous parler, commença le squatter au grand cœur, d'un ton bienveillant. Vous voulez une cigarette ?

Dugdale acquiesça et en prit une dans la boîte posée sur le bureau. Thornton s'adossa à son fauteuil, observant le jeune homme d'un air songeur.

— Vous et moi, nous nous sommes toujours bien entendus, dit-il lentement. J'apprécie un homme qui s'accroche à son travail, qui non seulement s'y tient, mais qui l'étudie. Quand je suis arrivé à Barrakee, j'ai réglé le bail comptant, ce qui m'a laissé à court d'argent. Pendant les douze premiers mois, je n'ai passé que quinze nuits ici ; le reste du temps, jours et nuits, j'étais dehors, sur le domaine. Je n'ai ménagé ni mes efforts ni ceux de ma femme, mais aujourd'hui, nous ne le regrettons pas. Combien d'argent avez-vous ?

— Environ quatre cents livres, répondit Dugdale sans hésiter.

— Soyez prudent, vous en aurez besoin jusqu'au dernier sou. Faites en sorte que la cabane sur votre terrain vous serve au moins un an. Ne dépensez pas un centime à moins d'y être contraint, et payez toujours comptant. Le paiement différé est notre pire malédiction. Nous sommes aujourd'hui le 1er août. J'ai demandé à Watts d'envoyer deux mille brebis de six dents[15] au lac Thurlow le 7. Il vous prêtera un homme pour les conduire chez vous. Avec la nourriture et l'eau abondantes dont vous disposez, vous devriez vous en sortir. Je vous donnerai des béliers le mois prochain, ou en octobre, et voici un bon à présenter à Mortimore pour trois mois de provisions. Cependant, avant d'y aller, passez voir Mrs Thornton. Elle tient à vous parler.

Je crois que c'est à peu près tout, Dug, sauf que je suis là si jamais vous rencontrez des difficultés ou avez besoin d'aide. Et, Dug, si vous en avez assez de la vie de squatter, votre poste ici vous est toujours ouvert.

Le propriétaire de la ferme se leva en souriant.

— Mais les moutons, Mr Thornton ? s'exclama Dugdale. Quand faudra-t-il payer ? Je ne peux pas les payer comptant.

— Lorsque vous en prendrez livraison, Watts vous fera signer un document. Je vous les vends à quinze shillings par tête. J'ai une haute estime de vous, et je vais la confirmer en vous laissant dix ans pour régler à votre convenance.

Ils se tenaient face à face, de part et d'autre de la table. Le visage du jeune homme était empourpré, et ses yeux, étrangement humides.

— Merci, monsieur, dit-il doucement en tendant la main.

Il trouva Mrs Thornton dans le jardin.

— Vous m'avez fait demander ? dit-il avec un sourire.

— Oui, Dug. Je voulais vous inviter à déjeuner avec nous avant votre départ.

Frêle et pâle, mais d'un esprit indomptable, elle se tenait là, droite. Elle n'était qu'une petite femme, mais dotée d'une personnalité d'une étonnante force.

— C'est très aimable à vous, dit-il.

— Heureusement, mon mari et moi avons rarement à nous séparer de personnes qui nous sont chères, reprit-elle doucement. Je suis désolée que vous partiez, mais je me réjouis de l'opportunité qui s'offre à vous de bien vous établir. Vous nous manquerez, et je crois que Ralph ressentira aussi l'absence de votre bienveillante influence. Est-il vrai que vous allez vivre seul dans une simple cabane ?

— Eh bien, oui, Mrs Thornton, jusqu'à ce que je puisse me permettre de construire une maison plus grande.

Elle poussa un soupir, puis reprit :

— Vous vous sentirez seul, Dug, et le confort de votre foyer vous manquera. Je suppose que vous n'avez pas prévu de rideaux pour vos fenêtres ?

— Non. Je n'ai jamais pensé aux rideaux, admit-il.

— Je m'en doutais, répondit-elle avec un sourire. J'ai donc demandé à Kate de vous préparer un colis avec quelques essentiels : des rideaux, une nappe, un petit tapis, un pare-feu, et bien d'autres choses. Et puis, il y a une petite boîte avec des conserves, des confitures et des cornichons que Kate et moi avons faits. Je pense que vous les trouverez bien meilleurs que ces produits en boîte. Et, Dug, ne nous oubliez pas, je vous en prie. Pensez à cette maison comme étant la vôtre, et à nous comme à votre famille.

Il fut incapable de répondre.

— Nous avons tous nos épreuves et nos combats, continua-t-elle doucement. Et plus nous avançons en âge, plus nous trouvons du réconfort dans l'idée de surmonter nos soucis et de gagner nos batailles. Nous étions très amis avec votre père, et nous espérons que son fils restera également toujours notre ami.

— Peut-être que mon père aurait remporté sa bataille si ma mère avait vécu, et si elle avait été comme vous, lui dit-il, la voix nouée. Il est certain qu'elle n'aurait pas pu être plus gentille que vous.

Puis, soudain, le calme, l'efficace Dugdale saisit la main de Mrs Thornton avec la courtoisie d'un galant et y déposa un baiser.

— Je vous exprime mes remerciements – non, ma profonde gratitude – pour tout ce que vous avez fait pour moi. Je ne peux trouver les mots pour dire ce que je ressens.

Et, s'inclinant légèrement, il la laissa le regarder s'éloigner, les yeux soudain brillants et le visage empourpré.

Le déjeuner en l'honneur de Dugdale fut un véritable succès. Le squatter discuta de moutons et sa femme de l'entretien d'une maison. Ralph, quant à lui, sortit de son mutisme grandissant, et même Kate – Kate, dont le cœur se brisait lentement – parvint à rire de temps à autre et à suggérer avec humour à Dugdale d'acheter un livre de cuisine.

— Je me contenterai de pain maison et de viande grillée sur des braises, lui dit-il, en masquant sa peine qui devenait presque insupportable. Et lorsque je m'en lasserai, je trouverai sans doute une excuse pour revenir manger à Barrakee.

— Alors, vous trouverez des excuses assez souvent, car vous vous lasserez vite du pain maison et de la viande grillée, lui répondit-elle en riant.

— Vous devrez faire ce que je vous ai suggéré il y a quelque temps, Dug, intervint Ralph. C'est-à-dire chercher une femme pour tenir la maison.

Dugdale regarda tout le monde sauf Kate lorsqu'il répondit :

— Dans ce cas, je crois que je suis déjà bloqué. Je doute qu'une femme accepte de vivre dans la cabane d'un patrouilleur des clôtures.

— Certaines l'ont fait, murmura doucement Kate.

— Voudrais-tu vivre avec moi dans une cabane de patrouilleur ? demanda Ralph.

— Je vivrais n'importe où avec l'homme que j'aime, répondit-elle avec une telle conviction que même Ralph crut que cet homme était lui. Son regard se baissa vers son assiette. Il se sentait comme un traître.

La conversation se poursuivit joyeusement jusqu'à la fin du repas, quand tous se levèrent et accompagnèrent Dugdale jusqu'à son camion déjà chargé. Il mit le moteur en marche, le ralentissant jusqu'à ce qu'il ronronne doucement ; puis, en commençant par la Petite Dame, il leur serra la main, terminant par Kate, à qui il adressa un sourire avec son air taquin habituel. Elle répondit par une douce pression de la main et, courageusement, par un léger sourire. Mais lorsqu'il s'éloigna, elle quitta le groupe, marchant lentement jusqu'au portail du jardin, puis, une fois hors de vue, courut presque jusqu'à sa chambre, où elle se laissa tomber, anéantie, sur le lit.

Ralph avait passé son bras sous celui de Mrs Thornton tandis qu'ils rentraient dans la maison avec le squatter. Ce dernier disait :

— J'ai reçu une lettre d'Hemming ce matin. Il m'annonce que son domaine se porte à merveille.

— Oh, j'en suis ravie ! s'exclama Mrs Thornton.

— Mais ils trouvent la propriété bien plus vaste que celle de Thorley, poursuivit Thornton. La maison compte seize pièces, et Mrs Hemming a eu bien du mal à trouver du personnel. Elle a été soulagée lorsque notre Nellie Wanting, qui avait disparu, s'est présentée pour demander du travail.

— C'est donc là qu'elle est allée, John ? Tu sais, je n'ai jamais compris pourquoi elle avait disparu si soudainement.

Ralph Thornton, les yeux fixés au sol et le cœur battant, garda le silence.

CHAPITRE TRENTE

Bony voit la lumière

Le 2 août fut une date marquante dans l'histoire de Barrakee.

Alors que Blair dirigeait son attelage depuis la ferme pour le chargement quotidien de bois, le squatter lui dit qu'il pouvait, s'il le souhaitait, se contenter d'un petit chargement, afin d'être de retour à temps pour entendre le résultat de la fameuse course. Blair, avec son sourire sardonique, répondit :

— Eucla va gagner, alors pas besoin de m'inquiéter, ni d'attendre un résultat que je connais déjà.

Ainsi, aux environs de trois heures, les Thornton se réunirent sur la véranda, et le squatter entreprit de régler avec soin le coûteux poste de radio. Bientôt, il capta Melbourne, juste à temps pour leur permettre d'entendre le résultat de la course de trois heures. S'ensuivirent quelques rapports sur les marchés et une brève conférence sur l'art d'engraisser les porcs, un sujet qui intéressait le propriétaire de la ferme, mais guère les dames.

Mrs Thornton cousait, Kate feignait d'écouter, mais ses pensées étaient ailleurs, tout comme Ralph, qui faisait mine de s'intéresser aux cochons, mais ce n'était qu'une façade. Derrière la porte du bureau se tenait le vieux Mortimore, sa montre à la main. Derrière lui, le téléphone, et à 80 kilomètres à l'ouest, au lac Thurlow, Dugdale était assis, le récepteur collé à l'oreille. Soudain, la voix de l'annonceur, une minute après la grande course, retentit, d'une clarté cristalline :

— Résultat de la course à handicap Golden Plate à Mooney Ponds[16] : Eucla, premier ; Teddy Bear, deuxième ; Gentleman Jack, troisième. Temps : une minute trente-sept secondes.

Les quatre auditeurs échangèrent des sourires. Le squatter se leva, marcha jusqu'à l'extrémité de la véranda, et, entendant Mortimore répondre à l'appel, répéta les noms des chevaux tels qu'ils avaient été annoncés. Au lac Thurlow, Dugdale reposa le récepteur, et, avec enthousiasme, serra la main du régisseur.

— Vingt mille livres exemptés d'impôt, moins deux mille livres pour le propriétaire, cela nous fait dix-huit mille livres, murmura Thornton. Cinq pour cent sur dix-huit mille, cela fait trois mille six cents livres.

— Que comptes-tu faire de tout cet argent, John ? demanda la Petite Dame avec une pointe de malice.

— Je vais le partager avec toi et Kate, répondit-il instantanément.

— Oh, mon oncle ! Tu es un amour, s'écria Kate. J'ai grand besoin de nouvelles tenues !

— Tu pourras te faire plaisir avec mille deux cents livres, répondit le squatter, très sérieux.

— Et toi, Ralph ? Que feras-tu de ta part ? demanda encore la Petite Dame.

— Je vais partager avec toi et Kate, dit-il, en imitant la voix du squatter.

— Mais ce n'est pas juste, insista Mrs Thornton. Kate et moi finirions par recevoir le double de ce que vous et ton père avez investi. C'est pourtant votre argent qui a permis d'acquérir les deux parts.

— Alors mettons nos parts en commun et partageons-les entre nous quatre, père, proposa Ralph.

Thornton, amusé, éclata de rire et accepta. C'est alors que Mortimore l'appela au bureau pour l'informer que Dugdale souhaitait lui parler au téléphone.

— La chance nous sourit, n'est-ce pas, Mr Thornton ? fit Dugdale à l'autre bout du fil. À propos de ces moutons, poursuivit-il, je prendrai livraison des deux mille bêtes le 7, à quinze shillings chacune, et je les paierai comptant, Mr Thornton.

— Mais ce n'est pas nécessaire, Dug, protesta le squatter.

— Oh, mais si, je me souviens que vous aviez dit qu'il était sage de tout régler comptant.

Secrètement ravi des principes de Dugdale, Mr Thornton insista malgré tout sur sa proposition de prolongation, mais Dugdale tint bon et obtint gain de cause.

— Je pense, Dug, qu'il serait préférable que vous veniez chercher ces brebis dès le vendredi 6, dit Mr Thornton en réflechissant. Le Paroo est inondé jusqu'à Wanaaring et la rivière monte rapidement à Bourke. Nous nous attendons à une crue importante, et les Washaways risquent d'être submergés. Demandez à Watts de mettre les moutons dans les enclos dès jeudi soir.

— Très bien, merci. Mais comment allez-vous ramener les moutons des pâturages éloignés pour la tonte ? interrogea Dugdale.

— Il faudra les regrouper et les amener de ce côté des Washaways avant l'arrivée de la crue, Dug. J'aurais dû faire construire les ponts bien plus tôt.

À ce moment, Henry McIntosh arriva sur la route longeant la rivière, marchant aux côtés du charretier.

— Ta part des vingt mille, Hank, tourne autour de trois mille cinq cents livres, déclarait Blair, sûr qu'Eucla allait gagner. Maintenant, ce que je veux savoir, c'est ce que tu comptes faire de tout cet argent.

— J'en sais rien, Fred, répondit Henry avec son éternel sourire vide.

— Ben, tu devrais. La barbiche de Blair se hérissa et ses yeux brillèrent. Les gens qui savent pas quoi faire de leur argent devraient pas avoir le droit d'en avoir.

— Et toi, Fred, qu'est-ce que tu vas en faire ? rétorqua Henry après une brève pause.

— Je vais me marier, annonça Blair avec une désinvolture calculée.

— Quoi ! Lentement, un sourire commença à s'étirer sur le visage d'Henry. Blair le remarqua et sa barbiche se redressa ; et aussi vite qu'elle s'était redressée, le sourire d'Henry s'évanouit.

— Comme je viens de te le dire, Hank, je vais me marier maintenant que je suis un fichu capitaliste. Et toi, Hank, tu seras mon témoin et mon valet. Tu vas plus jamais me quitter tant que Bill dépendra de nous pour avoir de quoi bouffer. Voilà ! Ne crois pas que je vais te laisser aller te soûler et raconter au monde entier où Bill Clair est planqué.

— Mais je ne vais pas me soûler, protesta Henry.

— Non, tu vas pas te soûler, Hank. Je vais m'assurer personnellement que ça n'arrive pas.

Ils continuèrent ainsi leur discussion, qui dura jusqu'à ce que l'attelage atteigne le tas de bois près des ateliers de tonte. Plus tard, aucun des deux ne voulut dire à leurs collègues comment ils comptaient dépenser leur fortune.

Naturellement, le gain à la loterie fut le seul sujet de conversation lors du dîner ce soir-là. Harry l'Arc-en-ciel proposa, en s'inspirant d'un ami qui avait organisé une fête à Wilcannia après avoir remporté cent livres, que Blair et McIntosh invitent tous les employés de Barrakee à passer un mois avec eux à Broken Hill. O'Grady, l'ingénieur de la ferme, soutint l'idée, mais Johnston, le charpentier, suggéra que si les deux chanceux offraient chacun cent livres à leurs amis et collègues, leurs noms deviendraient légendaires.

La discussion risquant de s'envenimer à la fin du repas, Bony, jusque-là observateur silencieux mais attentif, se leva, prit son chapeau dans le dortoir, s'éloigna en passant devant la station de pompage, et finalement alla s'asseoir sur un rondin, à l'extrémité supérieure du bassin de pêche préféré de Dugdale.

La nuit tombait, l'air était froid et mordant. En dessous, l'eau reflétait une lueur qui s'estompait ; au-dessus, les étoiles brillaient de mille feux. Hormis le murmure lointain et sourd des voix des hommes, aucun son ne venait troubler le silence.

Mais Bony ne prêtait guère attention à ce qui l'entourait. Son esprit restait obstinément focalisé sur le fait que Mrs Thornton possédait le boomerang avec lequel Clair avait tué Roi Henry. La question qui le hantait, comme un chien rongeant un os, était la suivante : comment la Petite Dame s'était-elle retrouvée en possession de cette arme ?

S'il s'était agi de n'importe quel autre boomerang, il aurait été évident qu'il ne s'agissait que d'un objet de curiosité. Mais il était hautement improbable qu'il y ait à Barrakee deux boomerangs appartenant à l'origine à des membres de la tribu de Wombra, dans les confins du Queensland septentrional. Ainsi, si cette arme était véritablement celle du crime, ce que Bony était contraint de croire, pourquoi Mrs Thornton la conservait-elle dans son boudoir ? Si elle en connaissait la sombre histoire, pourquoi ne l'avait-elle pas détruite ? Et si elle savait, quel lien l'unissait à Clair ?

En admettant qu'il y ait un tel lien, il devenait évident que c'était bien la Petite Dame qui avait averti Clair par téléphone – un avertissement providentiel qui lui avait permis d'échapper à la police.

L'esprit de Bony remonta le temps jusqu'au moment où Clair venait de partir sur les traces de Roi Henry. À peu près à la même époque, Mary, la cuisinière, était décédée. Mary n'était autre que la sœur de Clair. Y avait-il un rapport entre sa mort et la vengeance de Clair ? Si oui, comment Mrs Thornton se trouvait-elle mêlée à cela, ou l'avertissement de la Petite Dame, ainsi que sa possession du boomerang, n'étaient-ils que l'expression d'une sympathie féminine pour un homme traqué ?

Plus d'une heure s'était écoulée lorsque Bony vit enfin la lumière. Bien que, sans en avoir pleinement conscience, il fût transi de froid, les désagréments de son corps n'étaient rien comparés à l'exaltation soudaine qui envahissait son esprit. Il se leva brusquement, tel quelqu'un parvenu au terme d'une longue réflexion. Son visage noir et rougeoyant rayonnait d'un éclat triomphal.

— Ah ! murmura-t-il. Ça ne peut être que ça. Tout s'explique. Je dois retrouver ce docteur.

CHAPITRE TRENTE-ET-UN

L'arrivée de la crue

Le lendemain matin de l'arrivée du grand prix de la loterie à Barrakee, on découvrit que la chaîne de bassins le long du lit de la rivière avait été rejointe par la première montée des eaux, annonçant ce qui allait devenir la plus grande crue jamais enregistrée depuis l'occupation du pays par les hommes blancs.

Des millions de tonnes d'eau, réparties sur des millions d'hectares dans le sud-ouest du Queensland et le nord-ouest de la Nouvelle-Galles du Sud, dévalaient lentement mais inexorablement vers le sud, descendant la Darling, la Paroo, ainsi que les dizaines de ruisseaux formant le réseau des affluents de ces rivières. De ces vastes bassins, les eaux convergeaient vers la Darling à Wilcannia.

Il n'y a rien de spectaculaire dans ces inondations. Nulle vague soudaine ne balaye tout sur son passage ; au contraire, l'eau s'insinue peu à peu, remplissant d'abord les canaux les plus profonds, puis s'élevant lentement pour se frayer un chemin dans les passages moins profonds, avant de déferler finalement sur les plaines et les terres basses, submergeant des zones que l'on croyait hors d'atteinte des crues.

Une semaine après l'apparition des premières eaux à Barrakee, celles-ci atteignaient quatre mètres de profondeur dans des étendues auparavant asséchées. C'était l'éveil d'un géant assoupi, et son réveil apportait désastre, chagrin et châtiment aux habitants de Barrakee. Car, pour filer la métaphore, lorsque ce géant bâilla et étira son corps sinueux, il emporta avec lui le jeune Ralph Thornton.

Personne ne le vit partir, mais au matin, Bony lut l'histoire sur le sol. Suivant les traces du jeune homme depuis le portail du jardin, près du *billabong*, le métis remonta la piste sur près de trois kilomètres le long de la rivière, passant devant le hangar de tonte, l'ancien site de l'hôtel, jusqu'à un point dans un coude de la rivière où une barque avait été tirée sur la rive.

Aussi clairement que si Ralph le lui avait confié, Bony sut alors où il se rendait et le but de son voyage. Le jeune homme avait entendu la voix douce d'une belle Aborigène l'appeler, l'appeler encore, l'appeler sans cesse depuis la ferme de Three Corners, entre Wilcannia et Menindee. Durant de longues nuits et des journées encore plus longues, Ralph avait entendu cet appel ; son cœur se trouvait envoûté par ces influences qui ne l'intriguaient ni ne l'effrayaient plus, car elles s'étaient imposées en lui avec une telle intensité qu'il lui semblait vain d'y opposer la moindre résistance.

La rivière l'avait pris, elle l'avait réclamé. Le bush, avec son attrait indescriptible, exerçait un pouvoir bien plus fort que celui de la mer, un appel des millions de fois plus puissant qui l'avait irrésistiblement attiré. Rien – ni l'amour inébranlable de la Petite Dame, ni la fierté bienveillante du squatter à son égard, ni les promesses de la plus belle jeune fille d'Australie, ni une éducation raffinée et étendue — rien n'avait réussi à supplanter cet appel insistant, insidieux, envoûtant.

La tête inclinée sous le poids de ses pensées, Bony reprit le chemin de la maison principale. Il connaissait le chemin qu'avait emprunté le jeune homme, il comprenait les raisons de son choix, et il percevait la force implacable qui l'avait poussé à partir sans un mot pour ses parents adoptifs, sans laisser la moindre explication. Nellie Wanting constituait l'influence immédiate, mais au-delà d'elle, il en existait une bien plus puissante.

Arrivé au hangar de tonte, il fut accueilli par Mr Thornton, dont le visage trahissait une profonde anxiété.

— Avez-vous retrouvé sa trace, Bony ? lança-t-il, malgré la distance qui les séparait encore.

L'inspecteur acquiesça d'un léger signe de tête.

— Grand Dieu ! Si vous avez découvert son corps, cela enverra sa mère dans la tombe, s'exclama Thornton.

— Allons là-bas, près de ce tas de matériaux de construction, et parlons-en, proposa Bony, avec sa merveilleuse bienveillance.

— Mais l'avez-vous trouvé ? Est-il mort ?

Bony s'assit et invita calmement son compagnon à en faire autant.

— Il vaudrait mieux qu'il soit mort, dit-il d'une voix apaisante. Bien mieux ainsi.

Thornton, incrédule, plongea son regard dans celui de Bony :

— Alors, parlez, Bony. Ne me faites pas attendre. Son visage était livide, ses yeux brûlants, ses lèvres tremblantes. Bony se rendit compte qu'il ne pouvait révéler toute l'horreur de ce qu'il savait et soupçonnait, avec tant de raisons. Il atténua le choc en ne disant que ce qu'il savait, et cela, à lui seul, était déjà bien assez difficile. Il dit :

— Votre fils est passé ici très tôt ce matin, portant un lourd chargement. Je suppose qu'il s'agissait d'un baluchon et de provisions. Il a dépassé l'emplacement de l'ancien hôtel, a pris le virage et là, est monté dans une barque qu'il avait dissimulée sous un enchevêtrement de branches d'eucalyptus tombées au sol.

— Mais pourquoi ? Pourquoi ? Pourquoi ? demanda Thornton, désespéré.

— Il est clair qu'il a descendu la rivière, poursuivit Bony. Cessez de vous tourmenter, Mr Thornton, et essayez de rester calme, je vous en prie. Le jeune Ralph avait – disons, a – une petite amie, une amie secrète qui n'est pas Miss Flinders. Il avait pris l'habitude de la rejoindre chaque soir en un lieu situé entre votre maison et le campement aborigène.

Thornton poussa un soupir, qui ressemblait à un soupir de soulagement. C'était une désillusion profonde ; sa femme et sa nièce en seraient terriblement affectées, mais c'était encore préférable, bien préférable à la mort. Cependant, Bony ...

— Vous avez dit qu'il vaudrait mieux qu'il soit mort. Pourquoi ? interrogea-t-il.

Bony le regarda droit dans les yeux.

— Parce que la petite amie, c'est Nellie Wanting, répondit-il.

Pendant quelques instants, Thornton et le métis échangèrent un regard soutenu. Puis, soudain, le squatter renversa la tête en arrière et éclata de rire. L'idée que Ralph puisse être amoureux d'une Aborigène ! C'était absurde. Un garçon si respectable, si bien élevé, instruit, un jeune homme intelligent, fiancé à une belle, pure, et merveilleuse jeune fille blanche. Et tandis qu'il riait, avec un mélange de soulagement et d'hystérie dans la voix, Bony détourna lentement le regard de son visage et fixa, sans la voir, une fourmi charpentière, lentement dévorée par une douzaine de minuscules fourmis sucrières.

— Quelle farce ! lâcha le squatter dans un souffle.

— Je ne plaisante jamais, répondit Bony d'une voix douce. La vie est bien trop tragique pour que je puisse me permettre de plaisanter. J'aimerais que cela ne soit qu'une plaisanterie pour vous, et plus encore, infiniment plus, pour la Petite Dame.

Ce fut alors que Thornton comprit que Bony venait de lui dire la simple vérité. Le rire s'éteignit, et son visage devint gris, empreint d'une douleur visible.

— Mais pourquoi – pour l'amour de Dieu, Bony – pourquoi Nellie Wanting ? murmura-t-il enfin.

Bony hésita à lui faire part de ses soupçons, mais il sentait que ces idées et l'homme ébranlé à ses côtés n'étaient pas faits pour s'accorder.

— Parce qu'il l'aime, je suppose, répondit-il finalement. Écoutez ! Et il lui raconta comment il avait observé leurs rencontres, lui décrivant en détail son entrevue avec la jeune fille aborigène, le message qu'il avait rédigé avec son accord et laissé dans le bâton fendu, et le départ de Nellie Wanting pour la ferme de Three Corners.

— Même maintenant, je n'arrive pas à y croire, Bony. En vérité, je ne peux pas. Cela semble si contraire à la logique humaine, gémit Thornton. Le garçon doit bien connaître les conséquences. Cela brisera le cœur de sa mère, qui chérit chaque cheveu de sa tête ; cela le marquera comme un paria ; cela me fera chuter dans la poussière. Mon Dieu ! Qu'avons-nous fait, ma femme et moi, pour mériter cela ? Est-ce là la récompense de toute une vie d'efforts, de notre stricte obéissance à la loi du Seigneur : « Faites aux autres ce que vous voudriez qu'ils vous fassent » ? Oh, ma femme ... que Dieu lui vienne en aide ! Que Dieu lui vienne en aide !

Bony, rarement aussi ému au cours de sa carrière, voyait sous son regard perçant l'âme de cet homme généreux mise à nu. Il était évident qu'il n'avait rien à se reprocher, pas même un mauvais jugement. Grand en toutes choses, y compris en stature, le chagrin et l'humiliation de Thornton étaient pénibles à voir. Bony lui tendit une planche de salut :

— Peut-être n'est-il pas trop tard pour l'arrêter, suggéra-t-il.

— Ah ! Thornton saisit cet ultime espoir. J'enverrai des cavaliers le long du fleuve pour surveiller les principaux méandres. Quant à moi, je descendrai jusqu'à Three Mile, en amont de Wilcannia. Il n'a certainement pas pu aller aussi loin, n'est-ce pas ?

— Non, il n'est sûrement pas allé si loin, acquiesça Bony, avant d'ajouter une suggestion :

— N'envoyez pas de cavaliers. Moins il y aura de personnes informées, mieux ce sera. Appelez plutôt le sergent Knowles et demandez-lui d'arrêter Nellie Wanting. Il le fera sous n'importe quel prétexte. Une fois la jeune fille écartée, nous pourrons attendre votre fils à la ferme de Three Corner. Mais d'abord, passons un coup de fil à Mr Hemming pour nous assurer que l'Aborigène est toujours en service là-bas.

— Parbleu, Bony ! Peut-être pourrons-nous éviter ce désastre, après tout, s'exclama Thornton, l'espoir renaissant, son désespoir momentanément dissipé. Si nous parvenons à empêcher leur rencontre, je veillerai à ce que le garçon ne se couvre pas de ridicule, ni nous avec lui, même si je dois l'attacher à un poteau la nuit.

Le soupir de Bony fut imperceptible. La vision d'un roi sage, assis parmi ses courtisans au bord de l'océan, s'imposa à son esprit. Pourtant, si le roi Canute ne pouvait arrêter la marée, ils pourraient, eux, au moins retarder – mais non empêcher pour toujours – le destin de Ralph Thornton et de Nellie Wanting.

Lorsqu'ils atteignirent le bureau, l'inspecteur du bush était essoufflé. L'impatience de Thornton, attendant la connexion avec la ferme de Three Corner, mettait les nerfs à rude épreuve. Enfin :

– Hemming ? Oui, ici Thornton. Nous avons bien reçu votre lettre. Oui. Nellie Wanting est-elle toujours avec vous ? Quoi ? Elle a disparu il y a trois jours ! Si je sais où elle est ? Ah, j'aimerais bien le savoir !

Et le combiné vint s'écraser sur le bureau.

CHAPITRE TRENTE-DEUX

La mort de Clair

Frank Dugdale détacha la bride de son cheval avec des gestes assurés, caressa son encolure lisse et le laissa s'éloigner vers un coin sablonneux pour qu'il s'y roule avant d'aller boire. À mi-chemin entre son petit cheval d'attelage et sa cabane, il scruta le ciel avec une attente pleine d'espoir. Du nord au sud, le long du méridien, une arête de nuages sombres, acérée comme une lame, avançait lentement vers l'est. Ils s'amoncelaient entre le méridien et l'horizon occidental, promettant de la pluie.

Il était environ quatre heures quand le nouveau propriétaire de l'enclos de Daly's Yard, rebaptisé Ferme Eucla, entra chez lui. Il s'agissait d'une vaste cabane d'une seule pièce, aux murs de rondins et au toit en tôle. L'intérieur était d'une propreté impeccable. Un lit de camp était disposé dans un coin. Une table surmontée d'un plateau en tôle occupait le centre de la pièce. D'un côté, des provisions étaient empilées sur des caisses d'essence.

Un véritable foyer de bushman, mais offrant bien plus de confort que la moyenne. Une nappe bleue était étendue sur la table, au centre de laquelle trônait une lampe à huile en laiton. Un simple rideau, fendu en deux, protégeait la fenêtre durant le jour, tandis qu'un store enroulable la masquait la nuit. Au-dessus du lit, Dugdale avait fixé plusieurs étagères supportant de nombreux livres, dont certains n'étaient pas des romans, et un tapis vert profond, d'un raffinement particulier, recouvrait le sol.

Dans la cheminée spacieuse et profonde, Dugdale alluma un feu et y posa sa bouilloire pour le thé. Pendant que l'eau chauffait, il alla chercher sa provision de bois pour la soirée. Cette tâche accomplie et le thé prêt, il alluma sa pipe et s'installa dans son fauteuil fait main pour une demi-heure de réflexion paisible, tandis que le feu se consumait lentement, laissant des braises prêtes pour la cuisson.

Dugdale était désormais devenu un éleveur établi. Il possédait un bail foncier de vingt-cinq mille acres de terres de premier choix, chaque deux cent cinquante acres équivalant à un acre anglais. Il était propriétaire de deux mille magnifiques brebis reproductrices et de deux splendides chevaux de présentation. Il disposait de solides économies, d'une abondance de fourrage et d'eau, et d'une liberté totale pour déployer ses talents d'organisateur. La solitude ne lui pesait guère : il était de ceux, rares, capables de vivre seuls sans en souffrir ; et pourtant, il avait le cœur lourd.

À quoi lui servait donc la chance, cette chance qui lui avait permis d'obtenir une parcelle de terre, de gagner à la loterie, d'être pris en amitié par un homme de la trempe de Thornton ? À quoi lui servait cette vie paisible ici, seul, quand son cœur souffrait pour ce qui lui était inaccessible ?

Sa pipe s'éteignit, et, songeur, il fixa les braises qui se mouraient peu à peu. L'ambition de sa vie s'était réalisée, mais ne lui laissait que des cendres. Devant lui s'étendaient toutes ces années à venir, des années vides, où le travail serait une routine, dépourvue de sens.

Soudain, il fut tiré de sa torpeur par les premières gouttes de pluie qui crépitaient sur le toit de tôle ondulée. Comme la nuit tombait, il se leva pour allumer la lampe. Tandis qu'il préparait le four et mélangeait la pâte pour faire du pain, la pluie s'intensifia peu à peu, jusqu'à devenir une averse continue au moment où il s'installa pour dîner de côtelettes de mouton grillées et de pommes de terre.

Le repas terminé, il lava les ustensiles, vérifia le pain dans la marmite en fonte, ajouta quelques braises sur le couvercle. Il faisait maintenant nuit noire, et la pluie formait un grondement régulier sur le toit ; il entendait l'eau ruisseler dans la gouttière extérieure.

Il abaissa le store, enfila un manteau imperméable et sortit pour attacher ses deux chiens de berger. En revenant, il trouva son chat, rentré de sa chasse, qui se séchait devant le feu. Le chat devait recevoir sa soucoupe de lait concentré, le pain devait être retiré du moule et posé de côté pour que la vapeur s'en échappe, et de l'eau fraîche devait être mise à chauffer pour le café de huit heures.

Tel était le quotidien de Dugdale, similaire en tous points à celui de centaines d'hommes du bush.

Pendant une heure, il lut un roman. Une autre heure s'écoula, à écouter des sélections musicales sur son gramophone portatif, tout en buvant son café et en fumant. Puis il alla se coucher.

La pluie continuait de tomber. Étendu dans l'obscurité éclairée par le feu, il estima qu'il était déjà tombé près de treize millimètres. Il était sur le point de s'endormir lorsqu'un bruit sourd de pas détrempés se fit entendre dehors. Les chiens, nerveux, se mirent à aboyer. La porte s'ouvrit brutalement, et un homme grand et décharné entra en titubant.

Dugdale bondit du lit en un instant. Depuis l'autre côté de la table, il fixa le visage blafard de William Clair, l'homme recherché, l'homme traqué. Clair vacillait sur ses jambes. La lumière du feu révélait ses yeux bleus, brûlants d'une lueur étrange. Il était tête nue, sans baluchon, le manteau ouvert. Sa chemise, d'un blanc sale, était tachée de sang.

Pendant quelques secondes, les deux hommes restèrent ainsi, et lorsque

Clair toussa de manière significative, Dugdale se rappela la lampe et l'alluma.

— Bonsoir ! dit Clair pour commencer, esquissant un sourire, un sourire pitoyable, qui se dessinait sur ses traits exsangues.

— Vous êtes blessé, Bill, répondit Dugdale. Asseyez-vous sur cette chaise. Je vais vous apporter un peu de café.

La chaise artisanale menaça de céder lorsque l'homme décharné s'y laissa tomber. Avec des mains tremblantes, il s'empara avidement de la tasse de café fumant que Dugdale lui tendait. Ce dernier alla refermer la porte, puis plaça un seau d'eau au-dessus du feu et ajouta des bûches.

— Comment est-ce que vous vous êtes blessé, Clair ? demanda-t-il avec bienveillance.

L'homme décharné leva les yeux et sourit faiblement, un sourire de philosophe méprisant le pessimisme :

— J'ai croisé le sergent Knowles, dit-il péniblement. Nous avons échangé quelques mots. Ce brave sergent m'a tiré dessus, car je refusais de le suivre jusqu'au gibet.

Son ton, d'abord badin, devint suppliant.

Il m'a transpercé le poumon gauche, juste au-dessus du cœur, je pense. Je l'ai assommé avec un *waddy*, mais il finira par reprendre ses esprits et il viendra sans doute jusqu'à cette cabane. Et avant qu'il arrive, je dois écrire une lettre que vous remettrez à Mrs Thornton.

— Très bien, Clair. Mais avant tout, il faut enlever cette chemise et au moins nettoyer la blessure.

— Cela peut attendre. Le temps presse, insista Clair. Apportez-moi du papier et de quoi écrire ; je dois le faire tant que j'en ai encore la force.

Titubant, il se leva et traîna jusqu'à la table une chaise au siège en rotin. Dugdale hésita un instant, puis apporta un bloc-notes, une plume, de l'encre et des enveloppes. Clair se mit aussitôt à écrire, insensible aux gouttes de pluie qui ruisselaient de ses cheveux sur le papier. Son jeune hôte raviva les braises, puis alla chercher une paire de couvertures dans un coffre, qu'il étala près du feu.

L'apparition soudaine de Clair et les circonstances de sa venue l'avaient quelque peu déconcerté. Son premier souci allait à la blessure de Clair, mais aussitôt après, il pensa au sergent Knowles, étendu quelque part sous la pluie, assommé. Si son devoir envers Clair lui paraissait évident, il se trouvait tiraillé entre son devoir envers lui-même et son devoir envers l'État. Car même Dugdale, homme d'ordinaire rigoureux et scrupuleux, considérait le meurtre d'un Aborigène comme un acte de peu de poids.

Le grattement de la plume se poursuivit rapidement durant cinq minutes, puis s'interrompit. Dugdale entendit le froissement des feuilles arrachées du bloc-notes, suivi de nouveau par le grattement de l'écriture, cette fois sur une enveloppe.

— Dugdale !

— Oui, Clair ?

Dugdale s'approcha de la table où l'homme émacié se tenait, soutenu par une main tremblante pour ne pas s'effondrer en avant. Clair, les yeux injectés de sang, fixa le jeune homme et, désignant la lettre d'un signe de tête, reprit avec lenteur et difficulté :

— Vous rendriez un service à la Petite Dame, n'est-ce pas ?

— Bien sûr, répondit Dugdale.

— Elle a été très bonne envers vous, comme elle l'a été pour des dizaines d'hommes et quelques femmes, continua Clair. Elle a été infiniment généreuse envers ma pauvre sœur, et, pour cela, je paierai le prix fort. Vous aussi, vous paierez votre dette, Dugdale, en lui remettant cette lettre dès le lever du jour. La crue approche, mais ni l'eau ni les policiers ne doivent vous empêcher de lui apporter cette lettre le plus rapidement possible. Vous comprenez ?

— Je comprends l'urgence, mais j'ignore les raisons, Clair. Peu importe ; ce n'est pas mon affaire. Si la Petite Dame doit recevoir cette lettre, elle l'aura.

Clair se redressa, essuya sa bouche du revers de la main ; celle-ci était teintée de sang lorsqu'il s'en resservit pour se soutenir. Dugdale prit la lettre et la glissa sous son oreiller. Clair, à peine reposé, recommença à écrire, cette fois brièvement, sans besoin d'enveloppe.

— Lisez ceci et donnez-le à Knowles quand il arrivera, demanda Clair, pris d'une violente quinte de toux. Dugdale lui tendit une serviette et se pencha sur le papier où était inscrit, d'une main tremblante et frêle :

12 août 19—

J'ai tué un Aborigène nommé Roi Henry à Barrakee dans la nuit du samedi 5 mars avec un boomerang. J'ai lancé le boomerang et manqué ma cible dans l'obscurité. Le boomerang est revenu à mes pieds. Lui et moi avons plongé pour le prendre. Je l'ai saisi et, pendant qu'il se baissait, je l'ai frappé une fois à la tête.

William Sinclair

— Sinclair ? interrogea Dugdale.

— Oui, mon nom est Sinclair, pas Clair. Apportez-moi un café, s'il vous plaît. Laissez-moi ... m'allonger ... je suis ... crevé ...

— Une seconde, Bill, insista le jeune homme. Vous êtes trempé. Laissez-moi d'abord vous débarrasser de vos vêtements. Allez, mon vieux. Tenez bon.

Sinclair, comme il venait de se nommer, s'était affaissé. Dugdale dut le maintenir d'une main ferme pour ôter son manteau détrempé. Tant bien que mal, il parvint à l'allonger sur les couvertures, puis, avec un couteau, coupa la chemise imbibée de sang.

Comme Sinclair l'avait dit, il avait reçu une balle dans le poumon gauche, dangereusement proche du cœur. La blessure ne saignait plus, et Dugdale la nettoya délicatement avant de l'envelopper dans un drap pris sur son lit. Puis il recouvrit le mourant de ses couvertures.

Le bruit de la pluie battant le toit masquait presque le tic-tac du réveil, aussi sonore qu'une horloge de grand-père, et les braises crépitant dans le feu. Il n'y avait plus rien à faire avant l'aube ; peu de choses, en fait, car la piste détrempée rendrait le trajet impossible en camion. Dehors, sous cette pluie noire, un autre homme, probablement blessé, gisait peut-être sans connaissance ou errait à la recherche de la cabane et de secours. Pour cette raison, Dugdale écarta les rideaux et releva le store, offrant la lumière de la lampe comme signal.

Pendant près d'une heure, Sinclair demeura inconscient. Son manteau et son pantalon, que Dugdale avait placés près du feu, étaient maintenant secs, et, pour s'occuper, il les plia soigneusement avant de les poser sur la table. C'est alors que Sinclair ouvrit les yeux, d'abord perdus, puis emplis de compréhension et de souvenirs.

— Promettez-moi de lui remettre la lettre, Dugdale, murmura-t-il avec effort.

— Je le promets.

— Et, Dugdale, dans la poche de mon manteau, il y a un portefeuille. Apportez-le également à la Petite Dame. Promis ?

— Promis, Bill. Je peux vous servir quelque chose ?

— Du café.

Dugdale remplit la tasse, s'agenouilla, glissa un bras sous la tête de l'homme décharné et le souleva doucement. Mais Sinclair sembla oublier sa demande, murmurant :

— Mon grand-père Sinclair était commandant d'un navire royal. Mon père Sinclair, magistrat. Nous, les Sinclair, ma sœur Mary et moi, orphelins jeunes et sans le sou, avons toujours gardé notre honneur. Pendant vingt ans … la tache … était là. Aujourd'hui, Sinclair s'en va – sans tache.

Comme le mourant refusait de boire, Dugdale mit la tasse de côté, l'allongea de nouveau et essuya ses lèvres teintées de sang. Il semblait dormir, sa poitrine se soulevant lentement. Dugdale, assis à ses côtés, observait et attendait. Jamais encore il n'avait été témoin de l'approche de la mort ; mais il savait qu'il y serait bientôt confronté.

Au loin, un hennissement retentit. C'était son propre cheval ; il en reconnut l'appel. Les chiens aboyèrent furieusement. Quelques instants plus tard, le bruit lourd de sabots se fit entendre à l'extérieur. Sinclair ouvrit les yeux.

— Le … sergent … arrive, murmura-t-il. Excusez-moi auprès de lui … pour moi … Dugdale. Il doit avoir … la tête … pas … mauvais homme.

La porte s'ouvrit brusquement, laissant apparaître une silhouette en uniforme, trempée et en lambeaux. Clair se redressa, s'écriant d'une voix forte :

— Merci, ma Petite Dame ! Vous êtes en sécurité.

Et lorsque Dugdale le rattrapa, William Sinclair était mort.

CHAPITRE TRENTE-TROIS

Deux hommes déterminés

Le sergent Knowles avait l'air d'avoir roulé dans la boue, ce qui était exactement le cas, bien qu'il n'en ait pas eu conscience sur le moment. Sa tunique bleu sombre était couverte d'une épaisse couche d'argile rougeâtre, et son pantalon kaki était dans un état tout aussi lamentable. Il avait perdu son chapeau.

Il comprit sans doute la portée de la scène qui se présentait à lui en ouvrant la porte car, après l'avoir refermée, il ôta sa tunique et s'installa dans le fauteuil, aux pieds du défunt, avant de prendre la parole. Puis :

– Eh bien, c'est ainsi, dit-il d'un ton sombre. J'ai tout fait pour offrir une chance à Clair, mais il a préféré s'enfuir. Avez-vous quelque chose à boire, Dugdale ?

Dugdale couvrit alors le visage du mort, s'agenouillant près de sa tête pour accomplir ce geste. Par-dessus le corps, les deux hommes échangèrent un regard. Le plus jeune comprit que, bien que Clair ait pu être pendu pour le meurtre d'un Aborigène, il paraissait ironique qu'un autre homme soit autorisé à l'abattre simplement parce qu'il refusait de mourir pendu.

Se levant sans répondre, il « rallongea » le café – ou, en d'autres termes, ajouta de l'eau chaude au café restant dans la casserole. Il apporta une tasse en métal propre qu'il remplit et déposa sur la table, près du coude du sergent.

– Vous semblez avoir eu une soirée mouvementée, fit-il observer.

– L'une des pires. Si vous avez de l'aspirine, par pitié, donnez-moi quatre comprimés dans un peu d'eau. J'ai la tête fendue en deux, et les deux moitiés se cognent l'une contre l'autre.

Dugdale lui tendit l'aspirine, et après l'avoir avalée, suivie de quelques gorgées de café, le policier s'adossa à sa chaise et ferma les yeux. Dugdale sortit sa pipe et son tabac.

Ils restèrent ainsi, en silence, pendant cinq minutes. Aux pieds du sergent, une petite flaque d'eau s'était formée, provenant des gouttes qui suintaient de ses jambières et de ses bottes. Malgré le retrait de sa tunique, il n'était guère plus sec ; chemise et gilet étaient également trempés. Tandis qu'il l'observait, Dugdale remarqua que le pli soucieux entre ses sourcils se détendait et que ses yeux gris s'ouvraient.

– C'est mieux, soupira Knowles. Clair m'a asséné un coup terrible. Quand est-il arrivé ici ?

— Il y a environ trois heures.

— Ah bon ? Eh bien, il a parcouru cinq kilomètres pour venir jusqu'ici. Où a-t-il été touché ?

— Juste au-dessus du cœur.

— Vraiment ! C'est un miracle qu'il ait pu arriver ici. Je regrette qu'il soit mort, et en même temps, je ne le regrette pas. Il est mort comme un homme, ce qui vaut mieux que de mourir sous le coup de la loi. Il reste du café ?

— Une demi-tasse, répondit Dugdale. Buvez-la, je vais en préparer plus et vous cuire deux côtelettes. Je n'ai pas de viande froide. Je vous prêterai aussi une chemise et un pantalon, si cela vous convient.

— Vous êtes un saint. Mais je dois d'abord m'occuper de mon cheval. C'est une sacrée bête, celui-là. Il est resté à mes côtés jusqu'à ce que je reprenne mes esprits. Je ne comprends pas pourquoi Clair ne l'a pas pris, à moins que Pronty n'ait refusé de se laisser faire.

— Que s'est-il passé ? demanda Dugdale.

— Par une étrange coïncidence, Clair et moi nous dirigions tous les deux vers votre cabane. J'ai repéré ses traces juste de ce côté de la Paroo, juste avant que la pluie commence, et lorsque ses empreintes ont débouché sur une vaste plaine sablonneuse, j'ai aperçu Clair en plein milieu. Il était à pied, sans espoir de fuir. Lorsqu'il m'a vu, il n'a même pas essayé de s'échapper. Il s'est arrêté quand je lui ai demandé, déposant son baluchon mais gardant en main un lourd *waddy* qu'il utilisait comme une canne. Je lui ai dit de le lâcher, puis je suis descendu de ma monture. Je lui ai demandé de tendre les mains pour les menottes. Il a obéi, et au moment où j'allais les lui passer, il a baissé la tête et m'a frappé en plein torse.

La force de l'impact dans mon plexus solaire m'a paralysé. Il s'est mis à courir. Mon cheval était occupé à brouter, à une cinquantaine de mètres de là, bon sang ! J'ai dégainé mon arme et lui ai ordonné de s'arrêter. Il se dirigeait vers la Paroo, où, sur le lit sec et craquelé, il m'aurait tenu tête jusqu'à la nuit, car mon cheval n'aurait jamais pu progresser sur ce terrain. Vous voyez le genre d'endroit dont je parle : une étendue d'environ quatre hectares. Comme il m'aurait distancé et refusait de s'arrêter, j'ai visé bas et j'ai tiré. Mais, par tous les diables ! Un policier ne dégaine pas son arme à tout bout de champ. Je n'avais pas anticipé le recul du coup.

Clair est tombé – je l'ai cru mort. Même là, je ne pouvais pas me relever. Je suis resté plié en deux pendant bien trois minutes de plus.

Quand j'ai finalement pu me redresser, je suis allé vers Clair, et alors que je n'étais qu'à quelques mètres de lui, il a bondi sur ses pieds et a lancé son *waddy* sur moi. Il s'était manifestement beaucoup exercé à ce geste. Je n'ai vu que le *waddy* filer droit sur moi, puis plus rien.

Quand j'ai repris mes esprits, il faisait nuit. Mon cheval broutait toujours dans les environs ; j'entendais le mors crisser sous ses mâchoires. Après, j'ai tourné en rond pendant des heures, ou du moins c'est l'impression que j'ai eue. Pas une fichue étoile pour me guider, et une obscurité à vous faire croire à un tombeau. J'ai eu de la chance d'apercevoir votre lumière.

Le sort ne s'était décidément pas montré clément avec Knowles. Dugdale savait qu'il disait vrai : une fois parvenu à ce terrible terrain crevassé du lit de la Paroo, Clair aurait très bien pu lui échapper pour de bon. Aucun cheval n'aurait pu traverser ce terrain, et si le sergent avait poursuivi à pied, abandonnant sa monture, Clair aurait eu l'avantage. Cette façon maladroite de tenter d'arrêter Clair, ou Sinclair, frappa l'esprit de Dugdale.

— Bon, je vais aller desseller mon cheval. Aura-t-il de quoi manger si je le lâche juste dehors ?

— Oui, il y a largement assez d'herbe, lui assura Dugdale.

— Parfait ! Mais avant, nous allons déplacer le corps vers le fond de la pièce. Ce sont ses vêtements ?

Le jeune homme acquiesça.

Après avoir dissimulé le corps et l'avoir éloigné du feu, le policier sortit de nouveau sous la pluie. Dugdale l'entendit appeler sa monture, qui répondit par un hennissement. Il remit la bouilloire à chauffer et se dirigea vers le garde-manger pour préparer les côtelettes. Tandis qu'il découpait assez de viande pour eux deux, il se souvint de l'injonction de Clair de remettre son portefeuille à Mrs Thornton.

Alors qu'il tenait le portefeuille d'une main et le manteau de l'autre, le sergent Knowles rentra dans la cabane.

— Vous n'avez pas le droit de toucher à ces vêtements, déclara-t-il sèchement.

— Je prends seulement ce que Clair m'a dit de prendre, répondit Dugdale avec obstination.

— Eh bien, vous ne pouvez pas. Ce qui est là appartient désormais à la justice. Donnez-moi le portefeuille.

Knowles fit un pas en avant. Dugdale passa derrière la table.

— Bon sang, qu'est-ce qui vous prend ? s'exclama le policier. Vous ne pouvez pas garder ça. Les effets de Clair deviennent la propriété de l'État jusqu'à ce qu'ils soient remis à ses héritiers légitimes.

— Je suis désolé, Knowles, répondit Dugdale, le visage blême. Mais Clair, dans ses derniers instants, m'a donné des instructions précises concernant ce portefeuille, et je lui ai promis de les suivre. Ce que je ferai.

Knowles jaugea son hôte d'un regard sombre. Il lut la détermination dans sa mâchoire crispée. Pourtant, son devoir était clair : en tant que représentant de la loi, il devait prendre possession des biens du défunt.

— Je ne suis pas en état de me battre, Dugdale, dit-il. Ne soyez pas stupide. Donnez-moi ce portefeuille et mangeons. Je meurs de faim.

— Nous allons manger, bien sûr. Mais le portefeuille reste avec moi.

— Très bien, gardez-le alors.

D'un geste rapide, Knowles se dirigea vers la porte, la verrouilla et mit la clé dans sa poche. Sans précipitation, il s'approcha de la table, attrapa la lampe, l'éteignit et la posa sur le manteau de la cheminée.

— Maintenant, Dugdale, pour la dernière fois, donnez-moi ce portefeuille, dit-il d'un ton féroce. De part et d'autre de la table, leurs visages étaient illuminés par la lueur rougeâtre du feu. Ils se fixaient, tous deux également déterminés. Puis, presque aussi vite qu'un éclair, le sergent bondit sur la table pour la franchir d'un saut, mais au même instant, Dugdale plongea dessous et se redressa brusquement, soulevant ainsi la table et le sergent sur son dos.

La table en basculant déstabilisa Knowles un instant avant qu'il ne lâche prise, emporté par son propre élan. Au lieu de retomber sur ses pieds, il s'écrasa sur le dos, sa tête heurtant durement le tapis.

Dugdale, libéré de la table, se retourna pour anticiper la prochaine attaque. La table resta renversée sur le bord. Deux secondes s'écoulèrent sans que le sergent Knowles ne se relève. Lentement, avec précaution, le jeune homme longea le mur jusqu'à un point où il pouvait voir au-delà de la table. Ses nerfs étaient tendus d'excitation ; il était prêt à se battre jusqu'au dernier souffle pour conserver le portefeuille et exécuter les instructions de Sinclair.

Puis la tension retomba, et il ne put s'empêcher de rire. Cela avait été si absurde de facilité. La querelle avait pris fin avant même d'avoir réellement commencé. Pourtant, il devait rester vigilant. Une image de Clair simulant la mort jusqu'à ce que son poursuivant soit assez près surgit dans l'esprit de Dugdale. Peut-être que le sergent jouait lui aussi la comédie.

Il lui fallait d'abord plus de lumière. Il décrocha la lampe derrière lui, la posa sur la pile de provisions et l'alluma sans quitter son adversaire des yeux.

Le policier restait parfaitement immobile, les yeux fermés. Il respirait à peine, et Dugdale poussa un soupir de soulagement en constatant qu'il respirait toujours, car une peur terrible l'avait traversé. Les gestes qu'il fit par la suite furent presque automatiques. L'idée qui dominait son esprit était d'accomplir la mission de Sinclair. Ce que le mort avait écrit et les documents contenus dans son portefeuille ne le concernaient pas, mais il avait compris que la mort de Clair et Mrs Thornton étaient inexplicablement liées, et qu'il était vital que la Petite Dame reçoive le portefeuille et la lettre au plus vite. Sa ligne de conduite était dès lors limpide.

Il récupéra les menottes brillantes de la tunique du sergent. Puis il prit un risque. Il traîna l'homme inconscient près du feu et lui passa une menotte autour du poignet, l'attachant solidement au lourd fauteuil qu'il avait fabriqué avec de grosses pièces de bois et du fil de fer. Ce meuble ne se déplaçait pas facilement. Pour plus de sûreté, il attacha également les pieds du sergent à un long tisonnier, qui servait de support et empêcherait Knowles d'utiliser sa main libre pour soulever ses jambes et se libérer. Puis il commença à le ranimer.

Knowles, en reprenant conscience, était mal en point et Dugdale l'installa aussi confortablement que possible, avec des couvertures roulées et ses oreillers.

— Vous allez avoir besoin de plus d'aspirine, déclara-t-il en administrant une dose généreuse à l'homme qui gémissait et jurait.

— Par le ciel, Dugdale ! Vous allez payer pour ça. Vous devez être devenu fou avec cette histoire de portefeuille. Ça ne vous apportera rien de bon. En fait, c'est la prison qui vous attend pour ça, soyez-en sûr. Je m'en assurerai personnellement.

— Peu importe ce que vous ferez, une fois que j'aurai exécuté la mission de Sinclair.

— Sinclair ? Vous voulez dire Clair.

Dugdale déplaça la lampe et tendit la confession de Sinclair au sergent pour qu'il la lise.

— Sinclair m'a demandé de vous donner ceci, dit-il. Vous la trouverez sur la table quand je serai parti.

Laissant Knowles récupérer pleinement de son second coup à la tête, le jeune homme fit griller des côtelettes et prépara du café. Il découpa la part du sergent et la lui tendit avec une fourchette, n'osant pas desserrer le poignet menotté.

Knowles fit un effort pour manger. Dugdale mangea plus qu'il n'en avait besoin, voulant accumuler des forces. Il était alors environ quatre heures du matin.

À cinq heures, il sortit chercher son cheval, qu'il ramena et sella. Le cheval du policier suivit, et les deux animaux patientèrent calmement dehors pendant que Dugdale faisait ses préparatifs. Il s'assura d'abord de la présence du portefeuille, y plaça la lettre, puis le glissa dans une poche intérieure de son manteau.

— Vous semblez bien décidé à aller jusqu'au bout, observa Knowles, le regard dur. Ne soyez pas idiot, Dugdale, et n'allez pas en prison pour si peu. Relâchez-moi et rendez-moi le portefeuille, et je vous laisserai tranquille.

— Désolé, répondit simplement Dugdale. Il posa du linge propre sur la table, accompagné d'une serviette fraîche.

Il y a de l'eau pour vous laver dans le seau ici, dit-il. Vous trouverez ici des vêtements secs. Dans le garde-manger, il y a de la viande et de l'eau – servez-vous. Ils échangèrent un regard sombre pendant un moment.

— Vous pourrez m'envoyer en prison, Knowles, comme je m'y attends, continua Dugdale. Vous pourrez faire tout votre possible – je ne m'y opposerai pas. Mais j'aimerais que vous compreniez que ce que j'ai fait pour le portefeuille, et ce que je vais faire, ne me rapporte rien personnellement. Vous avez traqué Sinclair et l'avez eu. Vous devriez en être satisfait et ne pas chercher à contrecarrer ses dernières volontés concernant ses affaires.

— Je fais mon devoir et je continuerai à le faire.

— Bien sûr que vous le ferez, Knowles, répondit Dugdale en retirant de la tunique du policier la clé des menottes. Voici la clé de votre libération. Je m'attends à ce que vous tentiez de me rattraper, mais ce serait perdre votre temps, car je monte l'un des chevaux les plus rapides de l'Ouest.

Il déposa la clé à portée de la main libre du sergent, puis sortit et sauta en selle, prêt pour la chevauchée la plus folle de sa vie.

CHAPITRE TRENTE-QUATRE

La traversée de la Paroo

Dugdale chevauchait Tiger, un hongre gris au poitrail large et aux flancs puissants, au petit galop. Il avait au moins neuf ou dix minutes d'avance sur le sergent Knowles et savait que, même si celui-ci parvenait à le rattraper, il pourrait toujours conserver une longueur d'avance. Son plan était de traverser la Paroo directement à l'est de sa cabane, puis, une fois la limite de sa parcelle franchie et la propriété de Barrakee atteint, à se diriger vers le nord-est en direction de la ferme du lac Thurlow, à environ 70 kilomètres. Il présumait que Mr Watts consentirait volontiers à lui prêter une bonne monture pour les 85 kilomètres restants jusqu'à la maison principale de Barrakee.

Ce plan, sans doute, il l'aurait changé, s'il avait su que le sergent Knowles, au lieu de se lancer à sa poursuite, avait parcouru une vingtaine de kilomètres au sud d'Eucla pour rejoindre une cabane équipée d'un téléphone. Car le sergent n'était pas dupe. Il connaissait parfaitement son secteur. Il lui fut donc aisé de déduire que Dugdale se dirigeait vers le lac Thurlow en suivant ses traces sur un petit kilomètre. Il se rendit compte également qu'il n'était pas en état de supporter une poursuite exténuante : il était mal en point.

La pluie avait cessé, mais le ciel restait couvert et menaçant. Les argilières étaient pleines d'eau, les terrains durs étaient traîtres, semblables à des planches glissantes ; Dugdale avançait donc avec prudence, privilégiant les sols plus souples et plus secs des crêtes sablonneuses. Jetant fréquemment un regard derrière lui, il parvint enfin à la vaste plaine circulaire où Sinclair et Knowles s'étaient rencontrés. La traversant, il atteignit le sommet de la crête de mulgas qui bordait la Paroo.

La Paroo ne ressemble à aucune autre rivière au monde. Elle n'a pas de lit défini, si ce n'est une bande de terre plate, d'un gris noirâtre, qui s'étend sur une largeur variant de huit cents mètres à cinq kilomètres. De mémoire de colons blancs, la Paroo n'a parcouru l'intégralité de son cours qu'une seule fois. C'était la deuxième. Soumis aux seules pluies locales, les ruisseaux des alentours déversent leurs eaux dans la Paroo, où elles se dispersent rapidement dans de larges fissures irrégulières. En certains endroits, notamment là où Sinclair avait tenté de fuir, le sol, effondré et caillouteux, est tellement strié de failles, de trente centimètres de large et de plusieurs mètres de profondeur, qu'aucun cheval ne pourrait les franchir. De telles fissures parsèment, bien que de façon moins marquée, tout le reste du ruban plat qui forme ce pays de rivières, et à force, les passages fréquentés par les bêtes sont devenus des sentiers.

À l'endroit opposé à celui où Dugdale avait franchi la crête de sable, il y avait un de ces sentiers, quelques centaines de mètres en amont de l'endroit où Sinclair avait envisagé de défier le sergent Knowles. C'était le chemin qu'ils avaient tous deux emprunté la veille. Il était maintenant recouvert d'eau.

Le jeune homme retint son cheval et resta bouche bée. Bien qu'il sût que la crue de la Paroo approchait, il fut stupéfait de constater qu'elle se trouvait déjà entre lui et le lac Thurlow. Lentement, irrésistiblement, elle descendait pour rejoindre les eaux de crue de la Darling.

À quelle distance se trouvait la tête de la crue ? Devrait-il parcourir une soixantaine de kilomètres pour traverser par le pont situé cinq kilomètres en amont de Wilcannia ? Saisi, il fit pivoter son cheval vers le sud et suivit le cours de l'eau. Trois kilomètres plus loin, il fut stoppé par un ruisseau déversant un flot d'eau rougeâtre, à hauteur de berge, provenant des argilières situées quelques kilomètres à l'ouest, une eau accumulée par les pluies de la nuit précédente, et non par les précipitations de crue générale d'il y avait quelques semaines. Il y avait de fortes chances que les eaux du ruisseau baissent dans cinq ou six heures, mais celles de la Paroo, elles, continueraient de monter.

— Tiger, mon vieux, il va falloir nager, dit Dugdale à sa monture rétive. Les rives étaient abruptes, mais là où le cours d'eau pénétrait dans les plaines, elles s'inclinaient en pentes douces. Le courant était puissant et le cheval refusait de s'y engager, mais il n'y avait pas de temps à perdre avec des méthodes douces de persuasion. Dugdale mit pied à terre et se tailla une baguette.

Ce n'est qu'après avoir été corrigé par les coups de baguette et d'éperons que le cheval finit par céder et s'engagea prudemment dans le torrent furieux. Il hennit de frayeur lorsqu'il fut emporté par le courant, mais nagea bravement alors qu'il dérivait vers le flux plus large de la Paroo. Par la voix et les rênes, son cavalier l'orienta vers le même côté de la Paroo que le ruisseau, sachant pertinemment qu'une fois dans le lit principal, l'eau n'aurait qu'un mètre ou deux de profondeur, bien que le fond gris noirâtre soit presque aussi traître que des sables mouvants.

Même ainsi, lorsque le cheval, après avoir traversé le ruisseau à la nage, atteignit un sol mêlant sable et terre noirâtre, il eut bien du mal à regagner la terre ferme. Après cela, Dugdale lança sa monture au petit galop sur environ six kilomètres, puis, traversant une cuvette sablonneuse à l'amorce d'un large méandre, il laissa éclater un cri de triomphe : devant lui, à peine à huit cents mètres, s'étendait la lisière de la crue rampante.

Le front de la crue se composait d'une masse flottante de troncs, de branches et de débris divers. Même depuis la rive, il pouvait distinguer que cette masse grouillait de serpents, de fourmis bulldog, de varans, de lézards et même de lapins. Elle avançait à une vitesse d'environ six kilomètres à l'heure.

Il continua de chevaucher sur un kilomètre de plus. Le lit principal s'étendait sur un peu plus d'un kilomètre de large : un sol sec, mais rendu meuble et caillouteux par les pluies récentes. Était-il possible de traverser avant que la crue n'ait couvert cette distance ? Il en doutait et continua d'avancer.

Après huit cents mètres supplémentaires au petit galop, il décida de traverser à l'endroit où un eucalyptus mort se dressait à la pointe d'un large méandre. Mais, lorsqu'il atteignit l'arbre, il arrêta brusquement son cheval, car au-delà, le lit de la Paroo était recouvert d'eau qui, bien qu'elle coulât principalement vers le bas, remontait également pour rejoindre la crue principale.

Dugdale comprit alors ce qui se passait et ce qu'il risquerait s'il tentait de traverser entre ces deux masses d'eau. La crue principale s'infiltrait dans les fissures, profondément sous la surface visible. Quelque part en contrebas, le courant souterrain avait rencontré un obstacle sous la forme d'un banc de sable et, ne pouvant se frayer un passage, remontait les fissures jusqu'à la surface. Dans très peu de temps, le sol sec en face de lui serait submergé par la montée des eaux et la jonction des deux flots. S'il devait traverser, c'était maintenant ou jamais.

Il mesurait parfaitement les risques encourus. Il savait que lorsque l'eau atteindrait une certaine hauteur dans les fissures du sol, la surface se dissoudrait en boue, comme du sucre dans le thé. Si cela survenait pendant la traversée, son cheval s'enliserait inévitablement, et lui-même risquerait fort d'être pris au piège à son tour, avant d'être finalement submergé par les eaux, incapable de se dégager. Pourtant, il écarta presque aussitôt ces pensées. L'urgence exprimée par Sinclair pour que la lettre et le portefeuille soient remis à la Petite Dame aussi vite que possible constituait une motivation suffisante pour quelqu'un qui la vénérait presque.

Fouettant son cheval pour le lancer au galop, il rebroussa chemin sur quatre cents mètres, jusqu'à ce que les collines de sable rouge longeant la rive est de la rivière se trouvent à une distance d'un kilomètre et demi. Là, il fit pivoter sa monture sur la droite et s'élança sur un sol caillouteux et collant, une mosaïque insensée de fissures profondes de plusieurs mètres.

Élevé à Barrakee, où un tel terrain n'existait pas, Tiger se retrouva rapidement en position de faiblesse. Les îlots de gravats compacts, espacés de manière irrégulière, gênaient tellement sa foulée souple qu'il dut avancer par une série de bonds et de sauts. Plus d'une fois, un sabot arrière glissa dans une fissure, et ce ne fut que par miracle qu'il parvint à garder son équilibre.

Partageant son attention entre ce sol traître et l'eau qui approchait, Dugdale soutenait son cheval du mieux qu'il pouvait, jouant des rênes et de ses genoux. Le danger, tout autour et en dessous, était si pressant qu'il ne remarqua pas le soleil perçant la première brèche dans les nuages, oubliant jusqu'à la poursuite probable de Knowles et même sa propre mission.

Les pluies récentes avaient rendu les gravats – dont la taille variait de celle d'une bille à celle d'une petite orange – glissants en surface, tout en restant durs comme du silex à l'intérieur. Ces débris se collaient aux sabots du cheval, formant de grosses masses qui, une fois projetées, se reformaient aussitôt. Tiger se couvrit d'une écume blanche de sueur, son souffle rauque passait entre ses narines écarlates et ses dents découvertes. La première moitié de la traversée fut pire qu'un galop de seize kilomètres.

C'est à peu près à mi-chemin que l'animal évalua mal un saut et engagea ses postérieurs dans une fissure. Bien que préparé, Dugdale fut projeté par-dessus l'encolure du hongre et s'écrasa lourdement au sol. Il ressentit alors, quoique de manière atténuée, la même sensation que le sergent Knowles lorsqu'il avait été frappé par le *waddy* de Sinclair, puis piégé par Dugdale dans la cabane.

Hébété et à demi conscient, le jeune homme se releva en titubant, les rênes heureusement toujours en main. Le cheval, lui, se hissa hors de la faille sans la moindre blessure, tandis que son cavalier, vacillant, peinait à garder son équilibre. Pendant une interminable minute, la terre tourna autour de lui, inversant le ciel et le sol, et seule sa volonté de fer l'empêcha de s'allonger jusqu'à ce que l'effet de la chute s'estompe.

Cependant, la conscience des eaux montantes le força à rester debout, agrippé à une lanière d'étrier pour se stabiliser.

— Bon sang, Tiger, c'était un sacré choc ! s'exclama-t-il enfin en haletant, et lorsque sa vision s'éclaircit, il ajouta : Tu es dans un triste état, mon vieux, mais nous ne sommes pas encore de l'autre côté.

De nouveau en selle, il poussa Tiger, tremblant et effrayé, à bondir et à sauter, des mouvements si peu naturels pour un animal de sa jeunesse et habitué à sa liberté d'action.

Trois minutes plus tard, alors qu'il était encore à plus de quatre cents mètres de la terre ferme, il entendit le sinistre bruit de l'eau dans les fissures. Une eau qui « gloussait », « gargouillait » et « clapotait », en montant lentement à la surface.

Le front de la crue principale, encombré de débris, se trouvait à moins de quatre cents mètres de lui. Il pouvait voir les mouvements ondulants des troncs et des branches mortes se soulevant et retombant sans cesse. Et bien plus près encore, il aperçut l'éclat argenté des eaux souterraines remontant à la rencontre du flot principal.

À cet instant, Dugdale sut qu'il n'avait qu'une chance sur cent de regagner un terrain sûr. Les collines de sable qui l'attendaient semblaient si proches qu'il aurait presque pu tendre la main pour les toucher.

La surface du sol commençait à s'affaisser. Il distinguait l'eau brillant à moins d'un mètre de profondeur dans les fissures, des reflets évoquant un million d'yeux malveillants. Tiger se débattait toujours davantage, sa situation empirant à chaque instant. Des mares se formaient entre les deux eaux, devant, derrière et sur les côtés, prenant des allures menaçantes. Dugdale se sentait comme un fugitif cerné par des gardes armés qui se rapprochaient.

À cinquante, quarante, trente mètres se trouvait le barrage de débris, précédé par un front de six mètres d'eau écumeuse. À présent, trois cents mètres séparaient encore le cheval et son cavalier du sable rouge en pente douce. Malgré des efforts titanesques, la vitesse de Tiger ralentissait, atteignant celle d'un homme qui marche.

Les cent mètres suivants furent un supplice interminable. Les cent mètres d'après furent mille fois pires. Et à peine dix mètres de plus franchis, Tiger s'enfonça brusquement.

La boue et l'eau atteignirent les genoux de Dugdale. Le cheval poussa un hennissement juste avant que le barrage tourbillonnant – charriant branches, débris flottants et une multitude de reptiles – ne s'abatte sur eux deux.

CHAPITRE TRENTE-CINQ

Une belle journée

Dans cette longue et sinueuse ligne de branches et de débris flottants, pas un seul tronc n'offrait la flottabilité nécessaire pour supporter le poids de Dugdale. Lorsque le cheval s'enfonça jusqu'aux épaules, son cavalier se projeta hors de la selle, et atterrit la joue contre une crête d'écume de soixante centimètres recouvrant encore trente centimètres d'eau. En pliant les genoux, il parvint à se redresser suffisamment pour apercevoir à portée de main un vieux poteau de clôture vermoulu.

Une douleur fulgurante, comme si une barre de fer chauffée à blanc lui transperçait la main, le foudroya lorsqu'une fourmi bouledogue le mordit ; quelque chose de froid enserra son autre poignet. Pourtant, ni la douleur ni l'étrangeté de ces sensations ne l'atteignirent pleinement en cet instant crucial où la terre disparut sous une masse de chicots et de branches qui craquaient, vacillaient, et se dressaient en tous sens. Puis, aussi brusquement qu'il était apparu, le barrage de débris passa au-delà du cheval et de son cavalier, les laissant dans une eau soudain plus claire.

Tiger poussa un hurlement, cette fois de douleur et non d'effroi. Dugdale supposa qu'un insecte venimeux avait trouvé refuge sur le corps du cheval, déjà couvert de sueur et de boue, et manifestait désormais son irritation. La douleur de la morsure ou de la piqûre se révéla être une forme de salut : elle devint l'élan nécessaire au bon moment. Dugdale vit alors son cheval rassembler toutes ses forces pour atteindre un terrain plus élevé. Il ne sut jamais si c'était le fruit d'un pur hasard ou d'une preuve de sagacité équine, mais Tiger effectua un léger écart latéral, retrouva presque l'équilibre, progressa sur un mètre ou deux, s'enfonça de nouveau, cette fois avec seulement la tête hors de l'eau peu profonde. Après une courte pause, il fournit un nouvel effort monumental, avança encore, et, contre toute attente, parvint à retrouver pied, et s'immobilisa.

L'eau, qui s'écoulait lentement, n'atteignait pas les genoux de Tiger. Le cheval, tremblant de tout son corps, finit par tourner vers son cavalier des yeux écarquillés. La boue et l'eau dégoulinaient de son pelage, le transformant en un cheval brun. Dugdale constata que, par un hasard miraculeux, Tiger se tenait sur un sol ferme. S'il parvenait à le rejoindre, il pourrait peut-être trouver un passage, une sorte de gué reliant cette île de terre ferme à la rive du fleuve.

S'agrippant toujours au poteau vermoulu, Dugdale retira sa main gauche. À cet instant, un petit serpent brun redressa gracieusement sa tête et siffla. Si la peur ne l'avait pas paralysé, le reptile aurait sans doute attaqué. D'un geste brusque et instinctif, Dugdale leva le bras, projetant le serpent au loin dans l'eau. Sous lui, le sol était boueux et visqueux. Ce n'est qu'en s'allongeant de tout son long et en laissant l'eau soutenir partiellement son poids qu'il parvint à progresser vers son cheval. C'est alors qu'il remarqua que Tiger se tenait sur un lit de sable rouge et dur.

Pendant une longue minute, Dugdale caressa le cheval, lui parla doucement, s'efforçant d'apaiser sa peur quasi humaine, proche de l'hystérie. Autour d'eux, l'eau, toujours en mouvements lents, montait imperceptiblement, sa surface brunâtre portant d'innombrables insectes à demi noyés. Sans réfléchir, Dugdale débarrassa Tiger de plusieurs fourmis inoffensives et d'une redoutable fourmi bouledogue, et enleva aussi plusieurs insectes qui s'agrippaient à son propre corps. Progressant avec précaution, un pied après l'autre, il chercha un passage sûr vers la terre ferme, située à une distance qu'il estima entre soixante-dix et quatre-vingts mètres.

C'est ainsi qu'il parvint, par chance, à trouver un chemin. Son cheval, réticent à quitter l'endroit sûr où il s'était réfugié, avançait pourtant, visiblement inquiet face aux conditions qui les entouraient. Lorsqu'ils franchirent enfin la rivière Paroo, le lit derrière eux n'était plus à sec.

Dugdale commença par retirer son manteau, puis il ôta la selle de Tiger. Utilisant le tapis de selle, il nettoya son cheval avec soin. Une fois propre et sellé à nouveau, celui-ci ne paraissait guère marqué par l'épreuve qu'il venait de traverser. L'autre point crucial concernait l'état de la lettre de Sinclair. Détrempée par l'immersion, Dugdale dut l'étendre sur une ondulation de sable, face au soleil, pour la faire sécher. Le portefeuille de Sinclair avait mieux résisté ; un examen rapide montra que l'eau n'avait pas pénétré jusqu'aux pochettes intérieures. Il ne restait plus qu'à attendre que la lettre sèche.

L'épreuve de la traversée avait, d'une certaine manière, apaisé l'esprit de Dugdale suffisamment pour lui permettre de réfléchir de manière cohérente aux événements passés et à ce que l'avenir pourrait lui réserver. Tandis qu'il avançait tranquillement à cheval en direction du lac Thurlow, certain d'être désormais hors de portée d'une poursuite immédiate par le sergent Knowles, il se résigna à affronter, tôt ou tard, les représailles du policier.

D'un point de vue officiel, Knowles avait eu raison d'exiger la restitution des biens de Sinclair, puisque le portefeuille appartenait autrefois à Sinclair et relevait désormais, à titre temporaire, de la propriété de l'État. Le refus de Dugdale de révéler le nom de la personne à qui il devait remettre le portefeuille ne pouvait qu'accréditer, aux yeux du sergent, l'idée que cet acte visait à avantager Dugdale ou l'un de ses proches de manière illégale. En effet, Sinclair étant décédé, il ne restait personne pour corroborer les affirmations de Dugdale.

Un vent du sud soufflait, glacial, à travers ses vêtements mouillés. Il incita Tiger à adopter un petit galop confortable. Arrivé à la clôture délimitant la propriété, il attacha le fil de fer supérieur au fil inférieur avec sa ceinture et fit passer son cheval sans difficulté – une méthode à laquelle Tiger était tout à fait habitué. Puis, avançant sans précipitation mais avec constance, cavalier et monture aperçurent enfin la ferme du lac Thurlow, vers trois heures de l'après-midi.

Une demi-heure plus tard, il était suffisamment proche pour distinguer plusieurs gardiens de troupeaux rassemblés près des enclos à chevaux. Parmi eux, il reconnut Fred Blair ainsi que son coéquipier de la charrette à bœufs, Henry McIntosh. Il ne lui fallut pas longtemps pour comprendre que ces deux hommes s'occupaient désormais du bétail à cheval : il était impératif de déplacer tous les moutons à l'est des Washaways avant que les eaux de la crue ne divisent le domaine en deux, et pour y parvenir, chaque homme disponible était nécessaire.

Ce que Dugdale ignorait, c'est que les trois hommes en discussion avec Blair et McIntosh attendaient au lac Thurlow depuis neuf heures ce matin-là dans le but précis de l'appréhender. Ces trois hommes étaient des membres de la police stationnés au lac Thurlow, mobilisés dans la vaste enquête liée à la disparition de Sinclair. Ils ne portaient pas d'uniformes ; ils auraient pu passer pour des *jackaroos* ou des ouvriers de ferme ordinaires mais bien habillés.

Deux d'entre eux avaient déjà eu le plaisir de croiser Blair dans l'exercice de leurs fonctions, ce qui expliquait que celui-ci les connaissait. Sachant également qu'ils rechigneraient à consacrer leur temps, indispensable à la recherche de Sinclair, à l'escorter jusqu'à la prison de Wilcannia, il ne se privait donc pas d'exprimer tout haut son avis sur les policiers en général, et sur ces trois spécimens en particulier. Peut-être valait-il mieux, d'ailleurs, qu'il ignore que la traque de Sinclair était désormais terminée.

Dugdale s'approcha de l'enclos à bestiaux et descendit de cheval. Saluant les autres d'un simple signe de tête, il s'adressa à Blair :

— Est-ce que Mr Watts est chez lui, Fred ?

— Il vient juste d'arriver, répondit Blair, le rouge de la dispute encore visible sur son visage couleur brique et dans l'inclinaison de sa barbiche. Je pense qu'il est dans le bureau.

— Merci ! Je dois lui parler.

Mais alors qu'il se dirigeait vers la maison, les trois hommes en civil commencèrent à se placer autour de lui. Blair observa ce mouvement, dont la signification fit briller une lueur dans ses yeux.

— Mr Dugdale ? demanda un grand homme à l'ossature robuste, manifestement l'officier en chef.

Dugdale s'immobilisa. Lui non plus ne tarda pas à comprendre ce que signifiait la présence de ces trois hommes. Leur attitude dure, leur méfiance, et leur efficacité trahissaient leur véritable métier : ils étaient des policiers du bush. Lâchant les rênes de Tiger sur le sol, sachant que son cheval resterait immobile ainsi pendant des heures, il redressa les épaules et répondit calmement par l'affirmative.

— Dans ce cas, je vous arrête pour possession de biens volés, déclara le chef d'un ton glacial. Vous serez accusé d'avoir retiré du corps de William Sinclair, aujourd'hui décédé, un portefeuille en cuir et son contenu, et une autre accusation sera portée contre vous pour avoir agressé le sergent Knowles, lui causant des blessures graves. Pour éviter des complications, remettez-moi le portefeuille.

Dugdale resta droit, les mains sur les hanches, adoptant l'attitude vigilante d'un homme toujours prêt à se défendre. L'annonce de la mort de Sinclair figea Blair sur place : moins de vingt-quatre heures plus tôt, il avait vu l'homme émacié, lui avait parlé et lui avait fourni des provisions. L'affaire du portefeuille restait un mystère. Les faits étaient pourtant clairs : Sinclair était mort, Dugdale avait son portefeuille, et ce dernier s'était battu avec le sergent pour obtenir ou conserver l'objet. L'instinct naturel de Blair l'incitait à prendre le parti de Dugdale. Pourtant, il attendit.

Se demander pourquoi Frederick Blair aimait tant se battre reviendrait à s'interroger sur les instincts d'un chien qui poursuit et tue un chat. Peut-être cet amour pour la bagarre était-il héréditaire, car le grand-père de Blair avait été un *blackbirder*[17] notoire, presque officiellement qualifié de pirate. Blair était né trois siècles trop tard. Même à l'époque de Bully Hayes, célèbre aventurier-escroc du Pacifique, il aurait sans aucun doute acquis une renommée mondiale, car il n'était pas seulement un bagarreur-né, mais aussi un meneur d'hommes naturel. Soudain, Blair attrapa le bras de McIntosh et l'entraîna à l'écart.

— Quand je siffle, Hank, tu files direct à l'enclos à bestiaux et tu lâches tous les chevaux. Ensuite, tu reviens et tu gardes un œil sur Tiger jusqu'à ce que Mr Dugdale soit parti. Pigé ?

Henry, avec son habituel sourire vide, laissa entendre qu'il comprenait, et ce sourire resta figé alors que le poing de Dugdale s'écrasait sur le visage du chef de la police, tandis que Blair sifflait une seconde avant de foncer tête baissée entre les jambes d'un autre policier, le faisant basculer sur son dos tel un sac de pommes de terre.

Or, lorsqu'un homme de 65 kilos frappe d'un coup sec à la mâchoire inférieure un adversaire de 75 kilos, il est rare que le plus lourd s'effondre aussitôt. Le chef des policiers fut à peine sonné. Comme Blair, il aimait la bagarre et, un large sourire illuminant son visage, il se précipita avec une rapidité stupéfiante pour riposter. Mais son poing partit dans le vide. Soudain, la terre sembla s'ouvrir sous lui comme un volcan en éruption, le projetant dans les airs en une courbe parfaite, qui s'acheva lorsqu'il retomba lourdement sur la tête.

La nuque d'un homme plus fragile aurait sans doute été brisée. De fait, la torsion de son cou subie en plein vol fut bien plus terrible que le coup de poing initial de Dugdale. Lorsqu'enfin son corps toucha le sol dans un bruit sourd, ce fut pour sentir le poids considérable de Blair, qui, après avoir bondi, atterrit avec les deux pieds en plein dans le creux de ses reins.

Le troisième policier avait immobilisé Dugdale avec une prise de jujitsu, tandis que le second rassemblait ses forces pour se jeter dans la mêlée. Blair remarqua l'impuissance de Dugdale, observa le large dos de son agresseur, aperçut le troisième membre des forces adverses qui fonçait sur lui, et entendit le chef tousser en crachant du sable tout en cherchant désespérément son souffle.

Le petit homme éclata d'un rire tonitruant, empli d'une joie indescriptible. L'extrémité de sa barbiche se trouvait à hauteur de ses yeux, flamboyants de gloire. Ignorant délibérément le policier qui fonçait sur lui, il estima avec précision la distance qui le séparait du dos de l'expert en jujitsu, prit son élan, bondit avec une vitesse phénoménale et écrasa les jambes de l'adversaire sous ses pieds. En une fraction de seconde, il se redressa, avant même que Dugdale et son agresseur n'atteignent le sol. Toujours riant, il courut à la rencontre du deuxième policier qui s'approchait, s'avança comme pour accueillir un frère perdu de longue date, et lui asséna un coup d'une telle puissance entre les deux yeux que celui-ci s'effondra, comme mort.

Bien que terrassé et essoufflé, l'expert en jujitsu ne fit que remplacer une prise paralysante par une autre. Il excellait dans cet art, mais son erreur fut de concentrer ses efforts sur Dugdale au lieu de Fred Blair. Tandis que Dugdale était un boxeur pur et dur, susceptible d'être maîtrisé par les deux autres policiers, Blair, lui, était un combattant impétueux et imprévisible, un véritable tourbillon prêt à tout dévorer sur son passage. Il mettait à profit une agilité extraordinaire, une puissance de frappe redoutable, des dents solides et des bottes utilisées avec une dextérité déconcertante.

Après avoir mis un homme hors de combat et constaté que le chef mettrait encore deux secondes à se remettre de son « torticolis » forcé, Blair s'empressa d'achever la libération de Dugdale.

L'expert maintenait toujours sa victime au sol. À genoux, il tenait les bras de Dugdale dans une prise si puissante qu'elle semblait prête à lui briser les os. Blair bondit alors sur le dos de l'expert comme un enfant jouant au cheval sur les épaules de son père. Mais là s'arrêta toute ressemblance avec l'enfance. Il glissa une main sur le sommet du crâne du policier et, enroulant ses doigts dans les cheveux au-dessus de son front, commença à tirer en arrière. Il tira avec une telle force qu'il est surprenant qu'il n'ait ni arraché le cuir chevelu ni disloqué le cou de son adversaire. L'expert, désormais en position de victime, hurla de douleur.

À cet instant cependant le chef, tel un colosse, empoigna Blair comme un vulgaire insecte et le serra dans une étreinte suffocante. Blair put constater que Dugdale parvenait à se dégager de sous le corps de l'expert juste avant que ce dernier ne se remette de sa surprise. Il ne se découragea pas en constatant que sa tête se trouvait plus bas que le visage du chef, l'empêchant de lui infliger un coup avec l'arrière de son crâne. Blair décida de consacrer quelques secondes à marteler les tibias sensibles de son assaillant avec les talons de ses bottes.

Cela soulagea quelque peu la situation, mais ne lui rendit pas sa liberté pour autant. Entendant le bruit caractéristique d'un poing frappant la chair quelque part hors de son champ de vision, Blair éclata de rire à nouveau et, saisissant l'opportunité, planta avec une force dévastatrice un coude dur comme fer dans l'estomac de son assaillant.

Tournant légèrement la tête pour améliorer sa position en vue d'une nouvelle attaque, il vit que l'homme qu'il avait assommé plus tôt semblait très mal en point, comme pris d'un *mal de mer,* tandis que Dugdale et son partenaire s'affrontaient dans une démonstration d'art pugilistique sous les yeux intéressés de la famille Watts et de deux employés de la ferme. Ce que Blair ne vit pas, c'est qu'Henry McIntosh, incapable de résister à la tentation, lui qui avait grandi dans l'atmosphère rugueuse et tumultueuse des quais, avait confié Tiger à un ouvrier pour pouvoir rejoindre la mêlée. Le moment crucial arriva lorsque le chef, tenant toujours Blair dans une étreinte puissante, vit soudain une explosion d'étoiles filantes suivie d'une grande lumière, prélude à une obscurité totale. Le contact d'un talon de botte – retirée expressément du pied pour l'occasion – avec la tête nue d'un homme, a tendance à produire de tels effets.

Le chef s'effondra à genoux, et Blair, se retrouvant soudain libre, se retourna juste à temps pour voir son assaillant s'effondrer au sol, avec Henry au-dessus de lui, la botte levée pour un second coup.

— J'ai pas le temps maintenant, Hank, grogna Blair, mais dès que j'aurai un moment, je te ferai payer ça, bottes et tout, pour avoir essayé de foutre en l'air cette bagarre. Personne t'a demandé d'intervenir.

Pendant ce temps, Dugdale continuait de livrer un combat acharné, tandis que le policier, se remettant de son malaise, se levait en chancelant pour reprendre la bagarre. Il était mal en point, mais d'un courage indéniable.

— Prends ton temps, Giles, mon garçon, lança Blair d'un ton goguenard. Je n'ai pas oublié comment tu m'as fait repeindre la prison, mais je t'en veux pas. Vas-y doucement, prends ton temps !

Giles prit effectivement son temps. Il connaissait Fred Blair depuis deux ans et savait de quoi ce petit homme était capable. Après un instant d'hésitation, où il balaya d'un revers de main les lumières imaginaires dansantes devant ses yeux, il appela Mr Watts à intervenir au nom du roi.

— Mieux vaut décamper, Mr Watts, conseilla Blair.

Attendant son moment, le petit teigneux vit Dugdale s'effondrer sous un direct du gauche qui força son admiration pour celui qui l'avait porté. Il aperçut aussi un éclat de lumière sur des menottes et ne perdit plus une seconde. Le policier fut pris en train de se baisser, complètement au dépourvu. Le coup de botte de Blair le projeta violemment au sol, face contre terre, à un ou deux mètres de Dugdale, haletant et prostré.

— Filez, Dug, je m'occupe d'eux ! rugit Blair. Hank, amène le cheval de Mr Dugdale !

Le policier à terre tentait de se relever, mais un coup sec, frappé en plein sur son oreille, le renvoya aussitôt au sol. Le deuxième homme fut déséquilibré et projeté avec une rapidité étonnante dans les bras de Mr Watts, inquiet et incertain. Les deux employés de la ferme applaudirent. Puis Dugdale fut hissé sur Tiger, les rênes placées entre ses mains. Étourdi, malade, presque inconscient, il conserva néanmoins assez de lucidité pour lancer le cheval gris au galop sur la piste menant aux Washaways.

Le chef revint alors à la charge. Les trois policiers, enragés, brûlant d'envie de se battre, étaient furieux de voir leurs chevaux libérés des enclos, tandis que leur prisonnier s'éloignait à toute vitesse sur le seul cheval encore disponible à la ferme.

Ils s'acharnèrent sur le petit conducteur de bœufs, le frappant jusqu'à ce que le sang coule à flots de toutes parts. Finalement, la supériorité de leur nombre et de leur poids eut raison de Blair, qui fut jeté à terre. Une fois immobilisé, il fut menotté sans ménagement. Un œil était fermé, l'autre à peine ouvert. Pourtant, un large sourire éclaira son visage tuméfié.

— Pour ça, messieurs, je repeindrai trois fois de suite votre maudite prison, s'exclama-t-il. Quelle belle journée, n'est-ce pas ?

CHAPITRE TRENTE-SIX

Flash Harry rebat les cartes

Du lac Thurlow aux Washaways, il y avait 42 kilomètres. À dix kilomètres à l'ouest des Washaways se trouvait One Tree Tank, avec une cabane où vivait un cavalier nommé Flash Harry. C'était auprès de Flash Harry que Dugdale espérait obtenir une nouvelle monture.

Or, tandis que le cavalier de Tiger se sentait encore un peu sonné – la mâchoire endolorie et portant la marque, qui prenait rapidement des teintes vives, du poing du policier – Dugdale n'avait aucune excuse pour avoir oublié la ligne téléphonique. N'étant pas un criminel chevronné, couper ou endommager l'unique ligne reliant le lac Thurlow à Barrakee ne lui était même pas venu à l'esprit. De plus, comme il l'admettra lui-même, même s'il y avait pensé, il se serait senti en sécurité, jugeant peu probable qu'une nouvelle patrouille lui barre la route. Mais en réalité, la région fourmillait de policiers, tous mobilisés – ou l'ayant été jusqu'alors – pour cerner Sinclair avant qu'il ne rencontre Knowles et ne trouve la mort.

Henry Lockyer avait environ trente ans ; grand, sec et brun, il avait un soupçon de sang chinois dans les traits. Il portait des bottes d'équitation marron à élastiques sur les côtés, toujours impeccablement cirées, un pantalon en moleskine blanche, d'une blancheur éclatante, une chemise en soie noire, un foulard bleu ciel, et un chapeau de feutre à larges bords qu'il n'enlevait que pour dormir.

Flash Harry déjeunait tard – il avait passé la journée dehors – et un gendarme, veste déboutonnée pour plus de confort, était assis à côté de lui, une tasse de thé et un morceau de gâteau devant lui, sa casquette à visière posée sur la table.

— Ce qui me dépasse, c'est tout ce ramdam pour un type qui cogne un indigène, disait Flash Harry. Quand j'étais en Australie-Occidentale il y a quelques années, moi et un gars qu'on appelait Purple Joe, on en a descendu dix-sept avant même le petit-déjeuner.

— Mais la Nouvelle-Galles du Sud n'est pas l'Australie-Occidentale, fit remarquer le gendarme avec un sourire. Et Roi Henry n'était pas exactement un sauvage.

— Oh, ben, j'imagine qu'un gars …

Flash Harry interrompit la supposition qu'il s'apprêtait à formuler. La sonnerie du téléphone retentit quatre fois, la sonnerie qui lui était réservée ; toutes les cabanes étaient reliées à une seule ligne et chacune avait son signal distinct. Avec nonchalance, il se leva, ses éperons cliquetant, et s'approcha de l'appareil. Un instant plus tard, se tournant vers le gendarme, il déclara :

— Un de vos gars du lac Thurlow veut vous parler.

Pendant plusieurs minutes, le gendarme fut absorbé par sa conversation téléphonique. Flash Harry perçut des mentions de Dugdale, Blair et McIntosh, ce qui piqua son intérêt. Lorsque l'autre reprit sa place, il demanda :

— Que s'est-il passé cette fois ?

— Il semble qu'il y ait eu une bagarre au lac Thurlow, répondit le gendarme. Certains de nos gars avaient reçu l'ordre d'arrêter Dugdale, l'ancien sous-régisseur, mais Blair et McIntosh s'en sont mêlés, et Dugdale a réussi à filer. Il se dirige par ici, et je dois l'arrêter.

— Pourquoi ? Qu'est-ce qu'il a fait ?

— Je sais pas grand-chose. Apparemment, Dugdale a un portefeuille appartenant à Clair. Clair et le sergent Knowles se sont rencontrés au-delà de la Paroo, et Clair est mort – abattu.

— Hum ! fit Flash Harry en observant pensivement le jeune gendarme. Puis : Eh bien, vous n'aurez pas trop de mal à attraper Dugdale. Il ne peut plus traverser les Washaways : elles débordent complètement.

— Peut-être, mais les ordres sont les ordres, et Dugdale doit être appréhendé. Je vais simplement rester là et l'arrêter quand il arrivera.

— Hum ! De nouveau, Flash Harry jeta un regard songeur à son visiteur. Un silence s'installa entre eux : le gendarme se réjouissait d'avance d'une arrestation facile, là où trois de ses collègues avaient échoué ; Flash Harry, de son côté, réfléchissait aux moyens de déjouer le gendarme et d'avertir l'homme qui l'avait toujours traité avec courtoisie et gentillesse. Et l'attitude de Dugdale à son égard avait été d'autant plus appréciée que Flash Harry était très conscient — et gêné — de ses origines métissées.

La conversation de l'heure suivante fut décousue. Au bout de la deuxième heure d'attente, le gendarme était en tunique et coiffé de son chapeau, son cheval sellé et prêt pour toute urgence, dissimulé derrière le hangar à fourrage. De là où ils étaient assis, ils pouvaient voir la piste droite et dégagée sur près de cinq kilomètres. Le crépuscule tombait lorsqu'ils aperçurent le hongre gris clair qui avançait à pas lents et fatigués.

— Il sera là dans dix minutes, estima le gendarme.

— Oui, dans dix minutes, acquiesça Flash Harry. Je vais faire chauffer de l'eau. Il voudra sûrement boire un thé.

Le gendarme ne quittait pas des yeux le cavalier qui approchait. Il entendit Harry remplir la bouilloire avec un seau en fer-blanc, puis ajouter du bois sur les braises rougeoyantes du feu. La lumière vacillante du foyer dansait sur les murs intérieurs de la cabane. Personne ne vit Flash Harry sortir un objet dur et menaçant d'une petite malle en fer.

Ils s'assirent donc, chacun d'un côté de la table, et attendirent. Les minutes s'écoulaient lentement, jusqu'à ce qu'ils perçoivent enfin les sabots du hongre gris marteler doucement le sol. Tandis qu'ils voyaient clairement Dugdale mettre pied à terre, lui ne distinguait pas nettement les silhouettes à l'intérieur de la cabane. Il marcha vers eux d'un pas raide. Le gendarme se leva en silence, menottes en main, s'attendant à une victoire facile. C'est alors que retentit la voix traînante de Flash Harry :

— Vous feriez mieux de vous asseoir, mon vieux, sinon vous risquez de vous écrouler.

Le policier tourna la tête vers l'auteur de ces paroles et, stupéfait, se retrouva nez à nez face au canon d'un revolver. Dugdale entra dans la cabane. Flash Harry parla de nouveau, mentionnant que le thé serait bientôt prêt.

— Oh !

Sur le seuil, Dugdale s'arrêta, scrutant la scène les yeux plissés, son corps se tendant instinctivement. Le gendarme, hypnotisé par le canon menaçant qui ne bougeait pas d'un millimètre, discernait dans les yeux de Flash Harry une lueur de détermination implacable. Le nouveau venu se dirigea vers le foyer, derrière Flash Harry.

— C'est quoi, votre plan, Harry ? demanda-t-il.

— Oh, un type a appelé du lac Thurlow pour donner des ordres : vous deviez être arrêté, répondit Flash Harry d'un ton posé. Mais ici, c'est ma cabane, et aucune arrestation n'y sera faite. Comme je suis roi dans ces quatre murs, les choses se passent comme je l'entends. Où comptez-vous aller ?

— À la rivière, répondit Dugdale en préparant le thé dans la bouilloire maintenant fumante. Enfin, après avoir bu une tasse de thé et avalé quelque chose. Je suis crevé.

— Très bien ! Mangez un morceau. Le gendarme et moi, on va se jeter des regards aimables.

— Dans ce cas, vous feriez bien de faire attention, avertit le gendarme en uniforme. En tant que représentant de la loi, il était furieux, mais en tant que sportif, il restait optimiste.

Quand mon heure viendra, et elle viendra, il se passera des choses.

Il se passera des choses, quoi qu'il arrive.

— Ça ne m'étonnerait pas, répliqua calmement Flash Harry. D'une manière ou d'une autre, il se passe toujours quelque chose avec moi. J'ai repeint plus de prisons que je n'ai de doigts et d'orteils. En fait, Blair et moi, on est des artisans.

— Vos chevaux sont dans l'enclos de nuit ? demanda Dugdale.

— Ouais, Mister Dugdale. Vous devriez les ramener si vous voulez une nouvelle monture. Prenez le Diable : il est vif, mais c'est un excellent nageur, et vous aurez beaucoup de nage à faire si vous voulez atteindre le « Goulet ».

— Pourquoi ? La crue a déjà envahi les Washaways ?

— Si l'eau monte encore de trente centimètres, toutes ces criques ne feront plus qu'un seul fleuve. Moi et le gendarme, on va parier une livre chacun que vous et le Diable vous allez vous noyer : moi, je parie que vous allez y passer, et lui parie que non.

— Je ne parierais pas qu'il ne se noiera pas, coupa le gendarme avec véhémence. Ce matin, j'étais aux Washaways, et il est impossible de les traverser sans avoir des ailes. Vous n'avez pas la moindre chance, Dugdale, alors autant dire à cet idiot de baisser son foutu revolver et venir gentiment avec moi. Vous ne faites qu'aggraver votre cas en continuant comme ça.

Dugdale poussa un soupir. Il était transi, raide, et épuisé. Bien que toujours décidé à honorer la requête de Sinclair, il regrettait profondément de s'en être chargé. Il semblait absurde qu'un tel remue-ménage soit provoqué par sa possession d'un portefeuille que Sinclair mourant lui avait explicitement confié ; mais, ayant accepté cette mission, il n'allait pas se laisser intimider par les difficultés ou par les conséquences de sa défiance envers la police.

Pendant que Dugdale mangeait et buvait, Flash Harry et le gendarme restèrent figés dans un tableau qui aurait pu s'intituler « Impasse » : pas une seule fois leurs regards ne vacillèrent, pas une seule fois le revolver ne trembla. La tension était telle qu'elle aurait mis à l'épreuve les nerfs les plus solides.

— Je vais y aller, Harry, dit enfin Dugdale. Merci pour votre aide, que vous pourriez prolonger le temps que j'attrape et selle le Diable.

— Eh bien, soyez pas trop long, répondit la voix traînante. Je fume une cigarette toutes les demi-heures, et je suis sûr que notre ami meurt d'envie d'en griller une aussi. Cette petite scène s'achève dès que vous êtes en selle, parce qu'il faut bien laisser une chance au gendarme. Maintenant, pour ce qui est de ce pari, c'est du cinquante-cinquante ...

Dugdale esquissa un sourire en entendant cette moitié de phrase, alors qu'il se dirigeait vers la barrière de l'enclos de nuit. Mais il ne perdit pas de temps. Sachant que l'enclos s'étendait sur environ 120 hectares, il se mit à le traverser rapidement, cherchant à contourner les montures pour les diriger vers l'aire de capture. Cependant, la chance lui sourit pour une fois : les deux chevaux en liberté n'étaient qu'à une cinquantaine de mètres de la cabane, attirés par le cheval étranger monté par le gendarme.

Le Diable était un gigantesque hongre noir, au caractère imprévisible mais d'un courage incontestable. Il faisait presque nuit quand Dugdale l'eut sellé et le mena vers la porte de la cabane, laissant Tiger libre de chercher de l'herbe.

Flash Harry tint parole. Dès que Dugdale fut en selle, son arme s'abaissa et le gendarme se précipita dehors, fonçant vers son cheval. Sur la piste, l'étalon noir étira son encolure lustrée et s'élança dans un galop puissant.

On peut affirmer sans exagération que la plupart des hommes du bush sont médiocres lorsqu'il fait nuit noire. Cependant, certains savent retrouver leur chemin et galoper droit vers leur maison alors qu'ils se trouvent encore dans les champs après le coucher du soleil. Et il existe, çà et là, des hommes pour qui l'obscurité la plus profonde ne constitue pas un obstacle plus grand que la lumière éclatante du jour. Dugdale était de ceux-là, et sa vision nocturne exceptionnelle était renforcée par une connaissance parfaite de chaque recoin du domaine de Barrakee.

Sachant que les Washaways étaient en crue, il comprit que le meilleur endroit pour tenter une traversée se situait à environ un kilomètre et demi en aval de la piste principale, là où les nombreux ruisseaux entrelacés se réduisaient à trois bras distincts. Le niveau de l'eau ayant atteint celui des berges, il n'était pas envisageable de les franchir à gué, et même si la largeur des cours d'eau ne dépassait pas soixante mètres, le véritable danger résidait dans le fait que même un bon cheval serait incapable de grimper sur des berges escarpées.

Il entendait le cheval du gendarme marteler le sol derrière lui et constata qu'il pouvait maintenir la distance entre eux sans pour autant lâcher la bride au Diable. Cela jouait en sa faveur : plus son cheval conserverait sa fraîcheur et sa vigueur lorsqu'ils atteindraient les ruisseaux, meilleures seraient leurs chances de les traverser en sécurité.

Après huit kilomètres sur la piste, ils arrivèrent à une clôture en fil de fer et une barrière. Dugdale ne jugea pas nécessaire de faire sauter son cheval, ni par-dessus la clôture ni par-dessus la barrière. Avec un sourire discret, il mit pied à terre et ouvrit grand les deux battants. Il était déjà remonté en selle lorsque le gendarme arriva à sa hauteur.

— Maintenant, Dugdale, arrêtez vos idioties et rendez-vous, ordonna le gendarme, dégainant son lourd revolver et donnant un coup de genou à son cheval en direction du Diable qui, sous la pression, s'écarta.

— Allez, soyez bon joueur, Smithy ! le supplia Dugdale. J'ai ouvert la barrière pour vous, et je veux la refermer, sinon les moutons des deux enclos vont se mélanger. Mr Thornton a déjà assez de travail sans avoir à trier près de neuf mille moutons. Que l'un de nous descende pour la refermer pendant que l'autre surveille. Une fois remontés en selle, on aura des chances égales.

— Bon sang ! pesta le gendarme. Trop bon joueur, il n'aurait jamais dû devenir policier. Ce fut lui qui mit pied à terre pour refermer la barrière, et Dugdale attendit qu'il soit confortablement remonté en selle avant d'enfonça ses talons dans les flancs du Diable, qui bondit comme l'éclair. Le gendarme, cependant, était déterminé. Il avait une mission à accomplir, et son revolver claqua trois fois en succession rapide. La première balle frôla la croupe du Diable ; la seconde arracha un morceau de pantalon de Dugdale et une bande de peau juste au-dessus de sa ceinture. Le propriétaire de la ferme d'Eucla eut l'impression d'avoir été frappé par une barre de fer, tandis que le Diable s'élança comme une furie.

Il poussa un cri strident, suivi d'un hurlement de douleur mêlé à une dignité outragée ; il faillit désarçonner Dugdale, nauséeux, en une série de ruades diaboliques qui ralentirent leur progression au point que le gendarme fut presque sur eux avant que Dugdale ne puisse reprendre le contrôle.

À ce moment-là, à moins d'un demi-kilomètre du premier ruisseau, Dugdale tira le Diable hors de la piste et s'engagea dans la terre noire et meuble des zones inondées. Seule l'obscurité empêcha le déterminé Smith de refaire usage de son arme, car à peine dix mètres séparaient les deux hommes pendant le kilomètre qui les menait au point de traversée choisi.

Priant pour que le Diable évite les eucalyptus, les trous dans le sol et les branches tombées, Dugdale vira brusquement à gauche pour se diriger vers le ruisseau qui grondait de manière menaçante entre ses rives bordées d'arbres. Il entendit le gendarme crier derrière lui, mais ne distingua pas les mots. La foi ne peut-elle pas déplacer des montagnes ? Avec une telle foi, le jeune homme poussa son puissant cheval dans un bond gigantesque, le projetant loin dans les eaux tumultueuses.

Dans un éclaboussement spectaculaire, le Diable s'enfonça dans l'eau. Les pieds dégagés des étriers mais s'accrochant à la selle de toutes ses forces, Dugdale s'enfonça lui aussi, sauf la tête. Le cheval, sous lui, le poussa vers la surface, si bien que seule la moitié inférieure de son corps restait immergée, tandis que le Diable, animé d'une énergie intrépide, nageait en direction de la rive opposée.

Les silhouettes floues des arbres longeant le ruisseau glissèrent à toute allure autour d'eux, emportés par la force du courant. Ils frôlèrent de peu un amas de branches submergées, traîtresses et hérissées de pointes acérées, prêtes à éventrer tout ce qui s'en approcherait. Un cri retentit, mêlant exaltation et défi, suivi d'un grand éclaboussement : le gendarme, intrépide et tenace, venait de précipiter son cheval dans le ruisseau à sa poursuite.

Un instant plus tard, il entendit le cheval du gendarme pousser un hurlement de douleur lorsque les cruelles branches submergées l'accrochèrent avec leurs pointes acérées – il entendit le gendarme crier une fois, une seule fois – puis lui et le Diable furent emportés par le courant, contournant un méandre pour rejoindre un bras mort temporairement calme.

CHAPITRE TRENTE-SEPT

Le devoir – et le bon sens

Le bras mort où Dugdale avait été emporté se trouvait du côté du ruisseau le plus proche de Barrakee. Les eaux tumultueuses du cours principal étaient invisibles pour l'homme et sa monture, mais inspiraient une terreur manifeste à cette dernière. Encerclé de toutes parts par les arbres, il était impossible de distinguer autre chose que les étoiles scintillantes. Cependant, Dugdale savait que la pointe de terre qui formait ce bras mort était une sorte de banc de sable, le seul endroit où un cheval pouvait trouver un appui stable.

Le Diable, effrayé par le grondement du torrent, longeait le bord sinueux du rivage. Les berges abruptes l'empêchaient totalement de sortir de l'eau. L'homme, lui, aurait pu s'en sortir, car l'eau atteignait presque le niveau du rebord de la rive, mais le cheval ressemblait à une souris piégée dans un seau d'eau. Même lorsque Dugdale parvint enfin à le guider vers la partie intérieure du banc de sable, le Diable dut mobiliser toute sa force colossale pour grimper sur la terre ferme.

Sur la berge, Dugdale mit pied à terre, son esprit accaparé par le sort probable du gendarme Smith. Il estimait très probable que le téméraire policier avait péri noyé. Connaissant l'amas de branches immergées qu'il avait lui-même frôlé de justesse, le messager de Sinclair se dit que c'était le seul endroit où il était possible de retrouver Smith ou son cheval. Si les branchages ne les avaient pas retenus, il serait inutile de les rechercher avant le lever du jour.

Dans l'obscurité, il risquait fort de passer devant ces débris sans les remarquer en remontant le courant. Lentement, avec une extrême prudence, il guida le Diable, toujours agité, le long d'une berge presque submergée par le torrent tourbillonnant et sifflant. Il avait parcouru quatre cents mètres lorsqu'il entendit Smith appeler à une dizaine de mètres à peine. Bien que la voix fût proche, Dugdale ne parvint pas à distinguer son propriétaire. En revanche, il vit l'eau fouetter d'écume les branches et les débris d'un arbre déraciné. Et là où l'eau blanchissait se trouvait Smith.

— Si vous n'êtes pas noyé, vous devriez l'être ! lui cria Dugdale.

— Ce qui était bon pour vous l'était aussi pour moi, répondit la voix. Je suppose que vous pourriez me donner un coup de main pour me tirer de là ?

— Quoi ? Pour que vous m'arrêtiez ? répliqua Dugdale.

— Évidemment ! répliqua Smith sans hésiter. Mais j'ai perdu mon arme et mon cheval, alors vous ne devriez pas avoir trop de mal à éviter l'arrestation, n'est-ce pas ?

— Je m'oppose catégoriquement à ce que vous tentiez de m'arrêter avant que je n'aie accompli une petite mission que j'ai promis d'exécuter. Vous ne pouvez pas vous frayer un chemin jusqu'à moi en longeant ces branches ?

— Non. Il y a un trou d'un mètre entre nous. Si je lâche prise, je serai emporté par le courant ... et je ne sais pas nager.

— Espèce d'idiot ! Vous voulez dire que vous avez lancé votre cheval dans le ruisseau alors que vous ne savez même pas nager ? Smithy ! Vous êtes courageux, mais complètement débile. Tenez bon un moment.

Dugdale attacha les rênes de son cheval à un tronc d'arbre. Après avoir retiré sa veste, il vérifia que le portefeuille de Sinclair et la lettre détrempée étaient bien en sécurité dans l'une de ses poches, puis les déposa au pied de l'arbre où le Diable était attaché. Il revint ensuite au bord du ruisseau, face à l'amas de branches immergées, et observa attentivement l'eau. L'arbre qui formait à présent cet enchevêtrement avait autrefois poussé sur la rive, avant qu'une tempête ne l'arrache. Ses racines étaient encore hors de l'eau, tandis que son tronc plongeait en biais dans le flot écumant. Dugdale enleva ses bottes.

— Qu'est-ce que vous faites, Dug ?

— Je viens vous chercher, Smithy, répondit-il au policier. Je suis fou de vous donner une chance de m'attraper, et vous êtes encore plus fou d'avoir fait ce plongeon.

Dugdale s'avança le long du tronc jusqu'à ce que l'arbre disparaisse sous l'eau, puis il se laissa glisser et chercha un point d'appui avec ses pieds—en vain. Le courant puissant souleva ses jambes et les projeta vers l'extérieur ; seule sa main, agrippée à l'arbre, l'empêchait d'être emporté. Il progressa lentement depuis la berge jusqu'à atteindre une branche située à une trentaine de centimètres au-dessus de la surface et s'étendant à l'horizontale.

À ce moment-là, une distance d'environ trois mètres séparait les deux hommes.

— Alors, vous vous amusez bien, Smithy ? demanda Dugdale d'un ton caustique.

— Super ! L'eau est juste un peu trop mouillée, répondit-il d'un ton calme mais grave.

— Ah, eh bien ! Soyons reconnaissants pour les petits bonheurs. Au moins, vous ne mourrez pas de soif. Vous êtes sûr de ne pas pouvoir vous rapprocher ?

— Certain.

À mi-chemin sur la branche, Dugdale en trouva une autre, son corps oscillant sous la surface. Cela l'aida à se stabiliser et à avancer encore d'un mètre. Soudain, une pointe de bois déchiquetée heurta violemment sa rotule, lui arrachant une grimace tandis que la douleur l'engourdissait. La température de l'eau était tout aussi paralysante. Les deux hommes commencèrent à penser qu'ils donneraient toutes les richesses du monde pour un bon feu.

Après de nombreuses manœuvres, Dugdale réduisit la distance entre eux à environ un mètre, atteignant un espace dépourvu de branches pour se soutenir.

— Vous pouvez enlever votre ceinture ? demanda Dugdale.

— Je ne sais pas. Je vais essayer.

— Eh bien, essayez, mais surtout ne lâchez pas cette branche. Dugdale distinguait la tête et les épaules sombres du policier se tordre et se débattre, monter et descendre, accompagnées d'une respiration haletante et du claquement de ses dents.

— Ça y est. Et maintenant ?

— Lancez-moi l'extrémité avec la boucle. Parfait ! Maintenant, votre seule chance est de bien tenir votre bout, et lorsque vous lâcherez la branche, le courant vous emportera en aval, vers moi, et vous poussera contre un tronc d'arbre qui dépasse de l'eau. Vous le voyez ?

— Oui, je le vois.

— Très bien. Alors, lâchez tout et accrochez-vous.

Le gendarme Smith lâcha prise. Incapable de nager, il affrontait cette épreuve avec un courage extraordinaire. Tous deux devaient faire preuve de sang-froid et d'un jugement calculé, car un seul choc contre l'un de ces horribles branchages invisibles, ou une défaillance de force au moment critique signifierait une mort certaine, au moins pour Smith. Le poids du corps du policier sur la ceinture était terrifiant, et si la tension avait duré plus longtemps, Dugdale n'aurait pas pu maintenir sa prise d'une seule main. Comme il l'avait prévu, Smith fut emporté par le courant et projeté contre la branche qui s'élevait hors de l'eau, à laquelle il s'agrippa désespérément. Leurs mains, bleues et engourdies par le froid, leurs corps transis, atteignaient cet état où la douleur ne se ressent plus.

Pour Smith, les cinq minutes suivantes furent un cauchemar sans fin, un tourbillon de bruit et de démons aquatiques cherchant à l'engloutir. Les branches lacéraient ses mains, et des bouts de bois pointus le piquaient à mille endroits sur le corps et le visage. Par-dessus le vacarme, il entendait les ordres de Dugdale et se forçait à les exécuter avec une promptitude mécanique. Le bruit, les branches menaçantes, les formes indistinctes devenaient autant d'ennemis s'acharnant sur son corps, qui semblait s'être détaché de son cerveau épuisé. Ainsi, les derniers mètres furent accomplis dans un état semi-conscient, et la lutte finale pour atteindre la rive lui sembla irréelle.

— Alors, la paix ou la guerre ? demanda Dugdale.

— La paix, au moins pour cinq minutes, parvint-il à souffler. Bon sang ... je suis gelé.

— Peut-être, mais vous êtes en vie, et c'est déjà quelque chose, fit remarquer Dugdale. Heureusement, j'ai une boîte étanche d'allumettes de cire, donc nous allons allumer un feu. Il y a un quart en fer sur ma selle ; on pourra boire de l'eau chaude, ce qui, mon cher Smithy, est un grand luxe comparé à l'eau froide.

Cinq minutes plus tard, deux hommes à moitié nus se tenaient près d'une colonne de feu rugissante, se relayant pour boire à petites gorgées dans le quart. La chaleur leur cuisait la peau, tandis que des nuages de vapeur s'élevaient de leurs vêtements. Finalement, une fois le tabac et les papiers de Smith séchés, ils allumèrent des cigarettes et parlèrent d'avenir.

— Dites-moi, pendant cette trêve, quelle était votre idée en prenant le portefeuille de Clair ? demanda le policier, rompant un long silence. Le devoir et tout le reste mis à part, Dugdale, vous vous mettez dans un sacré pétrin avec cette histoire.

Dugdale raconta la venue de Sinclair dans sa cabane et les événements qui avaient précédé et suivi sa mort.

— Vous voyez, expliqua-t-il, Clair m'a expressément demandé de prendre et de remettre son portefeuille à une certaine personne. En fait, il a obtenu ma promesse de le faire. Et, comme j'ai promis de le livrer, je dois tenir parole. Maintenant, je suis effrayé par la crue et par votre attitude, à vous et à Knowles, à mon égard, et franchement désolé d'avoir fait cette promesse. Mais tout ça est désormais hors de mon contrôle.

— Mais Clair, ou Sinclair, a-t-il dit pourquoi vous deviez donner son portefeuille à cette personne inconnue ? insista Smith.

— Non, il n'a rien dit à ce sujet. Cela mis à part, je considère qu'il avait parfaitement le droit de disposer de son portefeuille comme bon lui semblait, et je n'avais aucune justification pour refuser de le prendre et de suivre ses instructions.

— Hum ! D'un côté, vous avez raison. Mais légalement, vous avez tort, car Sinclair était un homme recherché pour meurtre. Il a été tué en tentant d'échapper à la justice, et, comme l'a dit le sergent

Knowles, ses biens appartiennent à l'État jusqu'à ce que ses ayants droit soient établis. Quoi qu'il en soit, c'est une question délicate, trop complexe pour moi. Je ne suis qu'un représentant de l'ordre. Mon devoir est d'obéir aux ordres, et ceux-ci sont de vous arrêter et de vous conduire à Wilcannia.

— Et vous comptez, je suppose, exécuter ces ordres ? demanda Dugdale avec un sourire tranquille.

— Absolument.

— Je dirais que vous allez avoir un peu de mal, surtout si vous ne savez pas nager.

— Je vais vous retenir ici jusqu'à ce qu'ils arrivent avec un bateau ou quelque chose de ce genre.

— Et où pensez-vous qu'ils vont trouver un bateau ?

— Oh, je n'en sais rien. Ce n'est pas mon problème.

— Bien sûr ... s'ils savent où nous sommes. Mais d'ici à ce qu'ils nous trouvent, nous aurons passablement faim.

— Ça, évidemment, on n'y peut rien.

— En fait, nous aurons tellement faim que nous n'aurons plus jamais besoin de nourriture – sauf, bien sûr, si nous sommes nourris dans l'autre monde.

Les deux hommes se regardèrent intensément. Soudain, Smith esquissa un sourire et éclata de rire. Dugdale rit à son tour, et avec lui. Le gendarme avait l'air si absurde en sous-vêtements, et lui-même se sentait certainement tout aussi ridicule. Le Diable gratta le sol avec impatience, attirant leur attention.

— Je vais remettre mes vêtements, puisque les faire sécher est inutile, expliqua Dugdale avec un calme résolu. Vous voyez, je dois encore faire traverser deux autres ruisseaux au Diable avant de pouvoir sortir des Washaways et vous envoyer de l'aide.

— Et mes ordres, alors ?

— Vous n'avez pas reçu l'ordre de me laisser mourir de faim ... ni de vous laisser mourir non plus, répliqua Dugdale tout en s'habillant. Quand je vous ai repêché, vous étiez inconscient. Et quand vous avez repris connaissance, vous vous êtes retrouvé bien au chaud, devant un bon feu, avec un quart en fer d'eau chaude à vos côtés ... mais sans la moindre trace, absolument aucune, de Frank Dugdale. J'ai raison, non ?

Le gendarme Smith, de la police montée de Nouvelle-Galles du Sud, ferma un œil.

— Maintenant que vous le dites, Dugdale, je crois que c'est à peu près ça, admit-il avant d'ajouter, soudain grave : Mais vous n'allez quand même pas tenter de franchir ces deux ruisseaux ?

— Bien sûr que si. Il n'y a pas d'autre moyen d'atteindre la Darling, et l'eau ne baissera pas avant un mois.

— Eh bien, même à l'école, vous étiez un imbécile, rappela Smith à son prisonnier.

— Mieux vaut être un imbécile vivant qu'un cadavre affamé. Cependant, je préférerais attendre le jour pour partir. Que diriez-vous de promettre de ne pas me confisquer le portefeuille, histoire que nous puissions nous réchauffer un peu et profiter d'un bon sommeil ?

— Mon cher, il n'y a pas de portefeuille ! répondit Smith joyeusement. En tant que personne, vous n'existez pas. Je ne vous connais pas, je ne vous vois pas. Vous avez disparu, et je reprends mes esprits, seul, entre ces ruisseaux. Campons ici. Faisons chauffer encore un peu d'eau et parlons du dernier dîner que nous avons pris en ville.

— Oui, faisons ça, approuva Dugdale.

CHAPITRE TRENTE-HUIT

Bony prend les commandes

Napoléon Bonaparte, inspecteur de police brillant mais peu connu des régions reculées de l'Australie, marchait le long de la rivière. Sa progression aurait été plus directe si le volume d'eau du vaste cours d'eau avait été normal. Désormais, le lit de la rivière n'était identifiable qu'aux alignements d'eucalyptus qui en bordaient les rives, car elle débordait largement, s'étendant parfois sur plusieurs kilomètres dans les plaines environnantes. L'eau s'écoulait dans les méandres des ruisseaux, coupait les pistes habituelles et interrompait les communications directes avec les villes de Bourke et Wilcannia.

Suivre la rivière impliquait donc de vastes détours pour contourner les *billabongs,* ravines et ruisseaux. Là où marchait Bony, à environ six kilomètres à l'ouest du véritable cours de la Darling, traverser la rivière en crue aurait nécessité de nager sur une distance de douze à quatorze kilomètres.

Le volume d'eau était tel que la ferme de Barrakee, perchée sur un terrain élevé, était entourée d'eau, à l'exception d'une rampe ou d'un chemin suffisamment large pour qu'une voiture puisse y circuler, qui reliait ce qui était devenu une île au sol sec. C'était la deuxième grande inondation qu'avait connue la Division Occidentale de Nouvelle-Galles du Sud, et à son apogée, des myriades d'oiseaux sauvages – poules d'eau, canards, oies et diverses espèces de grues – y avaient trouvé refuge.

C'étaient les oiseaux, plus encore que le volume impressionnant de l'eau, qui fascinaient l'inspecteur, mais même cette fascination s'effaça devant les événements de ce matin de la mi-août. Depuis la disparition de Ralph Thornton à Barrakee et de Nellie Wanting à la ferme de Three Corners, la rivière, en aval de Barrakee, était sous surveillance à plusieurs endroits.

Un détail particulier de ces disparitions devint intelligible pour Bony lorsqu'il apprit que la jeune femme avait quitté son emploi trois jours avant le départ du jeune homme.Tout semblait indiquer que Ralph avait dissimulé un bateau à un kilomètre et demi en aval de Barrakee et qu'il avait descendu la rivière jusqu'à la ferme de Three Corners pour y retrouver la jeune femme. Compte tenu des larges détours imposés par les méandres de la rivière, il lui aurait fallu trois jours entiers pour atteindre Three Corners, exactement le même temps qu'il aurait fallu pour parcourir cette distance à pied en suivant la piste reliant un méandre à l'autre.

Ces distances et ces temps, Bony les avait rapidement appris de deux vieux retraités campés au bord de la rivière, qui, à cause de la crue, s'étaient réfugiés dans la bergerie de Barrakee. Il semblait donc que la jeune femme ait remonté la rivière à pied pour rejoindre Ralph et son bateau. Et comme il était peu probable qu'elle fasse tout ce chemin uniquement pour redescendre ensuite en bateau, il devenait évident que le couple avait poursuivi sa route en amont, au-delà de Barrakee.

Depuis deux jours, le métis cherchait des indices sur la trace du couple disparu. Le premier jour, ses efforts furent infructueux, mais l'après-midi du second jour, il aperçut dériver dans un petit ruisseau une coquille vide d'œuf de cane. En la récupérant, il constata qu'elle avait été récemment cuite. Tandis qu'il examinait la coquille, un coup de fusil résonna faiblement à travers les eucalyptus. Trente minutes plus tard, Bony découvrit une hutte indigène faite de branchages et de feuillages verts, à mi-hauteur d'une dune au pied de laquelle clapotaient les eaux de la crue. Il ne lui fallut que six secondes pour constater que les occupants étaient absents et trois de plus pour lire leurs traces. La preuve irréfutable se trouvait sur le sol : la délicate Nellie Wanting et le svelte Ralph aux petits pieds étaient bien les habitants de cette hutte.

Un second coup de fusil indiqua qu'ils étaient partis chasser le canard pour se nourrir. En repartant, Bony effaça soigneusement ses propres traces en les recouvrant de sable, sachant pertinemment que, sinon, la jeune femme les remarquerait, prendrait peur et fuirait pour échapper à une éventuelle découverte ou poursuite. Or, Bony souhaitait qu'ils restent là où il pourrait les retrouver encore au moins quarante-huit heures.

À l'entrée du chemin vers la maison, un des hommes lui annonça qu'on le demandait d'urgence au bureau. Là, Mortimore l'informa que la police de Wilcannia avait tenté de le joindre ce matin-là ainsi que la veille. Il contacta donc le sergent Knowles.

— Ah ! J'avais grand besoin de vous, Bony, dit rapidement le sergent. J'ai retrouvé Clair sur le terrain de Dugdale, mais, comme un bleu, je me suis laissé surprendre. Quoi qu'il en soit, je l'ai touché et l'ai retrouvé ensuite dans la cabane de Dugdale juste avant qu'il ne meure. Il a laissé une confession.

— Ah ! Lisez-la.

Le sergent obéit, ajoutant :

— Vous noterez que Clair se nomme lui-même Sinclair.

— Exactement. C'est son nom.

— Vous le saviez ?

— Je le sais depuis un certain temps. Autre chose ?

— Oui. J'ai trouvé Dugdale, plus tard, avec le portefeuille de Clair-Sinclair dans les mains. Quand je le lui ai réclamé au nom de l'État, il a refusé de me le remettre, affirmant que Sinclair lui avait fait promettre de le livrer à une certaine personne dont il refusait de me révéler le nom. Nous nous sommes battus, et pour la deuxième fois, j'ai été vaincu. Je vieillis, Bony, et si je ne suis pas renvoyé du service, je prendrai ma retraite.

— Continuez ! Que s'est-il passé ensuite ? demanda Bony.

— Dugdale a quitté la cabane à l'aube hier matin. En suivant ses traces, j'ai vu qu'il se dirigeait vers le lac Thurlow. Comme j'étais mal en point, je suis allé à une cabane sur Yamdan Run pour téléphoner à nos hommes au lac Thurlow pour qu'ils interceptent Dugdale et confisquent ce portefeuille. Je suis certain, Bony, que ce portefeuille contient quelque chose de très important pour cette affaire. Quoi qu'il en soit, Blair et son comparse se trouvaient justement au lac Thurlow et, avec Dugdale –surtout grâce à Blair–, ils ont pris le dessus sur trois de nos hommes. Dugdale s'est échappé, et le gendarme là-bas a téléphoné à Smith, qui est en poste à la cabane One Tree Hut, à dix kilomètres à l'ouest des Washaways. Ce matin, le patrouilleur des clôtures a déclaré que Smith n'avait pas arrêté Dugdale, qui était arrivé au coucher du soleil. D'une manière ou d'une autre, Dugdale a découvert la présence de Smith et s'est enfui vers les Washaways, poursuivi par Smith.

Ce matin, le patrouilleur a suivi leurs traces jusqu'au premier ruisseau des Washaways, où il a vu que les deux hommes avaient traversé le ruisseau à cheval, malgré le courant en crue. Sur l'autre rive, sur une sorte d'îlot, Smith s'était retrouvé bloqué, sans monture et incapable de traverser, car il ne sait pas nager. Le ruisseau étant trop large pour que le patrouilleur fasse quoi que ce soit, il est retourné à sa cabane chercher une corde métallique de puits afin de tendre ensuite une corde en chanvre plus légère et atteindre Smith.

Mais, avant qu'il revienne, Dugdale lui-même a appelé le lac Thurlow depuis la cabane Cattle Tank, située à seize kilomètres en amont des Washaways, après avoir, bien sûr, fait nager son cheval à travers les autres ruisseaux. Il a signalé la situation de Smith et a insisté pour qu'on le secoure immédiatement. Ça semble évident, Bony : Dugdale apporte le portefeuille de Sinclair à quelqu'un qui habite le long de la rivière – peut-être à Barrakee. Et comme tous nos hommes sont à l'ouest des Washaways et qu'il m'est impossible de rejoindre Barrakee à temps, vous devrez l'arrêter lorsqu'il arrivera à Barrakee et récupérer ce portefeuille.

Bony resta silencieux un moment, puis déclara :

— Je ne pense pas qu'il soit nécessaire d'arrêter Dugdale pour l'instant. Vous voyez, sergent Knowles, il m'apporte ce portefeuille. Je m'attendais à ce que Sinclair l'envoie si quelque chose lui arrivait.

— Oh ! Eh bien, de toute façon, Dugdale devra être arrêté pour m'avoir agressé, moi, un sergent de police, et pour avoir résisté à son arrestation au lac Thurlow. Blair et McIntosh sont déjà sous les verrous.

— Permettez-moi de vous rappeler une chose, sergent, coupa Bony d'un ton courtois, mais je suis l'officier en charge de cette affaire. Les circonstances récentes sont particulières, je le sais, mais je ne recommande pas, et probablement ne recommanderai pas, l'arrestation de Dugdale. Et, pour une ou deux raisons que je vous expliquerai plus tard, je pense qu'il est opportun de libérer Blair et son acolyte pour le moment.

— Très bien, rétorqua le sergent sèchement.

— Maintenant, ne vous fâchez pas, je vous en prie, exhorta Bony. La colère obscurcit le jugement. L'Empereur le savait bien, c'est pourquoi il cédait rarement à cette émotion pourtant si agréable. Je peux vous assurer qu'en ce qui concerne la loi, l'affaire se clôt avec la mort de Sinclair. Sa confession la conclut parfaitement. Laissons de côté ces événements accessoires, car cela vous permettra d'échapper à la malchance qui vous poursuit et épargnera à la police la légère disgrâce qu'elle a subie. Vous serez d'accord, je pense, que ce sera la meilleure solution.

— D'accord, Bony. Vous avez sans doute raison, concéda Knowles avec moins d'amertume. Mais si ce crétin de Dugdale m'avait dit à qui Sinclair destinait son portefeuille, tout ce rafut n'aurait pas eu lieu, et je ne serais pas là avec un mal de tête carabiné.

— Prenez de l'aspirine, conseilla Bony.

— Bon sang ! C'est ce que Dugdale m'a dit.

— Prenez-en quand même. Je vous rappellerai plus tard. Maintenant, je vais vous mettre en relation avec le lac Thurlow, où vous pourrez ordonner la libération de Blair et compagnie.

En quittant le bureau, Bony souriait. Bien qu'il n'en fût pas absolument certain, il était presque sûr que Dugdale apportait le portefeuille à Mrs Thornton. Si le destinataire prévu avait été une personne de moindre importance, Bony estimait que le jeune homme n'aurait pas pris autant de risques, ni agi avec autant de précipitation.

Le gong annonçant le déjeuner des ouvriers retentit, mais Bony l'ignora et décida d'attendre Dugdale du côté ensoleillé de la forge, située près des enclos à bétail. Il y était depuis à peine une heure lorsque Dugdale, chevauchant le Diable, apparut sur le remblais.

Bony attendit que le jeune homme mette pied à terre. Puis, lentement, il s'approcha et dit :

— Eh bien, Mr Dugdale, je ne m'attendais pas à vous voir ici aujourd'hui ! Je pensais que vous vous installiez à Eucla.

— J'ai une petite affaire à régler avec Mr Thornton, répondit Dugdale sèchement.

— Eh bien, eh bien ! Cela ne me regarde pas, je suppose, dit Bony avec désinvolture en se rapprochant. Votre cheval semble épuisé. Je m'étonne que vous ayez traversé les Washaways, car j'ai entendu dire qu'ils étaient en pleine crue.

Les deux hommes se tenaient près du cheval, Dugdale tournant le dos à Bony tout en retirant la selle. Ses deux mains étaient occupées, et ses bras levés. Les mains de Bony, cependant, s'agitèrent avec une dextérité véritablement stupéfiante. C'était un véritable tour de magie : avec la légèreté d'ailes de papillon, les bras du métis glissèrent autour du corps de Dugdale, et ses doigts trouvèrent et sortirent d'une poche intérieure de Dugdale le portefeuille de Sinclair, contenant encore la lettre.

— Oui, j'ai dû le faire nager, admit Dugdale.

— C'est un excellent cheval, vraiment. Hélas ! Je suis trop vieux pour encore apprécier un bon galop, soupira Bony en s'éloignant.

— Est-ce que Mr Thornton est dans les parages ? demanda Dugdale alors que le cheval libéré se roulait dans le sable de l'enclos.

— Je l'ai vu il y a une demi-heure. Ce doit être l'heure du déjeuner. En fait, le gong vient de retentir.

Bony s'éloigna tranquillement vers les quartiers des ouvriers. Dugdale se dirigea vers la maison principale, où, au portail à double battants, Mr Thornton le rejoignit.

— Dugdale ! s'exclama-t-il. Qu'est-ce que vous faites ici ? Vous avez des nouvelles de Ralph ?

— Ralph ? Non. Qu'est-ce qui lui est arrivé ?

CHAPITRE TRENTE-NEUF

« Ne jugez point »

— Dug, la crue a causé des désastres matériels à de nombreuses personnes le long de la rivière ; il semble qu'elle ait apporté un désastre d'une autre nature à ma femme et à moi.

Les deux hommes étaient assis dans le bureau de la ferme. Mr Thornton semblait soudain avoir vieilli de plusieurs années. Les commissures de sa bouche s'affaissaient, ses cheveux étaient plus gris, ses yeux étaient embués, cernés de petites poches gonflées. Dugdale fut bouleversé par ce changement, tout autant qu'il se sentait abasourdi par l'histoire de la passion de Ralph pour Nellie Wanting, qu'il avait cru n'être qu'une passade.

— Mrs Thornton ... comment le prend-elle ? demanda-t-il.

— J'ai peur, Dug, terriblement peur. Ma femme s'est figée en bloc de pierre, comme la statue de sel qu'était la femme de Loth. Elle parle à peine, mais son regard me terrifie. Parfois, je me demande si, après toutes ces années, elle n'est pas encore une étrangère pour moi.

— Et Kate ?

Les yeux du jeune homme étaient rivés sur le visage accablé du squatter. Une pointe de dureté transparaissait dans sa voix, car, à cet instant, Dugdale détestait Ralph d'avoir préféré une tulipe noire à une rose si éclatante.

— Kate, bien sûr, est profondément bouleversée, répondit Thornton lentement. À son sujet, je crois avoir découvert quelque chose d'étonnant en elle. Elle semble plus préoccupée par ma femme et moi que par elle-même, comme si elle souffrait à cause de notre douleur, et non de l'injustice qu'elle a subie. J'en viens à penser que Kate n'aimait pas Ralph comme on aime un futur époux.

— Qu'elle éprouve un soulagement à avoir une raison valable de rompre les fiançailles ? demanda vivement Dugdale.

— Ça en a tout l'air. Vu les circonstances, je m'en réjouis.

— Et personne n'a la moindre idée d'où il est maintenant ?

— Non, en effet.

Un long silence s'installa entre eux, silence durant lequel l'esprit du squatter errait sans but, engourdi par la lassitude, tandis que les pensées du jeune homme s'emballaient à toute vitesse. Bien qu'il fût frappé par le drame qui avait touché les personnes qui lui étaient les plus chères, il ne pouvait s'empêcher de ressentir une certaine exaltation à l'idée que Kate n'était pas profondément amoureuse du déchu Ralph. Il se réjouissait que la peine de Kate ne soit pas si vive, et une nouvelle espérance naquit en lui, là où il n'y avait plus que désespoir. Il allait parler lorsque la porte du bureau s'ouvrit, laissant entrer Bony, qui, les voyant assis autour de la large table de travail, s'approcha et prit place sur une chaise libre. Sans préambule, il déclara :

— Mon travail ici est terminé, Mr Thornton. Jamais encore je n'ai échoué dans une affaire, et celle-ci ne fait pas exception. Je suis venu trouver l'assassin de Roi Henry. Je l'ai trouvé. Je suis resté pour découvrir le mobile du meurtre. Je l'ai découvert. Mais à la fin, au moment où chaque indice, chaque preuve, chaque motif était entre mes mains, j'ai compris qu'un devoir m'incombait - un devoir, non envers l'État, ni envers la Loi, mais envers une femme. Je me considérerais déshonoré si je me dérobais à ce devoir, même si je le souhaitais ardemment, car je crains qu'en m'en acquittant, je ne vous choque et ne vous attriste. Je vous demande de bien vouloir réunir Mrs Thornton, Miss Flinders, vous-même, Mr Dugdale et moi-même dans un endroit où nous pourrons parler en privé. Puis-je suggérer votre salon ?

— Ma femme est malade, objecta le squatter.

— Elle est malade parce qu'un poids énorme l'écrase, annonça calmement Bony. Au moins, je retirerai ce poids.

Pendant une bonne demi-minute, Thornton fixa l'inspecteur d'un regard scrutateur.

— J'hésite à vous accorder cette requête, dit-il. Dites-moi ce que vous avez à dire, et je le répéterai à ma femme.

— Permettez-moi d'accomplir mon devoir de la manière que je juge la meilleure.

— Je ne peux pas accepter.

— Je suis navré. Bony fixa Thornton avec une certaine fermeté et poursuivit :

— Si vous ne le savez pas, je vais vous le dire : je suis inspecteur de la police du Queensland. J'ai été envoyé ici expressément pour enquêter sur le meurtre de Roi Henry. C'est moi qui ai conseillé l'arrestation de Sinclair, alias Clair, le frère de Mary Sinclair, autrefois cuisinière de votre femme et mère de votre fils adoptif, Ralph. Si vous refusez de me laisser parler à votre femme en votre présence, vous me contraignez à recommander son arrestation.

— Au nom du ciel, pourquoi ?

— Pour complicité de meurtre. Venez, allons dans votre salon et discutons. Ce sera bien mieux pour tout le monde, et même pour moi, car je regretterais à jamais d'avoir à faire arrêter votre épouse.

Bony soutint le regard enflammé de Thornton avec un calme imperturbable. Il vit cette flamme de colère vaciller, puis s'éteindre, laissant place à une fatigue désespérée qu'aucun nouveau choc ne pouvait raviver. Une chaise racla le sol, et Thornton se leva. Les autres l'imitèrent et le suivirent en silence hors du bureau, à travers les grilles, jusqu'à la véranda de la maison, puis au salon. Bony et Dugdale restèrent debout pendant que Thornton partait à la recherche de sa femme et de sa nièce. Une horloge résonna avec une surprenante intensité, marquant les secondes du destin.

La porte s'ouvrit à nouveau pour laisser entrer la Petite Dame. Lorsqu'elle aperçut Bony, ses yeux ne trahirent aucune reconnaissance, mais une lueur de surprise y passa brièvement en voyant Dugdale. Derrière elle vint Kate, et dans ses yeux jaillit une lumière qui aveugla l'âme de Dugdale. Le jeune homme lui sourit et avança pour accompagner Mrs Thornton jusqu'à un siège. Pourtant, c'est pour Kate qu'il accomplit cette courtoisie. Bony, parvenu le premier à la Petite Dame, la conduisit avec une galanterie ineffable jusqu'à un grand fauteuil.

— Mr Bonaparte souhaite nous parler à tous, ma chère, expliqua Thornton en s'asseyant près de sa femme. Kate s'installa de l'autre côté, tandis que Dugdale resta debout derrière eux. Les yeux de Bony étaient à moitié fermés, comme s'il cherchait à dissimuler une émotion ou à supporter une douleur. Sa voix parvint à la Petite Dame comme venant de très loin. La scène saisissante du bureau était gravée dans l'esprit de Dugdale. La possibilité de l'arrestation de la Petite Dame se mêlait à la révélation stupéfiante que Bony, le métis peintre de bateaux, était un inspecteur de police. Par-dessus tout planait l'affirmation de Bony selon laquelle Ralph n'était pas le fils de Mr Thornton, mais celui d'une femme nommée Sinclair, une cuisinière.

— Je crains que, pour clarifier les choses, il ne soit nécessaire de revenir à l'année 1908, dit Bony. Il s'est trouvé, par pure coïncidence, que Mrs Thornton et Mary Sinclair ont donné naissance à des garçons à moins de quarante-huit heures d'intervalle. Les registres indiquent que le bébé de Mary Sinclair est mort, et que celui de Mrs Thornton a survécu. Il est aujourd'hui impossible de savoir si le médecin ayant assisté les deux patientes savait précisément quel enfant avait survécu et quel enfant était décédé, car ce médecin est mort, et ses dossiers ont été détruits.

Quoi qu'il en soit, Mary Sinclair est morte peu de temps après la perte du bébé de Mrs Thornton, qui a alors pris l'enfant de Mary, l'a élevé, aimé, et appelé Ralph Thornton. Mais avant de mourir, Mary a confié à Mrs Thornton le nom de son séducteur.

Bony remarqua les yeux de Thornton se plisser et se tourner vers sa femme, dont le visage était un masque d'albâtre. Il poursuivit :

— Je pense, et les philosophes me donnent raison, que l'amour d'une femme pour un bébé est la chose la plus merveilleuse au monde. Mrs Thornton, attristée et le cœur brisé par la perte de son propre enfant, a pris et chéri l'enfant de Mary. Mais lorsque Mary a murmuré le nom de son amant, le père de son enfant, Mrs Thornton a consciemment accueilli en son sein une vipère vivante. Les lois de l'hérédité sont immuables, et c'est un grand malheur qu'elle ne l'ait pas compris.

Le père, de plus, était sans scrupules, ou peut-être fier de sa paternité. Accordons-lui cette dernière motivation lorsqu'il rencontra Mrs Thornton quelques semaines plus tard et réclama son enfant. Apparemment, il essuya un refus et se vit proposer de l'argent, qu'il accepta ; mais, insatisfait, il revint voir Mrs Thornton, qui paya de nouveau et finit par écrire une lettre de supplication au frère de Mary Sinclair, que nous connaissions jusqu'à récemment sous le nom de William Clair. Cette lettre, je l'ai trouvée dans le portefeuille de Sinclair.

La main de Dugdale se porta convulsivement à sa poche intérieure. Pendant une ou deux secondes, il fixa les yeux à demi clos de l'inspecteur, puis fit un pas en avant :

— Vous n'avez aucun droit à ce portefeuille, dit-il avec véhémence. Je ne sais pas comment vous l'avez obtenu, mais Sinclair me l'a donné avant de mourir pour que je le remette à une personne précise.

— Exactement, Mr Dugdale, murmura Bony. Il vous l'a donné pour l'apporter à Mrs Thornton. Comme le contenu de ce portefeuille avait un lien direct avec l'affaire en cours, je me suis permis de vous en délester. Il est extrêmement heureux que Knowles, ou l'un de ses subordonnés, ne l'ait pas fait. Je vais maintenant lire la lettre de Mrs Thornton adressée à William Sinclair. Elle est datée d'avril 1908 et dit ceci :

Cher Mr Sinclair,

Merci pour votre lettre écrite depuis White Cliffs. Vos remerciements pour ce que j'ai fait pour votre pauvre sœur me touchent, tout comme votre assurance que jamais vous ne parlerez du fait que j'ai adopté son enfant ou ne revendiquerez de lien avec lui. J'ai fait tout ce que je pouvais pour Mary, et maintenant vous devez faire tout ce que vous pouvez pour moi et l'enfant.

J'ai payé à Roi Henry plus de 20 livres, et maintenant il en réclame davantage. J'ai réfléchi encore et encore à cette menace jusqu'à en avoir mal à la tête. Que

puis-je faire ? Pouvez-vous faire quelque chose pour sceller ses lèvres et arrêter ses exigences ? Ce ne serait pas un crime de tuer un Aborigène, n'est-ce pas ?
Ann Thornton

— Dois-je comprendre que Roi Henry était le père de Ralph ? s'exclama Thornton ; et, sans attendre la réponse de Bony, il se tourna vers la Petite Dame : Dis-moi, Ann, est-ce que c'est vrai ?

En guise de réponse, elle hocha la tête mais garda les yeux fixés, sans les voir, sur ses chaussures. Le souffle de Thornton siffla entre ses dents. Il allait parler, mais sa femme dit très doucement :

— Laisse Mr Bonaparte continuer. C'est mon Waterloo.

— Nous savons comment Sinclair, se faisant appeler Clair, répondit à cette lettre, poursuivit Bony. D'une manière ou d'une autre, Roi Henry apprit la détermination de Clair à le tuer et prit la fuite. Clair le traqua pendant plus de dix-neuf ans. Lorsqu'un bruit courut selon lequel Sinclair était mort, Roi Henry retourna auprès des siens. Comme il l'a lui-même dit à Mr Dugdale, il avait un rendez-vous avec quelqu'un à Barrakee – nous supposerons avec Martha – et Sinclair, en l'apprenant, comme nous le supposerons encore, s'est embusqué dans l'obscurité, attendant que l'homme noir descende la rivière.

Nous savons, ou plutôt la police sait, que Sinclair a passé de nombreuses années dans le nord du Queensland, où il a appris l'art de lancer le boomerang. Dans sa confession, écrite une ou deux heures avant sa mort dans la cabane de Mr Dugdale, il décrit comment il a manqué son coup, comment le boomerang est revenu, comment ils se sont tous les deux précipités pour s'en emparer. Sinclair l'a attrapé et a frappé Roi Henry alors que ce dernier était encore penché en avant.

Il reste un point encore inexpliqué. Il se trouve qu'un jour, un certain Mr Joe le Grappilleur a fouillé le boudoir de Mrs Thornton et, parmi d'autres objets, a volé un boomerang. Sans le moindre doute, c'est ce boomerang qui a tué Roi Henry, car il avait été fabriqué par un membre de la tribu avec laquelle Sinclair avait séjourné. Il porte les marques de la tribu, et il a laissé l'empreinte de ces marques lorsqu'il a atteint un eucalyptus au lieu de Roi Henry lorsqu'on l'a lancé. Soit Martha était présente au lieu du rendez-vous et a remis l'arme à Mrs Thornton, soit Mrs Thornton elle-même était présente et l'a ramassée.

Parallèlement à cette histoire, nous avons la question de la filiation de Ralph et de ses conséquences sur lui. Comme beaucoup d'enfants métis – y compris moi-même – le bébé avait la peau blanche. Pendant des années, la trace noire dans son sang a été maintenue en sommeil grâce à son éducation et à son environnement. Pendant des années, la pigmentation de sa peau est restée blanche. Mais l'inévitable changement de couleur a commencé bien plus tôt que l'éveil de son héritage culturel. L'arrêt de ses études, son retour dans le bush, l'environnement naturel de son père, tout cela a accéléré cette évolution, précipitant ainsi son retour à la noirceur de peau ancestrale.

En aucun cas un métis ne s'élève au niveau de son parent le plus élevé. Dans ce cas précis, la mère possédait, comme tous les Blancs, ce que nous appelons un vernis de civilisation. Quant au père, il était de sang pur et sauvage, capable de parler la langue des Blancs, mais sans le vernis de civilisation de la mère.

J'ai observé le changement progressif chez ce garçon, et pendant longtemps cela m'a intrigué. J'ai vu son amour croissant pour les couleurs dans ses vêtements, j'ai remarqué à quelle vitesse il perdait son accent cultivé. Après des années passées à l'école, avec seulement quelques périodes dans le bush pendant les vacances, il a développé un talent remarquable pour le pistage. Vous vous souvenez comment il a traqué le dingo et l'a tué ? Comment il a capturé l'étalon sauvage au lac Thurlow et l'a dompté ? Il s'est adapté au bush comme un canard à l'eau, lui qui avait passé la majeure partie de sa vie loin, à l'école.

L'appel du bush l'a saisi. Je pouvais le voir sur son visage, et j'en étais stupéfait. Il ressentait cet attrait, mais ne pouvait pas l'expliquer, même à lui-même. Puis vint cette dernière épreuve, cette reddition fatale mais inévitable. Il tomba amoureux d'une jeune femme aborigène. Il était fiancé à une belle jeune fille blanche, il était l'héritier d'un vaste domaine, et pourtant, il est tombé sous le charme d'une indigène. Mr Dugdale a tenté de le raisonner. J'ai découvert leur liaison et j'ai supplié la jeune femme de partir. Elle s'est laissé convaincre et s'en est allée, mais le garçon a retrouvé sa trace et lui a écrit des lettres enflammées. Et elle, en tant que femme – et une femme pauvre, ignorante et noire de surcroît – n'a pas su résister.

Ne blâmez pas ce garçon, Petite Dame. Vous ne pouviez pas effacer de son cœur l'appel du bush planté par son père noir, malgré toute votre prévoyance, tout votre amour. Ne le blâmez pas, Mr Thornton, et ne nourrissez pas de colère contre lui. Seriez-vous heureux en ville, maintenant ? Ne regretteriez-vous pas le bush ? Vous êtes entièrement blanc, mais ce garçon était à moitié noir, à moitié sauvage, à moitié issu du bush. Et vous, Mrs Flinders, ne gardez pas de rancune pour le tort qui vous a été fait. Des lèvres carmin et des joues de velours noir étaient pour lui un aimant plus puissant que votre teint de lys et vos yeux azur. Pendant d'innombrables générations, ses ancêtres ont trouvé la beauté dans de grands yeux noirs et des joues de velours noir.

Ce garçon a livré son combat, un combat dont il ne pouvait que sortir vaincu. J'ai observé et réfléchi. J'ai vu une pierre tombale dans le cimetière portant le nom de Mary Sinclair. J'ai su que Clair s'appelait Sinclair grâce à un ami du nord du Queensland qui se souvenait de lui. Et enfin, j'ai compris. J'ai clairement vu comment les désirs maternels de Mrs Thornton avaient supplanté son jugement, sa prudence, et même sa moralité. Comme je l'ai dit, elle a accueilli une vipère en son sein.

Je savais ce qu'elle savait. Je savais que Ralph Thornton devait épouser Miss Flinders, et que Miss Flinders, sans le savoir, allait épouser un métis aborigène australien. Ce qui m'étonnait, c'est que ni elle ni Mr Thornton ne s'en doutent. Même durant les quelques mois que j'ai passés à Barrakee, j'ai vu la peau de Ralph s'assombrir lentement, tout comme ma peau s'est assombrie lorsque j'avais son âge. Dans cinq ou six ans au maximum, sa peau sera aussi foncée que la mienne.

Mon devoir, dès lors, était clair. Sinclair, dans sa lettre à Mrs Thornton, écrite juste avant sa mort – car même l'eau n'a pas effacé les gouttes de sang que je suppose tombées de ses lèvres – y exprime avec force l'appel du Devoir. Voici ce qu'il dit :

Chère Mrs Thornton,

Je suis en train de mourir, et il ne me reste tout au plus que quelques heures à vivre. Des amis m'ont fourni à manger, mais Knowles m'a attrapé. S'il ne l'avait pas fait, un autre policier l'aurait fait. Hier seulement, j'ai appris que votre fils adoptif est fiancé à la Perle de la Darling, et cela n'est pas juste. Vous ne devez pas laisser cela arriver : vous ne devez pas causer du tort à une femme blanche. Dites-lui la vérité, et ensuite, si elle le souhaite, ils pourront se marier.

Vous me connaissez comme un homme pauvre, et ma sœur comme une simple ouvrière. Pourtant, notre lignée était noble, et nous avons toujours conservé notre couleur. Conservez la vôtre. Ne laissez pas votre amour pour l'enfant de Mary aveugler vos yeux sur la réalité.

Vous êtes en sécurité, Petite Dame. Je suis sur le point de payer le prix pour tout ce que vous avez fait pour Mary. En mourant, je me libère de toute dette envers vous. Et, une fois mort, j'exige de vous que ce mariage n'ait pas lieu.

Jusqu'au bout,
Votre humble serviteur,
William Sinclair

Bony replia la lettre et la remit dans l'enveloppe. Dans cette même enveloppe, il glissa la lettre de Mrs Thornton à Sinclair. Puis, durant un moment, il fixa Mrs Thornton, son mari et sa nièce avec une intensité curieuse.

En observant la Petite Dame, il se souvint d'une exposition de figures de cire à Sydney. La pâleur cireuse de son visage, l'immobilité sans expression de ses traits, l'immobilité absolue de son corps la faisaient ressembler à une délicate poupée. Ce qu'elle pensait ou ressentait restait caché derrière un masque impassible, presque mortuaire. Son mari, assis à ses côtés, semblait avoir rapetissé, à peine reconnaissable comparé au squatter de Barrakee qu'il avait été, robuste, jovial et bon vivant. Seule Kate conservait son éclat, mais Bony remarqua qu'à intervalles irréguliers, une larme coulait le long de ses joues sans qu'elle y prête attention.

— Ce n'est pas à moi, ni à aucun homme, de vous juger, Mrs Thornton, dit-il très doucement. Seule une femme pourrait comprendre le désir d'une autre femme d'avoir un bébé à aimer, sa détermination à se battre pour un enfant qu'elle a appris à aimer. Dans vos actions, je pense qu'il n'y a qu'un seul point à critiquer : celui de ne pas avoir dit à votre mari que Roi Henry était le père de Ralph. Si vous vous étiez confiée à lui, vous auriez tous deux été mieux préparés à affronter l'inévitable retour de Ralph à ses origines sauvages, et les fiançailles n'auraient probablement jamais été permises.

Mon devoir, tel que je le concevais, est accompli. Je suis un fervent partisan du devoir, tout comme cet illustre homme dont je porte le nom. Ces lettres sont désormais à vous. Détruisez-les. J'oublierai leur existence. L'affaire de Roi Henry se conclura avec la mort de Sinclair, qui a payé le prix que la loi aurait exigé.

Quant au jeune homme, vous ne le retrouverez jamais complètement. Les chaînes forgées par d'innombrables ancêtres nomades sont trop solides. Je le sais, car je suis lié par ces mêmes chaînes. Il se lassera probablement de la jeune femme noire et reviendra vers vous pour quelques semaines, mais le bush l'attirera à nouveau, pour des périodes toujours plus longues. Je vous l'enverrai ce soir, après lui avoir tout révélé. Ne le jugez pas ; car vous ne pouvez pas le juger, tout comme moi, Bony, je ne peux pas vous juger.

CHAPITRE QUARANTE

L'amour d'une mère

Avec une soudaineté presque saisissante, Mrs Thornton revint à la vie. Ses yeux, se levant brusquement, rencontrèrent ceux de l'inspecteur, et brillèrent d'une lumière éclatante d'espoir et de joie. Cependant, si ses yeux s'animaient, son corps demeura immobile encore quelques secondes. Instinctivement, le métis se leva, et aussitôt la Petite Dame l'imita, courant presque vers lui.

— Bony, j'ai bien entendu ? Vous avez dit que vous me l'enverriez bientôt ? s'écria-t-elle d'une voix suppliante, posant ses mains sur ses épaules et scrutant son visage de ses yeux étonnamment brillants.

— Je l'ai dit, madame, répondit-il doucement. Ce matin, j'ai découvert leur campement. Je vais y retourner maintenant, et j'expliquerai tout au jeune homme. Je ne peux pas vous promettre qu'il restera auprès de vous ; en fait, je sais qu'il ne pourra pas le faire, mais je peux vous promettre qu'il viendra vous voir aujourd'hui.

Alors, Mrs Thornton fit une chose bien étrange pour une femme si fière, si maîtresse d'elle-même, si volontaire. Elle tomba à genoux et prit les mains de Bony dans les siennes, levant vers son visage baissé, aux teintes sombres de rouge et de noir, un regard suppliant.

— Oh, Bony ! s'écria-t-elle doucement, je suis une femme indigne. J'ai été une femme indigne pendant des années et des années, et maintenant, quand je devrais être fouettée par des scorpions, vous me fouettez avec une plume. Vous dites que vous ne pouvez pas me juger, mais je sais que vous comprenez combien j'ai aimé le bébé de Mary, combien je pensais à son avenir, combien mon esprit s'est toujours préoccupé de son avenir et combien j'ai donné mon cœur pour ses petits pas. Si seulement Dieu avait laissé mon véritable bébé vivre !

Lentement, sa tête s'inclina sur leurs mains jointes. Pendant un moment, Bony resta immobile. Ses traits habituellement impassibles s'adoucirent, offrant une expression presque belle de tendresse. Doucement, il releva la Petite Dame sur ses pieds, et elle le regarda de nouveau, mais ses yeux n'étaient plus aussi grands et implorants, et son visage montrait à nouveau sa fermeté habituelle. Dans ses yeux, un trouble apparut soudain, et son corps s'affaissa.

— Conduisez-moi à un siège … je suis fatiguée, souffla-t-elle. Apportez-moi un peu d'eau, s'il vous plaît.

Aussitôt, son mari fut à ses côtés et la porta presque jusqu'à un canapé, où Kate Flinders arrangeait les coussins. On lui tendit un verre d'eau, qu'elle but comme si elle était extrêmement assoiffée.

— Asseyez-vous, je vous prie … J'ai quelque chose à dire, articula-t-elle péniblement. Un instant … Mon cœur bat … trop fort … C'est mieux maintenant.

C'est Kate qui prit soin de sa tante, mouillant le bout de ses doigts pour apaiser le front de la Petite Dame, tout en entourant ses épaules d'un bras protecteur. Un à un, les autres s'asseyèrent, et après un moment, Mrs Thornton parla, les yeux clos :

— J'ai livré bien des batailles, et je les ai toutes gagnées, dit-elle d'une voix hésitante. Mais celle-ci est mon Waterloo. Comme le grand Empereur, je me suis élevée à des sommets et goûté à la joie de la vie ; et, comme lui, lorsque le sommet fut atteint, j'ai chuté. Son ennemi était l'Homme ; mon ennemi, c'est la Nature.

Elle poursuivit lentement, d'une voix lointaine, rêveuse :

— Je me souviens comme si c'était hier du jour où Ralph est arrivé. Mon bébé gisait sans vie dans le berceau près de mon lit. Celui de Mary pleurait dans sa chambre. Pendant des années, et surtout pendant la grossesse, j'avais rêvé de mon bébé, j'avais tout planifié pour lui, tout préparé, afin de le protéger, de m'assurer son amour. Et celui pour lequel j'avais planifié, rêvé, espéré et aimé, reposait sans vie dans ce minuscule berceau que j'avais façonné de mes mains.

C'était un après-midi chaud. Mon mari était occupé avec le menuisier à fabriquer le cercueil. Les fenêtres étaient grandes ouvertes, et au-dessus des cris des oiseaux endormis et du bourdonnement des insectes, on entendait le ronronnement régulier de la machine à vapeur. Et là, sur mon lit, mon lit vide, je me tordais dans l'agonie de mon chagrin et dans les douleurs torturantes de mon corps, qui hurlait le besoin de sentir de petites mains s'accrocher et des lèvres frémissantes se poser sur mon sein.

Puis Martha est entrée. Elle m'a dit que Mary était bien trop calme. Elle avait peur. Alors je lui ai demandé de me soulever et de me porter jusqu'à la chambre de Mary, et là, elle m'a déposée à ses côtés.

— Mary, te sens-tu plus mal ? lui ai-je demandé. Mais elle n'a pas répondu. Si elle entendait, elle ne pouvait ou ne voulait pas parler, et tandis que j'étais allongée sur le côté et regardait son visage blanc et marqué, le bébé entre nous a agrippé ma chemise de nuit avec ses petites mains et s'est mis à crier à nouveau. Et puis - je ne sais pas comment ça s'est produit - j'ai pris le bébé dans mes bras et je l'ai allaité.

Oh, la gloire de ce moment, la douceur de ce moment ! Le soulagement des douleurs torturantes, cette faim atroce enfin apaisée ! J'ai couvert de baisers la petite tête sombre, la petite épaule rose ! Et, tandis que je tenais ainsi le bébé de Mary dans mes bras, Mary a ouvert les yeux et nous a souri.

— Voulez-vous le prendre, madame ? a-t-elle murmuré avec empressement.

— Oh, Mary, si seulement vous saviez à quel point je le désire, vous ne me le demanderiez pas, ai-je répondu faiblement.

— Faites-en votre fils, madame ! Oh, madame, je me meurs de mon péché. Qu'il ne sache jamais la vérité, ni qui est son père.

Pendant un moment, elle est restée si immobile que j'ai cru qu'elle était morte, puis, très distinctement, elle a dit :

— Je ne sais pas pourquoi ... peut-être parce qu'il était un homme d'une telle magnificence que je me suis retrouvée totalement soumise à sa volonté. Lorsqu'il ouvrait les bras, je ne pouvais m'empêcher de m'y abandonner ; quand ses mains me touchaient, il me semblait m'élever au-dessus de la terre. Oh, madame ! C'est lui, Roi Henry.

J'ai regardé Mary avec stupeur. Puis j'ai baissé les yeux vers l'enfant et j'ai contemplé longuement son visage, son petit corps. J'ai vu que sa chair tendre était aussi blanche que la mienne, et je n'arrivais pas à y croire. C'était impensable, impossible. Et quand je me suis tournée à nouveau sur Mary, j'ai vu qu'elle était morte.

Martha nous a ramenés, le bébé de Mary et moi, dans ma chambre. Je lui ai dit de prendre mon propre enfant, sans vie, et de le coucher auprès de Mary, qui n'était plus. John est arrivé, et je lui ai tout raconté, sauf le nom de l'homme que Mary avait mentionné. Le médecin est venu à son tour, et je suis parvenue à le persuader de fermer les yeux sur cet échange. Lorsqu'il a signé les certificats, le bébé vivant est devenu le mien, mon propre enfant.

J'ai rapidement retrouvé mes forces. Je vivais un paradis avec ce bébé que nous avions baptisé Ralph. Trois semaines ont passé, trois semaines de bonheur enivrant. Puis, un soir, alors que le bébé et moi étions au jardin, Roi Henry est venu et a réclamé l'enfant. Il savait. Je ne pouvais nier que mon propre bébé était mort et que Ralph était l'enfant de Mary et le sien.

Quand j'ai refusé de lui rendre, il a déclaré qu'il me le vendrait pour dix livres. Je suis rentrée dans la maison, j'ai apporté l'argent et je l'ai payé. Une semaine plus tard, il est revenu, affirmant que dix livres ne suffisaient pas. Je lui en ai donné dix de plus. Et quand il a pris l'argent, j'ai lu dans son regard la résolution de m'exploiter pour toujours.

Durant de longs jours et des nuits plus longues encore, mon esprit a été hanté par cet homme, le père de Ralph. Une certitude s'est imposée à moi : je devais le tuer. Puis est venue l'idée de faire tuer cet homme par le frère de Mary. J'avais vu William Sinclair plusieurs fois lorsqu'il venait à Barrakee rendre visite à sa sœur. La dernière fois qu'il était venu, c'était la veille de la mort de Mary, mais je ne l'avais pas vu. Je lui ai écrit la lettre que vous avez lue, monsieur Bonaparte, et trois jours plus tard, j'ai appris par Martha que Roi Henry avait fui la vengeance de William Sinclair.

La Petite Dame but quelques gorgées du verre que Kate, agenouillée à ses côtés, tenait contre ses lèvres. Le visage de la jeune fille, livide, était baigné de larmes silencieuses, qui tombaient lentement sur la robe de Mrs Thornton. Lorsque la Petite Dame reprit la parole, sa voix était basse, épuisée, si faible que Bony rapprocha sa chaise pour mieux l'entendre.

Les mois, les années ont passé rapidement après cela, et chaque jour, je me sentais plus en sécurité, poursuivit-elle. Avec un bonheur indescriptible, je voyais mon bébé grandir et l'entendais balbutier ses premiers mots. Je pleurais de bonheur. Les années ont été merveilleuses, et à mesure qu'il devenait un jeune homme splendide, je commençais à croire que Mary s'était trompée, qu'elle avait nommé le mauvais homme ou fait une erreur lorsque son esprit était troublé par l'approche de la mort.

Et puis un jour, j'ai vu un homme travailler dans le jardin. C'était juste après que Martha m'avait dit que Roi Henry était revenu dans la région de la Darling et qu'il venait à Barrakee. Imaginez mon soulagement lorsqu'on m'a dit que le nom du nouvel homme était Clair, et j'ai deviné aussitôt qu'il s'agissait de Sinclair. Le voilà, travaillant dans le jardin, mon protecteur, le gardien de mon fils.

Roi Henry est revenu, Il a envoyé Martha me dire qu'il voulait me voir, que je devais le rencontrer près des bateaux de la ferme après la tombée de la nuit ce soir-là. J'ai demandé à Martha de le dire à Sinclair, et il l'a renvoyée dire que je ne devais pas y aller.

Mais à huit heures et demie, Martha et moi y sommes allées et avons attendu entre les bateaux et le *billabong*. Il faisait très sombre. Sinclair nous a rejointes. Il nous a dit de nous mettre du côté de la maison, derrière un eucalyptus, et de rester immobiles. Il était en colère contre notre présence et nous aurait renvoyées si ce n'avait pas été trop tard. Nous avons entendu quelqu'un venir le long de la rive.

J'ai vu indistinctement Sinclair lancer le boomerang. Il a touché quelque chose, et j'ai entendu le projectile tomber entre lui et nous. Roi Henry s'est jeté sur Sinclair et l'a renversé au sol. Sinclair était un homme lourd, mais Roi Henry était bien plus fort. Comment cela est-il arrivé ? Je l'ignore, mais je me suis retrouvée à côté d'eux alors qu'ils se battaient au sol, le lourd boomerang dans mes mains.

Malgré l'obscurité, j'ai vu que Roi Henry avait ses deux mains autour de la gorge de Sinclair. J'ai vu avec horreur le visage de mon protecteur devenir livide et horrible. J'ai été bouleversée quand j'ai compris que Sinclair était en train d'être tué, que lorsqu'il serait mort, il n'y aurait plus personne pour se tenir entre Ralph et son terrible père. J'ai vu mon amour détruit, mes espoirs, toute ma sollicitude, mes plans.

Au niveau de ma taille, j'ai vu la tête blanche de Roi Henry, et avec une force que je n'avais jamais ressentie auparavant, je l'ai frappée avec l'arme qui était dans mes mains.

La voix fatiguée s'éteignit soudainement. Un silence stupéfiant tomba sur la pièce, brisé par aucun souffle. Puis : C'est Martha qui a aidé Sinclair à se relever. Il luttait pour respirer et a chancelé, mais se redressant, il s'est penché sur l'Aborigène et a écouté son cœur. Puis il m'a prise par le bras et, avec la tremblante Martha de l'autre côté, il nous a menées rapidement jusqu'au portail du jardin.

— Souvenez-vous, a-t-il dit, quoi qu'il arrive, souvenez-vous que c'est moi qui ai tué Roi Henry. Vous devez vivre libre pour aimer votre fils. Vous êtes libre maintenant.

Je me souviens de l'éclair. Il a illuminé le ciel alors que Martha et moi étions debout devant le portail. J'ai presque couru jusqu'à ma chambre, et quand j'y suis arrivée, j'ai vu que le boomerang était toujours dans mes mains.

— C'est toi, alors, qui a prévenu Sinclair au Bassin ? intervint Thornton calmement.

— Oui. Je suis entrée dans le bureau en allant au magasin ce matin-là, dit doucement Mrs Thornton, sa voix à peine un murmure. Je ne pouvais pas laisser Sinclair être pris. J'ai pensé qu'il pourrait, au dernier moment, dire la vérité … mais je me suis trompée sur lui. Sinclair était un homme d'honneur. Je voudrais que vous … Je … je ne me sens pas bien. S'il vous plaît … conduisez-moi … à ma chambre. Dites à Ralph … de venir … vite.

CHAPITRE QUARANTE-ET-UN

La visite de minuit

Le soleil éclatant dominait encore les collines de sable à l'ouest, mais l'air, déjà, s'était sensiblement rafraîchi. À l'est, une vaste étendue d'eau miroitait sous le souffle doux du vent du sud, et reflétait l'éclat terne du feuillage des eucalyptus qui poussaient sur les plaines immergées. La crue atteignait son point culminant et, à environ six kilomètres au nord-ouest de Barrakee, elle venait lécher le pied d'une colline escarpée de sable immaculé.

À mi-pente de la colline, le vent avait creusé une large corniche où s'élevait une hutte circulaire faite de buissons de pituri. Une fumée fine s'élevait en oblique vers le nord, s'échappant d'un petit feu de bois de myall, autour duquel Nellie Wanting s'affairait à préparer le repas du soir. Par moments, elle se redressait de toute sa silhouette élancée et scrutait l'étendue des eucalyptus, sachant que Ralph Thornton y ferait son retour en ramant depuis son expédition de pêche.

Bientôt, il apparut, assis à l'arrière de son bateau, avançant avec un seul aviron. Nellie agita un mouchoir écarlate en guise de salut et laissa apparaître un sourire radieux et dévoila ses dents nacrées dans un sourire de bienvenue.

Depuis le sommet de la colline de sable, Bony attendait, dissimulé derrière un massif de pituri. Il patientait là depuis plus d'une heure et continua d'attendre tandis que Ralph accostait, grimpait jusqu'à la corniche avec une corde de poissons et une boîte contenant des œufs de cygnes. Le métis vit le jeune homme déposer sa prise près du feu, puis, se retournant, tendre les bras pour prendre Nellie Wanting contre lui. Tandis qu'ils se tenaient ainsi, face à face, Bony descendit silencieusement la colline jusqu'à eux.

— Bony ! Qu'est-ce que vous voulez ? lança Ralph sur la défensive, avant même de lâcher la jeune femme. Par instinct, elle se réfugia dans la hutte, laissant les deux hommes seuls, face à face : l'un avec de la colère dans le regard, l'autre une affabilité sereine.

Ralph était vêtu d'un simple pantalon de tweed et d'une chemise bleue déboutonnée au col. Il n'avait ni chaussures ni chapeau. Bony remarqua combien, en si peu de temps loin de Barrakee, le teint du jeune homme s'était encore assombri.

— Je suis venu vous parler d'une affaire importante pour vous, déclara Bony avec sa grâce habituelle. Je vous attends depuis un moment. Votre femme ne pourrait-elle pas nous préparer du thé pendant que nous discutons ?

Ralph hésita, puis acquiesça d'un signe de tête et appela Nellie. Ils s'installèrent près du feu, et Bony roula une cigarette. Ce ne fut qu'après l'avoir façonnée et avoir tiré une première bouffée qu'il prit la parole. D'une voix calme et mesurée, il raconta l'histoire du meurtre de Roi Henry, avant d'en révéler le mobile. Il expliqua avec une délicatesse remarquable que Ralph n'était pas le fils de Mrs Thornton, mais celui de Roi Henry et de Mary Sinclair. Lorsqu'il eut terminé, le jeune homme resta assis, le visage enfoui dans ses bras posés sur ses genoux repliés.

Bony s'attendait à une réaction vive contre le destin qui avait marqué sa naissance, ou à un accès de remords pour avoir abandonné la Petite Dame et trahi son serment envers Kate Flinders. Pourtant, lorsque Ralph releva enfin la tête, son visage était étrangement calme, et ses yeux, bien qu'un peu voilés, demeuraient fixes et sereins. Il dit :

— Alors, c'est pour ça que je suis ici ... Je me posais la question. Je suis content que vous me l'ayez dit. Maintenant, je comprends et mon esprit est apaisé. Comment va la Petite Dame ?

— Mal, Ralph, très mal, murmura Bony en roulant une quatrième cigarette. Malgré tout, elle vous aime encore, elle vous veut près d'elle. Elle vous attend. Je lui ai dit qu'elle pouvait espérer votre retour.

De nouveau, la tête du jeune homme retomba sur ses genoux.

— Vous m'avez raconté, dit-il, comment, jeune homme, vous aviez la peau claire. Je suppose que je ne resterai pas blanc bien longtemps ?

— Quelques années tout au plus, Ralph.

— Quelques années ! Curieusement, je ne ressens pas tant de tristesse pour moi-même. Ce qui me tourmente, c'est Mrs Thornton. J'étais tout pour elle ... et je le suis toujours. On pourrait croire qu'un tel amour aurait dû me retenir de ... de ça ... Mais ce que j'ai trouvé ici ... c'est plus fort que moi.

— Bien sûr que ça l'est, acquiesça Bony. Mais ce n'est pas une raison pour abandonner totalement Mrs Thornton.

— C'est une raison suffisante. Je ne pourrais plus jamais croiser le regard de quiconque à Barrakee. Je verrais de la honte dans les yeux de mon père adoptif, du mépris dans ceux de Dugdale ; dans les yeux de Katie, je trouverais l'horreur et le dégoût.

— Je ne le crois pas, protesta vivement Bony. Même si vous trouviez ce que vous redoutez, vous ne verriez dans les yeux de la Petite Dame qu'un amour insatiable, un amour maternel. Elle est malade, Ralph, très malade. Venez avec moi, maintenant.

Un moment, Ralph resta silencieux. Puis il dit :

— Non, pas maintenant. J'irai à Barrakee lorsqu'il fera nuit, quand personne ne pourra me voir. Je veux voir seulement ma mère. Après une nouvelle pause, il releva les yeux et ajouta :

— Laissez-nous maintenant, Bony, je vous en prie. Je veux réfléchir. Je dois réfléchir.

Ainsi, le détective retourna à Barrakee, laissant Ralph avec le visage enfoui dans ses genoux. Nellie sortit de la hutte et se tint près de lui, désirant le réconforter, mais hésitant. Le soleil disparut à l'horizon, et alors que l'obscurité s'installait presque totalement, Ralph rompit le silence :

— Ce soir, je vais à Barrakee. Toi, tu resteras ici, et si au lever du soleil je ne suis pas revenu, tu prendras le bateau et iras chercher Ponce Pilate.

— Oh Ralphie, murmura-t-elle doucement.

— Tu feras ce que je t'ai dit, ordonna-t-il, laissant transparaître dans sa voix l'autorité du guerrier parlant à sa compagne.

Nellie retourna dans la hutte et pleura en silence. Le jeune homme resta là, immobile, des heures durant, jusqu'à ce que les étoiles lui indiquent qu'il était minuit. Alors, il se leva, entra dans la hutte, et à tâtons trouva Nellie endormie. Il l'embrassa sans la réveiller, puis la quitta pour longer les eaux de crue jusqu'au chemin et rejoindre Barrakee.

Il savait que Mr et Mrs Thornton occupaient des chambres séparées par le vestiaire du propriétaire. Il savait aussi que la chambre de la Petite Dame se trouvait entre cette pièce et un autre espace qu'elle utilisait comme boudoir. Un doute subsistait dans son esprit : retournerait-il immédiatement auprès de Nellie ? Il pressentait que la femme qui l'aimait pourrait temporairement ébranler sa résolution de ne plus jamais reprendre sa vie d'autrefois.

Tandis qu'il avançait le long du chemin, son esprit était tourmenté par l'ancien combat qu'il avait cru perdu – et bien perdu – au profit des étreintes de Nellie. Aucun homme ne peut oublier sa mère ; rares sont ceux qui n'y trouvent aucun souvenir empreint de tendresse.

Toute sa vie n'était qu'une chaîne de souvenirs tendres d'une femme aimante qu'il avait toujours chérie comme sa mère. Il se sentait ingrat, honteux, non sans une certaine crainte ; et pourtant, il savait que sa rupture avec le monde des Blancs répondait à une force qu'il n'avait identifiée que cet après-midi-là : la force de son ascendance. Prenant conscience de la douleur et de l'angoisse qu'il avait infligées à cette femme qui lui avait tout donné, il se blâmait moins qu'il ne blâmait son destin. Ce qu'il ne comprenait pas encore, c'était que cette visite nocturne représentait le dernier lien qui le rattachait à elle, et qu'une fois ce lien rompu, les forces de l'hérédité triompheraient définitivement.

Aussi silencieux qu'une ombre, il pénétra dans le jardin. Il traversa la pelouse et contourna les chambres de Mrs Thornton avec la légèreté d'un chat à l'affût, son instinct de pisteur lui permettant d'éviter inconsciemment les feuilles mortes et les obstacles qui auraient pu trahir sa présence par un bruit.

Il atteignit la porte du boudoir et, l'entrouvrant d'un centimètre, il tendit l'oreille. Aucun bruit ne s'élevait de l'intérieur. Habitué à la disposition des lieux, il traversa silencieusement la pièce jusqu'à la porte de la chambre, qu'il trouva ouverte. Toujours aucun son ne lui parvint. Aussi silencieux qu'à son arrivée, il franchit la chambre de la Petite Dame et referma la porte du vestiaire, puis se dirigea vers la coiffeuse où se trouvait toujours un bougeoir. Il savait que Mr Thornton avait dû couper l'électricité à onze heures précises.

Muni d'allumettes, il en craqua une et alluma la bougie. Alors, il se tourna vers le lit ... pour découvrir qu'il était vide. Pourtant, quelque chose dans l'apparence de ce lit l'interpela, un détail que la lumière vacillante de la bougie ne révélait qu'à demi. Saisissant la bougie, il s'approcha du lit, et se tint debout, regardant la forme distinctement dessinée sous le drap qui le recouvrait.

Même en cet instant terrible, où ses membres semblaient frappés d'une paralysie soudaine, Ralph ne ressentit ni peur, ni envie de crier ou de fuir. Pendant une minute entière, il resta figé, tel une statue de marbre, et, durant cette minute, le monde sembla s'effacer, et devenir une tombe d'une blancheur irréelle. Puis, avec une infinie douceur, il prit un coin du drap de sa main libre et le tira lentement pour dévoiler le visage de la morte.

La bougie s'inclina légèrement, et goutte à goutte, la cire tomba sur le drap. Et, goutte à goutte, de grosses larmes jaillirent de ses yeux grands ouverts pour s'écraser près des taches de cire.

Il posa la bougie sur une console au chevet du lit, et, très lentement, il se pencha pour effleurer les lèvres glacées de la Petite Dame, des lèvres qui ne rencontreraient jamais plus les siennes. Puis, avec une douceur infinie, il abaissa la tête et posa un dernier baiser sur le front de granit froid et les lèvres glacées de la morte. Sans un bruit, il s'allongea à ses côtés, son esprit engourdi par le choc, ses membres curieusement alourdis. Il ressentait une fatigue indicible. Là, la tête posée sur un bras replié, il contempla en silence chaque trait aimé, tandis que de grosses larmes continuaient de couler.

Il y avait dans ce chagrin silencieux une puissance immense, bien plus poignante que si elle avait été accompagnée de sanglots étouffés. Pendant ces minutes terribles, le jeune homme se vit tel que Dieu l'avait façonné, et cette vision lui révéla tout ce qu'il avait représenté pour la défunte, surtout à l'époque où, dix-neuf ans plus tôt, elle l'avait pris pour fils. Elle lui avait offert un amour maternel immense, elle l'avait entouré de cet amour protecteur. Pourtant, cet amour, aussi grand fût-il, n'avait pas suffi à le préserver du pouvoir, invisible mais irrésistible, de ses ancêtres du bush. Aucune force n'aurait été capable de contrer cet élan inné, impérieux et ancestral.

La bougie fixée au chevet du lit brûla tranquillement jusqu'à atteindre la moitié de sa hauteur avant qu'il ne bouge. Nul ne pouvait deviner tout ce qui traversait l'esprit de Ralph. Épuisé par les combats des derniers mois, abasourdi par la révélation de ses origines, et accablé par la découverte que la Petite Dame, sa mère de cœur sinon de sang, reposait là, emportée par le chagrin.

Et elle avait envoyé Bony le chercher, et il n'était pas venu à temps ...

Il l'embrassa une fois, puis, après un moment, l'embrassa de nouveau. Il posa sur elle un long regard, chargé d'une tristesse tragique, un dernier hommage à celle à qui il avait appartenu.

Un seul sanglot, déchirant, s'échappa de sa poitrine avant qu'il n'éteigne la bougie. Lentement, très lentement, il s'éloigna du lit, désormais transformé en un catafalque, et quitta la maison de Barrakee pour toujours.

CHAPITRE QUARANTE-DEUX

La décrue

En compagnie de Mr Thornton, Bony descendit les marches de la véranda pour rejoindre le jardin. Ils marchaient lentement : Bony, la tête inclinée, et le squatter, la tête haute, sans honte face au chagrin qui débordait de son cœur et assombrissait ses traits nobles. Arrivés à un banc de jardin, le métis attrapa son compagnon par la manche et l'invita à s'asseoir.

Il parla doucement, une immense sympathie transparaissant dans sa voix, et raconta ce qu'il avait déduit de la porte close du vestiaire, de la bougie à demi consumée, des taches de cire sur le drap, et, à côté, des marques laissées par les larmes de Ralph. Lorsqu'il cessa de parler, un silence s'installa. Puis :

— Qu'est-ce que vous comptez faire au sujet de l'aveu de ma femme selon lequel elle a tué Roi Henry ? demanda Thornton, s'efforçant de rester calme.

— Rien, rien du tout, répondit Bony. Comme je l'ai déjà dit, je crois, je suis inspecteur, pas un simple agent de police. Sinclair a payé le prix de son crime de son plein gré. La loi est satisfaite. La police est satisfaite. Knowles ne prendra aucune mesure contre Dugdale, Blair ou McIntosh. L'affaire est close. De toute façon, je me refuserais à ternir la mémoire d'une femme aussi admirable que la Petite Dame. Si elle, et non la pauvre impératrice Joséphine, avait été l'amour de l'empereur Napoléon, alors aujourd'hui, les nations du monde formeraient une fédération pacifique et prospère.

Vous avez eu la chance d'être son époux. Souvenez-vous-en. Cela allégera votre fardeau. Moi-même, j'ai été privilégié de la connaître. Je quitte Barrakee moins orgueilleux, moins sûr de moi, meilleur homme que lorsque j'y suis arrivé. Au revoir. Ma voiture arrive.

Les deux hommes se levèrent et se serrèrent la main. Thornton tenta un sourire mais, incapable de le maintenir, se laissa retomber sur le banc. Bony se retourna une fois en traversant la pelouse, et, apercevant Kate qui descendait les marches de la véranda, ôta son chapeau et dit gravement :

— Je laisse votre oncle sur le banc là-bas, Miss Flinders. Il a besoin de votre consolation et de votre tendresse, il a besoin de votre amour. Plus tard, lorsque cette tragédie se sera estompée avec le temps, souvenez-vous que vous et lui avez, aujourd'hui comme toujours, le respect et la sympathie de ... Bony.

Elle resta debout, le regard fixé sur lui alors qu'il quittait le jardin pour monter dans la voiture qui l'attendait, prête à le conduire jusqu'au train à

Bourke. À cet instant, elle éprouva presque de l'affection pour cet être étrange, avec son sourire compréhensif et doux. Puis, l'oubliant, elle courut rejoindre son oncle, s'assit à ses côtés, passa un bras autour de ses larges épaules, appuya sa tête grisonnante contre la sienne et murmura :

— Mon cher oncle, ne soit pas si affligé. Nous les avons perdus, mais nous gardons de doux souvenirs d'eux à chérir pour toujours.

*

C'était le premier mardi d'octobre, et la tonte avait pris fin très tôt ce matin-là. La compagnie engagée pour tondre les moutons de Mr Thornton était pleinement satisfaite, comme toujours avec les opérations de Barrakee, où il n'y avait jamais eu le moindre conflit de travail. Les derniers ouvriers avaient été payés, le dernier camion chargé d'hommes avait quitté la propriété, et, en raison de la chaleur de la journée, Kate et le squatter déjeunaient sur la véranda de la maison.

Le temps, ce grand guérisseur de toutes les peines, était déjà à l'œuvre pour ces deux êtres que la décrue avait laissés, sains et saufs, sur la colline de l'Espérance éternelle. La jeune fille observait avec joie les marques du chagrin s'effacer peu à peu du visage buriné de son oncle, et parfois, il laissait échapper un rire doux, teinté de cette ancienne malice qu'elle lui connaissait. Alors, les yeux de Kate s'illuminaient et son cœur se gonflait d'émotion.

— Nous serons bien occupés encore une quinzaine de jours pour installer les moutons dans leurs enclos d'été, lui expliquait-il. Maintenant que l'eau baisse rapidement, les enclos près de la rivière deviennent très dangereux : il y a tant d'endroits où les moutons risquent de s'embourber. Mais une fois ce travail terminé, ma chère, nous partirons pour de longues vacances à Sydney, et pourquoi pas une petite escapade en Nouvelle-Zélande. Qu'en dis-tu ?

Plongeant son regard dans les magnifiques yeux de sa nièce, il ne fut pas surpris d'y voir passer l'ombre fugace d'un trouble. Cette ombre disparut presque aussitôt, remplacée par une lueur d'heureuse anticipation.

— Ça ne te plairait pas ? demanda-t-il.

— Mais si, bien sûr, mon oncle. Ce sera merveilleux.

Se penchant par-dessus la petite table, il prit affectueusement ses mains dans les siennes et ajouta :

— Plus de secrets, maintenant ! Tu aimerais partir en vacances, et pourtant, quelque chose te retient. Pourquoi ? Tu as été mon roc, celui auquel je me suis accroché. Laisse-moi être le tien, à mon tour.

Il vit ses yeux s'embuer, sa tête s'incliner, et une grosse larme éclabousser sa main.

— Tu aimes Frank très, très fort, n'est-ce pas ? lui demanda-t-il doucement.

Un instant s'écoula avant qu'elle ne lève le visage et ne le regarde, les yeux brillants de larmes.

— Comment as-tu deviné ? murmura-t-elle.

— Parce que la crue m'a donné une vision plus aiguë pour discerner les tourments des autres. Ne te laisse pas abattre, Katie. J'ai vu le trouble qui se cache derrière tes yeux, tout comme celui qui se cache derrière les siens. Nous en reparlerons. Pourras-tu préparer le thé pour trois heures ? J'attends un visiteur important pour affaires cet après-midi.

— Mais bien sûr, répondit-elle avec un sourire courageux. J'espère qu'il sera aimable.

— Hum, oui. Pas un mauvais bougre. En fait, quand je l'ai rencontré il y a quelques semaines, il m'a fait une très bonne impression. Bon, je dois me rendre au bureau. J'ai une montagne de travail qui m'attend.

Ils quittèrent ensemble la table du déjeuner et, bras dessus, bras dessous, marchèrent jusqu'au portail du jardin, où ill'embrassa avec une tendresse affectueuse avant de continuer vers le bureau. Là, il s'assit à sa table et écrivit des lettres pendant une heure.

— Voyez si Blair est arrivé, voulez-vous, Mortimore ? dit-il au comptable par-dessus son épaule.

— Certainement, Mr Thornton, répondit le vieil homme, qui prit alors un casque colonial accroché à un crochet et sortit. Le squatter esquissa un léger sourire et, se tournant vers le téléphone, appela le lac Thurlow, où Mrs Watts répondit.

— Est-ce que Dugdale est déjà parti, Mrs Watts ? demanda-t-il.

— Oui, oh oui ! Il a pris une tasse de thé vers huit heures, répondit-elle. Il nous a dit qu'il avait eu du mal à traverser la Paroo, à cause de la boue.

— Il est parti à quelle heure ?

— Vers huit heures et demie. Sûrement pas plus tard que neuf heures moins le quart.

— Très bien. Merci ! Je vais appeler Cattle Tank.

Une minute plus tard, il parlait à Flash Harry.

— Vous avez vu Mr Dugdale aujourd'hui, Harry ?

— Je le vois en ce moment, Mr Thornton. Il arrive par le chemin des Washaways, répondit l'homme qui ne retirait son chapeau que pour aller au lit.

— Alors demandez-lui d'attendre que j'arrive avec la voiture, voulez-vous ?

— Entendu !

Le propriétaire de la ferme raccrocha et se tourna vers Fred Blair, qui venait d'entrer.

— Bonjour, Fred. Comment va le ruisseau des Trois Miles ?

— Mieux. Seulement trois moutons embourbés, rapporta Blair.

— Ah ! Alors je suppose que vous allez vouloir partir en vadrouille et dépenser cet argent gagné au pari, hein ?

Les yeux bleus du petit homme pétillaient.

— Ouaip, répondit-il en traînant. Mais pas tout. Loin de là. Je pense à me marier et à acheter une ferme fruitière près d'Adélaïde.

— Une ferme fruitière ?

— Une ferme fruitière. C'est un péché qu'un homme comme moi, qui connaît tout des moutons, soit obligé de se lancer dans les fruits, un domaine où j'y connais rien.

— Hum ! Et est-ce que votre femme serait prête à vivre dans le bush, disons à la ferme d'Eucla, là où se trouve Dugdale en ce moment ?

— Bien sûr, répondit simplement Blair.

— Eh bien, je n'en suis pas certain, Blair, mais je pense que Dugdale va accepter un poste que je lui propose ici. La semaine dernière, j'ai vu le président de la Commission Foncière pour lui demander s'il consentirait à ce que Dugdale abandonne le bail d'Eucla en votre faveur, et il m'a donné son accord.

Blair regarda le squatter avec un étonnement grandissant dans ses yeux bleus.

— Je vous aime bien, Fred, admit Thornton franchement. Vous êtes resté à mes côtés quand la crue m'a mis à rude épreuve, quand chaque homme était indispensable, et alors même que vous aviez de quoi vivre largement. Je verrai Dugdale cet après-midi, et je vous confirmerai le transfert ce soir. Je pensais que vous pourriez reprendre les moutons de Dugdale et les aménagements qu'il a faits, pour lesquels je le paierai en espèces. Vous me rembourserez comme vous pourrez.

Blair trouva une poussière dans son œil droit qu'il ôta en passant simplement son avant-bras osseux et velu dessus. Pourtant, sa voix resta parfaitement calme lorsqu'il dit :

— Excusez-moi, mais je dois écrire une lettre à ma dulcinée.

Et Blair partit en trombe, car il sentait qu'il avait une autre poussière dans son autre œil.

À deux heures et demie cet après-midi-là, Dugdale était assis aux côtés de Thornton, tandis que la voiture filait vers Barrakee à travers une contrée couverte de hautes herbes ondoyantes. Ils parlaient de moutons et de laine lorsque le squatter, brusquement, lança :

— Je vous ai invité à Barrakee pour vous poser une question, Dug. La voici : aimez-vous ma nièce ?

Bien qu'il gardât les yeux sur la route, Mr Thornton savait que Dugdale l'avait regardé une seconde avec une intensité chargée de tension. Puis, très doucement, vint la réponse :

— Dieu seul sait à quel point, et depuis combien de temps.

Une minute de silence passa. Puis Thornton reprit :

— Ça me réjouit, Dug. Vous la trouverez qui vous attend. Je crois que vous serez un bon époux pour elle, et, après les pertes que je viens de subir, je ne veux pas la perdre, elle aussi. Resteriez-vous à Barrakee si je faisais de vous mon associé ?

— Oui, répondit Dugdale d'une voix presque inaudible.

— Merci, dit Thornton, comme si le jeune homme lui accordait une faveur. Je pensais que, peut-être, vous seriez disposé à céder Eucla. Je pourrais racheter vos troupeaux et vos aménagements, puis les revendre à crédit à Fred Blair. La Commission Foncière a donné son accord pour le transfert du bail.

— Je suis tout à fait d'accord, Mr Thornton.

— Est-ce que ça vous dérangerait beaucoup de m'appeler Père ou Papa ?

— Non. Ça fait des années que j'en ai envie, Papa.

Le squatter leva alors les yeux de la route et regarda Dugdale avec une affection sincère.

*

Martha, vêtue d'un chemisier rose et d'une robe imprimée bleu ciel, les pieds libérés de ces affreux souliers contre-nature, s'avança lourdement le long de la véranda et posa le plateau du thé de l'après-midi sur la petite table. Kate Flinders sourit au visage laid mais attendrissant de la vieille femme et l'aida à déplacer légèrement la table vers un coin ombragé par les épaisses plantes grimpantes.

— Visiteur arrivé y a trois minutes, Missy Katie, indiqua Martha à la chérie de la Darling. Moi penser que lui est homme très bien. Oh ! le voilà qu'arrive !

L'énorme femme retourna pesamment vers sa cuisine, et, en se retournant, Kate aperçut Dugdale à travers les feuilles, presque en train de courir vers les marches de la véranda. Son cœur sembla s'arrêter, puis se mit à battre à tout rompre, comme un marteau-pilon.

Et lorsqu'il se tint devant elle, que ses yeux s'habituèrent à l'ombre, il vit son visage radieux, illuminé par l'émerveillement, le désir, et un amour sans masque. Sans un mot entre eux, il la prit dans ses bras tremblants et entendit son soupir de ravissement avant que ses lèvres ne trouvent les siennes.

Note de l'éditeur

Arthur Upfield écrivit ce livre en 1926, alors qu'il travaillait comme cuisinier et chasseur de lapins à Wheeler's Well, dans l'exploitation Albermarle, à l'ouest de Menindee, dans l'ouest de la Nouvelle-Galles du Sud.

Le nom « Barrakee » provient d'une langue aborigène du Victoria et était le nom de la paroisse où la famille de l'épouse d'Upfield possédait une propriété près de Bendigo, où Upfield avait travaillé en 1920.

C'est à Albermarle qu'Upfield et son ami proche Verco Whyte rencontrèrent Tracker Leon, un pisteur aborigène. La rigueur de son raisonnement et l'élégance de sa langue inspirèrent la création du détective Napoleon Bonaparte, Bony. Le livre fut publié à Londres en 1929, puis sérialisé dans le Perth Daily News en Australie, avant de tomber dans l'oubli jusqu'en 1965.

C'est cette année-là que j'ai lu pour la première fois les livres de Bony, à l'âge de douze ans. Mon père était ingénieur civil : il concevait des routes et des ponts lorsque nous vivions à Broken Hill. Il a acheté The Bachelors of Broken Hill cette année-là ; ç'a été pour moi une révélation, m'offrant la possibilité d'habiter le passé et le monde aborigène tout en restant en sécurité sur la véranda de pierre de notre maison.

Mon père m'emmenait dans les lieux évoqués dans les ouvrages d'Upfield, sous prétexte d'aller inspecter les tracés routiers : ainsi, Silverton, Milparinka, Tibooburra et Wentworth étaient pour moi des endroits tout à fait réels. Il m'a emmené à Menindee en 1965, où nous avons rencontré l'ami de mon père, le conseiller Verco Whyte, un homme d'un humour mordant mais d'une grande douceur. Mon père rendait également visite à Whyte à l'auberge Albermarle, mais jamais Mr Whyte n'a laissé entendre qu'il avait été un vieil ami de l'auteur, tout juste décédé, de The Barrakee Mystery.

Upfield avait vécu de nombreuses années à Bowral, où il avait continué d'écrire les romans de Bony jusqu'à sa mort en 1964. C'est une correspondance avec une admiratrice américaine, Louise Mueller, qui a entraîné la réédition de The Barrakee Mystery. Elle avait trouvé un exemplaire et a envoyé à Upfield une analyse détaillée de l'ouvrage, accompagnée de son exemplaire, qu'Upfield lui a retourné le 10 juillet 1962. Cette version révisée a été publiée au Royaume-Uni, mais aux États-Unis, l'édition a paru sous le titre The Lure of the Bush (L'appel du bush) et, par inadvertance, 150 mots avaient été retirés du texte.

En tant qu'éditeur pour l'Australian Bicentennial Authority, j'ai été présenté à Jean-Claude Zylberstein à Paris par l'intermédiaire de Jean-Paul Delamotte ; je l'ai aidé à obtenir 28 titres de Bony, publiés en France chez 10/18.

En 1989, lorsque j'étais éditeur littéraire chez Angus & Robertson à Sydney, j'ai produit de nouvelles éditions des titres de Bony, à l'exception de The Barrakee Mystery. En 1995, ma société a acquis les droits de 28 des enquêtes de Bony et a entamé le long processus de récupération des droits détenus à travers le monde. Mon père s'était installé à Bowral, à quelques rues de la maison d'Upfield, dans Jasmine Street, et je lui ai fait découvrir la correspondance entre Upfield et Verco Whyte, qui avait également photographié Upfield durant leurs années passées à Albermarle.

En 2013, nous avons publié l'ensemble des 29 livres en version numérique, puis, finalement, les 29 ouvrages dans leur Edition Corrigée, en anglais dans le monde entier. Nous publions désormais 29 titres de Bony en allemand et 28 en français, en format numérique – tous depuis Sydney, Australie ! Avec la traduction de The Barrakee Mystery en français, nous pouvons désormais proposer la dernière pièce du puzzle Bony d'Upfield, et j'adresse mes sincères remerciements aux traductrices, Marie Ramsland, honorary lecturer, et Marie-Laure Vuaille-Barcan, senior lecturer en Etudes françaises à l'Université de Newcastle, pour leur travail minutieux et rigoureux.

Tom Thompson

Notes

1. Sundowner : ouvrier itinérant ou vagabond qui arrive à une exploitation au coucher du soleil, souvent pour y passer la nuit sans travailler.
2. En Australie, un squatter est un éleveur qui occupe de grandes étendues de terre pour y élever du bétail, souvent sans titre légal au début de la colonisation. Au fil du temps, certains squatters ont obtenu des titres de propriété pour ces terres et sont devenus de riches propriétaires terriens.
3. Un *billabong* est une sorte de bras mort ou un étang formé par une rivière qui change de cours.
4. *Jackeroo* : jeune homme en formation sur une grande propriété rurale pour apprendre les techniques d'élevage et de gestion des troupeaux.
5. En anglais, boundary-rider. C'est un ouvrier chargé de surveiller et d'entretenir les clôtures et les limites d'une grande propriété qu'il parcourt à cheval ou en camion pour s'assurer que les clôtures sont en bon état et que le bétail ne s'échappe pas.
6. Un *swagman* est un travailleur itinérant, souvent sans domicile fixe, qui parcourt la campagne australienne à la recherche de petits boulots. Le terme vient de swag, un baluchon contenant ses effets personnels, qu'il transporte avec lui.
7. Ce terme fait référence à une tradition populaire en Australie où les participants tirent au sort des chevaux participants à la Melbourne Cup, une célèbre course de chevaux, pour parier de manière ludique.
8. Le terme blight désigne une maladie des plantes qui cause le dépérissement, la décoloration ou la mort des cultures. Elle peut être causée par divers agents pathogènes tels que des champignons, des bactéries ou des virus, et peut affecter des cultures comme les pommes de terre, les tomates, et d'autres plantes essentielles à l'agriculture.
9. Allusion à deux personnages du roman The Pickwick Papers de Charles Dickens, pour évoquer une situation où une personne en position d'autorité ou de sagesse réprimande quelqu'un de manière bienveillante mais ferme.
10. *Five Mile* est une appellation courante dans les régions rurales d'Australie. Elle fait généralement référence à un lieu situé à cinq miles (environ 8 kilomètres) d'un point de repère, souvent une ferme ou une ville. Ces noms reflètent l'importance des distances dans les vastes espaces australiens.
11. Jacob Abbott est un auteur américain du 19ème siècle, connu pour avoir écrit une série de biographies historiques, dont une sur Napoléon Bonaparte.
12. *Waddy* : gourdin en bois dur utilisé par les Aborigènes d'Australie, notamment pour la chasse, le combat et la défense. Il peut également servir d'outil ou de bâton de marche.

13. Allusion à la chanson traditionnelle anglaise « For He's a Jolly Good Fellow », utilisée dans les pays anglophones pour rendre hommage à quelqu'un lors d'un événement festif.
14. En français dans le texte.
15. "Brebis à six dents" fait référence à des brebis ayant six dents adultes, ce qui indique leur âge (généralement entre deux et trois ans).
16. Moonee Ponds est un quartier de Melbourne connu pour son hippodrome, où se déroulent des courses de chevaux prestigieuses. Le Golden Plate est une course fictive.
17. Le terme désigne une personne impliquée dans le recrutement souvent forcé de travailleurs du Pacifique au XIXe siècle, une pratique assimilable à la traite d'êtres humains.

Table des matières

Note sur la traduction 3

Chapitres :

1. Le *Sundowner* 5
2. Le péché de silence 9
3. Le retour à la maison 14
4. Dugdale va à la pêche 18
5. Une nuit pluvieuse 24
6. L'enquête 28
7. L'unique indice 35
8. Une ronde d'inspection 41
9. Les Washaways 46
10. Le centième cas de Sonny 52
11. Le pauvre vieux Bony 59
12. Bony à propos des boomerangs 65
13. L'ambition de Mrs Thornton 70
14. L'imagination de Bony 77
15. À la poursuite d'un « tueur » 83
16. Trois lettres – et une quatrième 89
17. La Grande Loterie foncière 94
18. La fête surprise 101
19. Du sang et des plumes 108
20. Un grain de sable 115
21. Un campement de charretiers un dimanche 119
22. Le Bassin 124
23. Bony est surpris 130
24. L'indice du cimetière 134
25. Quand le Noir est Blanc 139
26. Coincé dans une fente 145
27. Un feu de camp éteint 150
28. Joe le Grappilleur 156
29. Le départ de Dugdale 163
30. Bony voit la lumière 168

31. L'arrivée de la crue 172
32. La mort de Clair 177
33. Deux hommes déterminés 183
34. La traversée de la Paroo 189
35. Une belle journée 194
36. Flash Harry rebat les cartes 202
37. Le devoir – et le bon sens 209
38. Bony prend les commandes 215
39. « Ne jugez point » 220
40. L'amour d'une mère 228
41. La visite de minuit 233
42. La décrue 238
Note de l'éditeur 244
Notes 246

Romans d'Arthur W. Upfield :

1 Le Mystère de Barrakee

2 Les Sables de Windee

3 Des ailes au-dessus du Diamantina

4 Le Business de M. Jelly

5 Un vent du diable

6 L'os est pointé

7 Le Récif aux espadons

8 Pas de traces dans le bush

9 Mort d'un trimardeur

10 L'Empreinte du diable

11 Un écrivain mord la poussière

12 Crime au sommet

13 Les veuves de Broome

14 Les Vieux Garçons de Broken Hill

15 Chausse-trappe

16 La maison maléfique

17 Le Meurtre est secondaire

18 La Mort du'un Lac

19 Sinistres augures

20 Le Prophète du temps

21 L'Homme des deux tribus

22 Le retour du broussard

23 Du crime au bourreau

24 La branche coupée

25 Bony et la bande à Kelly

26 Bony et le Sauvage Blanc

27 La loi de la tribu

28 Le méandre du Fou

29 Le monstre du lac Frome

Ebooks disponibles auprès de

ETT Imprint en 2025

Sydney-Paris Link

www.ingramcontent.com/pod-product-compliance
Lightning Source LLC
LaVergne TN
LVHW050952080826
845145LV00005B/1484

9781923527201